Enceinte du play-boy

La mystérieuse inconnue

CAT SCHIELD

Enceinte du play-boy

Traduction française de
FLORENCE MOREAU

PASSIONS

HARLEQUIN

Collection : PASSIONS

Ce roman a déjà été publié en 2021

Titre original :
UNTAMED PASSION

HARPERCOLLINS FRANCE
83-85, boulevard Vincent-Auriol, 75646 PARIS CEDEX 13
Service Clients — https://www.harlequin.fr/contenu/contactez-nous
ISBN 978-2-2805-1336-4 — ISSN 1950-2761

Édité par HarperCollins France.
Composition et mise en pages Nord Compo.
Imprimé en avril 2025 par CPI Black Print (Barcelone)
en utilisant 100% d'électricité renouvelable.
Dépôt légal : mai 2025.

MIXTE
Papier issu de sources responsables
FSC® C159065
FSC www.fsc.org

Pour limiter l'empreinte environnementale de ses livres, HarperCollins France s'engage à n'utiliser que du papier fabriqué à partir de bois provenant de forêts gérées durablement et de manière responsable.

1

Six semaines plus tôt

Oliver Lowell regarda les quatre mots griffonnés au dos de sa carte d'anniversaire. *Un de ces jours.* Aucune signature, pas de : « Désolé d'avoir manqué ton anniversaire. » Juste quelques mots cryptiques qui réveillèrent en lui tous les démons qu'il maîtrisait de haute lutte, depuis ces huit dernières années de sobriété.

Un de ces jours. Honnêtement, c'était quoi, ce message à donner la chair de poule ? Une menace ? Une promesse ?

Tout comme ce qui avait trait à son père, le cadeau accompagnant la carte, à savoir une canne à pêche de grand luxe, l'avait vivement ébranlé. Tant de fois Vernon Lowell lui avait promis qu'ils iraient pêcher ensemble, puis s'était désisté au dernier moment, car un autre engagement avait finalement pris la priorité sur leur sortie. Fallait-il s'étonner qu'à son entrée au lycée sa relation avec son père, dont il était le plus jeune fils, fût dégradée au point qu'ils ne pouvaient plus se retrouver dans une même pièce sans se hurler dessus ?

Repoussant la carte, il se saisit de son appareil-photo et sortit dans la chaleur de l'après-midi, qui subsistait encore en ce mois de septembre, à Manhattan. L'odeur âcre des pots d'échappement et les bruits de la circulation frappèrent ses sens alors qu'il hésitait sur le trottoir, saisi par une indécision rare chez lui. Perdu dans un turbulent tourbillon de colère et de ressentiment, il n'avait aucune idée de l'endroit où aller.

Huit ans plus tôt, il se serait mis en quête de son dealer préféré et se serait procuré de quoi calmer sa rage. La drogue avait été sa meilleure amie pour s'abrutir à l'époque, son moyen favori pour gérer la haine et le dégoût qu'il se portait et qu'aucun succès professionnel ne parvenait à effacer. Il avait alors une vingtaine d'années et était indifférent aux répercussions que sa conduite pouvait bien avoir sur ses proches. Il avait néanmoins fini par reprendre sa vie en main et mettre un terme à son comportement destructeur, même si la sobriété lui avait sacrément compliqué l'existence puisqu'il avait alors dû affronter les conséquences de ses actes. En outre, ses anciens démons revenaient parfois le lanciner...

Aussi, quand il se remit enfin en marche, ses pieds le portèrent-ils spontanément vers le SoHo Grand Hotel... Allons, il était désormais maître de ses addictions, et non plus l'inverse, se rappela-t-il avec fermeté.

Traversant le Grand Bar and Lounge aux plafonds imposants mais à l'atmosphère détendue, il regagna le Club Room, avec ses photos grand format de films classiques et ses canapés et fauteuils disposés avec goût. À 18 heures, l'endroit était bondé ; d'un rapide coup d'œil, il repéra l'unique table disponible près de l'entrée, avec vue directe sur le bar.

Un serveur s'approcha de lui, et s'enquit de ce que prendrait « M. Lowell » aujourd'hui. Sur une impulsion et sans comprendre lui-même ce qui lui arrivait, il commanda un whisky sec, au lieu de son eau de Seltz habituelle avec une tranche de citron. Aussitôt, il se maudit puis nota le regard surpris du serveur...

Sa colère, quelque peu apaisée par la douce soirée de fin d'été, rejaillit doublement en lui : c'était une émotion qui consumait toute son énergie et sa capacité à se concentrer, elle l'avait poussé aux pires décisions.

Pendant qu'il attendait son verre, il loucha du côté du bar, désespérément en quête d'une distraction qui le soustrairait à ce besoin infernal de se noyer dans l'alcool ou autres substances toxiques, l'empêcherait de céder au penchant qui avait été son quotidien à la fin de l'adolescence et au début de la vingtaine. Après sa cure de désintoxication, quand il était saisi par de sombres rages, il s'était réfugié dans une nouvelle échappatoire : les femmes. Il les abordait au comptoir des bars d'hôtels et les emmenait après un bref échange dans une chambre ; ces étreintes sans lendemain lui laissaient au cœur un immense sentiment de vide.

Et puis la résilience était enfin venue sous la forme de la photographie, passion qui allait s'emparer de son imagination et le pousser vers la renommée internationale.

Quand le serveur revint avec son whisky et le posa devant lui, il s'en rendit à peine compte, toute son attention étant accaparée par un couple qui venait de s'installer au comptoir, ou plus exactement par la femme gracile et élancée, à la chevelure sombre attachée en un chignon bas et sobre. Avec son jean *skinny* noir, son haut lâche et un petit blouson, elle avait l'air d'un mannequin habillé pour aller faire un tour au parc. Chaussée de boots dont les talons devaient mesurer dix centimètres, elle atteignait le mètre quatre-vingts, et surplombait son compagnon, ce qui ne devait pas plaire à l'ego de ce dernier, eu égard à la façon autoritaire dont il lui indiqua sur quel tabouret s'asseoir.

Puis il se hérissa visiblement en constatant l'attitude figée de la jeune femme : pourquoi un être si raffiné et élégant perdait-il son temps avec un tel butor ? se questionna-t-il.

Elle posa un portfolio de mannequin sur ses genoux quand l'homme prit place près d'elle. Oliver avait désormais une vue imprenable sur le profil de cette véritable apparition : à en juger par ses cheveux lisses et ses yeux en amande, elle devait avoir des origines philippines… Automatiquement, il tendit la main vers son sac pour prendre son appareil-photo, avant de s'arrêter subitement dans son geste : il avait souvent saisi l'essence des gens à leur insu, dans un but professionnel, mais en l'occurrence la donne était différente.

En effet, cette inconnue lui donnait envie de l'apprécier de plus près, sans la barrière de l'appareil-photo, de la toucher des doigts, des lèvres. De fermer les yeux et d'écouter la mélodie de sa voix... Pour l'instant cependant, il se contentait de la suivre du regard.

Elle ne parlait ni ne bougeait, yeux rivés au cocktail que l'homme avait commandé pour elle. De son côté, celui-ci avait déjà avalé deux verres et l'alcool semblait renforcer son agressivité, à en croire sa gestuelle énervée ; d'ailleurs, il renversa en partie son troisième whisky en faisant un grand mouvement, mais elle demeura de marbre. Oliver sentait qu'elle n'avait pas peur de lui ; elle semblait en revanche furieuse, et s'accrochait à son portfolio.

Totalement fasciné par le couple, il regretta de n'être pas plus près et de ne pouvoir entendre leur échange. Elle ne portait pas de bague, observa-t-il, aussi leur relation n'avait-elle rien d'officiel, ce qui lui mit du baume au cœur, réaction dont il s'étonna... Quelques instants plus tard, le ton monta : l'homme reposa bruyamment son verre, dont le contenu se renversa cette fois sur sa compagne. Non seulement il ne s'en excusa pas, mais il se leva et lui lança manifestement un ultimatum alors qu'elle tamponnait son jean avec une serviette. Figé, il attendit qu'elle réponde ; au bout de quelques instants, cessant d'éponger son denim, elle le regarda avec gravité, puis secoua la tête. De toute évidence, ce n'était pas la réponse qu'il attendait, car il lui adressa une réplique encore plus furieuse – à en juger par son expression – et la laissa en plan.

Alors qu'il atteignait la sortie, Oliver se saisit de sa boisson qu'il n'avait pas touchée, et fit en sorte d'arriver en temps opportun pour heurter le mufle. Son whisky tournoya vivement dans le verre en cristal et d'un tour de poignet habile il doucha cet homme insupportable.

— Ça va pas ! hurla ce dernier en lui décochant un regard noir.

— Oh ! désolé ! s'exclama Oliver du ton le plus sincère possible, et des plus hypocrites.

— Désolé ? rugit l'homme.

Il sortit immédiatement sa carte de visite et ajouta :

— Je me fiche pas mal que vous le soyez, ou pas d'ailleurs, je veux en revanche que vous payiez le pressing.

— Bien sûr, dit Oliver en lisant son nom avant de prendre la carte. Je vous appellerai sous peu, Ty Littel.

— J'y compte bien, grommela celui-ci.

Et il sortit d'un pas bruyant.

Tapotant le bout de ses doigts avec la carte, Oliver le regarda s'éloigner jusqu'à ce qu'il disparaisse de sa vue. Après quoi, il se dirigea vers le comptoir où la jeune femme se tenait toute raide, lèvres serrées, ne laissant paraître aucune émotion. Il tendit alors un billet de cinquante dollars au serveur pour payer l'addition du couple, puis se tourna vers la délaissée.

— Ce type n'était pas digne de vous, déclara-t-il, espérant que ces mots la consoleraient. Vous serez bien mieux sans lui.

Ne souhaitant pas l'importuner davantage eu égard à la scène qu'elle venait de subir, il lui sourit et fit mine de revenir à sa place. Mais, quand son regard d'un brun chaud se posa sur lui, toute pensée le déserta et il se retrouva cloué sur place par la myriade d'émotions qu'il y lisait : la colère, l'horreur, la reconnaissance, le soulagement. Puis tout aussi subitement elle remit son masque d'impassibilité ; ce fut alors qu'un vague souvenir lui revint en mémoire...

— On se connaît, non ? demanda-t-il sans réfléchir.

Il s'attendait à une rebuffade face à cette question si bateau, dans le bar d'un hôtel, mais à la place elle haussa un sourcil.

— Mon visage vous est familier ?

— Oui, vaguement, mais je n'arrive pas à me rappeler dans quel contexte je vous ai rencontrée. Vous êtes mannequin ?

Elle cligna des paupières, comme si la question lui déplaisait.

— Pour l'instant, oui.

Cette réponse énigmatique aiguisa sa curiosité.

— C'est bien ce que je pensais. Je suis Oliver Lowell, dit-il.

L'ombre d'un sourire éclaira brièvement ses traits.

— Je sais, répondit-elle.

Ce qui n'avait rien de surprenant, puisqu'il avait lui-même exercé durant une courte période dans le domaine de la mode en tant que mannequin avant de se forger une véritable réputation comme photographe.

— Avez-vous déjà posé pour moi ?

Après avoir abandonné le mannequinat, il avait logiquement exercé la photographie dans le domaine de la mode. Il avait commencé par des shootings pour des mannequins montants et son travail avait été si bien reçu que différents magazines lui avaient proposé de collaborer.

Elle secoua la tête.

— Bien sûr que non, murmura-t-il, sans quoi, je me serais forcément souvenu de vous.

À ces mots, elle lui adressa à nouveau son sourire énigmatique et il sentit ses doigts le démanger, non parce qu'il avait envie de saisir son appareil, mais parce qu'il mourait d'envie de caresser sa peau au grain parfait pour s'assurer qu'elle était aussi douce et lisse qu'elle en avait l'air.

— Où nos chemins se sont-ils donc croisés, alors ? reprit-il en fouillant dans sa mémoire.

— Au défilé Valentino, il y a huit ans, dit-elle en calant derrière son oreille une boucle échappée de son chignon. C'était mon premier.

— Et mon dernier, marmonna-t-il, en sentant remonter sa haine de lui-même.

Ce soir-là, Carson, son meilleur ami, était décédé d'une overdose et il n'était pas à ses côtés, trop affairé à se détruire lui-même...

— Et quel effet cela fait-il d'être passé derrière l'objectif ? enchaîna-t-elle sans visiblement remarquer le cours sombre que venaient de prendre ses pensées.

— J'aime contrôler les choses, répondit-il.

Il ne prêta pas attention au rire moqueur qui résonna alors dans un coin de son cerveau. En tant que benjamin d'une famille puissante, il n'avait hélas pas souvent été en mesure de maîtriser quoi que ce soit. Son père n'avait cessé de le harceler pour qu'il soit à la hauteur des jumeaux, ses frères, puis l'avait puni quand il n'avait pas atteint les normes établies avant lui par Joshua et Jacob.

Il n'avait eu aucun moyen de s'opposer à son père quand celui-ci l'avait inscrit en classes préparatoires à Brook Prep, puis, plus tard, à Harvard. Ce dernier avait refusé qu'il fasse partie du club photo, puisqu'il avait décrété que c'était Joshua l'artiste de la famille, et il l'avait forcé à faire du football et du base-ball.

À Harvard non plus il n'avait eu la maîtrise de rien, puisque les circonstances liées à la disparition de son père l'avaient conduit à trouver refuge dans les fêtes, où il avait découvert la drogue et une façon de noyer sa colère contre ce père qui les avait tous abandonnés.

— Contrôler les choses, répéta-t-elle dans un murmure, sur le ton de l'amertume. C'est-à-dire ?

Il avait appris lors de sa thérapie que chacun réagissait différemment à la pression. Ainsi, Josh avait choisi d'être responsable, Jacob avait opté pour se mettre en retrait. Son refuge à lui avait été l'oubli, jusqu'à ce que sa cure de désintoxication lui montre que l'on pouvait s'y prendre autrement. Il avait alors repris les commandes de sa vie.

— J'aime tenir la barre, dit-il alors.

Plissant les yeux, elle le considéra.

— Oui, on le devine aisément.

Il repensa alors à la scène dont il venait d'être témoin et renchérit :

— Vous aussi, vous devriez essayer.

— Sans doute.

Se retournant sur son tabouret pour le regarder en face, elle poursuivit :

— Par où je commence ?

— Pour débuter, je vous conseille de laisser tomber votre petit ami.

— Trop tard ! Il m'a devancée.

Oliver hocha la tête, soudain envahi par un sentiment de satisfaction ; il sentait son humeur s'améliorer à chaque seconde qu'il passait en sa compagnie.

— Cette perte est à mon avantage, dit-il alors.

Elle écarquilla les yeux devant ce commentaire sans fard, mais ne fit pas mine de le freiner.

— Tout à l'heure, vous m'avez dit être mannequin *pour l'instant*, enchaîna-t-il, désireux d'en apprendre davantage sur ce qu'elle aimait. Pensez-vous abandonner ce métier ?

— Je suis mannequin depuis l'âge de un an, dit-elle. Vingt-cinq ans dans le métier, c'est suffisant, vous ne trouvez pas ?

— Je ne saurais dire, je ne l'ai exercé que cinq ans.

— Et vous vous êtes éclipsé quand vous étiez au top, souligna-t-elle. Pourquoi ?

— Il faut toujours finir en beauté, non ?

Si elle se décidait à quitter les podiums, cette femme s'apprêtait à affronter un tournant majeur dans sa vie, pensa-t-il soudain, aussi méritait-elle une réponse moins cliché.

— Si j'avais continué à exercer la profession de mannequin, je serais mort, lâcha-t-il sans ambages.

L'aveu ne parut pas la choquer, au contraire elle acquiesça.

— C'est effectivement un métier épouvantable, dit-elle avec le plus grand sérieux. Pourquoi tant de personnes tiennent-elles à y percer ?

Il aurait aimé chasser d'un coup de baguette magique les ombres qui dansèrent alors dans ses yeux et témoignaient d'un passé douloureux.

— Sans doute pour l'argent facile qu'il rapporte, dit-il sur le ton de la dérision.

— En peu de temps, renchérit-elle sur le même ton.

— Et, bien sûr, il ne faut pas oublier que cela stimule l'estime de soi, précisa-t-il d'une voix clairement ironique en se rappelant tous les rejets subis après des heures et des heures d'attente pour un casting.

— En effet, approuva-t-elle, rien de tel que d'être considéré comme un morceau de viande.

Tous deux se turent un instant, chacun étant sans doute étonné de la résonance de ses propres paroles chez l'autre. Pour la première fois depuis des années, Oliver se sentait sur la même longue d'onde qu'une autre personne et c'était précisément ce à quoi il aspirait ce soir.

— Si vous envisagez de quitter le métier, qu'avez-vous l'intention de faire, à la place ? demanda-t-il tout à trac.

— Je ne sais pas, admit-elle d'un ton abattu. Et tant que je n'aurai pas d'autres projets je devrai continuer à être mannequin.

L'élan qui l'avait poussé à renverser son verre sur son petit ami et à payer leur addition s'imposa de nouveau à lui.

— Je peux peut-être vous aider à changer de voie, déclara-t-il, mû par l'envie que l'impression de bien-être que sa présence lui procurait perdure.

À ces mots, Sammi Guzman ne put retenir une petite exclamation. Son cœur battait si vite qu'elle en était presque essoufflée, et elle était réellement surprise de constater que le béguin qu'elle avait eu pour lui plus jeune refaisait surface.

Et pourtant devait-elle s'en étonner ? Avec son jean de créateur, son T-shirt blanc et son blouson d'aviateur un peu usé, cet homme exhalait le sex-appeal ; depuis qu'il s'était assis près d'elle, au comptoir, elle était tout étourdie, et maintenant qu'il dardait sur elle des yeux brûlants toutes sortes de désirs fous s'éveillaient en elle.

— M'aider de quelle façon ? reprit-elle sans arriver à croire à son bonheur.

— Permettez que je vous photographie.

— Oh ! fit-elle, déçue.

— Oh ? répéta-t-il, un muscle de sa mâchoire tressaillant alors.

Mortifiée à l'idée de l'avoir insulté, Sammi lui sourit et rétropédala.

— En fait, ce n'était pas du tout la réponse que j'attendais de vous, et je suis très flattée que le très talentueux Oliver Lowell veuille me photographier. Seulement, je souhaite échapper à ma carrière de mannequin, pas la raviver.

Il considéra ses propos en silence pendant un bon moment et, les nerfs en pelote, elle se mit à jouer avec le pied du verre de martini commandé par Ty et qu'elle n'avait pas touché, mille pensées lui traversant l'esprit. La dernière fois qu'Oliver et elle s'étaient retrouvés dans une même pièce, elle avait dix-sept ans et il ne savait même pas qu'elle existait. Au cours des huit ans qui s'étaient écoulés depuis, il avait musclé sa haute stature et le magnifique garçon au regard agressif et à l'air pétulant qu'il était à l'époque était devenu un superbe hidalgo aux yeux réservés et au charisme impressionnant.

— Ce sera juste une photo qui restera entre nous, précisa-t-il.

Ces paroles énigmatiques mirent ses émotions à vif : elle ne comprenait pas l'intérêt qu'elle représentait pour lui. Des mois et des mois après leur défilé commun, elle avait fantasmé sur le regard bleu et pénétrant d'Oliver, sur le goût que ses lèvres pouvaient bien avoir, et elle avait imaginé qu'ils se rencontraient à nouveau et que, séduit par elle cette fois, il la prenait dans ses bras et la couvrait de baisers…

Naturellement, un tel rêve n'aurait jamais pu advenir : en effet, si Oliver, lors d'une autre rencontre, s'était par miracle intéressé à elle, sa propre marge de manœuvre aurait été fort limitée par sa mère… Elle sentit un long frisson la traverser, et son pouls s'accéléra encore : aujourd'hui, elle n'était plus une enfant, même si Celeste n'avait pas renoncé à l'emprise qu'elle exerçait sur elle.

— Est-ce ta façon de me dire : « Viens dans ma chambre, je vais te montrer mes œuvres ? » demanda-t-elle alors, stupéfaite de sa propre audace.

Il haussa le sourcil gauche, celui qui portait une minuscule cicatrice et qui, loin de représenter un défaut, renforçait son charme.

— Non, dit-il, même si une lueur plus brûlante brilla, l'espace d'un instant, dans ses yeux. C'est une proposition en tout bien tout honneur.

— Donc, ce ne sont pas des avances masquées ?

Il cligna des paupières, de toute évidence surpris.

Décidément, elle avait eu tout faux depuis le début, se dit-elle, et elle sentit le rouge lui monter aux joues en imaginant l'impression épouvantable qu'elle lui avait faite. Pour commencer, il avait assisté à l'affront que Ty lui avait infligé, et maintenant elle se méprenait complètement sur ses propos.

— Je devrais peut-être développer ma proposition, enchaîna-t-il alors.

— Oui, ce serait bien, murmura-t-elle, déterminée à ne plus se ridiculiser.

— Ce que j'aime, dans mon métier de photographe, c'est qu'il me permet de voir le monde à travers l'objectif de mon imagination, commença Oliver d'un ton plus lent, les yeux rivés aux rangées de bouteilles derrière le comptoir, mais fort concentré. Quand j'ai cessé d'être mannequin, je suis revenu à mes premières amours, c'est-à-dire la photographie.

Son visage parut se crisper quand il se mit à évoquer le passé.

— Au début, je m'en suis tenu au milieu que je connaissais, mais être photographe de mode est vite devenu aussi rasoir que défiler sur les podiums. Cependant, comme j'avais besoin d'argent, j'ai pris ce qui se présentait. Pour augmenter mes revenus, j'ai proposé de constituer un portfolio à des mannequins sur le point de percer. Et c'est lors de ces sessions de portrait que j'ai découvert ma vraie passion, puis les photos prises à l'occasion ont été remarquées par les gens de la profession. Tout à coup, on a fait appel à moi, les propositions des magazines tombaient de toutes parts, et je me suis retrouvé à photographier des gens célèbres.

Oliver marqua une pause, et passa la main dans ses cheveux longs et ondulés, d'un beau blond foncé ; tout à coup, il parut avoir bien moins que trente-deux ans.

— Les personnes célèbres sont habituées à être sous le feu des projecteurs et sont donc constamment en représentation, comme si elles portaient un masque. J'ai eu envie de découvrir ce qui les intéressait vraiment, dans l'existence.

— Et t'arrivait-il de trouver ?

— Souvent, cela prenait du temps. Je les photographiais des milliers de fois lors d'une séance, je les poussais dans leurs derniers retranchements de sorte que, exténuées, elles arrivaient difficilement à maintenir leur façade habituelle.

À son regard lointain, elle comprit subitement qu'il n'était plus en pensée dans le bar de l'hôtel.

— Les photos que je prenais alors étaient souvent les plus fascinantes. Bien sûr, elles n'étaient pas d'une qualité suffisante pour figurer dans les magazines, mais elles étaient juste destinées à un usage privé.

Sa voix profonde l'avait envoûtée et elle buvait chaque mot qui sortait de sa bouche… Quand elle s'en rendit compte, elle redressa les épaules, choquée d'avoir baissé la garde, puis, s'éclaircissant la gorge, demanda :

— Donc tu leur montrais ces photos ?

— J'en imprimais une, celle qui avait le mieux saisi l'essence de leur être et révélé leur vraie nature. Après, les gens en faisaient ce qu'ils voulaient.

Sammi frissonna : dans certaines cultures, on estimait que prendre la photo d'une personne c'était lui voler son âme. Elle qui avait passé toute sa vie devant les objectifs avait toujours résolument caché ses émotions et affiché l'air qu'on attendait d'elle. Jamais elle n'était tombée sur un cliché qui reflétait celle qu'elle était vraiment.

Oliver Lowell mettrait-il son âme à nu ?

— Cela semble terrifiant de savoir qu'on a capturé votre être dans toute sa vulnérabilité, murmura-t-elle en frissonnant.

Il hocha la tête.

— Oui, tu as raison, pour certains ça l'est.

Cette réponse présomptueuse l'agaça : de toute évidence, avoir grandi au sein d'une famille influente l'avait rendu insensible aux difficultés d'autrui. Oliver Lowell n'était décidément plus celui pour qui, adolescente, elle avait eu le béguin, mais un homme plus cryptique qu'elle n'aurait cru.

— Alors, qu'est-ce que tu en dis ?

La question l'arracha à ses réflexions.

— À quel propos ?

— Tu acceptes que je te photographie, ou pas ?

Sammi pensa à l'affreuse soirée qui l'attendait quand elle rentrerait à l'appartement qu'elle partageait avec sa mère : il faudrait qu'elle lui explique pourquoi Ty avait rompu avec elle, ce qui lui vaudrait une longue leçon sur la façon insensée dont elle se comportait. Obsédée par la sécurité financière, Celeste voyait du meilleur œil la relation de sa fille avec un publicitaire à succès. De fait, sans la pression de sa mère, elle aurait depuis longtemps cessé de fréquenter Ty, avant que le ressentiment qu'il éprouvait pour elle ne le conduise à se comporter comme un goujat.

— Je ne sais pas trop, tergiversa-t-elle, même si sa décision était prise.

— Tu peux me faire confiance, tu sais.

Ce fut alors que, dans un éclair de lucidité perturbant, elle se rendit compte que c'était déjà le cas.

— Le problème, c'est que je n'ai pas les moyens de payer les honoraires que tu prends aux gens que tu photographies. D'ailleurs, juste par curiosité, quel est ton tarif pour ces séances de photos privées ?

— En général cent mille dollars.

— Tu es sérieux ? s'écria-t-elle. Sans vouloir t'offenser, pourquoi les gens célèbres sont-ils prêts à débourser cette somme astronomique ?

— Pour découvrir leur propre intimité, répondit-il sur le

ton de l'évidence. Je leur montre un aspect de leur personnalité qu'aucun autre n'a capté chez eux, avant. Parfois, ils n'ont aucune envie que le monde voie cette part d'eux-mêmes.

Son assurance l'électrisait littéralement et elle eut tout à coup conscience que se rapprocher un peu trop de cet homme pourrait lui être fatal.

Il reprit alors :

— Mes clients payent aussi pour mon intégrité. Aucune photo que j'ai prise d'eux ne tombera jamais dans le domaine public, sauf si telle est leur volonté.

Elle émit un lourd soupir.

— Eh bien, je suppose que cela signifie que cette séance de photos n'aura pas lieu, car je n'ai pas une centaine de milliers de dollars à te remettre.

— Je n'attends pas de toi une telle somme, dit-il.

Puis il désigna son sac à main.

— Combien as-tu sur toi ?

— Voyons voir, dit Sammi en sortant son portefeuille.

Elle compta rapidement son argent.

— Vingt-trois dollars !

Et elle brandit sa fortune.

Oliver prit les billets et les enfouit dans la poche de sa veste.

— Pour ce prix-là, une seule photo devra être la bonne, annonça-t-il.

— Normalement, il en faut des milliers pour avoir le cliché idéal, rétorqua-t-elle, consciente qu'il lui faisait une faveur, mais ne pouvant s'empêcher de résister.

Cette histoire de « saisir l'essence de l'être », qu'il avait mentionnée plus tôt, suscitait à la fois sa curiosité et son scepticisme. La plupart des gens gardaient farouchement leur vrai moi, et ce n'était que dans les sombres alcôves des psys qu'ils livraient leurs plus noirs secrets, certainement pas devant un objectif.

— Tu le penses vraiment ? ajouta-t-elle.

— Mets-tu au défi mes talents de photographe ?

Ce fut alors qu'elle vit clair dans son jeu : à chaque nouveau client, il se lançait ce défi. Il ne lui suffisait pas de publier de fantastiques photos dans des magazines de renom, il devait prouver qu'il était maître de son art.

Oliver était-il agacé par ses réticences ? Elle n'aurait su dire, car il ne laissait rien paraître. Ils regagnèrent bientôt le Grand Bar and Lounge et prirent place dans des fauteuils confortables : Oliver commanda alors des mezze pour eux deux, et une eau de Seltz pour lui. Bien résolue à garder les idées claires, elle l'imita. Pendant qu'ils se restauraient, il lui raconta des histoires de personnes célèbres qu'il avait photographiées et elle lui décrivit des expériences de défilés outre-Atlantique.

Il la regardait d'un air concentré, non tel un prédateur s'apprêtant à bondir, mais comme si elle était une perle rare.

— Qu'y a-t-il ? finit-elle par s'exclamer, à la fois captivée et terrifiée par son regard curieux.

Son imagination lui jouait-elle des tours en lui soufflant qu'il y avait anguille sous roche ? Elle ne pensait plus que son seul but, quand il l'avait abordée, avait été de coucher avec elle. Son attitude mystérieuse était impossible à déchiffrer et ne faisait que renforcer son charme. Elle avait envie d'être seule avec lui, de s'immerger dans les baisers profonds qu'il lui donnerait et de laisser pour une fois son corps prendre le contrôle sur ses pensées.

Son expression avait dû la trahir, car il se pencha brusquement vers elle pour lui murmurer à l'oreille :

— Je te trouve fascinante.

Ces paroles, cet aveu, à moins que ce ne soit le respect qui résonnait dans sa voix la mirent en feu, et ce qui avait été un béguin d'adolescente se transforma soudain en l'obsession impérieuse d'une femme pour un homme.

L'air lui parut se raréfier et, prise d'un vertige, elle agrippa la manche de son blouson d'aviateur pour garder l'équilibre tandis que le souffle chaud d'Oliver lui caressait la joue. Elle était sur le point de tourner la tête pour effleurer sa bouche toute proche, lorsqu'il s'écarta un peu. Et, alors que la déception la submergeait, Oliver se leva et lui tendit la main.

— Partons d'ici, dit-il d'un ton à la fois ferme et ouvert.

— Pour aller où ? questionna-t-elle, consciente qu'elle vivait un moment aussi déterminant qu'exaltant.

Et elle lui saisit la main pour se relever.

— Tu m'as payé pour que je te photographie, répondit-il d'une voix au timbre profond qui résonna dans tout son être. Il est temps que nous fassions cette photo.

Une fois qu'ils furent à l'extérieur, Sammi enfonça les mains dans ses poches pour résister à l'envie de glisser son bras sous celui d'Oliver. Elle n'était pas habituée à prendre l'initiative de gestes affectueux ; dans son enfance, sa mère l'avait plus souvent traitée comme un bien que comme une fille, lui répétant qu'elle devait s'endurcir si elle voulait survivre dans l'univers de la mode.

Il la conduisit dans un immeuble situé à une centaine de mètres de l'hôtel, puis l'entraîna vers l'ascenseur. Quand celui-ci commença à monter, elle sentit ses nerfs se déchaîner en elle, comme un nid de guêpes en colère, et lorsque les portes s'ouvrirent l'angoisse avait complètement supplanté l'attirance fiévreuse qui l'avait conduite à suivre Oliver Lowell dans son loft de SoHo... Franchement, que faisait-elle ici ? Malgré ses questionnements, elle ne s'enfuit pas quand il ouvrit la porte et l'invita à entrer ; au contraire, masquant sa gêne derrière un sourire poli, elle pénétra dans son espace.

Un loft ouvert de quatre cents mètres carrés l'accueillit alors, semblable à tous les studios de photographie où elle avait travaillé. Elle perçut d'emblée l'atmosphère « manufacture » qui y régnait, tandis qu'elle laissait glisser ses yeux sur les murs en brique troués de larges baies, ceux passés à la chaux et le parquet lustré. Le mobilier se limitait à deux canapés et quelques tables de travail ; elle repéra aussi des ordinateurs, du matériel d'éclairage et un écran blanc.

Sammi poussa tout à coup un grand soupir, relâchant la

tension qui l'habitait à son insu, même si elle éprouvait en réalité une certaine déception.

— C'est donc ton studio ? dit-elle d'un ton surpris.

— Tu attendais autre chose ?

Et il haussa un sourcil, ce qui lui donna un air si sexy que son cœur s'affola.

— Quand on est entrés dans l'immeuble, je me suis dit que tu résidais peut-être ici.

— C'est le cas. J'habite juste au-dessus.

Et il lui indiqua un escalier sur la gauche.

— Tu veux visiter ?

La proposition la déconcerta : sa vie privée étant très peu connue du grand public, elle avait imaginé qu'il la protégeait farouchement, comme une chasse gardée. Devait-elle se sentir honorée d'être invitée à pénétrer dans son antre ? Ou y aurait-il un prix à payer ?

— Plus tard, peut-être.

Lui tournant le dos, elle posa son portfolio et son sac sur une table avant de retirer sa veste, tout en passant en revue les impressions contradictoires qui la traversaient : elle devait à présent affronter les conséquences de ce qui lui avait semblé un pari osé au SoHo Grand Hotel...

— Même si je vois bien que ton cerveau est en pleine action, je serais incapable de dire ce que tu penses, dit-il tout à trac.

Je suis juste complètement dépassée par les événements.

Sammi se mit à trembler intérieurement quand il se dirigea vers sa table de travail pour prendre ses appareils photo. Qu'allait-il voir en elle ? Qu'allait-elle trahir de sa personnalité ? Son tumulte intime ? Ses blessures ? Toute sa vie, elle avait pensé que sa beauté était acquise pour toujours. S'il perçait à jour sa psyché et mettait son âme à nu, serait-elle toujours belle ? Cette pensée était réellement terrifiante. Elle se demanda alors combien de personnes avaient été assez fortes pour garder une représentation visuelle de leurs blessures les plus enfouies, leurs secrets les plus honteux.

Elle en eut la chair de poule et réfréna l'envie de se frotter les bras !

— Où veux-tu que je me place ? demanda-t-elle, désireuse de surmonter ses impressions avant que le courage ne la déserte.

— Où seras-tu le plus à l'aise ?

Sans hésitation, elle se dirigea vers l'écran blanc : fréquentant depuis vingt-cinq ans les studios, elle s'y sentait en terrain connu. Ici, elle devenait la fille d'à côté, une séductrice, une femme amoureuse, une poupée de chiffon, une guerrière, un esprit libre, une aristocrate. Et mille autres incarnations encore ! Une fois au centre de l'écran, elle se tourna vers Oliver et le surprit en train de la regarder, la main posée sur son appareil-photo, comme s'il s'apprêtait à s'en saisir.

— Comment pousses-tu les gens à se dévoiler à toi au point de saisir l'essence de leur être ?

— Chaque personne réagit différemment. Le tout est de trouver ce qui va les conduire à baisser la garde.

— Et comment t'y prends-tu ?

Alors que Sammi n'avait jamais hésité à poser nue, elle était réellement anxieuse à l'idée d'exposer son paysage intérieur à l'œil d'un objectif.

— Comment fais-tu tomber les barrières ? insista-t-elle.

— Avant la séance photos, j'effectue quantité de recherches sur la personne qui va poser pour moi.

— Quel genre de recherches ?

— Je me renseigne sur son passé, sa vie personnelle et professionnelle.

Sammi pensa à la relation compliquée qu'elle entretenait avec sa mère et un vertige la saisit.

— J'imagine que tu sais exactement ce qu'il faut dire pour que remontent toutes sortes de sentiments négatifs, chez le sujet photographié, dit-elle alors.

À ces mots, l'expression d'Oliver se figea et elle comprit qu'elle venait de commettre un impair.

— Mon but n'est pas de blesser mes clients, répondit-il

d'un ton désinvolte qui ne masquait pourtant pas les fortes émotions qu'il ressentait. La séance ne peut être réussie si le client est malheureux.

— Effectivement, ça se comprend, murmura-t-elle. Et donc de quelle manière te sers-tu des informations que tu as assemblées ?

— Je pose des questions à mon client, l'amène à parler de moments pivots dans sa vie.

— Et à moi que demanderais-tu ?

À sa grande surprise, il s'écarta de la table où était posé l'appareil sans le prendre.

— Pourquoi veux-tu que l'on fasse cette séance ?

— Je veux voir ce que tu vois quand tu me regardes.

Bien qu'il fût doué pour maîtriser son expression faciale, elle constata que sa réponse l'avait déconcerté.

— Pourquoi attaches-tu de l'importance à la façon dont je te vois ?

— Parce que avec toi je me sens…

S'interrompant brusquement, elle s'avança vers lui, mue par un désir fou qui lui brûlait tous les neurones.

Elle était sortie pendant six mois avec Ty et pas une fois ils n'avaient couché ensemble ; or, ce soir, elle avait suivi un quasi-inconnu, pour se prouver qu'elle n'était pas la garce frigide que Ty l'avait accusée d'être.

— Je t'écoute. Comment te sens-tu, avec moi ? reprit-il.

Et le bleu franc de ses yeux s'intensifia sous l'effet d'une ardeur manifeste.

Le feu la consumait jusqu'au fond de son être lorsqu'elle glissa la main sous son blouson d'aviateur, qui tomba bientôt par terre, et palpa les muscles de ses bras ainsi que ses larges épaules…

D'un geste vigoureux, il plaqua les mains sur ses hanches et l'attira contre son corps ferme. Quand elle se pressa contre son érection et qu'Oliver fit glisser ses lèvres le long de sa nuque, une fièvre insensée remonta aussitôt de son entrecuisse…

Poussant un petit gémissement, elle inclina la tête de côté et se cambra contre lui, pour lui indiquer à quel point elle le désirait. Contrairement à ce qu'elle redoutait, aucun doute, aucune angoisse ne jaillit en elle, elle vibrait juste d'impatience et seule la flamme de l'excitation chatoyait en elle.

— Tu sais, la visite que tu m'as proposée tout à l'heure..., commença-t-elle d'une voix sensuelle, en coulant la main sous le col de son T-shirt.

Au contact de sa peau chaude et soyeuse, un véritable courant électrique la parcourut ; elle enfouit alors son autre main dans sa chevelure épaisse et poursuivit sur le ton du murmure :

— ... je suis prête à la faire, maintenant.

2

Oliver hésita, l'espace de quelques secondes, lorsqu'elle inclina la tête de côté, aussi douce que consentante ; et puis elle poussa un petit gémissement qui balaya tout brin de raison qui lui restait.

Quand elle enfouit fébrilement les doigts dans ses cheveux, trahissant une faim égale à la sienne, il l'étreignit un peu plus fort et captura sa bouche pour y aspirer le souffle de son abandon. Il mêla alors bien vite sa langue à la sienne et, saisi par un désir au déchaînement insensé, il plaqua son corps contre le sien et prit tout ce qu'elle lui offrait...

Réveillé en sursaut par la sonnerie insistante de son smartphone, il poussa un juron, serra les dents pour se remettre de son rêve excitant et roula sur le côté. Au moment où il voulut se saisir de l'appareil, celui-ci glissa de la table de nuit et tomba par terre. Le rattrapant par le cordon de chargement, il l'arracha brutalement à la prise et prit l'appel.

— Ta séance de photos à EW commence dans une heure, entendit-il après son « allô » au ton peu engageant.

La voix apaisante de la femme à l'autre bout du fil était celle de son assistante.

— La voiture sera en bas de chez toi dans vingt minutes, précisa-t-elle.

— Parfait !

Conscient qu'il ne s'était pas réveillé à l'heure, il raccrocha sans la remercier de veiller au grain pour lui : c'était sa réputation qui était en jeu s'il arrivait en retard sur un shooting photo.

Après s'être rapidement douché, il enfila un jean délavé et un T-shirt gris. Saisissant au passage un de ses nombreux blousons en cuir, il chaussa ses baskets en peau retournée préférées, puis sortit de chez lui.

Heidi l'attendait en bas dans l'entrée, un gobelet de café dans une main, des lunettes de soleil dans l'autre. Il accepta les deux puis poussa la porte double de l'immeuble. À l'extérieur, une matinée vivifiante de mi-octobre l'accueillit : la morsure d'une fraîcheur précoce fouetta ses sens et s'engouffra en lui en même temps que l'odeur d'une nature en train de se faner. Les rayons du soleil se reflétaient de manière oblique sur la façade de son immeuble, à un angle bas qui illustrait le passage des saisons. Il mit ses lunettes, conscient qu'il allait vraisemblablement passer tout le mois d'octobre à broyer du noir, comme pendant les dernières semaines de septembre.

Le temps passait à toute vitesse tandis qu'il ne cessait de ruminer son désespoir et sa rage. Non seulement l'expéditeur de la fameuse canne à pêche demeurait anonyme, mais il ne parvenait pas à retrouver la femme avec qui il avait passé la nuit, six semaines plus tôt. Dès que celle-ci s'imposa dans ses pensées, le souvenir du matin qui s'en était suivi la talonna et se mit, comme à son habitude, à le torturer. Après une nuit d'amour fabuleuse, il s'était réveillé seul dans son grand lit et son appartement déserté. Depuis, il n'était pas parvenu à s'en remettre, tenaillé par la sensation qu'ils n'étaient pas allés au bout de toutes les possibilités qui s'offraient à eux deux.

Il en éprouvait une frustration indicible et permanente qu'il ne cherchait d'ailleurs pas à cacher : ainsi, il passa en trombe devant son chauffeur tout de noir vêtu sans même le saluer et prit place sur la banquette arrière de la voiture qui l'attendait. Son gobelet à la main, il regarda par la vitre tandis que Heidi s'installait sur le siège passager devant lui et le chauffeur derrière le volant.

Il lui était insupportable d'être obsédé par une femme qu'il connaissait à peine, même s'ils avaient couché ensemble, surtout quand la raison principale qui l'avait poussé à l'inviter dans son studio pour la photographier c'était l'envie de s'accorder une soirée de plaisir. Bien sûr, Suzi l'avait fasciné et il était curieux de savoir pourquoi elle n'avait pas vraiment réagi face au comportement si virulent de son petit ami. À moins qu'il n'ait été attiré par elle en raison de ce défilé lointain auquel ils avaient tous deux participé et qui avait été son dernier ; même s'il avait un souvenir très approximatif de cette soirée, elle avait marqué un virage décisif dans sa vie.

Quand la rencontre avec Suzi avait pris un tour un peu différent de ce qu'il escomptait, il s'était laissé happer par le merveilleux divertissement qu'elle lui apportait. Il avait cru qu'une fois leur appétit mutuel satisfait il aurait une meilleure idée de ce qui la motivait dans la vie et pourrait ainsi lui fournir la photo promise. Mais il s'était alors aperçu que le désir qu'elle lui inspirait était plus fort que sa curiosité. Ils avaient fait l'amour toute la nuit avant de s'endormir aux premières lueurs de l'aube. Il se rappelait l'avoir tenue dans ses bras, avoir enfoui le visage dans son cou puis s'être laissé dériver dans la satisfaction profonde du moment avant de sombrer dans le sommeil.

Les femmes avec qui il couchait aimaient en général s'attarder après une nuit fiévreuse : il déployait en effet chaque fois toute son énergie à satisfaire celle qui occupait son lit. Aussi, jamais il n'aurait imaginé qu'après leurs ébats ardents Suzi filerait en douce avant son réveil ! Et, le pire de tout, c'était qu'il ne connaissait que son prénom, avait-il réalisé alors que des flots de soleil inondaient son loft. Cependant, comme il lui avait donné sa carte de visite, il s'était raccroché à l'idée qu'elle le rappellerait. Mais au bout de quelques jours sans le moindre coup de téléphone il avait décidé de passer à l'attaque, et chargé son assistante de trouver un mannequin d'origine philippine, prénommé Suzi.

Heidi n'avait pas du tout été étonnée par sa requête : son rôle d'assistante l'amenait souvent à effectuer toutes sortes de tâches pour lui, et trouver un mannequin en faisait partie. Mais, quand ses recherches n'avaient rien donné, elle avait forcément remarqué qu'il en était excessivement affecté.

À 9 h 55, il pénétra dans la salle de travail d'EW Lingerie et inspecta le plateau du regard. Son équipe avait tout installé pour le shooting photo, en respectant ses instructions habituelles. Il remarqua aussi l'amoncellement de sous-vêtements en coton, dentelle et soie près des tables de maquillage. EW Lingerie s'adressait à toutes les femmes, quelles que soient leurs formes et leur couleur, sans qu'elles doivent sacrifier l'esthétisme au confort. Allons, il devait se concentrer sur son travail, d'autant que pour une fois il travaillait pour la bonne cause...

Au bout de plusieurs milliers de photos, il quitta sa peau d'artiste et perçut subitement une drôle d'énergie dans la salle, comme si tout le monde le regardait furtivement. Il était certes habitué à être le centre d'attention, mais en l'occurrence ce n'était pas celle qu'on lui accordait d'ordinaire. Posant son appareil-photo, il se dirigea vers Heidi.

— Que se passe-t-il ? lui demanda-t-il.

— La séance était formidable, déclara-t-elle avec un sourire radieux. Le magazine va adorer tes photos.

Convaincu qu'elle lui cachait quelque chose, il ne détourna pas les yeux des siens.

— Je ne parle pas du shooting, je sais que tout s'est bien passé.

Plissant les yeux, il sentit à nouveau une atmosphère angoissée tout autour de lui. Quelque chose n'allait décidément pas !

— Heidi, je te repose ma question et cette fois je veux une réponse franche : que se passe-t-il ?

— Une nouvelle est tombée, commença-t-elle.

Et elle marqua une pause, comme si elle eût voulu être n'importe où à l'heure actuelle sauf en face de lui !

— C'est au sujet de ta famille, ajouta-t-elle.

Subitement, il comprit pourquoi tous le traitaient comme un animal féroce échappé d'un zoo : ils redoutaient qu'il ne bondisse sur eux. Irrité, il serra les dents ; il assumait de terroriser son équipe quand quelque chose allait de travers sur le plateau, mais pas que chacun marche sur des œufs avec lui en raison de ses problèmes personnels. Retenant un grognement, il se dirigea vers l'endroit où il avait laissé son blouson et l'enfila, sentant le poids de son smartphone à l'intérieur. Puis, sans mot dire, il sortit de la pièce.

Une fois dans l'ascenseur qui le menait au rez-de-chaussée, il sortit son portable et tapa *Black Crescent* dans la barre de recherche. Avançant d'un pas rapide, il foulait déjà le trottoir à larges enjambées quand l'article s'afficha sur son écran.

Vernon Lowell est en vie ! Le fugitif de Black Crescent vient d'être localisé sur une île perdue des Caraïbes.

Son père était donc en vie ?

Le choc psychologique qui le frappa était de l'ordre d'un tsunami de plusieurs centaines de mètres ! Tout se mit à tournoyer en lui, émotions et pensées, l'air lui parut soudain saturé. C'était comme s'il se retrouvait sous l'eau sans savoir s'il remontait à la surface de l'océan ou coulait. Incapable de respirer, il trébucha et finit par s'adosser au mur de l'immeuble.

Cette fichue canne à pêche venait donc bien de son père !

Et à cette pensée la fureur reprit le dessus sur la commotion initiale. L'estomac brûlé par l'acidité, il fit défiler l'article explosif qui était à la une des nouvelles nationales : Vernon Lowell avait été repéré sur une île perdue des Caraïbes ! Pendant quinze ans, il s'était caché, profitant de la vie dans ce paradis, pendant que sa famille, humiliée, affrontait l'opinion publique. Il tenait si fortement son portable que ses doigts crispés en étaient tout blancs.

Comment était-ce possible ? Comment son père pouvait-il être encore de ce monde ?

Proférant un affreux juron, il jeta son téléphone sur la chaussée envahie par la circulation habituelle de Manhattan. Submergé par la subite envie de se réfugier dans un bar pour avaler immédiatement un *shot* de whisky, il reprit sa marche. En fait, c'était une bouteille entière qu'il lui faudrait pour noyer les émotions violentes qui l'assaillaient. Hélant un taxi, il ordonna au chauffeur de le conduire au SoHo Grand Hotel. Puis, écroulé sur la banquette arrière et les yeux rivés sur la vitre, il regarda d'un air absent Manhattan défiler.

Arrivé à destination, il régla sa course, sortit du taxi tout en rangeant son portefeuille, et s'immobilisa soudain avant de pénétrer dans l'hôtel : comme indépendamment de sa volonté, ses doigts s'étaient refermés sur les deux médaillons qui dansaient à son cou. Deux talismans sur lesquels il se concentra pour retrouver une respiration plus régulière.

Deux chiens étaient gravés sur les médaillons, dont l'un lui appartenait et l'autre avait été celui de Carson Bowles, son meilleur ami qui n'était plus de ce monde. Ils avaient fait les quatre cents coups ensemble, après avoir commencé en même temps comme mannequins. Un jour, ils s'étaient acheté ces colliers, et ne les avaient plus jamais ôtés, redoutant le pire s'ils s'en séparaient. Pareils à des porte-bonheur, ces médaillons avaient prouvé leur efficacité en leur donnant du travail en abondance, malgré leurs vies de turpitudes. Était-ce un hasard si, le soir de sa mort, celui de leur dernier défilé, Carson ne le portait pas ?

Son ami serait-il décédé s'il avait remué ciel et terre pour le retrouver, cette nuit-là ? Cette question le hantait régulièrement depuis. La soirée avait commencé comme toutes les autres. Ils avaient fait la fête dans plusieurs endroits, puis s'étaient à un moment perdus de vue. Il n'y avait pas particulièrement prêté attention. Tard dans la nuit, complètement ivre et drogué, il avait voulu se réapprovisionner auprès de son dealer habituel, mais ne le trouvant pas il s'était tourné vers une autre source, avec qui l'échange avait dégénéré : il avait fini à terre, sérieusement abîmé par les coups reçus. Après s'être remis debout à grand-peine, il avait trébuché contre Carson, allongé sur le sol : ce dernier avait succombé à une overdose.

Aucun membre de sa famille ne lui avait rendu visite ensuite à l'hôpital, ni n'était intervenu pour lui trouver un avocat qui aurait su conclure un arrangement concernant ses problèmes avec la justice. Ce qui n'était guère surprenant, puisqu'ils l'avaient abandonné bien avant que sa vie ne soit un vrai gâchis. Il avait fini dans un centre de désintoxication par ordonnance de justice, avec pour seuls bagages ses regrets infinis et le médaillon de son ami...

Quand Oliver tourna le dos au SoHo Grand Hotel, il remercia le médaillon de lui avoir permis de résister à la tentation et d'éviter une grave erreur.

Sammi regarda par la fenêtre du deux-pièces qu'elle partageait avec sa mère, au cœur de Manhattan, tournant et retournant la carte d'Oliver entre ses mains. Les coins en étaient arrondis tant elle l'avait manipulée sans se décider : elle la sortait au moins une fois par jour de son sac et retraçait du doigt les lettres en relief gravées dessus, avant de considérer les dix chiffres griffonnés au dos par Oliver.

Les jours qui avaient suivi leur nuit d'amour, elle avait été tentée d'enregistrer ce numéro dans ses contacts, imaginant que cette rencontre pouvait être le début d'une fabuleuse histoire. Et puis les jours s'étaient transformés en semaines, et le temps lui avait permis de mettre une certaine distance entre ses doux rêves et la réalité. Oliver Lowell n'était plus le héros fringant d'une adolescente, mais un homme compliqué, au présent marqué par des accès de colère relatés dans les tabloïds, sans aucune relation durable connue.

C'était d'ailleurs pour cette raison qu'elle s'était éclipsée au petit matin de son loft, six semaines plus tôt, et qu'elle ne l'avait pas rappelé depuis. Pourquoi n'était-elle pas parvenue à jeter sa carte de visite, c'était une autre affaire...

Elle pouvait toujours prétendre que c'était pour qu'il prenne la photo promise et qu'elle avait payée vingt-trois dollars. Même si elle pouvait tout à fait se permettre de faire une croix sur cette somme, elle sentait un frisson de frayeur et de plaisir mêlés danser sur son échine à l'idée d'exiger qu'il honore leur contrat verbal… Seulement, se remettrait-elle de voir un portrait d'elle-même qui dévoilait ce qui était enfoui au plus profond de son être ?

Elle n'en était pas du tout certaine.

Ce qui la ramena au présent et à son nouveau motif pour entrer en contact avec Oliver…

— Comment cela, tu arrêtes les défilés ? s'écria sa mère.

Puis, désignant leur superbe appartement avec une vue tout aussi fabuleuse sur Manhattan, celle-ci ajouta :

— Comment allons-nous faire pour continuer à nous offrir un tel luxe si tu arrêtes ?

— Ce ne sera effectivement *plus* possible, répondit-elle d'une voix frêle, entre l'épuisement et l'inquiétude.

Depuis que son test de grossesse s'était révélé positif, deux semaines auparavant, elle était imprégnée de nouvelles hormones et angoissée par l'avenir. Exténuée par les nausées matinales, elle était comme paralysée face à tous les changements imminents qui la cernaient de toutes parts ; son seul souhait était de se recroqueviller dans son lit et de s'isoler du monde. Mais sa mère ne cessait de la harceler.

Face à sa réponse, Celeste fronça les sourcils.

— Et où envisages-tu que nous allions ?

— Toi, je ne sais pas, répondit-elle, immédiatement assaillie par un sentiment de culpabilité et de peur, face à l'expression consternée de sa mère.

Néanmoins, celle-ci la saignait à blanc depuis des années, pourquoi était-elle donc incapable de couper les ponts avec Celeste en toute bonne conscience ?

— Mais moi, poursuivit-elle alors, je vais emménager dans un quartier plus adapté à mes moyens.

À la perspective de vivre enfin seule, Sammi sentit un curieux mélange de soulagement et de désarroi l'envahir. Elle n'avait jamais quitté sa mère, celle-ci orchestrant sa carrière, la poussant à travailler toujours plus dur, interférant dans sa vie personnelle au point qu'elle n'était même plus certaine de savoir gérer son existence de manière autonome. Agacée par ses propres doutes, elle fit abstraction de ses émotions pour mieux se concentrer sur le mécontentement grandissant de sa mère.

— Ah bon ? reprit Celeste. Et moi alors ? Que suis-je censée faire ? As-tu seulement pensé à moi ?

Son ton était passé de la fureur à l'apitoiement sur elle-même.

— Absolument.

De fait, elle avait longuement réfléchi à l'attitude de sa mère, à la façon dont celle-ci l'avait poussée devant l'objectif alors qu'elle avait juste un an, dans un univers qui avait défini sa valeur en fonction de son apparence. À New York, elle n'était pas un top model, même si à l'étranger elle connaissait un grand succès, juste un mannequin qui devait vraiment travailler dur pour gagner des revenus importants, qui permettaient à sa mère de mener grand train. Une mère qui avait émigré des Philippines afin que sa fille ait une tout autre existence que la sienne, qui avait toujours tiré profit de sa beauté et vivait aujourd'hui de sa réussite comme si c'était un dû.

— Je ne te crois pas, répliqua sèchement Celeste. Tu as plutôt l'habitude de foncer avant de réfléchir.

Elle aurait tant aimé pouvoir brandir des projets d'avenir bien mûris, mais elle n'avait guère été incitée à prendre des initiatives, aussi avait-elle besoin de temps pour dessiner les contours d'un nouvel avenir.

— Ce n'est pas parce que je ne détiens pas encore de réponses que je n'ai pas longuement réfléchi à la question, lui rétorqua-t-elle.

La sentant sur la défensive, Celeste plissa les yeux et enfonça les portes ouvertes.

— Puisque tu as tant *réfléchi*, tu as dû arriver à la conclusion que la solution était de continuer à exercer le mannequinat.

Pourquoi sa mère ne lui avait-elle jamais laissé la possibilité de respirer un peu ? De toute façon, le mannequinat n'était plus aujourd'hui une option envisageable !

— Le temps presse, ce n'est plus possible, lui dit-elle.

— Comment ça, le temps presse ? Tu n'as que vingt-six ans, bon sang ! Xiao Wen Ju avait plus de vingt ans quand elle a été découverte.

Celeste la rudoyait souvent en mentionnant des mannequins au phénotype non caucasien, comme elle.

— Si tu travailles aussi dur qu'elle, tu as encore le temps de faire la couverture de *Vogue* ou de signer pour représenter le visage d'un créateur. D'ici là, tu peux continuer les défilés.

L'irritation prit tout à coup le pas sur son anxiété : sa mère ne cesserait-elle donc jamais de sous-entendre qu'elle était une paresseuse ? Elle n'en pouvait plus.

— Je suis enceinte, déclara-t-elle tout à trac.

Elle se prépara aux invectives qui allaient suivre, mais la réaction inattendue de Celeste l'offusqua profondément.

— Oh ! ce n'est que ça ?

— Que ça ? répéta Sammi.

Comment sa mère pouvait-elle afficher un ton si blasé face à un tel événement ?

— Un après-midi suffira à régler l'affaire.

Elle se hérissa. *Régler l'affaire* ? Elle voulait parler d'une IVG ? Les larmes lui montèrent aux yeux : l'indifférence de Celeste concernant ses propres choix était juste insupportable. Elle sentit à nouveau la fureur bouillir en elle.

— Je ne vais rien régler du tout, annonça-t-elle.

Les yeux en amande de sa mère s'en arrondirent presque.

— Tu n'es pas sérieuse ? Ne me dis pas que tu comptes mener cette grossesse à terme ?

Poussant un petit rire méprisant, elle poursuivit :

— Es-tu donc aussi idiote qu'immature ? N'as-tu pas compris tous les sacrifices qu'implique la maternité ?

Oh ! vraiment ? Et toi, alors ?

La question méritait une bonne réponse, mais elle n'osa pas s'aventurer à la formuler par crainte de prononcer des paroles susceptibles de créer l'irréparable, entre sa mère et elle. Même si Celeste était obsédée par sa carrière et des plus têtues, elle représentait son unique famille ; sans elle, elle se retrouverait seule au monde et cette simple pensée la terrifiait.

— Comment comptes-tu vivre ? questionna Celeste alors qu'elle était à nouveau perdue dans ses pensées.

— Je trouverai du travail.

— Du travail ?

Sa mère s'esclaffa.

— Et que feras-tu ? Tu n'as aucune qualification qui te permette d'envisager autre chose que de poser ou défiler devant un objectif.

Elle retint une grimace de douleur ; certes, ces propos étaient cruellement vrais, mais elle refusait de croire que ses talents s'arrêtaient là ! Elle préférait penser qu'elle n'avait pas eu l'occasion de les explorer jusque-là, trop accaparée par le mannequinat.

— J'ai d'autres ressources, déclara-t-elle. Je commencerai au plus bas niveau et je grimperai les échelons.

— Tu plaisantes, j'espère, car dans ce cas tu ne pourras pas continuer à vivre à Manhattan.

— Il se peut effectivement que j'emménage ailleurs, répondit Sammi, d'un ton légèrement essoufflé à cette perspective effrayante.

À part les cinq années où elle avait défilé à l'étranger, elle n'avait jamais vécu ailleurs qu'ici. Elle ne savait même pas conduire une voiture et ignorait tout de ce qui l'attendait en dehors de l'univers de la mode.

Le rire amer de sa mère résonna alors à ses oreilles.

— Je ne t'ai pas éduquée pour que tu fasses n'importe quoi. Aussi, oublie un choix aussi absurde !

— Cela n'a rien d'absurde, dit Sammi en serrant les mâchoires.

Malgré tout, sa mère avait peut-être raison sur toute la ligne, se disait-elle, ventre noué. Pensait-elle vraiment pouvoir élever un enfant toute seule sans exercer sa profession de mannequin ? De quelle façon pourrait-elle gagner sa vie ? Minée par l'incertitude et la peur, Sammi se dirigea vers la porte pour sortir : elle avait besoin d'air pour avoir les idées plus claires.

— Où vas-tu ? hurla sa mère.

— Faire un tour.

Une fois dans la rue, elle héla un taxi avant même de réfléchir à l'endroit où elle voulait se rendre. Quand elle fut assise sur la banquette arrière et après que le chauffeur lui eut demandé une adresse, ses nerfs lâchèrent et elle éclata en sanglots. Où voulait-elle donc aller ? Vers qui pouvait-elle bien se tourner ? Toutes ses amies étaient mannequins, il était donc hautement probable qu'elles lui prodigueraient le même conseil que sa mère, laquelle avait jalousement conservé son influence sur elle, en écartant toute personne susceptible de lui préconiser d'autres suggestions professionnelles.

Sammi donna alors au chauffeur l'adresse de son agence. Elle avait besoin de leur expliquer sa nouvelle situation et de poser un premier jalon pour le futur. Si on la renvoyait sur-le-champ, cela l'inciterait forcément à trouver d'autres projets. Essuyant ses larmes, elle se rendit compte qu'elle tenait toujours la carte de visite d'Oliver à la main. Avec lui aussi, une conversation s'imposait, et curieusement celle-ci l'effrayait moins.

Après quelques centaines de mètres, elle demanda finalement au chauffeur de la déposer à une autre adresse, à savoir le loft d'Oliver. Le taxi s'arrêta, ainsi qu'elle le souhaitait, à une centaine de mètres de sa destination, car elle avait besoin de réfléchir à ce qu'elle allait lui dire. Encore une fois, elle considéra la carte et le numéro de portable inscrit au dos : devait-elle l'appeler avant ? Et s'il ne prenait pas son appel ou bien refusait de la voir ? Il ne lui avait pas demandé son numéro, cette nuit-là, aussi était-il évident qu'il n'avait pas vraiment envie de rester en contact avec elle.

Sammi ralentit un peu le pas en arrivant au niveau du dernier carrefour, d'où elle apercevait déjà l'immeuble d'Oliver. Elle leva les yeux : était-il chez lui ? Soudain, sa bouche s'assécha… Allait-elle vraiment le piéger avec sa grossesse ? Et, pour commencer, la croirait-il ? Nul doute que son côté insaisissable avait dû désespérer de nombreuses femmes.

En outre, Oliver Lowell ferait-il un bon père pour son enfant ? Il possédait certes des qualités indéniables en tant qu'amant, et elle se sentait indubitablement attirée par lui, mais en réalité elle ne le connaissait pas. Selon la rumeur, il avait un caractère difficile et il était cyclothymique ; cette réputation l'inquiétait.

Le feu de circulation eut le temps de changer deux fois tandis qu'elle demeurait immobile sur le trottoir.

Après tout, elle pouvait encore faire demi-tour et ne jamais lui révéler qu'il allait être père ; elle ne commettrait rien de bien répréhensible... Et tout à coup elle se rappela qu'elle-même avait été perturbée de grandir sans savoir qui était son propre père, elle ignorait même s'il avait connaissance de son existence, puisque Celeste refusait catégoriquement de parler de lui, ce qui était des plus injustes : quelque part, elle avait une autre famille qu'elle ne connaîtrait jamais.

Pouvait-elle infliger le même sort à son enfant ?

Alors, sans regarder le feu, elle s'élança pour traverser, consciente qu'elle venait de commettre une sacrée imprudence, et remerciant le destin qu'aucune voiture n'ait croisé son chemin. À quelques mètres de chez lui, elle se figea, à nouveau saisie par l'indécision. Elle considéra la porte par laquelle elle était entrée au bras d'Oliver, six semaines plus tôt, et redouta la conversation qui l'attendait : il était fort probable que la nouvelle lui déplairait, il en serait contrarié, furieux. Comment pourrait-il en aller autrement ? Elle s'apprêtait à bouleverser sa vie, et pas de la meilleure façon.

Prenant finalement son téléphone, elle composa de mémoire le numéro d'Oliver. Quand la sonnerie retentit, le courage la déserta et elle s'apprêtait à appuyer sur le bouton qui mettrait fin à l'appel lorsqu'une personne répondit à l'autre bout du fil :

— Vous êtes sur le téléphone d'Oliver Lowell.

Elle fut si surprise d'entendre une voix féminine qu'elle raccrocha. Confuse, elle finit par vérifier le numéro qui figurait sur la carte de visite, puis le compara à celui qu'elle venait de composer. Ils étaient identiques ! Qui plus était, la façon dont la femme avait répondu ne laissait aucune place au doute...

Ce fut alors que son téléphone sonna, affichant le numéro d'Oliver. Elle poussa un juron et regarda l'écran sans savoir que faire.

— Allô ? dit-elle une fois qu'elle se fut enfin décidée.

— Nous avons été déconnectées, dit la femme qui avait répondu au premier appel. Vous cherchez à joindre Oliver ?

À cette question, la plus grande gêne l'envahit.

— En fait, je suis venue le voir.

— Ah... ! renchérit la femme tout en paraissant réfléchir. Et vous êtes en bas ?

Sammi comprit alors qu'elle venait de commettre une grave erreur. En raison de l'absence de publicité autour de la vie privée d'Oliver, elle en avait conclu qu'il n'avait pas de petite amie ; or, une femme répondait sur son téléphone portable, il était donc évident que l'un et l'autre étaient intimes. Une vague de chaleur lui monta aux joues quand elle se souvint de la façon éhontée dont elle s'était offerte à lui : le sentiment de puissance qu'elle avait ressenti à ce moment précis s'était évanoui le lendemain matin.

— Je suis désolée, murmura Sammi, je dois vous laisser.

— Attendez.

Sans se plier à l'ordre de la femme, elle raccrocha. Instantanément, le numéro d'Oliver éclaira à nouveau son écran : elle le considéra un bon moment, puis laissa sa messagerie vocale se déclencher. Elle avait vraiment tout gâché.

Bien qu'une petite voix au fond d'elle-même la poussât à s'en aller, elle demeura quelques instants encore devant l'immeuble d'Oliver : l'envie de l'informer de sa grossesse n'avait pas disparu juste parce qu'il avait une petite amie. Eu égard au vide qu'elle ressentait par rapport à l'absence de son père, elle n'avait jamais pu comprendre comment sa mère avait bien pu lui cacher son identité. Et il lui était impossible d'accepter que son enfant subisse le même traumatisme. Redressant les épaules, elle reprit son téléphone. Cette fois, elle ne devait pas reculer ! Elle...

— Excusez-moi.

La voix familière l'arracha à ses pensées : la femme venait de sortir de l'immeuble d'Oliver et s'avançait à présent vers elle.

— Vous êtes la personne qui recherchait Oliver ?

— Euh, eh bien..., commença Sammi.

Elle posa une main protectrice sur son ventre en reculant face à cette femme qui se rapprochait d'elle d'un pas vif.

— C'est-à-dire que..., poursuivit-elle.

— Vous êtes Suzi, c'est bien ça ?

Décidément, cette femme semblait résolue à lui extorquer des aveux.

— Je m'appelle Sammi, répondit-elle bien vite.

Et elle fit un autre pas en arrière, battant en retraite devant cette inconnue qui tenait impérativement à obtenir des réponses à ses questions. C'était encore pire que ce qu'elle avait imaginé. En désespoir de cause, elle brandit la carte de visite d'Oliver et ajouta :

— Nous nous sommes rencontrés il y a quelques semaines, et il me l'a remise.

— Donc, vous vous appelez Sammi ? questionna la femme, sourcils froncés. Pas Suzi ? Mais vous êtes mannequin, n'est-ce pas ?

— Oui.

— Attention ! cria-t-on soudain dans son dos, à sa droite.

Et un coup de klaxon s'ensuivit.

À cet instant, elle perçut du mouvement dans sa vision périphérique ; quelque chose d'un rouge vif s'approchait d'elle à toute allure. Elle nota alors quantité de détails, notamment l'effroi sur le visage du gardien, le crissement des freins... Tout à coup, un violent impact du côté gauche la fit décoller de terre, et quand elle retomba de tout son long sur le trottoir une douleur insoutenable la saisit au niveau du poignet et de l'épaule. Elle vit trente-six chandelles, puis tout devint obscur.

3

Depuis que son père faisait à nouveau la une des journaux, après son extradition des Caraïbes, Oliver avait pris l'habitude de ne plus emporter son portable quand il sillonnait Manhattan à pied, en quête d'inspiration. En effet, le déluge d'appels et de textos qu'il recevait de sa mère et de ses frères concernant les problèmes légaux liés à cette réapparition ne lui permettait plus de réfléchir ; le répit était malheureusement de courte durée, ces promenades ne dépassant en général pas deux heures.

Rangeant son appareil-photo, Oliver héla un taxi, donna au chauffeur l'adresse de son appartement de SoHo puis, une fois installé sur la banquette arrière, ouvrit les vannes à la kyrielle de responsabilités qui l'attendait. Outre la crise familiale qui représentait la priorité sur la liste des choses à faire, il devait exercer son travail et remettre aux clients les photos qu'ils attendaient. Il éprouva soudain le vif désir de tout laisser tomber et de partir sur une île déserte… Ce qui ramena tout de suite son père et ses Caraïbes dans ses pensées ! Il détestait les similarités qu'il avait avec lui, mais celle-ci était trop évidente pour qu'il puisse la nier.

En centre de désintoxication, il avait pris conscience que son addiction provenait de son impulsion à fuir les problèmes et avait appris à affronter ses démons pour pouvoir reprendre le contrôle de ses actes et donner un autre tour à sa vie. Plus il gagnait en confiance, et plus il regrettait ses choix de jeunesse : s'il s'était consacré à sa passion pour la photographie dès le début, au lieu de céder aux pressions de son père et d'étudier à Harvard, il ne serait sans doute pas devenu accro à la drogue. Ces années sombres, tout comme son laborieux combat pour demeurer sobre, avaient laissé en lui des cicatrices certes invisibles mais douloureuses. Toutefois, il était indéniable que cette lutte l'avait non seulement rendu plus fort, mais lui avait aussi permis d'apprécier aujourd'hui sa réussite.

— On dirait qu'il y a eu un accident devant votre immeuble, déclara le chauffeur, l'arrachant à ses pensées.

Il se pencha alors en avant et aperçut, par le pare-brise, les lumières clignotantes d'une ambulance. La circulation était par ailleurs bloquée, aussi sortit-il son portefeuille et répondit-il au chauffeur :

— Je vais descendre ici.

Il referma la portière du taxi, les yeux rivés sur les infirmiers qui glissaient un brancard dans l'ambulance. En raison du grand nombre de badauds, il ne put voir qui s'y trouvait mais, alors qu'il arrivait d'un bon pas à la hauteur de son immeuble, il repéra un visage familier dans la foule.

— Que se passe-t-il ? questionna-t-il en se glissant aux côtés de son assistante, tandis que les portières de l'ambulance se refermaient.

Heidi sursauta et darda sur lui des yeux noisette emplis d'inquiétude.

— La femme que tu m'avais demandé de chercher vient d'être renversée par un coursier à bicyclette ; celui-ci a fait une embardée pour éviter une voiture qui a traversé inopinément devant lui.

— Suzi ?

Et il suivit du regard l'ambulance qui s'éloignait, déconfit qu'elle lui file pour la deuxième fois entre les doigts.

— Tu lui as parlé ?

— Elle ne s'appelle pas Suzi, expliqua Heidi en lui tendant son téléphone, mais Sammi.

Puis elle brandit un sac à main et ajouta :

— Et ceci lui appartient. J'ai vérifié son nom, il s'agit de Samantha Guzman.

Il prit, des mains de Heidi, à la fois son téléphone et le sac, fort irrité de l'avoir manquée de si peu.

— Est-elle gravement blessée ? s'enquit-il.

— Sa tête a heurté le sol quand elle est tombée, et elle a perdu connaissance. C'est pourquoi nous avons appelé le SAMU. Elle est revenue à elle lorsque les infirmiers l'ont examinée et elle s'est alors plainte d'une douleur au poignet. Elle n'avait pas du tout l'air dans son assiette.

Aussitôt, Oliver héla un nouveau taxi, qui suivit l'ambulance jusqu'à l'hôpital. Puis, le sac de Sammi à la main, il fut en mesure de convaincre le personnel hospitalier qu'ils étaient ensemble et suivit les instructions que lui donna l'infirmière pour rejoindre l'endroit où on l'avait laissée sur son brancard, derrière le rideau. Gorge nouée, il s'avança vers Sammi, autrement dit Samantha Guzman, qu'il n'avait pas revue depuis six semaines : elle était pâle et immobile, et n'allait certainement pas lui bondir au visage.

Elle cligna plusieurs fois des paupières puis ouvrit les yeux, jetant un regard confus autour d'elle. Il retint sa respiration : pourquoi se serait-il menti en mettant son trouble sur le compte d'une simple attirance sexuelle ? Cette femme avait réussi à l'obséder pour d'autres raisons, mais à présent qu'il se tenait devant elle il ne savait que lui dire... Par chance, une infirmière s'avança vers le brancard.

— Vous avez eu un accident, mademoiselle, dit-elle en jetant un regard oblique à Oliver.

Elle vérifia ses constantes vitales et lui posa des questions standard avant de préciser :

— Le médecin ne va pas tarder. Y a-t-il autre chose que nous avons besoin de savoir ?

Pendant que l'infirmière s'affairait autour d'elle, Sammi avait remarqué la présence d'Oliver et le choc s'était lu sur son visage : elle avait écarquillé les yeux, puis les avait détournés de lui.

À présent, tandis qu'elle hésitait pour répondre à l'infirmière, elle lui jeta un bref regard. Le murmure qui sortit enfin de sa bouche fut si faible qu'il ne put le percevoir, mais il se rendit compte que ses yeux s'étaient voilés d'inquiétude.

— Vous en êtes à quel stade ? questionna l'infirmière en prenant des notes.

— Environ six semaines.

Cette fois, il comprit ce qu'elle venait de dire. *Six semaines.*

Ce qui correspondait à la dernière fois où il avait posé les yeux sur elle avant aujourd'hui. Les battements de son cœur s'accélérèrent brutalement, à mesure que ses pensées tournoyaient dans son cerveau… Ils avaient couché ensemble six semaines auparavant et aujourd'hui elle était venue chez lui : était-ce pour lui annoncer qu'elle était enceinte et qu'il était le père ? Puis il se rappela le petit ami qui l'avait laissée tomber, le soir de leur rencontre. N'était-il pas plus probable que ce soit lui le père ?

Il espérait du moins que tel était bien le cas ! Il lui était totalement impossible de s'imaginer à la hauteur d'une éventuelle paternité. Il n'y connaissait rien du tout !

L'infirmière s'éloigna alors qu'il était toujours plongé dans ses pensées, de sorte qu'il laissa passer l'opportunité de prendre ses jambes à son cou ! Seul avec Sammi, il s'efforça de retrouver son calme.

— Tu es enceinte ? demanda-t-il.

— Oui.

De moi ?

— Est-ce pour cette raison que tu es venue chez moi aujourd'hui ? enchaîna-t-il en croisant les bras.

Son cœur battait si vite que c'en était douloureux.

— Il me semblait que tu devais savoir, dit-elle.

— Ah bon ? Il te semblait que je devais savoir, répéta-t-il, ses pensées partant dans tous les sens. Car tu crois que je suis le père ?

Elle ne parut pas du tout troublée par sa question.

— Je sais que c'est toi.

Même si elle ne lui avait pas répondu qu'il était un idiot de lui poser une telle question, il se sentit flancher, comme si elle venait de lui lancer une critique. Il fronça les sourcils.

— Je ne connais rien à la paternité, dit-il alors, plus pour lui-même qu'à son intention.

— Et moi non plus à la maternité, renchérit-elle.

À ces mots, ses yeux s'emplirent de larmes, mais elle poursuivit :

— Je crois que nous ne sommes prêts ni l'un ni l'autre à être parents.

Elle voulut alors porter la main à sa joue pour en essuyer les larmes, mais fit la grimace : elle avait visiblement oublié sa blessure au poignet, qui venait en revanche de se rappeler à elle.

— Ça va ? s'enquit-il en s'approchant d'elle, ne sachant comment la soulager.

— Désolée, dit-elle.

Et elle secoua la tête avant de poursuivre :

— Je conçois que, tout cela, c'est beaucoup d'un seul coup. Rassure-toi, je n'attends rien de toi ! Tu pourras t'impliquer dans ma vie et celle du bébé si tu en as envie, et si ce n'est pas le cas je disparaîtrai complètement de la tienne, si c'est ce que tu souhaites. J'estimais juste normal de t'informer de la décision que j'avais prise.

Comment pouvait-elle le soupçonner d'être un homme capable d'abandonner une femme enceinte de lui ? C'était blessant, et pourtant de quel droit aurait-il pu l'en blâmer ? Il ne s'était assurément pas comporté comme une personne sur qui elle pouvait compter... Bon sang ! Il avait ratissé New York pendant des semaines pour la retrouver, et maintenant que c'était chose faite la situation était bien plus compliquée entre eux qu'il ne l'aurait cru, et il n'avait plus qu'une envie : fuir.

Il vit que de nouvelles larmes lui montaient aux yeux.

— Bon sang ! Je suis vraiment dans un sale état, marmonna-t-elle.

La plupart des gens n'étaient pas à leur avantage quand ils

pleuraient, mais le désarroi de Sammi renforçait sa fragilité, tout comme son propre désir de la protéger. Comme il s'apprêtait à lui assurer qu'il était parfaitement normal qu'elle soit bouleversée, eu égard aux circonstances, un homme de haute taille vêtu d'une blouse blanche portant le logo de l'hôpital s'avança vers eux.

— Bonjour, madame Guzman, dit-il en lui adressant un sourire réconfortant. Vous avez fait une chute, c'est cela ?

Oliver s'écarta un peu, par discrétion.

Aussitôt, Sammi regarda dans sa direction, et un éclair d'angoisse brilla dans ses yeux. Nul doute qu'elle n'attendait pas une conduite très noble de sa part ; or, l'arrivée du médecin représentait l'opportunité idéale pour lui de prendre ses jambes à son cou, de la laisser gérer seule la situation. Et, en toute franchise, avait-il besoin de ces nouveaux problèmes ? Sa vie n'était-elle pas assez chaotique avec la réapparition de son père ?

La seule pensée de Vernon Lowell suffit à raviver la flamme de la colère en lui. Mû par le besoin de respirer un peu d'air frais, il se dirigea vers la sortie. Quand il revint, dix minutes plus tard, Sammi n'était plus derrière le rideau, là où il l'avait laissée. Une vive panique le saisit : l'avait-il à nouveau perdue alors qu'il venait tout juste de la retrouver ? Son sac à dos, qu'il avait toujours entre les mains, le rassura : il contenait assurément toutes les informations nécessaires pour retracer sa piste, cette fois.

Se mettant en quête d'une infirmière auprès de qui se renseigner, il comprit alors que, enceinte ou non de lui, elle ne ressortirait de sa vie que lorsqu'il serait prêt à la laisser partir.

Sammi ne fut pas surprise de constater qu'Oliver s'était éclipsé, à l'arrivée du médecin. Ne lui avait-elle pas donné toute latitude pour s'impliquer ou pas dans sa grossesse ? Aussi son étonnement fut-il grand quand, en revenant d'une série de tests et de radios, elle se rendit compte qu'il l'attendait dans la chambre où on la ramena en fauteuil roulant.

— Je pensais que tu étais parti, dit-elle, soulagée de constater qu'il n'en était rien.

Et elle se concentra sur sa respiration pour contrôler ses folles émotions : elle ne pouvait tout de même pas croire qu'il était resté parce qu'elle lui plaisait un peu. Ils n'avaient couché qu'une fois ensemble !

— J'étais juste sorti pour te laisser en tête à tête avec le médecin, et pendant ce temps on t'a emmenée pour des tests, dit-il en posant son sac sur la table à roulettes, près d'elle. Alors, comment te sens-tu ?

Il avait furtivement regardé son ventre, avait-elle remarqué, mais sans lui demander pour autant comment allait l'enfant qu'elle portait. Nul doute que cela aurait été plus facile si l'accident avait provoqué une fausse couche... Allons, elle n'était guère charitable, se réprimanda-t-elle, puisqu'il n'avait pas profité de son absence pour déguerpir.

— J'ai mal à la tête et la nausée, répondit-elle, mais on m'a expliqué que c'était normal, car ma chute a entraîné une commotion cérébrale.

— Ils veulent te garder pour la nuit, déclara-t-il alors, tout en louchant vers la porte, qui semblait décidément le tenter. Y a-t-il une personne que je doive appeler pour l'informer de ta présence ici ?

Sammi pensa alors à Celeste, mais elle secoua finalement la tête, toujours furieuse contre sa mère, qui lui avait suggéré d'avorter.

— Non, il n'y a personne à prévenir.

Il parut sceptique, mais elle arbora son expression la plus résolue : ce n'était pas comme si elle avait une mère qui aurait accouru, pétrie d'inquiétude en apprenant ce qui lui était arrivé.

— Il faut pourtant que quelqu'un reste auprès de toi dans les deux jours qui viennent, déclara-t-il d'un ton catégorique. On ne traite pas à la légère une commotion cérébrale.

Eu égard à sa dispute avec Celeste, si elle suivait son intention et abandonnait le mannequinat, elle devrait emménager dans un appartement plus petit et vivrait alors seule, se rappela-t-elle.

— Ça va aller, lui assura-t-elle.

Elle était fière de la confiance qu'elle éprouvait, même si elle redoutait la bataille qui l'attendait à la maison.

Ce fut au tour d'Oliver de secouer la tête.

— Non, je ne peux te laisser seule.

Tout en s'agaçant de son attitude autoritaire, elle sentit un nœud se desserrer dans sa gorge et, l'espace d'un court instant, elle s'accrocha à cette impression... Quel effet cela lui ferait-il d'avoir pour une fois, auprès d'elle, une personne soucieuse de son bien-être ? Qui la délesterait de ses soucis, ferait tomber de ses épaules le poids de la responsabilité ?

Sentant sa détermination fléchir, elle repoussa ces pensées si tentantes et posa la main sur son ventre, où croissait une vie dont elle serait responsable pour longtemps... Bien que peu certaine de ses talents de future mère, ainsi qu'elle l'avait avoué plus tôt à Oliver, elle était prête à relever le défi.

— Je ne crois pas que tu aies vraiment le choix, reprit-elle, même si son cœur s'était remis à cogner dans son crâne.

— Pourquoi compliques-tu tout ? Je veux juste m'assurer que tu es en sécurité, objecta-t-il en haussant un peu le ton.

L'inquiétude qu'il nourrissait pour elle était si exaltante qu'elle en oublia pendant quelques instants ses douleurs.

— Je ne complique rien du tout !

Il croisa ses bras vigoureux.

— Permets-moi de ne pas être d'accord !

— Tu ne me demandes pas ce dont j'ai besoin, mais tu me dictes ce que tu penses être nécessaire à mon bien-être, répliqua-t-elle. Et il y a assez de personnes dans ma vie qui s'en chargent sans que tu t'en mêles aussi.

Chacun soutint le regard de l'autre pendant quelques secondes, puis Oliver poussa un soupir et s'approcha du lit.

D'un ton radouci, il reprit :

— C'est toi qui es venue chez moi, l'aurais-tu oublié ?

— Effectivement, mais si je n'étais pas venue nous ne nous serions jamais retrouvés.

Et c'était ce qui lui pesait le plus : si elle n'avait pas fait la démarche de venir jusqu'à lui parce qu'elle était enceinte, jamais elle ne l'aurait revu.

— Je n'ai pas compris ton nom, le soir de notre rencontre. Le bar était bruyant et j'avais entendu Suzi, au lieu de Sammi. Toi, tu savais qui j'étais, mais je reconnais que je n'ai pas fourni l'effort de te demander ton nom complet.

Était-ce à dessein ? Après tout, il avait couché avec de nombreux mannequins, n'était-elle qu'une de plus sur la liste ?

— Pourquoi as-tu filé sans me prévenir, au petit matin ? poursuivit-il.

— Je n'ai pas vraiment de bonne réponse à te donner...

Elle n'allait certainement pas lui avouer qu'elle redoutait le réveil après une nuit sans lendemain.

Prenant une chaise, il la retourna et s'assit à califourchon dessus, sans la lâcher du regard.

— Je me contenterai d'une réponse médiocre, rétorqua-t-il.

Elle soupira et se lança :

— Après ce qui s'était passé entre nous...

À ces mots, elle sentit ses joues la brûler.

— Eh bien, au réveil, j'étais gênée, voilà !

— Pourquoi ? Parce qu'on avait couché ensemble ?

— Je n'ai pas l'habitude de suivre un homme que je viens juste de rencontrer.

— Nous n'étions pas tout à fait des étrangers l'un pour l'autre, dit-il tandis qu'une lueur spéculative s'allumait dans ses yeux bleus. Tu m'as bien dit que nous avions défilé ensemble, non ?

— Toi, tu ne te souvenais plus de moi.

— Je ne me rappelle pas grand-chose de cette époque de ma vie, admit-il. Donc, c'est ce qui explique ta fuite, au petit matin ? Dans ce cas, pourquoi as-tu dormi chez moi ?

Elle se mordit la langue pour ne pas lui avouer qu'elle avait eu un coup de foudre pour lui, autrefois. En outre, elle n'était pas non plus encline à lui confier qu'elle n'avait aucune hâte de rentrer chez elle et d'affronter sa mère.

— Parce que je me sentais bien avec toi... Et puis j'avais l'impression que c'était réciproque.

— Tout à fait ! Quand j'ai dit que je te trouvais fascinante, ce n'était pas des paroles en l'air.

Sammi le considéra quelques instants avant de se jeter à l'eau.

— Mais maintenant je suis enceinte.

— Effectivement.

Son expression impassible la fit frissonner.

— Et c'est une complication dont tu te passerais.

— Ne me prête pas des propos que je n'ai pas tenus !

— Désolée, marmonna-t-elle de façon automatique.

Puis elle tourna la tête vers la fenêtre pour échapper à son regard sévère.

— Entre les hormones de grossesse et tout ce qui s'est passé aujourd'hui, je suis épuisée, ajouta-t-elle.

— Tu veux qu'on en parle ?

Elle sentit ses lèvres trembler lorsqu'elle s'efforça de lui sourire.

— Quand on s'est vus, il y a six semaines, je crois t'avoir dit que je souhaitais changer de profession. Eh bien, avec ma grossesse, mon projet va se concrétiser plus tôt que prévu.

— Et que comptes-tu faire, à la place ?

— Pour commencer, je dois déménager, car je ne pourrai pas continuer à payer mon appartement actuel, si j'arrête le mannequinat.

— Tu as un autre endroit où loger ?

— Pas pour l'instant. Il faut d'abord que je donne mon préavis, donc j'ai encore trente jours pour trouver.

— Quelqu'un peut-il t'aider ? Tes parents, par exemple ?

— Je n'ai que ma mère, c'est mon imprésario et elle ne veut pas que j'arrête les défilés. Nous nous sommes vivement querellées juste avant que je ne vienne chez toi.

— Et ton père ?

— Je ne sais pas qui c'est, dit-elle avant de s'en mordre la langue, et de blâmer sa commotion cérébrale pour cette révélation. Ma mère était enceinte de moi quand elle a émigré des Philippines et a toujours refusé de me parler de lui...

À ces mots, les larmes lui piquèrent à nouveau les yeux et une terrible fatigue s'abattit sur elle.

— Désolée, marmonna-t-elle tandis que les larmes roulaient sur ses joues, je ne suis pas ainsi, d'habitude.

— Tu as eu une journée éprouvante, dit-il en lui tendant une boîte de Kleenex. Que puis-je faire pour t'aider ?

Il était irréaliste d'imaginer qu'elle pouvait compter sur lui, pensa-t-elle. La rumeur ne disait-elle pas qu'après avoir arrêté le mannequinat il avait fait une cure de désintoxication ? Et, même si tout indiquait qu'il avait à présent tourné la page, il avait tout de même la réputation d'être un photographe avec qui il était difficile de travailler. Elle en déduisait donc qu'il ne devait pas être facile à vivre...

— C'est gentil, mais ça va aller.

— Je n'en doute pas, il n'empêche que pour le moment tu es en observation, à l'hôpital.

— Je n'ai rien de grave, répliqua-t-elle en se concentrant sur la vie minuscule qui battait en elle. Le docteur m'a assuré que quelques heures à l'hôpital suffisaient, je vais sortir sous peu. Tu n'as vraiment pas besoin de rester à mon chevet.

— Arrête d'essayer de te débarrasser de moi !

Et à ces mots il lui étreignit gentiment la main ; immédiatement, son corps se réveilla et elle eut la sensation qu'il scintillait comme une enseigne, sur Broadway. Un désir fou se saisit d'elle et il lui fallut se dominer pour ne pas l'attraper par le col de sa chemise et l'attirer à elle.

Au lieu de quoi, elle se contenta de regarder fixement sa bouche, se rappelant les fabuleux baisers qu'il lui avait procurés... La simple vue de cet homme lui coupait le souffle et le désir qu'il lui inspirait était si vif qu'il en était presque douloureux.

— Ne t'inquiète pas pour moi, insista-t-elle sur un ton moins convaincu.

Puis elle retira la main de la sienne par crainte de faire ou de dire quelque chose qui l'aurait trahie.

— Je crains qu'il ne soit un peu trop tard pour cela, répondit-il.

4

Toujours assis au chevet de Sammi, Oliver contempla, par la fenêtre de la chambre, le ciel qui passait de l'indigo à une couleur lavande, puis reporta le regard sur la belle endormie. Même si la seule marque visible de l'accident était son poignet bandé, il émanait de toute sa personne une fragilité qui contrastait avec la jeune femme toute vibrante de vie qu'il avait connue, six semaines plus tôt.

En outre, il avait photographié quantité de femmes célèbres enceintes qui resplendissaient de santé et de joie tandis que Sammi paraissait au contraire avoir atteint un niveau de fatigue et de stress alarmant. Et le constat le préoccupait car, indépendamment du fait qu'elle portait son enfant, elle lui plaisait depuis le premier jour.

Cependant, avec la réapparition de son père et le procès imminent, sa vie allait entrer dans une période tumultueuse : était-il bien raisonnable d'y entraîner une femme dont la vie était également perturbée ?

Et puis s'il était bien le père de son enfant il redoutait d'être, en raison de son passé familial, un piètre parent, sans compter que pour son travail il ne cessait de voyager : nul doute que ses absences répétées pèseraient de façon négative sur l'enfant et que celui-ci éprouverait du ressentiment contre lui, comme cela avait été son cas envers Vernon. Le cycle de la négligence était-il donc une fatalité ?

Et s'il détenait le pouvoir de l'arrêter en ne fuyant pas

devant ses responsabilités ? Il détourna un instant les yeux vers le ciel et, quand il les dirigea à nouveau vers Sammi, il se rendit compte qu'elle avait les paupières grandes ouvertes et l'observait attentivement. Une belle éclaircie s'immisça alors dans ses ruminations face au mélange de joie et de soulagement que reflétaient ses yeux marron foncé. Les battements de son cœur s'accélérèrent : peut-être l'heure du changement avait-elle finalement sonné, songea-t-il.

— Tu n'es pas parti, murmura-t-elle.

Elle jeta un coup d'œil à l'horloge, au mur, et ajouta :

— Je suis restée ici toute la nuit ?

— Oui, c'était ce qui était prévu, mais tu pourras partir aujourd'hui, si tu t'en sens capable bien sûr, après la visite du médecin. Une voiture t'attend en bas pour te conduire à la maison.

— Mais je n'ai pas besoin...

— De mon aide, je sais, l'interrompit-il. Malgré tout, je me sens responsable de ton état.

Une heure plus tard, le médecin vint l'examiner et lui donna l'autorisation de sortir. Sans prêter attention à ses protestations, Oliver la poussa dans son fauteuil roulant jusqu'à la double porte de l'entrée, près de laquelle une voiture noire était garée.

— Où allons-nous ? questionna le chauffeur une fois que tous eurent pris place à l'intérieur.

À l'arrière, il posa les yeux sur le profil parfait de Sammi et s'étonna du recul que celle-ci lui avait subitement permis de prendre par rapport à sa vie : vingt-quatre heures plus tôt, il était encore un célibataire tourné sur lui-même, son passé et les drames qui entouraient sa famille. Il était alors loin d'imaginer que ses retrouvailles avec Sammi lui apporteraient nombre de nouveaux défis à relever, et orienteraient son regard vers un avenir porteur de promesses.

— Tu peux lui donner ton adresse ? demanda-t-il à Sammi.

Celle-ci serra son sac contre elle, l'air concentré, comme si elle hésitait à lui confier des informations hautement confidentielles.

Réfrénant sa nature impatiente, il attendit avec sagesse qu'elle daigne enfin livrer le précieux renseignement...

Lorsque la voiture s'arrêta devant son immeuble, et que Sammi tendit la main vers la poignée, il posa la sienne sur son bras pour l'immobiliser. Elle lui jeta un regard confus, cependant que le chauffeur contournait le véhicule pour lui ouvrir la portière.

— Je vais t'accompagner jusqu'au seuil de ton appartement, lui dit-il.

— C'est inutile, je vais très bien maintenant.

Il secoua la tête.

— Tu vas bien sûr te rétablir, mais tu ne l'es pas encore tout à fait.

Elle ouvrit la bouche pour contester ses propos puis se ravisa, soudain bien raide : était-ce dû à la douleur ou à une contrariété liée à son insistance ? La première hypothèse, conclut-il, quand elle posa le pied à terre et qu'un gémissement étouffé lui échappa. Et, lorsqu'il lui offrit son bras, elle soupira mais le prit.

Ils gagnèrent l'ascenseur en silence puis, une fois devant, elle voulut le congédier, mais là encore il secoua la tête : il tenait à respecter sa promesse et à l'accompagner jusqu'à son appartement. Ils montèrent jusqu'au dixième étage sans échanger un mot.

— Merci, lui dit-elle en introduisant la clé dans la serrure.

Puis elle ouvrit la porte, juste assez pour pouvoir y glisser sa fine silhouette avant d'ajouter de l'intérieur :

— Voilà, je suis chez moi !

Encore une fois, elle lui signifiait de partir, mais il ne l'entendait pas de cette oreille. Posant la main sur la porte, au-dessus de sa tête, il haussa les sourcils.

— Le médecin a dit que tu ne devais pas rester seule pendant quarante-huit heures. Donc je n'irai nulle part tant que je ne serai pas rassuré sur ce point.

— Je t'assure que tout ira bien, reprit-elle, de toute évidence agacée de ne pas avoir la force de lui refermer la porte au nez. Il est inutile que tu restes plus longtemps.

Et elle plongea son regard déterminé dans le sien, qui l'était tout autant... jusqu'à ce qu'un cri strident en provenance des profondeurs de l'appartement interrompe leur lutte de volontés silencieuse.

— Ah, te voilà enfin ! Mais où étais-tu, bon sang ?

Sammi parut se décomposer...

Une version plus âgée d'elle-même et un peu moins grande venait de surgir dans le corridor. La femme portait un pull à col roulé motif panthère et sans manches, un pantalon noir et des boots, ce qui lui donnait une allure un peu douteuse : de fait, elle était vêtue comme une jeune femme branchée alors qu'elle devait avoir dans les quarante-cinq ans. Il supposa qu'elle était la mère de Sammi.

— Tu as manqué le shooting Potts hier après-midi, et ton agence a appelé, en hurlant de rage.

Bien qu'il ne soit pas encore midi, elle tenait un verre à la main et son pas semblait instable lorsqu'elle s'avança vers eux. Sammi appuya l'épaule contre la porte, visiblement découragée, et il posa la main sur ses reins afin de lui apporter son soutien : il perçut clairement le frémissement qui, à cet instant, la traversa tout entière.

— Continue comme ça et ils vont te licencier, et qu'est-ce qu'on fera, hein ?

Ce fut alors qu'elle se rendit compte de la présence d'Oliver. Plissant les yeux, elle inspecta d'un œil sceptique son blouson en cuir usagé, son jean déchiré avant de demander d'un ton sec :

— Qui c'est, celui-ci ?

— Je m'appelle Oliver, répondit-il froidement, peu soucieux de ménager la susceptibilité de cette femme répugnante. Et vous êtes... ?

Sans doute choquée par son impolitesse, Sammi poussa une petite exclamation ; quant à sa mère, elle était soit dans un état d'ébriété trop avancé, soit trop égocentrique pour comprendre que c'était son agressivité envers sa propre fille qui l'avait irrité.

— Je te présente Celeste, dit Sammi.

Et son regard passa de l'un à l'autre, comme celui d'un petit animal effrayé jaugeant ses deux prédateurs.

— Je suis la mère de Samantha, précisa Celeste avant de tourner à nouveau sa fureur vers sa fille. Je suppose que c'est avec lui que tu passes tout ton temps au lieu de travailler ? Je n'arrive pas à croire que tu aies laissé tomber Ty pour te mettre avec celui-là.

Cette femme ne remarquait-elle donc pas la fragilité de Sammi ? Par égard pour celle-ci, il contint sa colère, loin de se douter, quand elle avait évoqué une querelle avec sa mère, que la dynamique de sa famille était à ce point délétère et, à en juger par l'expression actuelle de Sammi, il était manifeste qu'elle en souffrait.

Une multitude de questions jaillirent alors en lui : pourquoi celle-ci n'avait-elle pas coupé les ponts avec un environnement si toxique ? De toute évidence, sa mère ne défendait pas les intérêts de sa fille.

Abandonnant son ton agressif, Celeste opta alors pour la plainte :

— Pourquoi es-tu si résolue à me punir ?

— Sammi sort de l'hôpital, intervint-il, masquant à grand-peine son exaspération.

Il espérait que cette nouvelle provoquerait un changement radical de comportement chez la mère de Sammi, pour le meilleur, aussi fut-il pris de court quand elle répondit d'un ton apparemment soulagé :

— Ah, Dieu merci ! J'avais si peur que tu ne fasses pas ce qui s'imposait et refuses de régler cette affaire au plus vite. Maintenant, tu peux donc garder ton travail.

Tout comme Sammi, il se raidit devant l'insensibilité choquante de sa mère. Cette femme estimait donc savoir mieux que sa fille ce qui était bon pour elle, indépendamment de ce que celle-ci en pensait ? Il en avait le souffle coupé ! Il jeta un coup d'œil à Sammi, dont la pâleur était préoccupante : elle paraissait dévastée, vaincue.

Serrant les dents, il reprit :

— Sammi a eu un accident.

Il se fit l'effet d'un chevalier défendant une demoiselle en détresse ! Il n'avait guère d'expérience en la matière, mais il était évident que Sammi était incapable de tenir tête à sa mère.

— Elle a été renversée par un coursier à vélo et souffre d'une commotion cérébrale.

Et il était sur le point de prendre Sammi dans ses bras pour enfin entrer dans la maison quand celle-ci porta la main à sa bouche et se précipita tout au fond de l'appartement.

— Où vas-tu ? hurla alors sa mère dans son dos avant de se retourner vers lui : J'imagine que vous êtes le père ?

Sur ces mots, elle se rapprocha de lui, roulant les hanches pour montrer qui commandait ici, et poursuivit :

— Vu votre apparence, vous imaginez sans doute que ma fille est votre passeport vers une vie meilleure. Je peux vous garantir que vous vous trompez.

C'était tout de même un peu fort, de la part d'une femme qui vivait des revenus de sa fille !

— Vous ne savez pas de quoi vous parlez, se contenta-t-il de répliquer.

Et, passant devant elle, il emboîta le pas à Sammi et se retrouva dans une petite pièce, qui communiquait avec une salle de bains où elle était en train de s'asperger le visage d'eau.

— Vit-elle avec toi ? lui demanda-t-il.

— Oui, répondit-elle d'une voix étouffée par la serviette avec laquelle elle s'essuyait. Je t'avais dit que je n'avais pas besoin de ton aide.

— Mais elle n'est pas en mesure de t'aider, ni de prendre soin de toi.

— Elle ne se comporte pas comme ça, habituellement. Elle était juste inquiète, car je ne l'ai pas appelée.

— Elle est ivre, répliqua Oliver sans ménagement.

Il n'avait aucune indulgence envers les problèmes d'alcool de sa mère et, pour les avoir vécues dans sa chair, il savait immédiatement identifier les addictions. Sans compter qu'il était révulsé à l'idée que Sammi puisse élever son enfant dans un environnement aussi toxique.

— Je n'ai pas le choix, dit celle-ci en se retournant vers lui, dos appuyé contre le lavabo. Je n'ai nulle part ailleurs où aller.

— Viens t'installer chez moi. Je te promets que tu seras au calme et que tu auras un espace à toi, le temps que nous voyions plus clair dans toute cette affaire.

La respiration de Sammi devint saccadée et elle se frotta les yeux comme un nourrisson fatigué.

— Je ne peux pas, je dois rester ici.

— Ton seul devoir est de prendre soin de toi, et de l'enfant que tu portes. C'est tout ce qui compte pour l'instant. Fais ta valise et nous partons.

Sammi pénétra dans la chambre d'amis que lui désignait Oliver. Comme dans le reste de son appartement de SoHo, où ils se trouvaient actuellement, les murs étaient peints en gris taupe. De grands voilages blancs encadraient la baie et retombaient juste au-dessus d'un bureau ; un grand lit était disposé sur un tapis bleu de Prusse, assorti à la couleur des oreillers et de la couette.

Elle se sentit tout de suite chez elle, dans cette pièce paisible.

— Je te promets de ne pas abuser de ton hospitalité, dit-elle, son sac toujours à la main.

— Tu peux rester ici autant que tu veux.

— Je ne veux pas m'incruster.

— As-tu parcouru la liste des gynécologues que l'on t'a remise, à l'hôpital ? questionna-t-il alors, visiblement désireux de changer de sujet.

— Pas encore.

Même si le médecin avait assuré que l'accident n'avait eu aucune incidence sur sa grossesse, il lui avait recommandé de prendre dès que possible rendez-vous pour une échographie.

— J'ai mis une croix devant les meilleurs spécialistes de Manhattan, déclara-t-il alors avant de préciser avec un petit sourire : J'ai fait des recherches sur Internet, pendant que tu dormais. Tu me donneras le jour et l'heure du rendez-vous.

— Pourquoi ? demanda-t-elle, incertaine.

— Parce que j'ai l'intention de t'accompagner.

À son ton déterminé, elle sentit les battements de son cœur s'accélérer et posa d'instinct la main sur son ventre encore plat. Une partie d'elle-même avait envie d'accepter son aide, mais il s'était passé tant d'événements durant ces dernières vingt-quatre heures... N'était-ce pas un pari risqué de penser qu'il s'attarderait, une fois l'actuelle crise passée, et d'imaginer qu'il avait bien compris qu'être parent était synonyme de toujours ?

— Hier, tu n'étais pas certain que c'était ton enfant, fit-elle observer.

— Et je ne le suis toujours pas.

— Dans ce cas, pourquoi tiens-tu à assister à l'échographie ?

— Parce que je me sens responsable de ton accident, qui s'est produit devant chez moi.

Un muscle de sa mâchoire tressaillit, et il ajouta :

— De plus, tu ne me sembles pas être une femme capable d'imposture, surtout un simulacre de cette sorte, si facilement découvert.

— Comment peux-tu en être si certain alors que tu me connais à peine ? répliqua-t-elle, apparemment agacée qu'il lui fasse confiance.

— Tu as raison, on se connaît à peine, concéda-t-il, mais tu repousses avec une telle force l'aide que j'essaye de t'apporter que j'ai toutes les raisons de croire que cet enfant est bien le mien.

— Je pourrais être une championne de la manipulation, renchérit-elle, consciente, à l'expression d'Oliver, qu'il ne prenait pas du tout au sérieux cette éventualité.

Était-elle transparente à ce point ?

Vu la façon ironique dont il haussa les sourcils, il fallait croire que oui.

— OK, soupira-t-elle, mettons que je n'en sois pas une, cela ne signifie pas pour autant que tu ne doives pas te méfier de moi.

Cette fois, une lueur amusée passa dans son regard.

— Très bien, je saurai m'en souvenir.

Que lui arrivait-il ? se demanda-t-elle. Pourquoi ne pouvait-elle donc pas accepter tout simplement son aide tant qu'elle n'aurait pas trouvé une solution pour gérer sa nouvelle situation ? N'avait-elle pas déjà assez de sources d'inquiétude entre sa mère, sa carrière à réinventer et un appartement abordable à trouver ?

— Je dois descendre dans mon studio, pour travailler, lui dit-il. Prends possession des lieux et repose-toi un peu. On pourra discuter pendant le dîner. Si tu as faim d'ici là, demande à Marie, ma gouvernante, de te préparer quelque chose.

— Merci.

De nombreuses autres questions se pressaient pourtant dans sa tête : pourquoi Oliver l'aidait-il et comment envisageait-il leur avenir ? Pourquoi l'avait-il installée dans une chambre d'amis et pas dans la sienne ? Cela signifiait-il qu'entre eux il n'y aurait plus de baisers enivrants et de nuits passionnées ? Devrait-elle donc se contenter de celle durant laquelle ils avaient conçu l'être qui croissait à présent en elle, du souvenir de ses lèvres brûlantes sur sa peau, et du plaisir inouï qu'elle avait ressenti quand tous deux avaient joui en même temps ?

— Inutile de me remercier, répondit-il sans rien laisser transparaître de ses pensées. À tout à l'heure.

Lorsque les pas d'Oliver s'éloignèrent dans le vestibule, Sammi se laissa tomber sur le lit : avait-elle pris la bonne décision, en venant ici ?

Depuis leur première nuit, elle n'avait cessé de se questionner sur le bien-fondé d'aller au-delà, avec lui. Certes sa réputation désastreuse en termes d'addictions était derrière lui, mais il ne lui semblait pas pour autant homme à s'engager sur le long terme. Or, elle se trouvait à présent dans son appartement de SoHo, où elle se cachait de sa mère, hors de la réalité en somme et sans grande certitude quant aux choix professionnels qui s'offraient désormais à elle.

Résolue à faire contre mauvaise fortune bon cœur, elle se redressa et ouvrit son bagage, ne sachant trop ce qu'il contenait puisqu'elle l'avait fait dans une sorte d'état second, sous le regard d'Oliver qui la surveillait attentivement, redoutant de toute évidence qu'elle ne s'effondre.

Au fond, songea-t-elle encore, pourquoi n'aurait-elle pas profité de la paix qu'elle recherchait tant depuis des mois, et que lui offrait gentiment Oliver, pour enfin faire le point sur sa vie ? Elle aurait été bien stupide de refuser sa proposition.

Une fois vidé le contenu de son sac, elle s'assit au bureau avec un bloc-notes vierge et des feutres de couleur : il lui était plus facile de résoudre ses problèmes en établissant des listes. De sa plus belle écriture, elle inscrivit donc *Ce que je veux* en haut de la première page, et se mit à réfléchir.

Juste au-dessous du titre, elle écrivit *bébé*. Elle avait compris à quel point elle désirait cet enfant quand l'infirmière avait pris une expression soucieuse en apprenant qu'elle était enceinte : elle s'était alors elle aussi demandé si l'accident n'avait pas été fatal à sa grossesse, et avait tout de suite embrassé la maternité avec fièvre, comprenant qu'une IVG était exclue, pour elle.

Elle poursuivit sa liste sans même s'arrêter pour reprendre certains éléments, car tout n'était pas envisageable, voire opportun, mais elle avait besoin de mettre à plat tout ce qu'elle désirait entreprendre.

Prenant une autre page, elle écrivit cette fois : *Ce que je dois faire*. En tout premier, une sérieuse discussion avec son agence s'imposait. Elle n'avait pas encore annoncé sa grossesse et espérait pouvoir réaliser quelques shootings avant que celle-ci ne soit visible, ce qui lui laisserait le temps de voir venir et de se réorienter professionnellement. Celeste refusait d'admettre qu'à chaque nouvel anniversaire qu'elle fêtait la fin de sa carrière en tant que mannequin se dessinait de manière plus précise, et ce déni ne l'avait pas aidée à préparer la suite. Elle ignorait ce qu'elle était capable de faire, à part poser devant un objectif et défiler sur un podium.

Ensuite, elle devrait donner le préavis pour son appartement et en trouver un plus approprié à ses revenus. Un frisson la parcourut à l'idée de l'effroi que sa mère ressentirait quand elle apprendrait qu'elle devait déménager, mais elle ne céda pas à l'empathie : si Celeste n'avait pas les moyens de vivre toute seule, elle n'en était pas personnellement responsable. Depuis des années en effet, sa mère se prélevait un bon salaire sur ses revenus au titre d'imprésario ; parallèlement, elle avait très peu contribué aux frais communs de leur appartement à Manhattan, lui laissant toujours le soin de régler les factures, ce à quoi elle s'était pliée de bonne grâce, consciente que sans le coaching de sa mère elle n'aurait jamais connu son succès actuel.

Sur une troisième page, elle écrivit : *Ce que j'aime.* Après quoi, elle se tapota le menton avec le feutre, et réfléchit... Rien ne lui venait immédiatement à l'esprit. Comment était-il possible qu'elle n'aime rien ? C'était insensé... Un sentiment de frustration et d'agacement commença à se former au creux de son estomac. Allons ! Il devait bien y avoir des choses qu'elle appréciait, tout de même !

Les fleurs ! Elle adorait les fleurs. Pourrait-elle tirer parti de cette passion ? Il ne coûtait rien de la noter.

Elle aimait aussi faire du shopping, les vêtements. Tenter de percer dans la mode n'était pas déraisonnable puisque c'était un univers dans lequel elle évoluait depuis toujours : Oliver n'y avait-il pas trouvé une passerelle pour devenir photographe ? Elle devrait le questionner à ce sujet, savoir pourquoi il avait choisi de passer derrière l'objectif et s'il savait d'emblée qu'il allait réussir dans cette voie. Elle pourrait aussi entrer en contact avec d'autres mannequins qui n'exerçaient plus en tant que tels et s'inspirer de leur parcours.

Se sentant soudain moins désorientée, elle appela le propriétaire de son appartement et lui donna son mois de préavis. Comme c'était un meublé, les tracas du déménagement lui seraient au moins épargnés ! Et avec ce premier pas, semblable à une libération, il lui sembla qu'elle venait enfin de surmonter l'immobilisme qui était le sien depuis un an. Cependant, au soulagement se mêla bientôt l'angoisse : elle venait de fouler une terre inconnue, celle de son avenir, et plus aucun retour en arrière ne serait désormais possible.

Avec ce qui lui restait d'énergie, elle écrivit un texto à sa mère, pour lui indiquer ce qu'elle avait fait. Puis, trop épuisée pour affronter le courroux de Celeste, elle éteignit son téléphone. S'allongeant sur le lit, elle posa les paumes sur son ventre et ferma les yeux : elle s'efforça alors de réfléchir à un avenir pour son bébé et elle, et de rester concentrée sur la question. De la brume de son introspection, elle fut surprise de voir soudain émerger le beau visage d'Oliver, et la satisfaction joyeuse qu'elle discernait clairement dans ses yeux fit tressaillir son cœur de bonheur…

Ouvrant les paupières, elle cligna plusieurs fois pour se rappeler l'endroit où elle se trouvait, puis s'assit afin de reprendre sa respiration. Il était si tentant d'inclure Oliver dans son avenir, mais était-ce bien réaliste ? Elle avait tout de même du mal à se le représenter ravi du chaos bruyant que déclenchait la présence d'enfants…

Par ailleurs, l'absence d'une présence paternelle dans sa propre vie lui avait fourni de multiples opportunités d'imaginer le père idéal, celui qui s'assiérait sur le tapis pour jouer avec son enfant, le changerait sans se plaindre et lui lirait volontiers des histoires pour l'endormir. Qui suivrait sa scolarité, se rendrait aux réunions et fêtes scolaires, l'emmènerait à ses entraînements sportifs. Qui procurerait à son enfant un environnement rempli d'amour et de bons moments où jamais il ne ressentirait de dureté, ni n'aurait l'impression qu'on le négligeait.

Or, ce père parfait semblait à mille lieues d'Oliver.

Tout à coup, on toqua à sa porte, et elle se leva enfin : une jolie brune au visage familier se tenait devant elle, celle qui avait répondu au téléphone d'Oliver puis était venue la rattraper dans la rue. En d'autres termes, sa petite amie... Elle sentit son estomac fléchir : dans la foulée de l'accident, elle avait oublié ce *détail*.

— Il n'y a rien entre Oliver et moi, déclara d'emblée Sammi.

Et elle plongea son regard dans celui, apparemment étonné, de la jeune femme, tout en sentant le nœud de la jalousie se former dans son estomac.

— Il m'a juste aidée, poursuivit-elle, vous n'avez aucune inquiétude à avoir.

— Bien, commença la femme d'un ton presque embarrassé, sa tablette serrée contre le buste. Je m'appelle Heidi et je suis l'assistante d'Oliver. Il m'a chargée de voir si vous aviez besoin de quoi que ce soit, et de vérifier si vous n'aviez pas un régime alimentaire particulier, afin que je donne des instructions à sa gouvernante.

— Euh... Vous êtes son assistante ?

Elle était si soulagée qu'elle fut presque saisie par un vertige. Non seulement elle n'avait rien commis de répréhensible en couchant avec Oliver, mais il n'était visiblement pas pris...

— Et donc, pas sa petite amie ? insista-t-elle.

— Oh non ! se récria Heidi avec véhémence, avant d'ajouter : Même si mon fiancé estime que je suis la femme de sa vie professionnelle.

— Ah, vous êtes fiancée ? renchérit-elle. C'est très bien.

Et le bref sentiment de possessivité qui la traversa alors lui confirma qu'elle avait bel et bien eu tort de venir s'installer chez lui.

— Depuis presque deux ans, précisa Heidi, grand sourire à

l'appui. Bref, si vous avez besoin de quoi que ce soit, envoyez-moi un texto. Voici mon numéro.

Sur ces mots, elle lui tendit une carte de visite, et enchaîna :

— Oliver m'a priée de prendre bien soin de vous, et c'est ce que j'ai l'intention de faire.

5

Après avoir laissé Sammi s'installer dans la chambre d'amis, Oliver était redescendu dans son studio. Comme chaque fois qu'il avait besoin de tenir à distance ce qui le contrariait, il avait l'intention de se noyer dans son processus créatif. Mais aujourd'hui, alors qu'il regardait les photos qu'il avait prises lors d'un shooting la semaine précédente, il se rendit compte qu'il lui était difficile de faire abstraction des pensées qui venaient le parasiter.

Avait-il commis une erreur en invitant Sammi chez lui ? Jamais il n'avait ouvert sa maison à une femme avec qui il avait couché. Mais c'était aussi la première fois qu'il en avait oublié tous ses principes et qu'une femme se retrouvait enceinte à cause de lui. Si l'enfant était le sien, bien sûr !

Il ne regrettait certes pas d'avoir arraché Sammi au comportement toxique de sa mère, mais il aurait été plus avisé de l'installer dans un hôtel et de rémunérer un tiers pour veiller sur elle. En l'occurrence, non seulement il s'était immiscé dans sa vie, mais il l'avait attirée dans la sienne. Or, si la situation venait à dégénérer, comment pourrait-il mettre à la porte une femme enceinte ?

Allons, il y avait une forte probabilité pour que l'enfant qu'elle portait ne soit pas le sien et, par conséquent, qu'elle s'en aille assez rapidement. Aussi était-il préférable qu'il évite toute complication dans sa relation avec elle, notamment les conversations lourdes de sens qui les auraient conduits dans les recoins sombres de leur psyché respective.

Tout bien considéré, il devait retenir un point positif : grâce à l'entrée intempestive de Sammi dans sa vie et une éventuelle paternité, il en avait oublié son propre drame familial… Mais la rage l'inonda à nouveau dès que la pensée de son père lui revint, et de l'égoïsme insoutenable de ce dernier. Vernon avait-il un instant songé au mal que ses actes causeraient à sa femme et ses fils avant de prendre la fuite ? Pire : en avait-il été conscient et avait-il malgré tout choisi de disparaître ?

Même s'il était résolu à ne jamais suivre l'exemple de son père, il n'était pas franchement lui-même le roi de la stabilité et des bonnes décisions. Il avait certes l'intention de donner la priorité à son enfant, mais avait-il en lui les ressources pour rendre heureuse une autre personne ? Ne doutait-il pas déjà de la sagesse de son invitation concernant Sammi ?

D'un côté, il n'était pas certain de résister à l'attirance qu'elle exerçait sur lui, ni de le devoir. Le temps et la distance n'avaient en rien atténué le désir qu'elle lui inspirait, et parallèlement, pendant ces six semaines, leur situation à chacun était devenue bien plus compliquée.

De l'autre, maintenir une distance émotionnelle avec elle ne signifiait pas forcément renoncer à l'alchimie tangible qui existait entre eux d'un point de vue physique… Ne suffisait-il pas qu'il soit honnête envers elle, quant à son refus existentiel de s'attacher à une femme, afin de ne pas lui donner de faux espoirs ?

Quelques heures plus tard, frustré du peu de travail qu'il avait accompli, il monta l'escalier et trouva Sammi au salon, un bloc-notes ouvert devant elle et recouvert de phrases écrites de toutes les couleurs. Pied posé sur le rebord du siège, épaules penchées en avant, elle continuait à remplir des lignes… Elle avait troqué ses jean et T-shirt contre un large pantalon noir et une chemise couleur ocre. Sa longue chevelure noire retombait sur ses joues, masquant son profil.

Il l'observa un court instant, happé par l'attirance fulgurante qu'elle déclenchait toujours en lui. À présent que les conséquences liées à son accident étaient derrière eux, il éprouvait le violent désir de la serrer dans ses bras et de l'embrasser jusqu'à en perdre le souffle et la raison. Et, sans les cernes qui assombrissaient ses yeux, soulignant sa pâleur et sa fragilité, il l'aurait déjà soulevée dans ses bras pour la porter dans sa chambre.

Au lieu de quoi, il s'assit en face d'elle, mettant toute la longueur de la table entre eux afin d'étouffer ses puissantes impulsions.

— As-tu dormi un peu ? questionna-t-il.

— Impossible avec les pensées qui m'agitent en permanence, répondit-elle en dardant sur lui ses yeux noisette, où se reflétaient à la fois douceur et exaspération. J'ai tant à faire et, pour tout avouer, cela me terrifie.

Oliver se figea. Quels étaient donc ses projets ? Et pourquoi l'air était-il soudain devenu électrique quand elle avait braqué ses prunelles sur lui, par-dessous ses longs cils ? Soudain, il se figura en train de déboutonner sa chemise pour contempler sa poitrine parfaitement arrondie et ses mamelons d'un rose si délicat... Tout son corps se raidit : si elle avait mis cette chemise si lâche pour cacher ses formes, elle avait sous-estimé le pouvoir de son imagination !

Mais ses pensées devaient être aisées à deviner, car il vit soudain les joues de Sammi s'enflammer. Passant la main sur ses mâchoires, il masqua un sourire, ravi de constater qu'elle n'était pas indifférente, elle non plus, à l'incroyable courant qui passait entre eux.

— Sur quoi travailles-tu ? questionna-t-il.

— Sur le reste de ma vie, répondit-elle.

Puis elle referma bien vite son bloc-notes.

Bien qu'il comprenne son besoin d'intimité, sa réponse des plus vagues n'en suscita pas moins un certain agacement en lui, qu'il réprima bien vite : il était déstabilisant de constater l'extension de son pouvoir sur lui.

Même s'il était fort curieux de connaître ses plans d'avenir, il avait aussi conscience qu'il aurait réagi de la même façon qu'elle, si on lui avait demandé de partager des réflexions aussi intimes. Et pourtant il s'entendit demander :

— Et alors, tu es parvenue à certaines conclusions ?

— Aucune, répondit-elle en faisant la grimace. J'ai juste dressé la liste de ce que j'aimais. Quel est l'adage, déjà ? Agis selon ton cœur et l'argent viendra ?

— Et qu'est-ce que tu aimes ?

À sa grande surprise, elle tourna une page de son bloc-notes et la lui présenta.

— Voilà ma liste pour l'instant. Mais rien de tout cela ne va me rapporter de l'argent.

— Je vois ce que tu veux dire, déclara-t-il en pointant une ligne. Le soleil du matin sur ton visage est effectivement impossible à emballer et à vendre.

— Je sais, dit-elle.

Et elle reprit son bloc-notes, sans doute pour qu'il n'émette pas plus de commentaires.

— Mon problème, poursuivit-elle, c'est que je ne sais rien faire d'autre qu'être mannequin.

Elle lui jeta un coup d'œil, parut hésiter et ajouta finalement :

— Et toi, comment en es-tu venu à la photographie, après avoir quitté les podiums ?

— Je... En fait, c'était un métier que je voulais exercer depuis l'enfance.

— Dans ce cas, pourquoi as-tu été mannequin avant ?

Une douleur fulgurante lui traversa le cœur.

— Je ne pensais pas avoir le moindre talent pour devenir photographe, marmonna t il.

Et il attendit qu'elle enchaîne avec une question, mais elle le regardait attentivement, l'incitant en silence à étoffer.

— Mon frère est un peintre merveilleux et, même si mon

père considérait qu'être artiste c'est un hobby plutôt qu'une vocation, il reconnaissait le talent de Josh. Mais quand il s'agissait de moi... « Tout le monde peut faire des photos », disait-il.

Bien qu'il n'eût pas entendu la voix de son père depuis quinze ans, Oliver pouvait parfaitement en imiter le ton dérisoire et traînant.

— Mais les tiennes sont extraordinaires, renchérit Sammi, en montrant le mur où il avait créé un photomontage de toutes ses couvertures de magazines préférées. Elles parlent au cœur des gens, car elles sont pleines d'émotions.

— Les émotions étaient insupportables à mon père, lui dit-il. C'était un homme d'affaires au cœur froid, obsédé par l'argent et ce qu'il pourrait acheter. Le seul aspect qu'il appréciait dans une œuvre d'art, c'était sa valeur marchande, et non artistique.

Sammi hocha la tête : de toute évidence, elle le comprenait.

— Ma mère a souvent vu en mon apparence une source de revenus. Aussi, même aujourd'hui, quand on me dit que je suis belle, je ne le prends pas pour un compliment.

Qu'elle ne soit pas en mesure d'apprécier sa beauté si frappante lui déchira le cœur : elle méritait d'être traitée bien mieux que cela ! Était-ce pour cette raison qu'elle avait laissé son petit ami l'humilier, le premier soir où il l'avait vue ? Estimait-elle n'avoir aucune légitimité pour répliquer ? Les dommages que sa mère lui avait causés résonnaient comme un écho aux dégâts que son père avait engendrés chez lui.

— J'ai pris rendez-vous avec une gynécologue, annonça-t-elle tout à trac. Quand j'ai dit à la secrétaire ce qui s'était passé hier, elle m'a dit qu'elle pouvait caler un rendez-vous pour demain à 11 heures. Je sais que tu as beaucoup de travail, et si l'heure ne te convient pas je comprendrai tout à fait.

— Je t'ai dit que je t'accompagnerais et c'est ce que je ferai.

Elle hocha la tête.

— Tu sais, reprit-elle, je suis certaine que le bébé est de toi, mais je comprends que tu puisses ne pas me croire.

— Nous ferons un test ADN à sa naissance.

— C'est aussi ce que je me suis dit, mais il faudra que tu attendes neuf mois, c'est un peu long. Aussi, hier, j'ai fait une recherche sur Internet et j'ai appris que le médecin peut faire des prélèvements sanguins sur le père et la mère avant la naissance, ce n'est pas du tout invasif, ni dangereux pour l'enfant, et c'est sûr à 99 %.

Elle paraissait si satisfaite de sa découverte qu'Oliver en fut tout de suite de meilleure humeur.

— C'est une très bonne nouvelle, dit-il.

Il redoutait lui aussi ses longs huit mois de doute et maintenant il allait avoir sous peu la réponse. Le fait qu'elle ait préféré ne pas attendre pour établir la paternité de l'enfant lui sembla la preuve quasi irréfutable de son honnêteté. Sans quoi, elle aurait laissé planer le mystère pour que des liens se forgent entre lui et le bébé qu'elle portait, qu'une complicité parentale s'établisse entre elle et lui afin qu'il lui soit moins aisé ensuite de sortir du tableau.

Sammi venait de reprendre un feutre pour écrire sur son bloc-notes, et il en profita pour la contempler… Il n'était évidemment pas prêt à partager sa vie avec quiconque, mais la présence de Sammi ici lui plaisait. Peut-être parce qu'elle avait filé à l'aube, la première fois, avant qu'il n'ait le temps d'honorer sa promesse et de la photographier… À moins qu'une seule nuit ne lui ait pas suffi pour apaiser la faim qu'elle lui inspirait.

— Tu sais, tu es libre de t'impliquer ou pas, précisa-t-elle, se méprenant sans doute sur son long silence. Je suis tout à fait prête psychologiquement à élever l'enfant toute seule.

Lui laissait-elle une porte de sortie car elle doutait de son envie de devenir père, ou bien de sa capacité à l'être ? Et comment aurait-il pu la blâmer si c'était pour le deuxième motif ?

— Je te propose qu'on reparle de tout cela quand on aura le résultat des tests, dit-il, conscient qu'il avait besoin de réflexion.

Dans quelques jours en effet, sa vie allait sans doute radicalement changer. Encore que : n'était-ce pas déjà fait ?

Deux jours après son rendez-vous chez la gynécologue, quand Sammi se réveilla dans son propre lit, la présence d'un homme qu'elle connaissait à peine lui manqua pourtant douloureusement. C'était tout de même incroyable ! Après une nuit sans sommeil dans sa chambre d'amis, à lutter contre la tentation d'aller se glisser dans le lit d'Oliver, elle avait refait ses bagages et réintégré son appartement. Il était bien trop risqué d'habiter chez lui, car l'intérêt qu'elle lui portait allait au-delà du rôle de père qu'il jouerait pour son futur enfant. Jusqu'où, elle ne savait pas trop et c'était ce qui la préoccupait. Elle avait l'impression d'être une planète tournant autour du Soleil, piégée dans l'attirance gravitationnelle qu'il exerçait sur elle. Désir, joie, angoisse : il lui inspirait plus d'émotions qu'elle n'était capable d'en gérer.

Même si elle sortait toujours avec un homme à son bras, elle ne s'était jamais jetée corps et âme dans une relation, ni n'était un jour tombée amoureuse. Elle avait bien eu quelques amants, mais les idylles ne l'intéressaient pas : sa mère était assez despotique sans devoir subir de surcroît les exigences d'un homme ! Les hommes avec qui elle sortait aimaient en général se montrer en public avec une belle femme, elle représentait un symbole social dont ils pouvaient se targuer auprès de leurs amis.

En échange, ce compagnon du moment lui accordait un peu d'attention, du moins pendant un certain temps. Tout cela n'était bien sûr qu'illusoire, car rapidement son indifférence les indisposait, et soit ils la quittaient pour une autre, soit ils insistaient, comme ça avait été le cas avec Ty.

Oliver était différent : dès le début, il avait prouvé que c'était davantage le contenu que le contenant qui l'intéressait chez elle, même s'il n'était évidemment pas indifférent à sa beauté, ainsi que le prouvait l'alchimie indéniable entre eux. Devait-elle y résister ou non ? Tel était tout le problème !

Et tant qu'elle hésiterait elle jugeait préférable de ne pas rester chez lui, même si l'idée d'éviter sa mère et de se reposer sur la gouvernante d'Oliver était des plus confortables. Cependant, plus elle se serait attardée, plus il aurait été difficile de faire machine arrière et de retrouver une indépendance. Jamais elle n'avait vécu seule, et même si c'était sur elle que sa mère se reposait financièrement, et bien que celle-ci puisse être des plus agaçantes, Sammi appréciait malgré tout sa présence et se sentait comme une éternelle « adulescente » avec elle...

Cependant, sa grossesse avait changé la donne et elle se sentait désormais à même de résister à sa mère : face au monde des possibles qu'offrait un enfant, l'excitation l'emportait sur les éventuelles difficultés.

Réconfortée par ses réflexions, Sammi se rendit à son club de sport, qu'elle avait négligé depuis quelque temps ; heureusement qu'elle avait un excellent métabolisme qui lui permettait de manger sans grossir !

Une fois arrivée, elle repéra tout de suite sa meilleure amie en train de se muscler avec des haltères et la rejoignit.

— Tiens donc, voyez qui arrive ! s'exclama Kimberly sur un ton réprobateur nuancé par un grand sourire. Cela fait tout de même deux semaines que l'on ne t'a pas vue par ici !

— Je n'étais pas en grande forme, commença Sammi.

Elle devait s'armer de courage pour annoncer la nouvelle que seuls connaissaient sa mère et Oliver. Elle avait pris rendez-vous avec son agence en fin d'après-midi en vue de leur apprendre son état, et elle espérait de tout cœur qu'ils la garderaient aussi longtemps que possible.

— Oh ! je suis désolée ! reprit Kimberly en reposant ses poids. C'est vrai que tu es toute pâle et que tu as un peu maigri. Tu es certaine que tu te sens mieux ?

Sammi souleva alors deux haltères de deux kilos et demi chacun.

— J'ai souvent la nausée, dit-elle.

— Ah bon ? Il faut consulter, alors ! répondit Kimberly.

Et elle repoussa dans son dos sa queue-de-cheval blonde.

— C'est fait.

— Eh ? s'enquit son amie en lui jetant un coup d'œil inquisiteur.

— Je suis enceinte, déclara Sammi sans préambule.

— Je t'en prie, jure-moi que ce n'est pas de Ty.

Kimberly ne s'était pas privée de lui dire qu'elle ne supportait pas son petit ami : il leur arrivait souvent de sortir à quatre, Kimberly étant en couple avec un réalisateur de documentaires, et Sammi aurait dû l'écouter plus tôt, quand elle lui conseillait de laisser tomber Ty.

— Je te rassure, non.

— Tu es certaine ? s'enquit son amie en dardant sur elle des yeux bleus remplis d'inquiétude.

— Absolument. En fait, tous les deux, on n'a jamais...

— Quoi ? l'interrompit Kimberly, stupéfaite. Vous êtes sortis ensemble pendant presque six mois et vous n'avez pas couché ensemble ?

Sammi hocha la tête.

— Je ne me suis jamais sentie à l'aise, avec lui.

En réalité, elle s'était demandé si elle n'avait pas un problème de libido, mais Oliver était entré dans sa vie et y avait déclenché un ouragan qui avait au moins eu le mérite de la rassurer à ce sujet.

— Et donc, qui est le père ?

— Oliver Lowell.

— Le photographe ?

Au ton étonné de Kimberly, elle sentit son ventre se contracter : son amie allait-elle encore la sermonner sur ses choix peu judicieux en matière de petits amis ?

Elle hocha la tête, redoutant la suite. Mais celle-ci s'exclama :

— Waouh, il est super sexy ! Il paraît que tout se passe bien au travail avec lui... Tant qu'on accepte les ordres ! Curieux, je pensais qu'il avait arrêté les photos de mode.

Sammi repensa au portrait qu'elle avait payé vingt-trois dollars et dont la séance n'avait pas eu lieu.

— Je ne l'ai pas rencontré lors d'un shooting.

— Ah bon ? Et comment alors ?

— Il a assisté de loin à ma scène de rupture avec Ty, au SoHo Hotel, puis il m'a abordée.

— On peut dire qu'il a le sens de l'opportunité ! Donc tu sors avec lui depuis tout ce temps et tu ne m'as rien dit ?

— Non... On a juste passé la nuit ensemble.

— Pardon ? Ce n'est pas ton genre.

Kimberly haussa les épaules et poursuivit :

— Encore que, après cette rupture, ça se comprend.

— Ce n'est pas à cause de ma rupture avec Ty que j'ai couché avec lui, tu sais.

— Pourquoi alors ?

Elle réfléchit un instant, puis répondit :

— Parce que c'est un homme troublant, charismatique et très sexy. Quand je suis avec lui, j'hésite entre le déshabiller et prendre mes jambes à mon cou.

Kimberly ouvrit de grands yeux curieux.

— Et que fais-tu, en général ?

— Ni l'un ni l'autre. Tu sais comme je suis, je balaye tout sous le tapis, et me persuade que rien ne peut m'atteindre.

— Un de ces jours, toutes ces émotions refoulées vont finir par exploser et je plains la personne qui se trouvera alors en face de toi, prédit Kimberly avec un petit sourire. Donc, visiblement, il te plaît. C'est réciproque ?

— Je ne sais pas vraiment... J'ai compris qu'il m'avait recherchée, après la nuit qu'on avait passée ensemble. Il n'avait pas bien compris mon prénom, donc c'était un peu difficile...

— Ah, les hommes ! s'écria Kimberly en roulant les yeux. Et, maintenant que vous vous êtes retrouvés, que pense-t-il de la paternité qui l'attend ?

— Là encore, difficile à dire... La nouvelle était inopinée, et il attend les résultats du test de paternité.

— Et à ton avis comment va-t-il réagir ?

— Aucune idée.

— Mais tu espères quand même que ce sera le début de quelque chose ?

— Je ne sais pas trop.

— Enfin, Sammi, il a vraiment l'air de te plaire ! Ce serait génial si tu lui plaisais aussi, non ?

Elle soupira.

— Si tu veux tout savoir, j'étais très amoureuse de lui quand j'étais plus jeune, et c'est un peu comme si un rêve d'ado se réalisait. Donc, tu vois, ce n'est pas forcément un bon départ... Je pourrais y laisser des plumes. Je préfère ne pas précipiter les choses.

— Parfois, il faut au contraire tout bousculer, et voir où cela mène.

— Ton optimiste est si fascinant, dit Sammi, qui avait toujours été envieuse de l'assurance de son amie. Comment fais-tu pour être si positive ?

— Je le dois à mes parents. Il faut croire qu'ils ont bien élevé leurs enfants ! répondit-elle avec un grand sourire.

Sammi pouvait le confirmer : elle connaissait ses parents, et avait été témoin de l'amour qu'ils portaient à leurs trois enfants ! Pas étonnant que tous soient heureux et connaissent le succès dans leurs vies amoureuse et professionnelle.

— À propos de parents, enchaîna Kimberly, comment ta mère l'a-t-elle pris ?

— Mal. Elle veut que je poursuive le mannequinat, mais cela ne m'intéresse plus. Je continuerai à travailler jusqu'à ce que ce ne soit plus possible et ensuite... on verra bien. En fait, je n'ai pas la moindre idée de ce je pourrais faire d'autre.

— Il se peut que j'aie une piste pour toi, déclara alors son amie.

Elle ouvrit toutes grandes les oreilles : Kimberly était toujours de bon conseil, elle savait garder la tête froide et adopter une attitude pragmatique.

— Brody travaille avec une entreprise qui propose des tutos et des conseils en ligne. Ils passent des contrats avec des experts pour enregistrer des cours ou des ateliers qu'ils revendent ensuite en ligne.

— Et quels domaines les intéressent ?

Kimberly haussa les épaules.

— Ils sont vraiment ouverts : ils recherchent des artistes, des mannequins, des actrices, des musiciens, des stylistes. Brody envisage de réaliser une série sur les défilés de mode, et je lui ai déjà suggéré ton nom : tu connais ce monde depuis des années, tu pourrais en expliquer tous les aspects.

Kimberly haussa un sourcil.

— Je parie que tu pourrais faire l'objet d'une série entière sur ta vie en tant qu'enfant mannequin ou bien sur le mannequinat à l'étranger.

— C'est intéressant effectivement, répondit-elle.

Encore faudrait-il qu'elle soit à la hauteur ! Avait-elle autant à offrir et à transmettre que le pensait son amie ?

— Donc je peux lui dire que tu es partante ?

— Tout à fait.

Qui ne tentait rien n'avait rien ! Et cela s'appliquait aussi à sa relation avec Oliver.

6

Et voilà ! Il détenait la preuve définitive qu'il était père. Et ce fut comme si une tornade s'était engouffrée en lui : il ne savait plus quelle était sa véritable émotion, naviguant entre la panique et l'excitation. Sans compter qu'un enfant l'unissait à jamais à Sammi. Même si la liaison qu'il entendait toujours poursuivre avec elle finissait par s'émousser, il était certain qu'ils seraient capables de maintenir une relation courtoise pour le bien de l'enfant. Ses parents, en dépit de tout, n'étaient-ils pas restés mariés au nom de leur famille ?

Nul doute que Sammi et lui pourraient s'entendre, d'ailleurs, elle était devenue en un rien de temps partie intégrante de son existence, même avant qu'il n'apprenne sa grossesse : son obsession à la retrouver n'en était-elle pas la meilleure preuve ? Et ce n'était pas juste par envie de renouveler leur nuit fantastique, non, Sammi avait capté son intérêt dès l'instant où il avait posé les yeux sur elle.

La nature de leur relation avait beau ne pas être claire comme du cristal, il commençait à imaginer la famille qu'ils formeraient tous les deux avec leur futur enfant et il donnerait à celui-ci tout l'amour qu'il n'avait pas reçu, lui le dernier fils inattendu, né quelques années après les jumeaux Jacob et Joshua et non désiré.

Seulement, Sammi partageait-elle ces plans d'avenir ? N'avait-elle pas déjà souligné qu'elle était tout à fait prête à élever son enfant seule ? Elle-même ayant grandi dans un foyer monoparental, il se pouvait qu'elle ne sacralise pas du tout la notion de famille et, eu égard aux problèmes attachés au nom des Lowell, il n'était pas certain qu'elle veuille que son enfant et elle-même soient liés à ce clan maudit.

Et la colère d'Oliver face au scandale entourant la réapparition de Vernon rejaillit en lui : pourquoi son père n'avait-il pas pu rester incognito sur son île ? Le passé allait à nouveau envahir sa vie et il redoutait que ses vieux démons ne se réveillent, et n'affectent les toutes nouvelles personnes qui venaient d'entrer dans sa vie.

Mais quand la sonnette retentit soudain, et que Sammi se matérialisa sur le seuil de sa porte, toutes ces inquiétudes se dissipèrent ! Celle-ci poussa un cri quand il la souleva de terre, mais noua tout de même les bras autour de son cou, et les battements de son cœur s'accélèrent quand il sentit son souffle suave sur sa joue.

— Oliver, dit-elle avec un rire dans la voix, mais qu'est-ce que tu fais ?

— J'emporte la mère de mon enfant là où elle voudra aller, répondit-il.

— J'en conclus que tu as eu les résultats des tests ?

— Absolument.

— Et que la nouvelle te fait plaisir ?

Sa question lui fit l'effet d'un coup de poing en plein ventre : certes, au début, il avait quelque peu douté de sa paternité, mais dès l'instant où elle avait accepté le test il avait bien compris qu'il était impossible qu'elle lui mente. Ne le lui avait-il donc pas clairement montré ? Bon, il devait le formuler de manière explicite.

— Tu sais, dès que tu m'as proposé le test de paternité avant la naissance, j'ai compris que j'étais le père, dit-il, conscient que ces paroles venaient un peu tard.

Trop tard ? Par son instinct d'autoprotection, avait-il érigé un mur indestructible entre eux ?

— C'est vrai ?

Et son ton prudent l'affecta profondément.

— J'ai eu tort de ne pas t'avoir rassurée plus tôt.

À ces mots, elle lui adressa un sourire bienveillant qui noya toutes ses inquiétudes : elle ne lui en tenait de toute évidence pas rigueur.

— Tu es riche et célèbre, et j'imagine que de nombreuses femmes rêveraient d'avoir un enfant avec toi.

— Je suis heureux que cette femme ce soit toi.

Là-dessus, il la déposa sur le canapé et ils se considérèrent un instant, yeux dans les yeux, dans un silence si intense qu'il lui sembla entendre leurs cœurs battre au même rythme. Il posa alors tendrement la main sur la joue de Sammi.

— Nous devons discuter longuement, toi et moi, dit-il, c'est pour cette raison que je t'ai demandé de venir.

— Peut-on parler en dînant ? Je meurs de faim.

— Il est vrai que tu dois manger pour deux.

— Parfois, il me semble que je dévore pour quatre, renchérit-elle avant de faire une grimace et d'ajouter : Enfin, quand je n'ai pas la nausée.

— Quatre ?

Et il se rendit compte que la perspective d'avoir plusieurs enfants avec Sammi n'était pas aussi insensée pour lui qu'il aurait pu le redouter.

— Tu n'en veux pas autant ? s'enquit-il alors.

— Oh non ! Et je peux t'assurer que je n'en porte qu'un.

Sans qu'il comprenne pourquoi, sa réponse le déçut.

— Tu sais, les grandes familles peuvent avoir de bons côtés, reprit-il en repensant à son enfance et à la dynamique créée par ses deux frères plus âgés de cinq ans que lui. Mais avais-tu imaginé avoir un enfant, un jour ?

— Pour être honnête, non.

L'aveu correspondait à sa propre situation : comment allaient-ils s'en sortir tous les deux, avec cet enfant à venir ?

Assez ! s'ordonna-t-il. Et il l'enlaça de façon affectueuse.

— Je suis certain que tu feras une mère fabuleuse.

— Comment peux-tu affirmer cela alors que moi-même je n'ai aucune idée de la mère que je serai.

— Ni toi ni moi n'avons eu une super enfance de laquelle nous inspirer, une fois que nous serons parents, je te l'accorde. Mais on sait au moins ce qu'il ne faudra pas faire et, pour ma part, ce seront toujours les intérêts de l'enfant qui passeront en premier.

— C'est ce que disent tous les parents qui ont souffert des leurs, marmonna-t-elle. Et si nous ne faisons pas mieux ?

Quand il l'avait prise dans ses bras, tout à l'heure, il l'avait sentie crispée, tandis qu'à présent, tête posée sur son épaule, elle semblait avoir abandonné toute idée de résistance. La chaleur qui émanait d'elle agit alors sur ses sens comme un whisky rare, l'encourageant à poser la main sur ses reins, cependant qu'un désir irrépressible montait en lui… Elle se cambra sous sa caresse, et il ravala un grognement à la vue de son ventre plat contre son abdomen.

— Je vois bien que tu doutes de mes paroles sur notre capacité à bien élever notre futur enfant, dit-il en enserrant son visage pour lui redresser le menton. Et si on réfléchissait à ce qui le rendrait heureux ?

— On pourrait par exemple lui acheter tous les jouets possibles, mais n'en ferait-on pas un enfant trop gâté ?

Il ouvrit de grands yeux moqueurs.

— La perspective est absolument épouvantable ! ironisa-t-il.

Elle fit la grimace.

— OK, on s'efforcera de faire de notre mieux, et de le chérir en lui mettant des cadres. Et surtout de toujours lui montrer notre amour.

Oliver n'avait guère connu de marques d'affection physiques, sa mère étant bien trop occupée à gérer les relations sociales de son couple. Et de toute évidence celle de Sammi était loin d'être tendre. Pourtant, il était convaincu qu'ils seraient de bons parents.

— Tout à fait, répondit-il d'un ton déterminé. Nous en sommes capables.

— Oui, renchérit-elle avec une ferveur qui lui alla droit au cœur, et nous le ferons.

Puis il glissa les doigts dans sa chevelure soyeuse, et s'enivra de la fragrance fleurie et épicée qui émanait d'elle… Leur délicieuse nuit d'amour, leurs corps nus et emmêlés lui revinrent en mémoire, cinglant son désir. Il l'attira à lui, pris dans un tourbillon d'émotions…

En proie à un élan incontrôlable, il pencha la tête vers elle et captura sa bouche, conscient que ce n'était pas son intention première, quand il l'avait conviée chez lui. Mais, alors que leur baiser devenait de plus en plus torride, il sentit bientôt une pression sur son torse, celle de ses mains qui le repoussaient. Une immense frustration le submergea, et des blessures enfouies se rouvrirent en lui.

— J'ai envie moi aussi de t'embrasser, avoua-t-elle alors, tête baissée de sorte que ses mots étaient à peine audibles. Mais je ne suis pas certaine que ce soit raisonnable.

— Je comprends, mentit-il.

Toutefois, la confession avait quelque peu apaisé sa déception : elle ne l'avait pas rejeté, elle voulait juste insuffler plus de retenue à leur relation qu'il n'en était capable. Quand elle se mordit la lèvre, visiblement anxieuse, il détourna les yeux et tenta d'oublier sa bouche réclamant la sienne avec autant d'ardeur que lui. Au prix d'un gros effort, il s'écarta d'elle.

— Ce que je veux dire…, commença-t-elle.

Puis elle s'arrêta, s'apercevant qu'il s'était éloigné, avant de reprendre :

— Tout est bien plus compliqué maintenant, tu ne crois pas ?

— Si, bien sûr, dit-il en sentant une pression inconfortable au niveau de sa fermeture Éclair. Tout à l'heure, tu m'as dit que tu avais faim. Allons dîner !

Le préavis d'un mois que Sammi avait donné pour son appartement passait bien plus vite qu'elle ne l'aurait cru. N'ayant jamais eu à se préoccuper de la recherche d'un logement, elle n'avait pas la moindre idée de la façon d'aborder le marché immobilier new-yorkais. En outre, la personne vers laquelle elle se serait normalement tournée était celle qu'elle avait le plus blessée...

Sa mère, avec qui elle continuait de cohabiter, ne lui avait pas adressé plus de dix mots depuis une semaine, et cela l'affectait beaucoup, car elle avait besoin du soutien et de l'approbation de Celeste. Cette attitude lui semblait si injuste : elle avait passé sa vie à lui obéir, sa mère ne pouvait-elle pas enfin la laisser mener sa propre existence ?

Il était vrai qu'elle n'aurait pas dû attendre ses vingt-six ans pour s'occuper de ses propres finances et de toutes les décisions relatives à sa carrière. Elle n'osait pas non plus se tourner vers ses amies, redoutant qu'elles ne la méprisent de s'être conduite comme une enfant jusque-là. Il ne lui restait plus qu'une solution : faire appel à Oliver.

Consciente qu'elle voyait facilement en lui une personne sur qui elle pouvait compter, Sammi était déterminée à demeurer raisonnable, le concernant, même si la tâche n'était guère aisée : il était manifeste qu'Oliver ne demandait qu'à s'introduire définitivement dans sa vie. Il l'invitait chaque soir à dîner et avait réservé deux places pour un spectacle qu'elle mourait d'envie de voir, à Broadway. Chaque soirée en sa compagnie s'apparentait à un conte de fées, à celui qu'elle avait imaginé, adolescente.

Et pourtant tout n'était pas rose : elle ne pouvait ignorer la fièvre médiatique qui commençait à enfler depuis le retour de son père à New York, où il devait à présent affronter la justice. Oliver s'étant refermé quand elle l'avait interrogé à ce sujet, elle suivait l'affaire dans les journaux, qui fourmillaient de détails sur le vieux scandale, et se questionnait notamment sur ce qu'il était advenu de l'argent des amis et clients de Vernon, lesquels avaient investi toute leur fortune dans Black Crescent, spécialisé dans les *hedge funds*.

Lorsque les fonds avaient disparu et que Everett Reardon, le meilleur ami de Vernon et également le directeur financier de Black Crescent, avait été tué dans un accident de voiture alors qu'il tentait d'échapper à la police, tout le monde avait cru que Vernon se trouvait dans le véhicule et qu'il avait lui aussi péri dans les flammes. Au cours des quinze ans qui avaient suivi, Joshua, le frère aîné d'Oliver, s'était consacré à faire renaître Black Crescent de ses cendres et à rétablir la réputation de sa famille.

Elle se trouvait actuellement à l'arrière d'un taxi, en compagnie d'Oliver, en route vers le vernissage de la galerie d'une amie, lorsque le téléphone de ce dernier vibra à nouveau. Jusque-là, tout en se délectant de sa présence et de sa fragrance, elle s'était rendu compte qu'il avait rejeté de nombreux appels, assurément des journalistes en quête d'une éventuelle interview de la part du fils cadet de Vernon. Plus les jours passaient, plus la pression médiatique était difficile à éviter.

— Je ne comprends pas pourquoi ils tiennent tant à m'interviewer, dit-il. J'étais lycéen lorsque le scandale de Black Crescent a éclaté. C'est mon père qui fait sensation, pas moi.

— Et tu es son fils, lui rappela-t-elle.

— À l'époque, ils s'en fichaient pas mal.

— Sans doute. Mais toi aussi tu as fait sensation avec tes addictions passées, et aujourd'hui tu es devenu un photographe à la renommée internationale, aussi brillant que mystérieux.

— Mystérieux ? reprit-il en haussant les sourcils. Je crois que la plupart des gens voient plutôt en moi un homme au caractère difficile et insaisissable.

— Dans ta vie professionnelle, sans doute, mais pas dans ta vie privée. Et tu fais d'ailleurs de ton mieux pour entretenir cette réputation. Quand on voit une femme à ton bras, tout le monde en déduit que tu couches avec elle.

Il lui jeta un vif regard oblique.

— Est-ce ta façon de me demander combien de femmes ont défilé dans mon lit ?

— Euh, non, dit-elle en s'éclaircissant la voix. Qui tu fréquentes ne me regarde pas.

— Vraiment ?

— Vraiment ! Toi et moi n'avons pas ce genre de relations.

À cet instant, le taxi bifurqua brusquement et elle se retrouva projetée contre lui. Passant le bras autour de ses épaules, il répondit alors :

— Et pourtant j'ai envie de recoucher avec toi.

— Quoi ? Mais non, nous ne pouvons pas.

Pourquoi luttait-elle contre ses propres désirs ? Sans doute parce qu'elle était consciente que, si elle lui cédait de nouveau, elle ne pourrait s'empêcher de tomber profondément amoureuse de lui. La respiration saccadée, elle précisa :

— Ce serait bien trop compliqué.

— Ce le sera encore plus si on lutte en permanence contre nos impulsions.

Effectivement, il ne s'agissait que d'« impulsions » pour lui, alors que leur relation revêtait une tout autre dimension à ses yeux.

Resserrant son étreinte, il déclara soudain, son regard attaché au sien :

— Il faut que nous soyons honnêtes, l'un envers l'autre.

— Que veux-tu dire au juste ? questionna-t-elle en plaçant la main sur son torse pour rétablir un peu de distance entre eux.

— Ne pas nier ce que l'on ressent l'un pour l'autre. Tu as raison, je n'aime pas étaler ma vie privée, mais avec toi j'ai envie de m'ouvrir.

Son aveu lui fit immédiatement tourner la tête, car il la troublait et la dépassait à la fois. Une fois de plus, la conduite sportive du chauffeur dans la circulation new-yorkaise bringuebala son véhicule et ses passagers et elle se retrouva plaquée contre Oliver.

Prenant une grande inspiration, elle déclara alors :

— Écoute, il faut que je t'avoue quelque chose. J'étais follement amoureuse de toi quand j'étais adolescente. Aussi, quand tu me dis, des mots doux, j'ai l'impression d'avoir à nouveau dix-sept ans, et je suis complètement chamboulée.

Il la considéra par-dessous ses paupières alourdies.

— Es-tu en train de me dire que c'est par les mots doux que j'accéderai à ton cœur ?

Cela l'intéressait-il réellement, de capturer son cœur ? Et, quand bien même il s'y immisçait pour de bon, comme pouvait-elle avoir la garantie qu'il ne le lui briserait pas ?

— C'est une des façons, répondit-elle avec un vague sourire aux lèvres.

— Y en a-t-il une autre ? questionna-t-il en rapprochant ses lèvres des siennes.

Il lui laissa alors le choix de décider de la suite, à quelques millimètres d'elle.

Mue par une audace qui ne lui ressemblait pas, elle se mit, du pouce, à retracer les contours de sa bouche… Un sourire des plus sexy et doux éclaira alors les traits d'Oliver et porta un coup terrible à sa résistance déjà bien affaiblie.

— Après le vernissage, tu voudras bien m'emmener chez Max Brenner ? demanda-t-elle inopinément.

Il s'agissait d'un chocolatier réputé, qui se trouvait près d'Union Square.

— J'ai une envie subite de chocolat.

7

— C'est épouvantable, ici ! s'exclama Oliver en inspectant le deux-pièces qu'ils visitaient avec Sammi, dans East Harlem.

— Tu exagères ! renchérit cette dernière. L'appartement est très lumineux et le parquet superbe.

— L'électroménager est complètement désuet et il n'y a pas de dressing. Et puis c'est minuscule par rapport à celui que tu occupes actuellement.

— Il sera plus vite meublé, dit-elle sur le ton de la plaisanterie, sans en paraître bien convaincue elle-même. En tout cas, il y a largement de la place pour installer un berceau et une table à langer dans la chambre.

— Non, c'est inenvisageable ! s'exclama-t-il.

— Absolument pas ! répliqua-t-elle.

Ils se disputaient comme deux vieux amis, sans la moindre acrimonie : lors de tels moments, il avait du mal à croire qu'il connaissait Sammi depuis si peu de temps. On aurait dit qu'ils avaient partagé ensemble tous les bonheurs et malheurs que la vie apporte.

En outre, quand les journalistes le harcelaient, elle ne lui posait pas de questions, mais demeurait silencieuse, et son empathie était alors palpable.

— Arrête ! Tu n'es pas sérieuse d'imaginer que tu vas pouvoir vivre ici.

Il repensa à son deux cents mètres carrés de Midtown, ses hauts plafonds, sa vue spectaculaire et ses meubles design...

Croisant les bras, elle lui adressa un regard entêté, ce qui lui donna envie de glisser la main sous le pull angora blanc qu'elle portait sur un jean, avec aux pieds des boots motif léopard. D'ailleurs, plus le temps passait, moins il comprenait pourquoi il résistait à sa libido.

— C'est abordable, reprit-elle. Je me suis fixé un budget et je tiens à le respecter.

— Et moi, je ne tiens pas à ce que mon enfant grandisse ici, rétorqua-t-il d'un ton aussi obstiné que le sien. Je vais te trouver un bel immeuble avec gardien.

— Qui me coûtera le double de ce que je peux m'offrir !

Oliver serra les dents : c'était le cinquième appartement qu'ils visitaient, et aucun ne convenait.

— Je t'aiderai.

— Non.

Même s'il appréciait sa volonté d'indépendance, il avait aussi envie de la raisonner.

— J'ai accepté de t'accompagner pour tes visites d'appartement, car je pensais que mon avis t'importait.

— Mais c'est le cas !

— Eh bien, prends-le en compte !

Sur ces mots, la saisissant par le bras, il la conduisit vers la porte.

— Ceci n'est pas un endroit pour toi.

Elle fit mine de se dégager, mais sans trop insister non plus. De toute évidence, elle n'était pas aussi enthousiaste qu'elle voulait bien le montrer.

— J'ai donné mon préavis depuis deux semaines, déclara-t-elle alors qu'ils arrivaient à la hauteur de la voiture qui les attendait. Je vais finir SDF si je ne trouve rien cette semaine.

Puis elle s'engouffra à l'arrière du véhicule et, après qu'il eut donné ses instructions au chauffeur, il la considéra. Elle avait l'air bien lasse, se dit-il, et d'instinct il l'enlaça par les épaules pour la réconforter mais, au contact de ce pull aussi doux qu'il en avait l'air, il eut une terrible envie de goûter à ses lèvres qui l'étaient tout autant. Il se pinça l'arête du nez pour se dominer.

— Allons, jamais tu ne seras sans toit, reprit-il, conscient que sa voix était rauque du désir qui coulait dans ses veines. Mais pas question que l'on continue des visites dans ce genre de quartiers.

— Évidemment, toi tu as été élevé dans une grande maison, avec chef cuisinier, domestiques et chauffeurs !

— On peut trouver un juste milieu, tout de même ! rétorqua-t-il en poussant un soupir exaspéré. Je veux juste le meilleur pour mon enfant, tu ne peux tout de même pas me le reprocher !

— J'ai appris à marcher dans des appartements bien plus petits et miteux que celui que nous venons de visiter ! répondit-elle d'un ton meurtri.

Il fronça les sourcils, désolé de l'avoir blessée.

— Je ne voulais pas...

— Et c'était la plus belle époque de mon enfance, parce que même si nous avions peu de moyens ma mère trouvait toujours, en ce temps-là, des distractions gratuites pour moi : un pique-nique à Central Park, des lectures pour enfants dans des librairies ou un tour de ferry pour Staten Island.

En l'écoutant, il se surprit à l'envier !

Il repensa alors à la canne à pêche que lui avait fait parvenir son père, un bien petit geste qui arrivait de surcroît beaucoup trop tard !

— Tu as de la chance d'avoir eu une mère si attentive, quand tu étais petite fille, je ne possède pas de tels souvenirs, répondit-il.

Mais il ne put s'empêcher de revoir la virago qui les avait accueillis, lorsqu'il l'avait raccompagnée chez elle : quand tout avait-il donc changé, entre elles ?

Elle lui lança un regard en coin.

— Et toi, tu as eu de la chance de recevoir tous les cadeaux que tu voulais, de passer tes vacances dans des endroits fabuleux et d'avoir des badges VIP pour assister aux concerts les plus convoités.

— Tu as raison, mais je n'ai aucun souvenir d'enfance avec mes parents.

— Où étaient-ils donc ?

— Ils avaient une vie sociale intense ! Ils s'affairaient à développer tout un réseau de connaissances que mon père a ensuite escroquées par des fonds spéculatifs, ce qui lui vaut aujourd'hui la prison !

— Je suis désolée, dit-elle en posant la main sur son genou, geste innocent qui suffit à faire battre son cœur plus fort. Je ne voulais pas remuer le couteau dans la plaie.

Elle marqua une pause, puis reprit :

— Ma mère a énormément changé quand ma carrière a décollé. Soudain, je me suis mise à gagner en un mois ce qu'il lui fallait un an pour amasser, et elle en a perdu la tête.

— Donc, tu cherches à recréer ton enfance heureuse dans des petits appartements, et moi à dépenser tout l'argent possible comme mes parents en guise de compensation ?

— On peut trouver un juste milieu, dit-elle avec un sourire, en reprenant ses mots.

Et elle posa la tête sur son épaule, ce qui l'apaisa subitement, mais lorsque le chauffeur s'arrêta devant son immeuble elle releva vivement la tête. La trêve était passée !

— Que faisons-nous devant chez toi, au juste ? s'enquit-elle.

— Monte, on va discuter un peu.

— Discuter ? Et de quoi ?

Sans répondre, il ouvrit la portière mais, une fois sorti, se rendit compte que Sammi n'avait pas bougé et se mordait la lèvre.

— Tu ne me fais pas confiance ? questionna-t-il.

Et une vague d'amertume l'envahit, ce qui le surprit fortement : ce genre de réactions, il le réservait en général à ses relations familiales.

— Bien sûr que si, ce n'est pas la question.

Poussant un soupir, elle descendit à son tour de la voiture et ajouta :

— Très bien, montons et discutons !

Eu égard à son agacement évident, sa petite victoire ne lui valut aucune satisfaction intérieure, mais il sentit au contraire son irritation s'accroître, tout comme les battements de son cœur s'accélérer. Une crise d'angoisse, pensa-t-il. Il était si important pour lui qu'elle réponde favorablement à la proposition qu'il s'apprêtait à lui faire !

— Tu m'as demandé de t'aider à trouver un appartement, commença-t-il une fois qu'ils furent entrés dans le salon. Aussi, maintenant, tu vas écouter ce que j'ai à te dire.

Elle pinça les lèvres, comme si elle allait répliquer, mais se contenta finalement de hausser les sourcils et d'attendre qu'il s'exprime.

— Je pense que tu devrais t'installer chez moi.

— Quoi ? Voyons, ça ne tient pas debout, enfin, je ne peux pas te mettre à la porte de chez toi.

— Il y a assez de pièces ici pour que chacun ait son espace.

Ce qu'il voulait, c'était qu'elle reste près de lui pendant sa grossesse, pour être présent au cas où le moindre problème se présenterait. Et puis l'idée de voir son ventre s'arrondir était incroyablement excitante.

— Ainsi, je n'aurai pas à m'inquiéter sans arrêt pour toi ou le bébé.

— Donc, si j'ai bien compris, ce serait une cohabitation ?

Son besoin de clarifier la situation attisa davantage encore le désir fou qu'il éprouvait pour elle, comme si un courant électrique le traversait...

— Je veux que tu sois bien installée, éluda-t-il.

— Et que se passera-t-il si je me sens si bien chez toi que je n'ai plus envie d'en repartir ?

Et, se méprenant sans doute sur le petit sourire qui lui monta spontanément aux lèvres, elle ajouta bien vite :

— Non, ne t'inquiète pas, je n'ai pas du tout envie de m'incruster dans ta vie de célibataire.

— Il ne s'agit pas de s'incruster et je ne suis pas franchement célibataire...

— Mais si, tu l'es ! Laisse-moi quelques jours pour réfléchir !

Enfin, pourquoi lui opposait-elle tant de résistance ?

— Je t'offre l'opportunité de ne pas consacrer une bonne partie de ton argent à ton loyer, je ne vois pas très bien à quoi tu veux au juste réfléchir. Pense à ton budget !

La vitesse à laquelle se transformait le corps de Sammi allait sous peu affecter ses revenus. D'après ce qu'elle lui avait dit, elle avait déjà dû annuler les défilés de la Fashion Week à New York, pour le printemps suivant ! Et, quant aux espoirs de poser pour des maisons de mode vendant des habits prénataux, ils étaient maigres, étant donné que l'on préférait demander aux mannequins de poser avec un ventre factice.

— Je ne fais que ça ! répliqua-t-elle alors.

Fort de la capitulation qu'il perçut à cet instant dans sa voix, il reprit :

— Emménager chez moi est le meilleur choix, pour toi.

Elle poussa un lourd soupir.

— Vraiment ? J'ai toujours laissé ma mère décider de tout pour moi, car c'était plus facile, et maintenant j'ai l'impression de commettre la même erreur avec toi.

— Je n'ai pas du tout l'intention de te dicter ta conduite. Si je t'ai fait cette proposition, c'est pour des raisons purement égoïstes.

— C'est-à-dire ?

Et, faisant glisser son long manteau en lainage de ses épaules, elle s'avança vers lui. Il n'eut pas besoin de plus d'encouragements ! Le désir l'embrasa littéralement lorsqu'il vit la même faim que la sienne se refléter dans ses prunelles.

— J'adore ta compagnie, murmura-t-il en enfouissant les doigts dans ses boucles soyeuses. Depuis le début, il y a quelque chose de spécial, entre nous.

— C'est ce que je ressens aussi. Et, si je t'ai demandé de m'accompagner pour ces visites d'appartements, c'était seulement pour avoir le prétexte de passer du temps avec toi.

Poussant un grognement, il la prit dans ses bras et, quand

toute la chaleur de Sammi l'enveloppa, il sentit sa propre raison lui échapper... Dans un sursaut de lucidité, il lui prit le menton et plongea les yeux dans les siens.

— Donne la cadence, Sammi, chuchota-t-il.

Et il ferma les paupières...

À sa respiration saccadée, il comprit qu'elle luttait contre ses propres contradictions, mais qu'ils étaient sur la même longueur d'onde... Et quand elle agrippa ses bras tout son corps vibra d'anticipation.

— Je veux être avec toi, murmura-t-elle alors.

Des étincelles électriques ricochèrent le long de son dos, et fort de toute l'énergie qui dansait en lui il voulut capturer sa bouche... avant de se raviser. La dernière fois, tout était allé bien trop vite, comme s'ils avaient été piégés par le déchaînement des éléments ; en l'occurrence, il voulait qu'elle le supplie...

— Oliver, marmonna-t-elle alors, embrasse-moi !

Sammi éprouva presque un petit vertige quand la bouche d'Oliver effleura enfin la sienne, et comprit bien vite, aux baisers qu'il posa sur ses lèvres, pareils à des caresses de papillon, qu'il avait l'intention de prendre tout son temps, cette fois-ci. À cette pensée, le désir monta en flèche en elle... Elle s'accrocha à lui quand il aspira lentement sa lèvre et que leurs langues se mêlèrent enfin, se consumant tout entière pour lui.

Bras noués autour de son cou, elle se cambra contre lui et éprouva une vive satisfaction en sentant son érection contre son ventre. Et le monde se mit à tournoyer lorsqu'il fit tout à coup courir sa langue sur sa nuque, et elle empoigna sa chevelure ondulée pour capturer à son tour sa bouche, savourant le prélude prometteur de leur baiser.

Au moment où il la souleva de terre pour la porter dans sa chambre, elle crut défaillir... mais contre toute attente il la déposa devant la porte. Croisant son regard, elle comprit que le retour en arrière était encore possible. À nouveau, elle sentit ses jambes vaciller, mais pour une autre raison : s'était-il ravisé ? Estimait-il qu'une liaison platonique, sans cœur brisé à l'arrivée, était préférable ?

— Oliver ? demanda-t-elle d'un ton paniqué.

Non, il ne pouvait pas s'arrêter en si bon chemin, l'idée la mettait aux supplices. Ne le comprenait-il donc pas ?

— Sammi...

— Ah non ! Ne joue pas les nobles chevaliers au dernier moment, il est trop tard !

Et soudain elle se rappela ses mots : « Donne la cadence, Sammi. » Parfait ! Elle allait relever le défi...

Mue par un sentiment de totale irrationalité, elle lui ôta son T-shirt et le fit voler par terre, puis plongea les yeux dans les siens.

— Décris-moi ce que tu as envie de me faire, Oliver, murmura-t-elle, les joues en feu.

Sans doute était-ce le signal qu'il attendait, car il glissa tout de suite la main sous son pull et le lui retira... Elle frissonna et vit ses yeux s'assombrir quand il répondit :

— Te mordre les mamelons jusqu'à ce que tu en gémisses.

Ceux-ci se durcirent instantanément et un petit son inarticulé lui échappa quand il dégrafa son soutien-gorge sans la toucher.

Aussitôt, il captura un de ses seins, le couvrit de petits baisers avant d'accorder les mêmes attentions à l'autre. Ce n'était pas du tout ce qu'il lui avait promis ! Alors cette fois ce fut un gémissement de frustration qu'elle laissa échapper !

Enfonçant les ongles dans les épaules d'Oliver, elle s'exclama :

— À quoi joues-tu au juste ?

Avec désinvolture, il souffla sur le bout tout hérissé d'un de ses seins avant de le faire rouler entre ses doigts.

— Tu avais employé le mot mordre, il me...

Et le dernier mot céda la place à un petit cri aigu quand il referma les dents sur un de ses mamelons. Puis il glissa la main vers son entrecuisse et encore une fois s'immobilisa.

— Qu'y a-t-il encore ? s'énerva-t-elle.

— Du calme, chérie, dit-il en la caressant à travers le tissu, tu es déjà toute trempée.

— Pour toi, eut-elle le temps de murmurer avant qu'il ne bâillonne sa bouche.

Puis il trouva son clitoris et elle s'embrasa littéralement sous ses caresses langoureuses ...

— Assez ! dit-elle tandis que, de ses mains tremblantes, elle tentait d'ouvrir sa ceinture.

Il émit un rire rauque et, repoussant ses mains, se dévêtit lui-même : devant le captivant spectacle qu'il lui offrait, elle recula jusqu'au matelas, où elle se laissa tomber, et un plaisir primal la saisit quand quelques instants plus tard il la recouvrit de son corps. Il lui attrapa alors les poignets et les plaqua sur le lit, au-dessus de sa tête, avant de capturer à nouveau un de ses mamelons, pendant que, de ses mains, il se mettait à palper les plis froissés de sa chair. Elle poussa un cri lorsqu'il la pénétra de ses doigts...

— Oh oui ! chuchota-t-elle.

Et elle ferma les yeux, capitulant devant la montée du désir, en elle... Au moment où il plaqua la bouche sur la sienne, elle enfonça à nouveau les ongles dans ses épaules, et un cri de volupté lui échappa... Quelques instants plus tard, elle lui adressa son plus beau sourire et demanda :

— Dis-moi ce que tu veux me faire, maintenant.

— Tu es juste incroyable, Sammi, murmura-t-il d'un ton ravi. Ce que je veux, maintenant, c'est être en toi, me perdre dans ta chaleur intérieure.

— Je n'attends que toi, souffla-t-elle.

Et elle se cambra pour mieux s'offrir à lui... Il semblait fait sur mesure pour elle, pensa-t-elle. Puis il se mit à aller et venir en elle, leurs langues dansant au rythme de ses coups de reins et, alors qu'elle pensait être allée au bout de ses sensations, il exerça de petites pressions sur son clitoris...

Sa respiration s'accéléra d'un coup, elle s'accrocha à lui : la montée du plaisir était si tangible, si puissante, qu'elle en eut les larmes aux yeux. Elle était si proche de s'envoler...

— Je veux te voir jouir, chuchota-t-il.

Elle ouvrit les paupières, et quand l'orgasme la saisit elle ne put lâcher les yeux couleur azur d'Oliver : l'amour et le désir se mêlèrent en une explosion incandescente, l'emportant dans une véritable transe quand il lui donna un ultime coup de reins et enfouit le visage dans sa nuque, le corps tremblant...

Lorsqu'elle revint des rives du plaisir, elle se sentit à la fois comblée et songeuse...

Oliver n'allait-il pas lui briser le cœur ? Pourrait-elle un jour se passer de ce qu'elle partageait actuellement avec lui ? Faisait-elle le bon choix en emménageant chez lui ?

À cet instant, elle entendit une respiration bien régulière à ses côtés : Oliver s'était endormi ! Alors, se blottissant contre son corps solide, elle comprit qu'elle était exactement là où elle avait envie d'être et que, pour l'heure, c'était tout ce qui comptait.

8

Oliver prit la direction du fleuve pour regagner le New Jersey, où il devait déjeuner avec son frère Joshua. De nombreuses choses le préoccupaient, notamment Sammi et la paternité qui l'attendait. Devenir parent était un engagement pour la vie, et un projet qu'il n'avait jamais envisagé, car il ne nourrissait aucune illusion sur lui-même et son caractère : il n'était qu'un fieffé égoïste, bien plus prompt à prendre qu'à donner.

Et, comme si cela ne suffisait pas, il n'avait pas connu dans son enfance de moments en famille touchants, dont il aurait pu s'inspirer. Malgré tout, il avait toujours pu compter sur Joshua et tenait à partager la nouvelle avec lui : il espérait que les épreuves que son frère avait traversées concernant sa propre paternité l'aideraient à relativiser ses peurs.

En effet, une rumeur s'était récemment répandue sur Josh : on racontait qu'il était le père d'une petite fille de quatre ans, et de fait les résultats du test ADN et une source anonyme le désignaient comme le géniteur. Après avoir enquêté parmi ses anciennes maîtresses pour retrouver la mère et l'enfant, Josh en avait conclu que cette histoire était montée de toutes pièces, ce dont Oliver ne doutait pas. Son frère n'était-il pas un homme de confiance, le héros qui avait reconstruit peu à peu la fortune de la famille ?

Il espérait toutefois que Josh éprouverait une certaine empathie pour lui et comprendrait son chamboulement émotionnel actuel. À moins qu'il ne le traite de fou, et ne décrète qu'il n'était pas du tout fait pour endosser le rôle de père... À bien y réfléchir, n'était-ce pas ce qu'il espérait entendre de sa bouche ? Ainsi, son frère lui donnerait un blanc-seing pour disparaître de la vie de Sammi, le convaincrait que celle-ci et le futur bébé se porteraient bien mieux sans lui. N'avait-elle pas une vie déjà assez compliquée avec sa mère sans qu'il y apporte son propre chaos ? Chacun s'y retrouverait assurément bien mieux s'il se contentait d'une simple contribution financière.

Quand il entra dans la bourgade de Falling Brook, il fut brusquement saisi par des émotions contradictoires. Parmi ces demeures imposantes, avec pelouse bien entretenue et luxueuses voitures garées dans l'allée, combien hébergeaient de familles dysfonctionnelles ? Tout semblait certes idéal, mais les apparences étaient si trompeuses, d'ailleurs, les Lowell n'en étaient-ils pas la parfaite illustration ? De l'extérieur, ils avaient pu paraître attirants, intelligents et doués, tout ce qu'ils touchaient se transformait en or, mais à l'arrivée tout n'avait été qu'un marché de dupes.

Lorsqu'il passa devant l'école où il avait suivi ses classes préparatoires, il se rappela les ennuis que sa conduite lui avait valus avec l'administration scolaire ; il avait quitté l'établissement sans être du tout préparé aux défis qui l'attendaient...

Ce fut la boule au ventre qu'il gara sa voiture près du restaurant où il devait retrouver son frère. Comme il était en avance, il se glissa sur une banquette, au fond de la salle, et un serveur, grand sourire aux lèvres, s'approcha immédiatement de lui ; il commanda une eau de Seltz avec une tranche de citron. Cinq minutes plus tard, son frère arriva, vêtu d'un costume bleu marine impeccablement taillé pour sa stature impressionnante. Alors que lui-même n'était pas toujours très exigeant sur son apparence, Joshua, parangon d'élégance, la soignait dans les moindres détails.

Après l'avoir salué avec un sourire relativement aimable, Joshua s'assit en face de lui et porta ses yeux vert-marron sur le verre que le serveur avait posé sur la table, quelques instants auparavant. Immédiatement, Oliver se tendit devant le regard suspicieux de son frère, mais il se retint de formuler le moindre commentaire.

— Je prendrai la même chose, dit Joshua au serveur, en désignant sa boisson du menton.

Quand ce dernier apporta ce que son frère tenait vraisemblablement pour un cocktail, il s'adossa à son siège, attendant que Josh en avale une première gorgée… Et le ressentiment qui brûlait en lui se transforma en une satisfaction à l'état pur lorsque Joshua s'aperçut, visiblement surpris, que sa boisson ne contenait pas une goutte d'alcool.

— C'est de l'eau de Seltz au citron, souligna alors Oliver, renonçant à sa colère. Ma boisson préférée.

Pourquoi son frère pensait-il toujours le pire de lui ? Si Joshua ne l'estimait pas capable de demeurer sobre, le jugerait-il apte à devenir père ? Il y avait de quoi en douter, aussi n'aborda-t-il pas d'emblée la question.

— Je m'en réjouis, répondit Joshua. À propos, l'avocat de papa a-t-il tenté de te joindre ?

— Oui, dit-il en hochant la tête.

— Et vas-tu te rendre à son cabinet ?

— Non.

Sur cette réponse, il considéra son frère, ce fils aîné dont Vernon avait toujours été si fier ; à son grand étonnement, l'idée ne le contrariait même plus, aujourd'hui.

— Et toi ? enchaîna-t-il.

— Je n'ai pas encore pris ma décision, déclara-t-il d'un air sombre. Il y a des jours où… où je me dis qu'il aurait été préférable qu'on ne le retrouve jamais.

— Sa réapparition a-t-elle eu des répercussions sur Black Crescent ?

— Je redoute que son procès ne porte atteinte à la renommée de la société. Qui plus est, tout ce cirque médiatique sur sa capture et son procès va m'empêcher de trouver celui qui me succéderait comme P-DG.

— Donc le recrutement ne se passe pas bien ?

Josh secoua la tête.

— Ceux que j'avais retenus m'ont tourné le dos au point que je me demande si je trouverai un jour quelqu'un qui a la carrure pour prendre le poste.

Joshua avait vraiment l'air d'un homme qui regardait l'avenir d'un œil sombre. Il remuait son verre entre ses paumes, regrettant sans doute qu'il ne contienne pas quelque chose d'un peu plus fort qu'une eau pétillante.

— Et toi ? ajouta-t-il soudain. Même si tu prétends ne pas avoir les compétences requises, il ne t'intéresse toujours pas ?

Oliver se mit à rire.

— Ah non, sans façon ! J'aime mon métier, et je suis doué dans ma partie.

Un sourire amusé éclaira alors le visage de son frère, mais celui-ci retomba bien vite dans la mélancolie.

— Tu sais que j'envie vraiment ce que tu as fait de ta vie.

Il crut s'étrangler : il l'avait tout de même soupçonné de boire de l'alcool !

— Arrête ! dit-il.

— Tu as suivi ce que te dictait la passion, tes photographies sont fantastiques. Et aujourd'hui tu exerces un métier qui te comble.

— Tu as tout de même effacé mon passé tumultueux de ma biographie, fit-il d'un ton dérisoire. L'aurais-tu oublié ?

— Non, répondit Joshua, je n'ai pas oublié que tu as failli gâcher ta vie, mais tu as changé. Énormément changé, et il se pourrait que tu sois celui qui ait le mieux réussi de nous trois.

Il en resta bouche bée. Cela dit, Josh penserait-il toujours autant de bien de lui quand il lui annoncerait qu'il allait bientôt être père ?

— Après la disparition de papa, reprit Oliver, pourquoi n'as-tu pas tourné le dos à la société et poursuivi dans la voie artistique ?

Il avait toujours vu en lui le fils parfait, qui avait fait son devoir, alors que Jacob avait pris la fuite et que lui-même avait sombré dans l'enfer de l'addiction.

— J'aurais aimé être égoïste, dit-il, mais il fallait bien qu'un de nous veille sur maman et reprenne la société en main.

Il savait pertinemment que le ton de reproche qu'il entendait dans la voix de Josh ne le visait pas, mais s'adressait à son frère jumeau : après la disparition de leur père et de tous les millions volés à Black Crescent, Jacob avait refusé de modifier ses plans et continué à sillonner l'Europe, avec son sac à dos. D'ailleurs, même si Oliver avait eu le goût des affaires, il était alors bien trop jeune pour gérer une société multimillionnaire spécialisée dans les fonds spéculatifs.

— En as-tu éprouvé du ressentiment, vu que Jake et moi avons choisi de faire ce qui nous plaisait ?

— Tu me demandes si je vous en ai voulu de vous moquer de moi parce que j'emboîtais les pas de notre *cher* vieux papa, et si cela m'a plu de sacrifier le rêve de ma vie pour prendre soin de maman ?

— Mouais, murmura Oliver, c'est la question.

Un sourire ironique passa alors sur les lèvres de Joshua.

— Au début, non. Je me prenais pour un héros, d'autant que mes sacrifices ont rapidement été compensés par la réussite alors que vos vies allaient à vau-l'eau…

Il secoua la tête.

— Mais au fond qu'est-ce que cela m'a rapporté ? J'étais seul et malheureux, incapable de communiquer avec toi ou Jake. J'avais dressé des murs entre les autres et moi, et je m'étonnais de surcroît que personne ne veuille sauter par-dessus.

Ces révélations l'affectèrent : il n'avait jamais imaginé que son frère puisse éprouver des regrets.

— Et donc quels sont tes plans, une fois que tu auras passé la main ? demanda Oliver afin que la conversation roule sur l'avenir.

— Je vais me concentrer sur ce qui me rend heureux.

— Tu l'es déjà avec Sophie, non ?

Sophie Armstrong était entrée dans la vie de Joshua en rédigeant un article pour « l'anniversaire » du fiasco de Black Crescent. Elle y avait écrit de nombreuses approximations, de sorte que son frère avait pris contact avec elle… et Cupidon s'en était mêlé. C'était elle aussi qui avait appris à Joshua l'existence de cette prétendue petite fille de quatre ans. Elle n'avait rien publié à ce sujet, mais la rumeur avait fait son chemin.

— Elle est ce que la vie m'a apporté de plus beau, approuva Joshua. Et elle m'a cru d'emblée quand je lui ai dit que je n'étais pas le père de cette petite fille, que je n'étais pas homme à refuser de reconnaître sa descendance, déclara Joshua avec ferveur.

— Mais les résultats des tests ADN, alors ?

— J'ai appelé le médecin qui les a réalisés. Il se trouve que ses résultats sont exacts, seulement…

Il marqua une pause, et un vague sourire traversa son visage.

— Le père, c'est Jake, ajouta-t-il.

— Ah bon ?

— Autant qu'un homozygote peut l'être. J'aurais tant aimé que pour une fois Jake me surprenne.

— Il ne s'est pas du tout manifesté ?

— Rien du tout !

Ils restèrent un instant silencieux et le serveur choisit ce moment pour venir prendre leur commande. Après quoi, son frère plongea les yeux dans les siens.

— Bon, je suis certain que tu ne m'as pas invité à déjeuner pour parler de ma vie amoureuse ou de Black Crescent. Ni même de papa. Donc, Ol, qu'est-ce qui te tracasse ?

— Tu te souviens de notre conversation sur la paternité ? Nous étions tous les deux d'accord sur le fait que nous serions des vraies catastrophes, si nous devenions pères, tu te rappelles, n'est-ce pas ? J'avais même assuré que jamais je ne voudrais endosser une telle responsabilité.

Après quoi, il se tut et attendit que son frère comprenne le message… Quand celui-ci plissa les yeux, il se prépara à la semonce qui allait suivre.

— Tu vas être père ? questionna alors Joshua d'un ton neutre.

Oliver poussa un soupir de soulagement.

— Oui.

— Tu pensais que j'allais hurler, je le vois bien. Rassure-toi, ces temps-là sont révolus. Tu es un adulte, vieux, et il est temps que tu prennes des responsabilités. Mais tu le sais déjà, précisa Joshua avec tact, aussi en quoi puis-je t'aider ?

— J'ai l'intention de faire tout ce qu'il faut, s'empressa de répondre Oliver avec un sourire. Seulement, est-ce que tu étais vraiment sérieux le jour où tu m'as dit que jamais tu ne saurais t'occuper d'un enfant, lorsque la rumeur affirmait que tu étais le père d'une petite fille ? Quand tu disais que tu ferais ce qu'il fallait, tu parlais juste de soutien financier ou tu envisageais de t'impliquer dans sa vie ?

— À vrai dire, je n'ai pas vraiment réfléchi à tout cela, à l'époque, j'étais trop obsédé par l'idée de découvrir la vérité.

Il reconnaissait bien là le côté pragmatique de son frère, qui accordait la priorité aux problèmes réels, et non aux spéculations métaphysiques.

— Et, maintenant que tu es avec Sophie, pensez-vous avoir des enfants ?

— Pour être honnête, je crois que nous en aurons, mais je n'ai pas encore réfléchi au père que je serai, dit-il.

Et Josh fronça les sourcils, comme si Oliver venait d'ouvrir une boîte de Pandore, avant d'ajouter :

— Désolé de ne pas pouvoir être d'une plus grande utilité.

— Ce n'est pas grave, renchérit-il en masquant son dépit. C'est vraiment un problème personnel, que je dois régler seul.

— Qui est la mère ? Tu la connais depuis longtemps ?

— Elle s'appelle Samantha Guzman. Sammi. On s'est rencontrés il y a plusieurs semaines, peu après que j'ai reçu la fameuse canne à pêche. J'ai un peu perdu la tête, le premier soir.

Joshua acquiesça d'un air compréhensif.

— Vous êtes ensemble ?

— C'est compliqué, admit Oliver. Elle me plaît énormément,

et d'ailleurs je lui ai demandé d'emménager chez moi, mais je ne sais pas réellement comment tout cela va évoluer. Le mariage, la paternité... Je n'avais pas envisagé une relation aussi traditionnelle.

— Moi non plus, jusqu'à ce que je rencontre Sophie !

— Bien sûr, mais tu me connais, je n'ai jamais été très fiable, ni romantique, et toutes les femmes avec qui je suis sorti ont fini par penser à un moment ou un autre que j'étais un vrai crétin. Et comme si cela ne suffisait pas papa resurgit, et avec lui tout le passé, toutes mes erreurs rejaillissent en moi...

Après cette tirade, il marqua une pause : dès qu'il pensait à son père qui avait vécu pendant quinze ans tranquillement sur son île, sans se soucier que sa famille endure mille souffrances, il avait juste envie de hurler. Il s'efforça de respirer calmement et poursuivit :

— Je ne veux pas entraîner Sammi et notre bébé dans tout ce chaos, une petite voix me dit qu'elle serait mieux sans moi. Et l'enfant aussi.

À ces mots, son cœur se serra affreusement : comment pourrait-il survivre sans elle ? Sans sa douceur, ses beaux yeux chaleureux posés sur lui quand il se réveillait ? Et puis il voulait vivre sa grossesse avec elle, suivre l'évolution de leur enfant...

— Papa ne fera pas toujours la une des journaux, tu sais, dit Josh d'un air songeur. On survivra tous. Même maman le prend mieux que ce que je redoutais. Ne le laisse pas gâcher ton bonheur.

— Et si c'est moi qui gâche tout ? s'écria-t-il, soudain au désespoir. Chaque jour, je lutte contre mes addictions... Si je retombais dans l'enfer de l'addiction ? Quand je suis stressé, la tentation est dix fois plus grande. Sammi mérite mieux que moi.

— Tu es certain que tu ne te cherches pas une bonne excuse pour te soustraire à tes obligations ? objecta alors Joshua.

Sa question le décontenança : depuis huit ans, il n'avait connu que deux ou trois écarts, même pas des rechutes, et il n'évitait jamais les situations qui mettaient sa résistance au défi. Preuve que la lutte n'était pas si dure qu'il le prétendait…

— Et puis, ajouta son frère, tout le bien que Samantha peut t'apporter n'est certainement pas à négliger. Mais il est vrai que nous, les frères Lowell, avons parfois du mal à accepter cette idée.

Debout devant son armoire, Sammi passait en revue ses vêtements tout en analysant ses sentiments pour Oliver, à la lumière de son invitation à emménager chez lui. Elle lui avait demandé quelques jours de réflexion, et hésitait toujours ; afin de ne pas se retrouver démunie si finalement elle décidait de ne pas s'installer chez Oliver, elle avait repéré un meublé confortable, mais n'avait encore rien signé. Le studio était situé dans un quartier que ce dernier approuverait, mais elle doutait en revanche que son volume – qui représentait celui d'une chambre d'hôtel – lui conviendrait. Peu importait, elle devait épargner de l'argent pour élever son enfant, et ne pas tout dépenser en loyer. Elle n'avait rien dit à personne, mais était fière de son initiative.

Brusquement, sa playlist s'arrêta et le silence de l'appartement la frappa. Sa mère avait déménagé, emportant avec elle l'atmosphère lourde qu'elle y faisait régner, mais la laissant face à sa tristesse et ses regrets. Elle en voulait à Celeste d'avoir sacrifié leur relation en l'incitant à en faire toujours plus dans le mannequinat, et bien qu'il fût frustrant de ne pouvoir discuter de sa situation avec sa mère elle savait aussi que celle-ci l'aurait exhortée à passer un contrat financier avec Oliver, qui leur aurait assuré, à elle et au bébé, une existence tranquille, sans soucis pécuniaires. Elle devait toutefois admettre qu'elle commençait à comprendre la paranoïa de sa mère quant à la pauvreté…

Aujourd'hui, la vidéo qu'elle avait tournée pour le fiancé de Kimberly lui avait montré la dure réalité de la vie et le peu de gains qu'elle tirerait du projet qui avait, au départ, soulevé son enthousiasme. Elle était pourtant décidée à y participer, espérant que d'autres opportunités en naîtraient.

Ce qui la ramena à son idée de s'installer chez Oliver... La décision aurait été plus simple à prendre s'ils n'avaient pas couché à nouveau ensemble : peut-être aurait-elle pu alors s'en tenir à une relation platonique avec lui, faire mine d'être insensible à son charisme et à la douceur qui émanait de temps à autre de son abord mystérieux, semblable à des rayons de soleil perçant un ciel chargé de nuages.

Qu'arriverait-il quand il se lasserait d'elle ? Et, d'ailleurs, aurait-il encore de l'attirance pour elle lorsque son ventre commencerait à grossir ?

Soudain, elle repensa à la session photographique qui lui avait coûté vingt-trois dollars et qui n'avait jamais eu lieu. En fait, elle ne lui en avait jamais reparlé : redoutait-elle de voir sa vraie nature, puisque tel était ce qu'il prétendait faire, à savoir révéler les gens à eux-mêmes ?

Comme s'il avait senti qu'elle pensait à lui, il lui envoya au même instant un texto.

On dîne ensemble ?

Un élan de joie la saisit : finalement, sa visite à son frère ne l'avait pas incité à fuir toute compagnie, même s'ils avaient à n'en pas douter reparlé de la réapparition de leur père et si l'ambiance n'avait pas dû être des plus gaies.

Elle tapa alors :

Avec plaisir.

Mais elle se ravisa au dernier moment. Autant aller droit au but !

Quelle heure te conviendrait ?

Maintenant, par exemple ? Une voiture t'attend en bas.

Elle roula les yeux. Elle aimait l'impulsivité d'Oliver, mais elle appréciait moins qu'il attende d'elle qu'elle laisse tomber toute activité séance tenante pour le rejoindre. Ce qui l'amena aussitôt à s'interroger sur le style de père qu'il serait avec leur enfant : il serait assurément drôle, toujours partant pour un jeu à l'heure de la sieste et lui laissant à elle le soin de calmer un enfant excité...

Assez ! Elle devait cesser d'échafauder de tels scénarios, qui supposaient une vie commune qui leur permettrait de s'occuper à deux de l'enfant, qui signifiaient qu'elle faisait vraiment partie de sa vie. Or, ils n'avaient encore rien décidé. Se projetait-il dans une vie de famille avec elle ?

Et elle, d'ailleurs, savait-elle seulement ce qu'elle souhaitait ? Le paysage intérieur d'Oliver était bien plus compliqué qu'il n'y paraissait. À la simple mention du nom de son père, il entrait dans une folle fureur, souvent suivie de longs silences, et elle se sentait alors bien impuissante.

Comment deux personnes aussi blessés par la vie qu'elle et lui pourraient-elles entretenir une relation saine ? Serait-elle assez solide pour supporter les orages émotionnels ?

Se rendant compte qu'il attendait sa réponse, elle tapa :

Donne-moi dix minutes.

Et elle troqua rapidement ses leggings et son T-shirt estampillé GIRL POWER contre un jean *skinny* et un pull noir, puis nouant ses cheveux en un chignon elle se dirigea vers l'ascenseur.

Quand les portes de la cabine s'ouvrirent, son regard se heurta d'abord à une énorme girafe en peluche, derrière l'immense cou de laquelle apparut tout à coup le visage d'Oliver, avec aux lèvres le plus charmant sourire qu'elle lui ait jamais vu. Son cœur manqua un battement.

— Qu'est-ce que c'est, au juste ? questionna-t-elle sur un ton faussement détaché.

En toute honnêteté, comment pouvait-elle raisonnablement espérer lui résister quand il mettait tout en œuvre pour qu'elle succombe ?

C'est la première décoration pour la chambre de notre futur bébé. Je me suis dit qu'on pouvait commencer à choisir des petites choses.

— C'est vraiment adorable, mais je ne suis qu'à deux mois

de grossesse, dit-elle, touchée, en sentant ses yeux se remplir malgré elle de larmes. Tu ne crois pas que c'est un peu prématuré ?

Le sourire d'Oliver disparut immédiatement.

— Je pensais que tu serais tout excitée à l'idée de commencer la décoration de la chambre.

Tout allait décidément trop vite avec lui, elle n'avait plus le temps de réfléchir à rien, ni de planifier quoi que ce soit. Elle n'avait même pas encore accepté sa proposition de s'installer chez lui, mais son cœur se serrait à l'idée de le rendre malheureux si elle refusait.

— C'est le cas !

— Mais ?

Pourquoi était-elle toujours si pondérée ? Sans doute parce qu'elle n'avait jamais eu d'amis avec qui jouer et échanger, dans sa jeunesse, trop accaparée par les pressions de sa mère qui enchaînait sans répit les contrats pour sa fille…

N'était-il pas déraisonnable d'accepter moins que ce à quoi elle aspirait ?

— Je meurs de faim, éluda-t-elle en passant le bras sous le sien. Tu avais bien parlé d'un dîner, non ?

9

Déçu par son manque d'enthousiasme pour sa girafe, Oliver s'interrogea cependant sur la réaction qu'il attendait exactement de Sammi, puisque celle-ci n'avait pas montré auparavant non plus un grand emballement face à sa proposition d'emménager chez lui.

Il espérait néanmoins que la soirée serait agréable. Il avait réservé dans un petit restaurant à l'atmosphère feutrée, où l'on proposait des plats basques, et Sammi lui prouva qu'elle était aussi affamée qu'elle le clamait ! Elle poussa même un petit gémissement en avalant des champignons de Paris farcis au beurre et à l'ail, et relevés de chorizo... Il en changea de position sur sa chaise, soudain à l'étroit dans son jean.

Tout se déroula à merveille jusqu'à ce qu'ils rentrent à la maison et que la girafe se transforme en un éléphant dans un magasin de porcelaine, agitant le spectre de leur désaccord au sujet de la décoration de la chambre...

Convaincu que le sexe serait une excellente diversion, il posa la girafe dans une chambre et souleva Sammi de terre pour l'entraîner dans son lit, où ils firent l'amour avec un abandon total, leurs corps n'ayant aucun problème pour communiquer, tandis que leurs caractères ressemblaient à des îles isolées, farouchement désireuses de se protéger des déceptions du monde...

Encore sous les effets de leurs folles étreintes, il remercia le destin d'avoir mis Sammi sur sa route, et fit courir ses doigts sur son dos cambré.

— Comment s'est passé ton déjeuner avec ton frère ? demanda-t-elle par-dessus son épaule. Et à quoi ressemble au juste Falling Brook ?

Dans sa voix perçaient à la fois de la curiosité et de l'inquiétude, et pour cause, puisqu'il lui avait fait part de ses réticences, concernant la bourgade.

— À chaque fois, cette ville me rappelle de terribles souvenirs, avoua-t-il.

Sans doute était-ce pour cette raison qu'il y avait acheté une maison dès que son premier gros chèque était tombé, pour prouver à tous qu'il avait réussi – même s'il n'y séjournait jamais.

Poussant un soupir, il ajouta :

— Et puis l'attitude de mon frère les ravive aussi, j'ai toujours l'impression qu'il me surveille comme s'il redoutait que je replonge.

— Oh !

Et il comprit immédiatement qu'il venait de lui donner matière à se tracasser ! Quel sombre crétin il était ! L'angoisse était néfaste pour le bébé, et Sammi n'avait-elle pas suffisamment de soucis sans qu'il fasse peser les siens sur ses épaules ? En outre, pour qu'elle ait confiance en lui, il devait lui montrer qu'il ne doutait pas de lui.

— Désolé, dit-il. Je suis parfaitement maître de moi-même, je ne serai plus jamais la proie de mes addictions passées. Ne t'inquiète surtout pas pour ça.

— Je ne suis pas inquiète, lui assura-t-elle avec un doux sourire qui illumina son cœur.

— Je me sens tellement bien en ta présence, Sammi, renchérit-il en effleurant son épaule de ses lèvres.

— Je m'en réjouis, répondit-elle de derrière ses paupières alanguies.

Elle aurait tout de même pu montrer un peu plus d'entrain, pensa-t-il, mais il fallait dire qu'il avait les mêmes travers que son père : il cherchait toujours à imposer de façon égoïste sa volonté aux autres, sans se demander si cela leur plairait ou non.

Un silence s'ensuivit et il ne se rendit pas compte qu'il s'était endormi...

Quand il se réveilla en sursaut, ce fut pour découvrir qu'elle n'était plus dans le lit. Un moment de panique l'envahit : il se redressa immédiatement... pour constater que leurs vêtements étaient encore disséminés sur le parquet de la chambre. Ouf !

Il se glissa hors du lit, certain qu'elle ne devait pas être bien loin...

Quelques instants plus tard, il la découvrit dans l'encadrement de la porte, vêtue de son T-shirt à lui et de rien d'autre, en train d'inspecter la chambre devant elle. Il s'approcha lentement, admirant ses longues jambes et imaginant ses mains les caresser, puis se glisser dans son entrecuisse... Soudain, sa respiration altérée le trahit et elle se retourna.

— C'est vide, dit-elle tandis qu'il l'enlaçait par la taille.

Poussant un soupir, elle s'appuya contre lui et se mit à tracer, d'un geste absent, des cercles sur ses bras.

— Comme un tableau vide que nous allons remplir, chuchota-t-il en aspirant son parfum, où se mêlaient l'odeur de leurs étreintes et un soupçon de lavande.

— Tout va si vite, murmura-t-elle.

Repoussant les cheveux de Sammi sur le côté, il plaqua la bouche au bas de sa nuque, et elle poussa un petit cri, tremblante.

— Je renonce rarement à ce que je veux.

Puis il palpa ses courbes, s'immergeant dans sa chaleur : elle représentait tout pour lui, et plus il passait de temps en sa compagnie, plus il la désirait. Lui tenir la main le calmait, la faire jouir le remplissait de joie.

— C'est peut-être prématuré, reprit-elle d'une voix sensuelle, mais je crois que nous devrions parler de ce qui se passera *après* la naissance. Tu crois qu'une forme de coparentalité marcherait, pour nous ?

Malgré lui, il se tendit, bien que conscient qu'elle avait raison de lui poser cette question.

— Tu connais ma position : je pense que nous devrions vivre ensemble afin que notre enfant profite de ses deux parents en même temps.

À cet instant, il coula les mains sous son T-shirt et fit courir ses doigts sur son ventre… Un élan de désir l'envahit, et il la sentit elle aussi frémir sous sa caresse, néanmoins, elle lui saisit les doigts pour l'immobiliser.

— Ne vaudrait-il pas mieux nous concentrer sur notre enfant ? demanda-t-elle.

Son cœur battait à tout rompre, sans doute au même rythme que le sien, car la pointe de son sein était bien dressée quand il la pinça légèrement.

— Il faut trouver une solution qui nous convienne à tous les deux, poursuivit-elle d'un ton accéléré.

Comme si elle voulait en finir au plus vite avec cette question pour pouvoir enfin s'abandonner au plaisir qu'il entendait lui donner.

Mais il n'était déjà presque plus en mesure de parler. Posant la main sur son mont de Vénus, il attira ses reins contre son érection et crut en perdre la tête… Elle enfonça alors les ongles dans sa cuisse, et il la pénétra de ses doigts, alternant caresses et exploration, comme elle l'aimait.

— Une semaine chez toi, une semaine chez moi, reprit-elle d'une voix haletante, en chaloupant contre lui. Avec une certaine souplesse pour les dates, car tu as un agenda bien rempli.

Tout cela n'avait rien d'excitant : il ne voulait pas que leur enfant passe incessamment d'un appartement à un autre ! Résolu à mettre un terme à cette conversation qui ne mènerait nulle part, Oliver la fit pivoter sur elle-même et la plaqua contre l'encadrement de la porte.

— Nous reparlerons de tout cela plus tard, dit-il de la voix la plus calme possible, eu égard aux émotions qui faisaient rage en lui. Pour l'instant, tout ce qui m'intéresse, c'est toi et moi.

Et, lisant dans son regard le même désir ardent que le sien, il captura sa bouche pour lui donner un baiser possessif, fiévreux... Quelques secondes plus tard, elle nouait les jambes autour de ses cuisses et ils fusionnèrent dans une rhapsodie de plaisirs à assouvir et de délicieux soupirs...

Ce soir-là, Sammi devait choisir sa tenue avec la plus grande attention, car elle allait apparaître pour la première fois au bras d'Oliver à une réception où étaient conviées de nombreuses personnes issues de l'univers de la mode. Elle arrêta finalement son choix sur une robe en organza noir, inspirée des années 1950 et dotée de fines bretelles. Elle se fit un chignon haut d'où s'échappaient savamment deux mèches qui encadraient son visage ; de simples boucles d'oreilles en cristal complétaient le tout.

Quand elle ouvrit la porte de son appartement à Oliver, qui venait de sonner, elle retint un petit cri : c'était la première fois qu'elle le voyait en smoking, elle n'aurait même pas cru qu'il en possédait un. Ainsi vêtu, pensa-t-elle, il ne pouvait plus faire oublier qu'il était issu de la classe privilégiée de Falling Brook, et avait grandi dans une immense demeure avec domestiques. Ce soir, dans ce costume impeccable signé Tom Ford, il incarnait une richesse qu'elle ne pouvait même pas imaginer, ce qui renforçait aussi les différences de leur éducation.

Il avait dû noter sa soudaine gêne car il demanda :

— Qu'y a-t-il ?

— Rien, je suis juste un peu nerveuse à la perspective de cette soirée, c'est tout, lui assura-t-elle en passant le bras sous le sien.

Qu'allait-elle répondre aux personnes qui ne manqueraient pas de les interroger sur la nature de leur relation ? Ce soir, serait-elle sa petite amie, celle qui partageait sa vie, la mère de son futur enfant, ou juste une amie ?

— Pourquoi ? Tu n'as aucune raison d'être inquiète.

— C'est la première fois que nous nous affichons ensemble parmi des gens de notre connaissance.

— Et tu crains que ta réputation n'en pâtisse ? demanda-t-il, tendu.

— Certainement pas, lui assura-t-elle avec une détermination qu'elle aurait tant aimé posséder. Seulement… tu es bien certain que ma tenue est à la hauteur de l'événement ?

— Tu es splendide, dit-il d'une voix rauque qui la fit frémir de plaisir. Cependant, quelle que soit ta tenue, sache que je serai toujours fier de te tenir à mon bras.

La gravité qu'elle entendit alors dans sa voix la troubla profondément : il était si inédit pour elle qu'un homme la traite avec admiration, la chérisse ! Tous les autres avant lui ne s'intéressaient qu'à sa beauté et à son apparence, peu préoccupés de ce qu'elle pensait ou ressentait, indifférents en réalité à la personne qu'elle était vraiment. Oliver posait sur elle un regard bien différent.

— Même quand mon ventre sera aussi gros qu'une montagne et que je ne pourrai plus voir mes pieds ? le taquina-t-elle, le cœur battant, tandis qu'il prenait sa main dans la sienne.

— Surtout à ce moment-là, répondit-il en faisant pleuvoir des baisers sur le dos de sa main. Tu occupes une place importante dans ma vie, Sammi.

Souffle coupé, elle flotta littéralement jusqu'à l'ascenseur et ils rejoignirent bien vite la limousine qui les attendait. Une fois qu'ils furent assis à l'arrière, il se rapprocha d'elle et elle vint se blottir contre lui, humant à pleins poumons la fragrance épicée et masculine qui émanait de sa personne.

— Tu sens si bon, murmura-t-elle d'une voix sensuelle.

— Continue ainsi et je vais être tenté de sauter l'étape de la réception pour t'emmener directement chez moi !

Sa menace la fit presque glousser de plaisir. Après tout, ne pouvait-elle pas profiter des bons instants sans en attendre autre chose ? Bien sûr, sa grossesse compliquait leur relation, mais elle ne devait pas non plus représenter un frein constant. Même s'il lui fallait savoir à quoi s'en tenir...

La fête avait lieu dans un luxueux appartement de l'Upper East Side et, dans le taxi qui les y menait, elle était tout aussi excitée qu'angoissée. Elle avait certes l'habitude de ce genre de soirées, mais jamais elle n'y avait assisté au bras d'une personne aussi connue qu'Oliver Lowell...

Une main plaquée sur ses reins, il l'entraîna vers l'immense salon de leurs hôtes, après qu'ils eurent traversé un hall imposant. Après quoi, chaque fois qu'il la présenta à un nouveau petit groupe d'invités, ceux-ci n'avaient qu'une obsession en tête : savoir comment il gérait la réapparition de son père après quinze ans d'absence. Elle était impressionnée par la façon dont il répondait, avec la plus grande courtoisie sans pour autant révéler ses véritables sentiments : si elle n'avait pas été témoin du bouleversement que l'événement constituait pour lui, elle aurait elle aussi été dupe de la nonchalance qu'il affichait.

Au bout d'une heure, un peu fatiguée et désireuse de se reposer, elle se retira dans la salle de bains sous prétexte de se repoudrer. À son retour, elle trouva Oliver en grande conversation avec un groupe d'hommes ; préférant ne pas les interrompre, elle se rendit sur le balcon pour respirer un peu d'air frais. La vue sur New York, de nuit et du dix-huitième étage, y était magique, avec les myriades de lumières scintillantes.

— Bonsoir !

Une blonde élancée, vêtue d'une robe couleur pivoine, venait de se matérialiser à ses côtés. Elle avait l'air d'appartenir à l'élite sociale, mais aussi un peu lasse des mondanités auxquelles elle devait probablement assister depuis bien trop longtemps pour les trouver encore excitantes.

— Je vous ai vue entrer en compagnie d'Oliver. Est-ce lui qui vous a amenée à cette soirée ?

— Oui.

— Votre visage m'est familier, pourtant, je connais bien

les amis d'Oliver et je suis certaine que nous ne nous sommes jamais rencontrées.

Sammi la considéra : était-elle une ancienne conquête ? Ou une personne qu'il avait photographiée ? Les deux peut-être...

— Sans doute parce que nous ne nous connaissons que depuis quelques semaines, Oliver et moi.

— Vous sortez ensemble ? questionna-t-elle alors en plissant les yeux.

Indécise quant à sa réponse, elle jeta un coup d'œil vers l'intérieur, dans l'espoir – vain – qu'Oliver surgirait comme par miracle pour la sauver.

— Nous sommes amis, éluda-t-elle.

— Évidemment. Oliver n'a jamais de *petites* amies ! Tant de femmes se sont épuisées à retenir son intérêt sans y parvenir. Une fois qu'il a obtenu ce qui l'intéresse, il a tendance à prendre le large.

Sammi resongea à la photographie qu'il n'avait pas encore prise d'elle et à sa crainte que l'intérêt qu'il lui trouvait ne s'émousse quand le portrait lui dévoilerait son âme... Était-il déraisonnable de sa part de penser que l'union fantastique de leurs corps entraînerait leur relation vers une autre dimension ? Pourrait-il concevoir pour elle des sentiments non liés au futur bébé ?

Soudain, des effluves familiers mirent ses sens en éveil tandis qu'elle sentait l'étoffe d'un smoking contre son épaule : Oliver ! Sa présence solide à ses côtés lui procura tout de suite un vif soulagement ; spontanément, il l'enlaça et la femme blonde écarquilla de grands yeux.

— Bonsoir, Bianca, dit-il. Je vois que Sammi et toi avez fait connaissance.

— Sammi ? répéta Bianca en haussant un sourcil.

— Samantha Guzman, précisa-t-elle aussitôt.

— Je lui demandais juste si elle et toi sortiez ensemble, enchaîna Bianca, sourire cauteleux aux lèvres.

— Et qu'a-t-elle répondu ? s'enquit Oliver en serrant un peu plus fort Sammi.

— J'avoue que ta réponse m'intéresse bien plus !

Elle retint sa respiration...

— Tu sais bien que je n'aime pas parler de mes affaires personnelles mais, si la question est de savoir si je me suis retiré du marché, la réponse est oui.

Un petit vertige saisit alors Sammi, tandis que le visage de Bianca se renfrognait. Visiblement, sa réponse était juste destinée à décourager la belle mondaine, en déduisit-elle avant de se retourner vers lui, une fois cette dernière partie, et de lui demander avec ironie :

— Parce qu'un jour tu as été sur le marché ?

Il se contenta de lui adresser un sourire mystérieux et s'enquit à son tour :

— Que lui as-tu dit sur notre relation ?

— Que nous étions amis, répondit-elle.

À ces mots, il se raidit, et elle sentit son estomac se serrer. Tirant sur la manche de son smoking, elle ajouta :

— C'est bien ce que nous sommes, non ?

— Est-ce tout ce que nous sommes l'un pour l'autre ? répliqua-t-il d'un ton presque agacé.

— Je l'ignore, marmonna-t-elle, le cœur en tumulte. Nous n'avons pas encore parlé de nous deux, jusque-là.

— Je t'ai demandé de venir t'installer chez moi. N'est-ce pas la preuve que je souhaite t'inclure dans ma vie ?

Certes, mais ils n'étaient qu'un couple de circonstance, la remarque de Bianca sur l'intérêt volatil d'Oliver pour la gent féminine renforçant encore cette impression.

— Tu m'as proposé cette solution parce que je suis enceinte, lui rappela-t-elle. Je ne peux m'empêcher de penser que tout va un peu trop vite, entre nous.

— Tu as raison, une discussion s'impose, répliqua-t-il en jetant un coup d'œil autour d'eux. Mais pas ici. Partons !

10

Quand ils prirent congé de leurs hôtes, Oliver était préoccupé par les paroles de Sammi ; une fois dans le taxi, il enjoignit à son chauffeur de les conduire chez lui. Elle n'avait pas explicitement accepté d'emménager dans son loft, mais elle y passait la plupart de ses nuits.

Seulement, une fois arrivés, ni elle ni lui n'eurent envie de parler, et la communication passa encore une fois par le langage des corps, désespérés qu'ils étaient de s'étreindre…

— Waouh ! C'était fantastique, murmura-t-elle, alors qu'il reprenait à grand-peine sa respiration.

Se redressant sur un coude, il essuya délicatement l'émouvante perle de sueur accrochée à son front : rien ne le touchait tant que la preuve de son abandon total. En dehors de la chambre, chacun était sur ses gardes, mais toutes les frontières tombaient entre ces quatre murs… Il savait exactement comment lui procurer un puissant orgasme et elle acceptait de lui toutes les caresses les plus osées.

Il roula sur le côté puis se tourna vers elle de façon à lui faire face ; elle détourna alors le regard. À mesure que les vapeurs de la passion se dissipaient, les propos qu'elle avait tenus à la sortie de la réception revenaient le hanter… Qu'elle continue à douter de leur relation le meurtrissait : ne pouvait-elle comprendre qu'il n'était jamais allé aussi loin avec une femme ? Mesurer le pas de géant qu'il avait effectué en lui proposant de s'installer chez lui, en choisissant de prendre à cœur son rôle de père ? Qu'attendait-elle de plus ?

Même s'ils se connaissaient depuis peu, ils avaient passé beaucoup de temps ensemble, de doux moments à dîner en tête à tête, ou bien à assister à un spectacle et puis à s'aimer avec ardeur à leur retour ; il ne pouvait plus vraiment imaginer sa vie sans elle...

Elle avait accroché des vêtements dans son armoire, et disposait de son propre espace dans sa salle de bains ; le réfrigérateur était rempli de ses aliments préférés et il lui avait remis une clé. Elle n'avait pas encore changé d'adresse, ni renoncé à se rendre dans son ancien appartement, même si sa mère en avait déménagé une semaine plus tôt. Elle prétendait que tout allait trop vite entre eux, ou bien qu'elle ne voulait pas s'incruster, mais en réalité il lisait clair en elle : elle redoutait qu'il ne la considère bientôt plus que comme la mère de son enfant, et non plus comme une femme désirable.

Il avait énormément réfléchi à la question, et était parvenu à trouver une façon de combiner son rôle de père et d'amant, tout en lui procurant la stabilité dont elle rêvait tant ! Aussi, la saisissant par le menton, effleura-t-il du pouce ses lèvres gonflées par les baisers ardents échangés et décréta-t-il :

— Je crois qu'on devrait se marier !

Sammi écarquilla de grands yeux.

— Pardon ? Mais pourquoi ?

Parce que, si elle tenait à mettre une étiquette sur leur relation, c'était celle de mari et femme qui s'imposait !

— C'est la proposition la plus sensée que je puisse te faire.

— Sensée ? répliqua-t-elle, sourcils froncés. Comment ça ?

— Le mariage est important pour moi, et pour toi aussi, je suppose.

— Je sais pour ma part ce que j'en attends. Mais toi, pourquoi aurais-tu envie de te marier ?

— Je pense que nous sommes tous les deux d'accord sur le

fait que nous ne voulons pas que notre enfant manque de quoi que ce soit, non ?

— Bien sûr, mais nous n'avons pas besoin de nous marier pour cela.

— Sans doute, cependant, je désire fonder une famille, et tu hésites à venir t'installer chez moi, voilà pourquoi j'ai pensé qu'un engagement de ma part aussi fort que le mariage te rassurerait. Alors marions-nous !

Bien qu'il n'ait jamais envisagé de se lier aussi définitivement à une femme auparavant, il ne voyait pas très bien d'autre solution.

— Résumons la situation sans ambages, répliqua-t-elle. Tu m'épouses uniquement parce que je suis enceinte.

À son ton querelleur, il comprit que son motif l'avait irritée.

— Comment peux-tu m'en vouloir de souhaiter que mon enfant ait le sentiment d'avoir un foyer, ce que je n'ai jamais connu ? rétorqua-t-il.

Elle haussa imperceptiblement les sourcils, et ce fut la seule réaction qu'il obtint d'elle. De fait, elle était devenue si silencieuse qu'on aurait cru qu'elle avait cessé de respirer.

— Eh bien, que penses-tu de ma proposition ? insista-t-il, exaspéré de devoir lui arracher une réponse.

— Qu'attends-tu que je te dise ?

— « Oui », tout simplement ! renchérit-il, geste impatient à l'appui.

Il n'arrivait pas à comprendre pourquoi sa demande en mariage ne la remplissait pas d'une joie immense, pourquoi elle ne se jetait pas à son cou pour le couvrir de baisers !

Ce fut alors qu'elle répondit avec retenue et politesse :

— Je suis très heureuse que tu veuilles t'impliquer dans la vie de notre futur enfant.

Puis elle prit une grande inspiration et ajouta :

— Mais je ne veux pas t'épouser.

— Ah bon ? Et peux-tu me donner une seule bonne raison ?

— Je te connais à peine, Oliver, dit-elle.

Sur ces mots, elle serra les lèvres. Qu'avait-elle au juste en tête ?

— C'est faux, répliqua-t-il. Tu me connais bien mieux que n'importe qui d'autre au monde.

Elle battit des paupières, prenant visiblement son argument en considération, puis reprit :

— J'ai déjà eu des relations sérieuses avec des hommes, et celle-ci est la seule qui me plaise vraiment... Seulement...

Et sa voix se fit si ténue qu'il dut tendre l'oreille quand elle ajouta :

— J'avais toujours imaginé que, lorsque je me marierais, ce serait parce que nous nous aimerions.

« Nous », avait-elle dit. Il comprit tout de suite ce qu'elle voulait dire.

— Que me demandes-tu au juste ? Si je t'aime ?

Et il sentit sa gorge se contracter... Il ne voulait surtout pas avoir affaire à l'amour, ce sentiment synonyme de douleur !

— Bien sûr que non, comment pourrais-tu m'aimer ? enchaîna Sammi, qui semblait avoir réponse à tout. Comme je te l'ai dit tout à l'heure, nous nous connaissons à peine.

Pourquoi ne pouvait-elle se contenter d'être heureuse d'être la femme avec qui il voulait passer le reste de sa vie ? L'amour n'était en rien un gage de durée. N'était-il pas préférable qu'ils soient amis et se désirent ? Que les seules attentes qu'ils aient l'un pour l'autre, ce soit l'honnêteté et la fidélité ? Sa mère était amoureuse de son père, mais celui-ci l'avait trahie et abandonnée. Ce qu'il lui proposait n'était-il pas de loin préférable ?

— Honnêtement, Sammi, je ne vois pas ce qui pose problème. Je te répète que je suis prêt à m'engager complètement pour toi et le bébé.

— Non, pas complètement. Pas pour ce qui est important.

— Qu'y a-t-il donc de plus important qu'un foyer stable pour mon enfant ? C'est ce que je n'ai pas eu, ni toi d'ailleurs. Nous n'avons jamais pu compter sur l'amour et le soutien inconditionnels de nos parents.

Elle répondit d'un ton plus farouche :

— Avec ou sans mariage, il en est assuré.

— Effectivement, mais ne serait-il pas préférable que nous n'ayons qu'un seul foyer ?

Puis, se rendant compte que lui montrer sa frustration ne la convaincrait en rien de l'épouser, il choisit une autre approche.

— Tu as dit que je n'étais pas prêt à m'engager pour ce qui comptait le plus. Que veux-tu dire au juste ?

Ils se regardèrent dans un silence alourdi par l'affrontement de leurs deux volontés. Sa respiration s'accéléra et il refoula la panique qui montait en lui : il avait vu briller au fond de ses prunelles la détermination qui animait les marathoniens, les décrocheurs de médailles d'or, ceux qui mettaient tous les autres K-O.

— Je suis en train de tomber amoureuse de toi, dit-elle comme si elle prononçait une prière. Imaginer une existence sans toi est un supplice, mais je ne peux pas t'épouser si tu te lies à moi pour les raisons que tu avances. J'ai besoin que tu me rendes l'amour que je ressens pour toi. Voilà, c'est aussi simple que ça.

La colère et le désespoir s'abattirent d'un coup sur lui quand il comprit qu'elle lui remettait les clés de leur avenir.

— Donc, tu ne seras satisfaite que lorsque je te jurerai un amour éternel, c'est bien ça ? questionna-t-il d'un ton sarcastique.

Il regretta aussitôt ses propos, qui s'apparentaient à une effroyable rebuffade, et ajouta bien vite :

— Mais qu'en est-il de ton installation chez moi ? Envisages-tu aussi de refuser ce déménagement ?

Redressant les épaules, elle fit front avec calme et résolution à son hostilité.

— Avec tout ce qui se passe dans ta famille, et la réapparition de ton père, je ne suis pas certaine que ce soit une très bonne idée.

— Pardon ? Tu refuses ma proposition parce que mon père est en prison ?

— Je refuse ta proposition, commença-t-elle alors d'un ton adouci, parce que, depuis qu'il est réapparu, tu es furieux à l'idée de devoir affronter ton passé.

— C'est vrai, je suis furieux contre mon père, mais cela n'a rien à voir avec nous.

— Toutes tes émotions sont régies par l'amertume que tu éprouves envers ta famille, souligna-t-elle. Tu m'as dit que tu étais tombé dans l'enfer de la drogue pour échapper au mal-être dont tu étais constamment la proie. Pourtant, le ressentiment persistant que tu éprouvais envers tes frères t'a poussé à aller jusqu'au bout de tes ambitions, et tu ne vois ta mère que lorsque c'est inévitable.

Que pouvait-il lui répondre alors qu'elle énumérait des vérités les unes après les autres ? Sa famille lui inspirait effectivement de l'hostilité et moins il la voyait, mieux il se portait. Le passé était comme une plaie béante en lui et il n'avait aucune solution pour la refermer.

— Dans ce cas, que préconises-tu ? marmonna-t-il.

En dépit de son attitude de rebelle, il avait désespérément besoin d'aide.

— Je pense que tu devrais rendre visite à ton père.

— En prison ? Tu as perdu la tête ou quoi ? Quel avantage pourrais-je en tirer, à part lui donner l'impression qu'il a gagné ?

— Gagné ? Mais il ne s'agit pas d'une compétition, entre vous !

— Vraiment ? répliqua-t-il, gorge nouée. Je me suis battu toute ma vie pour gagner sa reconnaissance et son approbation. Mais rien de ce que je faisais n'était assez bien pour lui !

Se frottant le visage, il reprit :

— Lui rendre visite ressusciterait un passé douloureux, alors que je ne veux qu'une chose : le sortir de ma vie.

— Le problème, c'est qu'il fait partie de ton existence, et je ne suis pas certaine que vouloir l'en rayer puisse t'aider.

Cette fois, il sentit sa colère se diriger contre elle.

Comment osait-elle se poser en donneuse de leçons, alors qu'elle ne connaissait absolument rien à leurs relations ? Bien sûr, il avait sombré dans les pires addictions après la disparition de Vernon, mais il en était sorti ! Et, quand il s'était aperçu qu'il n'avait rien à prouver à personne, il avait pu se concentrer sur sa carrière de photographe et gagner ses titres de gloire comme il l'entendait.

Enfin débarrassé du besoin de s'autodétruire pour prouver à son père que celui-ci avait raison depuis le début, de pratiquer la politique de la terre brûlée, il avait pu exploiter ses talents artistiques, et réussir.

Fort de ces pensées, il désigna de la main ce qui les entourait.

— Il te suffit de regarder autour de toi pour comprendre que tu te trompes.

— Malgré ta réussite, il est clair qu'il demeure une part d'insatisfaction en toi !

— Tu me rends heureux, répondit-il, ne pouvant aller au-delà de cet aveu, et je suis tout excité à l'idée d'être père. Pourquoi t'est-il donc impossible d'emménager chez moi pour que l'on soit heureux ensemble ?

— C'est aussi ce que je souhaite ardemment, admit Sammi sans en avoir l'air convaincue, mais j'ai passé toute ma vie à faire plaisir aux autres et à me mettre en retrait. Tu m'as montré ce que c'était que d'être fort, et de se battre pour ce qui est bon pour soi.

Il réfléchit un instant à ses paroles...

— Et donc tu estimes que je ne suis pas bon pour toi ?

— Si, mais ta colère ne l'est pour personne.

— Et tu crois qu'aller voir Vernon résoudra tout ?

— Pas juste le *voir*, mais lui pardonner. Si tu ne peux pas surmonter ta colère, tu seras toujours sa victime.

De quel droit osait-elle le traiter de victime ? Rongeant son frein, il répliqua :

— Comment puis-je lui pardonner alors qu'il n'a présenté aucune excuse ? Il est incapable d'assumer la responsabilité des dégâts qu'il a engendrés.

— Ce n'est pas parce qu'il est incapable de changer que toi aussi tu l'es.

— Mais il se fiche éperdument d'avoir volé et dupé tout le monde. Que le reste de la terre nous ait blâmés à sa place parce qu'il avait orchestré sa disparition. Cette pourriture n'en a strictement rien à faire que l'on ait payé pour lui !

Il s'interrompit brusquement devant le désarroi qu'il lisait sur les traits de Sammi et avant que la rage ne prenne définitivement le contrôle de lui-même. Ne venait-il pas d'illustrer la raison pour laquelle elle ne pouvait pas emménager chez lui ? Il était en train de creuser un gouffre entre eux en affichant son courroux et, s'il refusait de le gérer, elle risquait bien de le quitter.

— Tu as raison, finit-il par admettre par peur de la perdre. Je suis en colère. Mais, si tu crois que rendre visite à mon père en prison m'aidera à surmonter ma fureur, c'est que tu ne comprends pas par quelles affres je suis passé.

— Qu'est-ce que tu en penses ? questionna Sammi en émergeant de la cabine d'essayage vêtue d'un fourreau en satin jaune canari qui contrastait avec sa chevelure brune.

Kimberly détourna les yeux de son propre reflet et hocha la tête.

— Génial ! Et toi, qu'est-ce que tu penses de ça ?

Et son amie désigna la robe portefeuille en velours bleu qui dévoilait ses jambes à la longueur infinie avant d'ajouter :

— Avec des sandales à lanière ou des boots talons aiguilles ?

— Des boots, sans hésitation ! répondit Sammi.

Toutes deux étaient en train de choisir des tenues pour une inauguration qui avait lieu le soir même, et plusieurs clientes les observaient du coin de l'œil, de toute évidence fascinées par ces mannequins dont les traits leur étaient familiers.

La marque Adina lançait en effet une nouvelle ligne de sacs à main végane en similicuir à Into the Now, une boutique de SoHo spécialisée dans les accessoires et le maquillage de luxe ; Kimberly et Sammi avaient participé à la campagne médiatique, et avaient donc été invitées à l'inauguration.

Leurs achats effectués, elles se rendirent dans un restaurant voisin pour déjeuner ; Sammi avait hâte de parler à son amie de la demande en mariage qu'elle avait reçue d'Oliver, deux jours plus tôt.

— Il y a du nouveau entre Oliver et moi, déclara-t-elle en plongeant avec énergie sa fourchette dans sa salade.

Kimberly la regarda attentivement.

— C'est positif ou négatif ?

— Je ne sais pas trop, avoua Sammi. Il m'a demandé de l'épouser.

— Waouh ! C'est rapide !

— Un peu trop, oui. J'ai dit non.

— Quoi ?

Kimberly avait suivi tous les détails des aventures entre Oliver et elle, et connaissait les espoirs et peurs qu'elle entretenait.

— Enfin, poursuivit-elle, je ne comprends pas, tu es folle de lui, et visiblement c'est réciproque.

— Tu as raison, je suis éperdument amoureuse de lui, mais je ne sais pas si lui l'est.

Et elle poussa un soupir tremblant.

Dans les heures qui avaient suivi la demande en mariage d'Oliver, elle avait été certaine de sa décision, mais plus le temps passait, plus les doutes affluaient. Serait-ce si affreux de l'épouser ? Même s'il ne l'aimait pas, il ne la tromperait pas : l'attitude de son père envers sa mère l'ayant révulsé durant toute son enfance, il ne reproduirait assurément pas le même schéma. Elle savait aussi qu'il serait dévoué à sa famille, mais le devoir lui suffisait-il ? Si la passion charnelle était assouvie, mais que son cœur demeure vide, serait-elle heureuse ?

— J'ai envie de croire qu'il finira par m'aimer, poursuivit Sammi, mais je crains qu'il ne soit trop pessimiste pour baisser un jour la garde. Il a énormément souffert du mépris et de l'indifférence de son père pendant son enfance, alors qu'il était précisément en quête de l'amour paternel. Il avait beau avoir d'excellents résultats à l'école et en sport, seuls ses deux aînés comptaient pour Vernon Lowell. Et, depuis que celui-ci a fait sa réapparition, Oliver est tout le temps en colère.

— Mais cela s'apaisera après le procès, tu ne crois pas ?

— Je ne sais pas... Il lui en veut depuis si longtemps.

Et elle redoutait que cela ne s'applique aussi à elle, désormais.

— Que vas-tu faire ?

— Si je ne veux pas que mon enfant grandisse dans des conditions précaires, il va falloir que je prenne rapidement une décision.

Plus tard dans la soirée, quand elle sortit de la chambre vêtue de sa nouvelle tenue, et qu'Oliver la considéra, sourcil levé, avec une admiration évidente, elle repensa à sa conversation avec Kimberly et il lui sembla alors avoir dépeint leur relation sous un jour un peu trop noir.

— Tu es incroyablement belle, murmura-t-il en lui prenant la main, pour la faire pivoter sur elle-même.

L'enlaçant par la taille, il fit glisser ses lèvres de sa tempe à son oreille, et commença à spéculer à haute voix sur toutes sortes de possibilités autres que l'inauguration, ce soir-là.

Frissonnante, elle le repoussa gentiment avec un petit rire essoufflé.

— Je dois vraiment y faire une apparition, j'ai participé à la campagne, dit-elle, même si elle aussi se consumait de désir.

— Dans ce cas, on se rattrapera après...

Into the Now n'était très loin du loft d'Oliver, mais en ce début de novembre venteux et pluvieux ils préférèrent héler un taxi pour effectuer le court trajet à l'abri.

Outre de nombreux mannequins, plusieurs acteurs et actrices connus assistaient à la soirée, ainsi que l'élite new-yorkaise et les influenceurs de mode. Circulant parmi les convives au bras d'Oliver, Sammi s'efforçait de se détendre ; en réalité, elle n'était à l'aise avec lui que dans l'intimité, où la faim qu'ils avaient l'un pour l'autre explosait littéralement.

Ils vivaient dans une sorte de bulle où seul comptait le présent, l'avenir et le passé étant des sujets bien trop brûlants.

Depuis sa demande en mariage et la discussion musclée qui s'en était suivie, Oliver ne mentionnait plus la frénésie médiatique autour de son père, et ne parlait du bébé à venir que lorsqu'il lui demandait comment elle allait. Il se faisait clairement du souci pour elle, mais il était tout aussi évident qu'il broyait du noir.

Ce soir, pourtant, il était fort chaleureux envers elle, au point qu'elle s'interrogea sur elle-même : étaient-ce ses propres doutes qui empêchaient un véritable épanouissement de leur relation ? Après tout, c'était elle qui avait nié leur statut de couple… Elle avait tellement peur de prendre de mauvaises décisions qu'elle le tenait à distance.

Oliver et elle discutaient avec Kimberly et son fiancé du projet de ce dernier, auquel les deux femmes avaient participé, lorsque le téléphone d'Oliver vibra. Il le sortit discrètement de sa poche et y jeta un coup d'œil furtif.

— C'est l'avocat de Vernon, expliqua-t-il face à son regard interrogateur.

— Tu ne peux pas toujours rejeter ses appels, répondit-elle, soudain dégrisée devant son expression sombre. Si tu ne comptes pas rendre visite à ton père, dis-le-lui !

Il hocha la tête, puis s'excusa et se dirigea vers la sortie.

Sammi était restée à discuter avec ses amis, quand Kimberly lui donna soudain un coup de coude ; regardant dans la direction que celle-ci pointait du menton, elle aperçut alors Ty en compagnie d'une blonde élancée. Ce fut alors que ce dernier braqua les yeux sur elle, comme s'il avait perçu l'attention qu'elle venait de lui porter : et il semblait si furieux qu'elle redouta un esclandre s'ils se croisaient de plus près ! Par conséquent, il était préférable qu'elle retrouve au plus vite Oliver ; s'excusant à son tour auprès de ses amis, elle se mit à sa recherche.

La soirée se tenait principalement sur les trois premiers niveaux de la boutique, qui en comportait six, et ce fut au fond du corridor, au troisième, qu'elle le découvrit, près des ascenseurs.

Malgré le brouhaha, elle distingua tout de suite les réponses qu'il donnait à son interlocuteur : sa voix tendue trahissait son agitation intérieure.

— Je me fiche complètement de ce que veut mon père. Je n'irai pas le voir en prison. Jamais.

Sammi battit rapidement en retraite avant qu'il ne la découvre en flagrant délit d'espionnage, angoissée par la rage profonde d'Oliver. Elle avait vécu, enfant, des accès semblables de la part de sa mère, quand certains événements prévus n'avaient finalement pas lieu ; désormais, elle comprenait que c'était la peur qui motivait la fureur de Celeste, sa crainte de retomber dans le dénuement qu'elle avait connu enfant.

Sammi avait besoin d'une stabilité émotionnelle, ce qui lui avait manqué dans son enfance ; or, Oliver pouvait s'emporter de façon assez virulente, ce qui n'était pas sain pour son entourage et certainement pas pour un enfant ! Pas question que celui-ci soit entraîné dans l'atmosphère délétère liée à la famille Lowell. Ce qui la choquait le plus, c'était qu'Oliver refuse de lui parler à cœur ouvert de son passé si douloureux et de ses répercussions actuelles sur lui : comment était-il possible d'envisager l'avenir avec un partenaire qui ne vous laissait même pas entrer dans son présent ?

Devait-elle rompre avec lui sur-le-champ ou lui proposer une thérapie de couple, afin qu'il surmonte la rage qui le minait, dès qu'il s'agissait de son père ?

Perdue dans ses pensées, elle se dirigeait vers l'escalier design de la boutique pour rejoindre ses amis, lorsqu'une voix masculine à l'insupportable arrogance résonna à ses oreilles :

— Je me disais bien que j'allais te trouver ici.

Et son ex lui barra le chemin.

— Tiens, Ty, bonjour ! s'exclama-t-elle en tentant de donner le change. Désolée, mais je ne peux m'attarder, je cherche mon compagnon.

Elle fit alors mine de le dépasser, mais il referma l'étau de sa main autour de son bras.

— Lâche-moi ! se récria-t-elle vivement.

Et elle se dégagea de sa cruelle poigne.

— Quel compagnon ? Oliver Lowell ?

— Oui, répondit-elle avec réticence, se méfiant de son ton soudain insidieux.

— Donc, c'est bien toi qui étais derrière tout ça, renchérit-il d'une voix cette fois plus menaçante.

— Derrière quoi ? s'insurgea-t-elle en redressant les épaules.

Puis elle le regarda droit dans les yeux : comment avait-elle pu côtoyer cet individu ? Dans son regard se lisaient des incertitudes qui expliquaient sans doute son comportement de harceleur, mais ce n'était pas son problème !

— Comme si tu ne savais pas ! J'ai perdu mon boulot à cause de toi.

— À cause de moi ? Franchement, je ne vois pas du tout de quoi tu parles et je n'ai rien à voir avec ton licenciement.

— Ton déni serait plus crédible si tu n'étais pas en couple avec Lowell.

— En toute honnêteté, je ne saisis pas le rapport.

— C'est ça, joue les innocentes ! Deux semaines après notre rupture, mon chef m'a convoqué pour me signaler que mon plus gros client s'était plaint de moi à plusieurs reprises auprès de lui.

— Et quel rapport avec Oliver ou moi ?

— Il m'a fallu un certain temps pour faire le lien, mais j'ai finalement trouvé que c'était ton petit ami qui était derrière tous mes ennuis.

— Oliver ? dit-elle dans un souffle.

Et une brusque nausée la saisit.

— Mais c'est insensé. Pourquoi aurait-il déployé tant d'énergie pour te nuire ?

— Au début je n'ai pas compris, d'ailleurs c'est resté un mystère pour moi jusqu'à ce que je vous voie ensemble, ce soir.

— Pardon ?

— Il est clair que tu lui as demandé de me pourrir la vie.

— Quoi ? Mais c'est absurde.

— Vraiment ? Vous semblez plutôt intimes, tous les deux. Depuis quand vous connaissez-vous ?

Sammi regarda fixement son ex-petit ami, plongée dans la plus grande perplexité.

— On s'est rencontrés en septembre.

— Quand, exactement ?

Elle redressa la tête.

— Puisque tu tiens à savoir, c'était le soir de notre rupture.

— Et vous ne vous êtes pas quittés depuis ?

— Si. Je suis ensuite partie pour Paris à la Fashion Week et je ne l'ai revu qu'en octobre. Pourquoi ?

— Donc, quand vous vous êtes rencontrés, ce soir-là, tu n'as pas pleuré sur son épaule parce que c'était fini entre nous ?

— Mais non ! s'insurgea-t-elle en tentant de se rappeler la fameuse soirée. Il m'a juste demandé si j'allais bien, parce qu'il avait assisté à la scène que tu avais faite avant de sortir du bar. Et il a payé l'addition pour ton verre et le mien.

— Et donc tu voulais prendre une petite revanche, avoue !

Elle plissa le front, s'efforçant de comprendre ses propos.

— Pas du tout ! De plus, Oliver n'avait aucune idée de qui tu étais. Comment pourrait-il être responsable de ton licenciement ?

— Il avait ma carte de visite. Je la lui ai donnée ce soir-là, puisqu'il m'avait bousculé avec son verre et avait taché mon costume, afin qu'il me rembourse la facture du pressing.

— Je suis certaine que c'est un pur hasard.

— Tu peux nier tant que tu veux, mais je sais que c'est toi qui es derrière tout ça.

— Je t'assure que je ne suis au courant de rien, redit-elle, tout en espérant tout à coup que cela valait aussi pour Oliver. Je suis certaine que le client ne s'est pas plaint gratuitement.

Et, sans attendre la réponse, elle s'éloigna de Ty pour rejoindre Oliver.

Était-il possible que celui-ci ait intrigué contre Ty, qu'il se soit laissé emporter par un mouvement de colère ?

La nausée au cœur, elle fit une pause dans les toilettes, et s'adossa au mur pour reprendre sa respiration. Son téléphone vibra alors : c'était Oliver qui la cherchait…

Jamais elle ne serait capable de tenir sa langue à propos des accusations de Ty, elle souhaitait par ailleurs une relation franche avec Oliver, même si le prix à payer était de ne pas vivre avec lui ! Un coût incalculable vu qu'elle lui avait déjà donné son cœur, mais il devait comprendre que ses accès de fureur étaient dommageables à tous.

Poussant un soupir, elle lui envoya un texto pour lui indiquer qu'elle ne se sentait pas bien et lui donner rendez-vous près de l'entrée. Puis, s'armant de courage pour se préparer à la conversation qui les attendait, elle se dirigea vers l'ascenseur…

11

Dans le corridor, au troisième niveau de la boutique, Oliver raccrocha, bouillant de colère contre l'avocat de son père. Comment Vernon pouvait-il espérer le pardon, la rédemption ou que savait-il encore, par le biais d'une visite de ses fils en prison ? D'autant que pour sa part il se réjouissait bien trop de le décevoir en s'en abstenant.

Il s'efforça de se calmer avant de retrouver Sammi, pour ne pas lui gâcher la soirée avec sa sale humeur. Il lui était chaque jour plus difficile de se dominer en sa présence, car à chaque instant il croisait des gens qui, incapables de refréner leur curiosité, lui posaient des questions sur le procès à venir de son père. Sans compter ceux que celui-ci avait dépouillés et qui donnaient des entretiens dans les journaux. Il ne pouvait aller nulle part sans qu'on lui renvoie au visage les crimes de son père.

Ce déluge versait du sel sur des plaies ouvertes, et il devait lutter chaque jour pour demeurer sobre : il avait même commencé à se rendre à nouveau aux réunions pour les gens comme lui, et il trouvait du réconfort dans l'anonymat. Il ne s'en était pas ouvert à Sammi, jugeant que ce n'était guère opportun au moment où il tentait de la persuader d'emménager chez lui.

Ayant enfin retrouvé son calme, il descendit l'escalier, et lui envoya un texto pour savoir où la retrouver. C'est alors que, passant devant le bar, il hésita longuement… Assez ! s'ordonna-t-il. Et il s'apprêtait à poursuivre son chemin quand la réponse de Sammi lui parvint. Il parcourut rapidement son message, qui l'alarma aussitôt : sa nausée était-elle liée à son état, ou cela signifiait-il que le bébé était en danger ? Une fois dans le vestibule, ne la voyant nulle part, il sortit à toute vitesse de la boutique...

Une onde de soulagement le submergea quand il aperçut sa silhouette élancée enveloppée dans un long manteau en fausse fourrure. Et cette simple vue, conjuguée à la fraîcheur de la nuit, chassa le reste de colère en lui.

— Tout va bien ?

— Oui, ça va mieux, dit-elle en prenant le bras qu'il lui offrait. J'avais juste envie de respirer un peu d'air frais. Rentrons à ton appartement.

Se remémorant tous les plaisirs qu'il lui avait promis plus tôt dans la soirée, il héla un taxi et se glissa contre elle. Il nota tout de suite une certaine raideur chez elle. Son malaise était-il vraiment passé ? Inquiet, il lui serra la main, mais son regard s'adoucit à peine quand elle le posa sur lui.

— S'est-il passé quelque chose, à la fête ? s'enquit-il alors qu'ils entraient dans son immeuble.

— J'ai croisé Ty, dit-elle alors qu'ils arrivaient au niveau des ascenseurs.

Puis elle s'adossa au mur et le regarda attentivement.

Il lui fallut quelques instants pour comprendre de qui elle parlait...

— Ah, ton ex ! C'est à cause de lui que tu es dans cet état ?

— C'est peu de le dire.

L'ascenseur arriva, et il eut un instant la sensation de perdre l'équilibre quand il le regarda s'immobiliser. Il suivit Sammi à l'intérieur, se rappelant la façon abjecte dont Ty l'avait traitée ce soir-là. Et ce qu'il avait fait pour réparer la situation.

— Tu aurais dû me prévenir, dit-il avec douceur en tapant le code qui ouvrait la porte de son appartement.

La tension qu'elle affichait déjà dans le taxi était encore plus palpable.

— J'aurais eu une petite discussion avec lui, ajouta-t-il.

— Je crois que tu en as déjà assez fait, répondit Sammi.

Au beau milieu du salon, elle s'arrêta et pivota sur ses talons, pour lui faire face.

— Il m'a dit que c'était à cause de toi qu'il avait perdu son travail. Est-ce vrai ?

— Après la scène de rupture à laquelle j'avais assisté, j'ai effectivement eu une conversation avec un de mes amis, admit-il, l'estomac noué.

Et, quand son beau visage s'empreignit de déception, il en fut frappé de plein fouet : il avait eu la sensation de revoir le regard critique de son père. Allons, c'était Sammi, pas Vernon qui se tenait devant lui ! s'efforça-t-il de se rappeler.

Elle pinça la bouche et, quelques battements de cœur plus tard, lui demanda :

— Tu savais que cela lui coûterait son poste ?

— Oui. Cet homme avait été odieux avec toi, tu ne pouvais tout de même pas espérer que je ne prendrais pas ta défense.

— Arrête ! dit-elle en entourant frileusement son propre corps de ses bras. Il ne s'agissait pas de me défendre. La scène t'a rendu furieux, et tu t'es vengé parce que tu étais en colère. Il m'a dit que cela s'était passé en septembre.

Elle marqua une pause pour reprendre sa respiration qui s'était altérée et ajouta :

— On se connaissait à peine !

Faux ! Il la connaissait déjà très bien, pensa-t-il en repensant à leur nuit enfiévrée.

— Peu importe, éluda-t-il.

Et la colère qu'il avait maîtrisée tout à l'heure le menaça à nouveau, face à ce nouvel outrage. Il avait voulu lui rendre justice et c'était ainsi qu'elle le remerciait ? Il ajouta alors :

— Il n'avait pas à te traiter ainsi, il méritait une bonne leçon !

— C'était à moi de décider si je voulais la lui donner ou non.

— Et la lui as-tu donnée ? Non.

Ty, pas plus que son père, ne méritait la compassion !

— Je n'en ai finalement pas éprouvé le besoin, répondit-elle. Tu es entré dans ma vie et, tout ce qui m'intéressait, c'était passer du temps avec toi. Tout le reste ne comptait plus, c'était comme si mon existence avait commencé le jour de notre rencontre.

Oliver resta sans voix, en se rendant compte que c'était exactement ce qu'il avait ressenti ; c'était pour cette raison qu'il l'avait recherchée partout. Seulement voilà : elle allait ressortir de sa vie, il le sentait bien !

— Ce n'est pas toi que je voulais atteindre, dit-il.

— Je sais, mais ton comportement me déçoit. Je pensais que ta colère était uniquement dirigée contre toi, car elle t'isolait des autres.

En dépit du ton calme sur lequel elle les prononçait, ces mots le cinglèrent littéralement, réveillant en lui des souvenirs d'enfance fort douloureux : décidément, ce qu'il ferait ne serait jamais à la hauteur des attentes de Sammi !

— Jusqu'à présent, je ne m'étais pas rendu compte que ta colère visait aussi les autres, poursuivit-elle, et cette prise de conscience m'effraye ! Qui sera ta prochaine victime ? Moi ?

Cette fois, ce fut comme un coup de poing en plein ventre.

— Je ne ferai jamais rien pour te blesser, Sammi…

— Pas de façon intentionnelle, sans doute. Mais prenons l'exemple de Ty. Il pense que c'est à cause de moi qu'il a été licencié. Tu imagines s'il répand la nouvelle autour de lui ? Cela pourrait porter atteinte à ma réputation, et me fermer toutes les portes à un moment pivot de ma vie professionnelle.

Il secoua la tête.

— Ne t'inquiète pas pour cela, je prendrai toujours soin de toi.

Elle écarquilla de grands yeux.

— Mais je ne veux pas que tu me protèges ! Je veux que tu me soutiennes dans mes choix, je n'ai pas besoin que tu te battes pour moi. Je veux que tu m'encourages.

— Et tu sais que c'est ce que je ferai.

— Ah bon ? Et de quelle façon ? En m'incitant à prendre un appartement bien au-dessus de mes moyens ? En me répétant que je ne dois pas m'inquiéter, car tu pourvoiras aux besoins du bébé et aux miens ?

— Si tu veux vraiment trouver un appartement dans tes moyens, je t'aiderai, dit-il.

Ces mots lui coûtèrent, mais visiblement c'était ceux qu'elle attendait.

— Parfait ! enchaîna-t-elle sur un ton encore plus déterminé. Car je n'ai pas l'intention d'emménager chez toi, ni de t'épouser.

N'avait-elle donc pas compris le sens de sa demande en mariage ? Ce n'était pas juste pour sauver la face en raison de la grossesse, mais parce qu'il avait besoin d'elle...

— Jamais ? questionna-t-il alors, pris de panique. Ou juste maintenant ? Je comprends que tout aille trop vite pour toi, mais je ne veux pas te perdre. Je ne peux pas te perdre.

— Allons dans ton studio, dit-elle alors.

— Mais pourquoi ? renchérit-il, abasourdi par le brusque changement de sujet.

Se dirigeant vers l'escalier, elle répondit :

— Je veux que tu prennes la photo promise. Je te l'ai payée vingt-trois dollars. Tu me la dois.

— OK...

— Depuis des semaines, je me dis qu'une fois que tu auras pris cette photo je perdrai tout intérêt à tes yeux, car tu connaîtras alors le moindre de mes secrets. L'heure est venue pour moi d'affronter ma peur.

À contrecœur, il la suivit dans l'escalier. Il n'avait pas imaginé un instant qu'elle avait pris cette séance avec un tel sérieux !

Pourquoi n'arrivait-elle pas à comprendre qu'elle lui était aussi nécessaire que l'air qu'il respirait ? Visiblement, elle recherchait des preuves, les mots ne lui suffisaient pas.

— Tu ne me fais pas confiance, marmonna-t-il.

Une fois en bas des marches, Sammi se retourna pour lui faire face, sans mot dire, et ce fut dans ses yeux qu'il lut la réponse. Elle avait besoin qu'il se conduise mieux, qu'il cesse de toujours s'emporter, seulement, il ne savait pas comment s'y prendre ! La rage faisait partie intégrante de son être, elle était dans son ADN, il ne pourrait jamais s'en débarrasser, quand bien même il le souhaitait sincèrement.

— Écoute, je ne peux pas prendre cette photo ce soir, enchaîna-t-il, troublé par tout ce qu'elle attendait de lui.

— Tu as effectué tout le travail de préparation, lui rappela-t-elle.

Et, s'emparant d'un de ses appareils photo, elle le lui tendit.

— Tu m'as posé toutes les questions voulues, et tu connais parfaitement bien mon âme. La seule chose à faire, c'est de prendre la photo qui me la révélera.

Il croisa les bras, refusant de se saisir de l'appareil. Il redoutait en effet qu'elle ne se serve de ce cliché comme justification pour le quitter.

— Il est insensé de croire qu'une seule photo suffirait pour que je me désintéresse de toi.

Elle lui enfonça quasiment l'appareil dans les côtes.

— Prends-la, et nous verrons.

Mue par le vertige de l'appréhension, Sammi le considéra tandis qu'il accusait le choc de ses propos et de son comportement. Que faisait-elle, au juste ? Voulait-elle vraiment perdre Oliver en lui lançant un tel ultimatum ? Pourquoi testait-elle ainsi ses résistances et prenait-elle le risque qu'il n'explose de colère ?

Elle avait beau le provoquer avec cet appareil-photo, il refusait obstinément de s'en emparer ! Il était soudain devenu tout raide, et s'était refermé à elle, la laissant seule sur une froide banquise...

Elle voyait dans ses yeux impénétrables qu'elle était allée trop loin, et déjà elle sentait que les larmes la menaçaient... Et si elle rétropédalait sur-le-champ et acceptait de l'épouser ? Tout était préférable à le sortir de sa vie. Elle l'aimerait pour deux.

Une petite voix lui rappela alors ce qu'il avait fait à Ty...

Pouvait-elle le laisser sombrer dans son amertume ? Ne devait-elle pas au contraire le mettre au défi de surmonter une fois pour toutes ses démons ? Si elle l'aimait, il fallait qu'elle se montre courageuse et l'incite à se battre pour eux deux. Pour eux trois.

— Très bien, dit-il enfin. Allons-y.

Et il lui prit l'appareil des mains.

Hochant la tête, elle ôta son manteau, puis s'assit à la table de maquillage pour enlever soigneusement le sien. Après quoi, elle ôta sa robe pour enfiler un peignoir, puis se prépara mentalement à ce qui allait suivre car, de toute évidence, Oliver n'allait pas prendre de gants.

Pendant qu'elle se préparait, il avait réglé les lumières et placé une chaise devant le fond blanc ; elle vint s'y asseoir en s'efforçant de respirer calmement pour se détendre.

— Parle-moi d'une chose que tu as toujours voulu faire, mais pas encore réalisée, commença-t-il d'une voix curieusement adoucie.

D'un ton qui invitait à la confidence.

Elle repensa à toutes leurs conversations, et à ce qu'elle lui avait tu sur elle… Pendant qu'il attendait, aussi immobile que silencieux, elle envisagea plusieurs possibilités avant de se décider pour un sujet qu'elle évitait toujours soigneusement.

— Je ne suis jamais allée aux Philippines, commença-t-elle avec calme. Or, j'ai de la famille, là-bas, que je ne connais pas.

— Pourquoi n'y es-tu jamais allée ?

— Quand j'avais dix ans, j'avais en tête l'image d'une famille parfaite qui n'attendait que moi, à l'autre bout du monde. Mais ce n'était pas le cas. Ma mère a grandi dans le plus grand dénuement, son père est mort quand elle avait cinq ans, et elle a dû ensuite travailler dans les champs. Sa famille avait à peine de quoi se nourrir, et pouvait encore moins se payer un logement. À ses onze ans, ils ont tous déménagé en ville, où habitait une sœur de ma grand-mère. Celle-ci a alors obtenu un emploi de domestique chez un homme riche.

Elle marqua une pause pour qu'il ait le temps d'absorber ses paroles, de comprendre d'où elle venait, tout en se demandant si cet aveu n'allait pas changer la façon dont il la percevait. La propre mère d'Oliver était issue d'une famille extrêmement fortunée, et avait été élevée dans le genre de maison où la grand-mère de Sammi avait travaillé.

— La vie s'est alors un peu améliorée pour ma mère. Ma grand-mère a pu louer un petit studio et l'a envoyée à l'école. Ma mère savait pertinemment que son seul salut passait par l'école.

— Ta grand-mère est-elle toujours en vie ? s'enquit-il alors.

— Je n'en ai aucune idée, ni aucun moyen de le savoir.

— Qu'en est-il de ton père ?

— Lorsque ma mère l'a rencontré, il était déjà marié. Mais il ne le lui a dit qu'une fois qu'elle a été enceinte. Le beau-père de mon père a alors acheté un billet d'avion à ma mère, en lui faisant promettre de ne jamais chercher à reprendre contact avec lui.

Elle sentit son cœur se serrer en se rappelant les larmes qu'elle avait vu briller dans les yeux de sa mère, lorsque celle-ci lui avait raconté cette histoire, un soir.

— Tu as donc été son passeport pour les États-Unis, murmura Oliver.

— J'imagine, dit-elle. Je ne sais pas si elle m'aurait gardée sinon.

— Tu ne le lui as pas demandé ?

— Non, je n'ai jamais osé...

— Mais cette incertitude doit nourrir une certaine colère en toi contre elle, non ?

— Cette colère s'est apaisée avec le temps. Pendant longtemps, je lui en ai voulu de la pression qu'elle me mettait pour que je devienne mannequin et gagne beaucoup d'argent. Mais, depuis que je suis enceinte et que je me rends compte que je risque de perdre mes revenus, je commence à mieux comprendre sa terreur à l'idée de retomber dans la pauvreté. Je ne peux pas lui en vouloir d'avoir fait ce qu'il fallait pour survivre.

— Et je suppose que tu vas me dire à présent que tu lui as pardonné ?

Sammi perçut le ressentiment sous le ton sceptique.

— Je ne peux pas me permettre de lui en vouloir, car cela ne m'apportera rien de positif, et à ma mère non plus. Je suis autant en colère contre moi, pour ne pas avoir suivi mes instincts et pour l'avoir laissée diriger ma vie, que contre elle pour s'être servie de moi pendant toutes ces années.

— La différence entre toi et moi, souligna alors Oliver, c'est que je ne suis pas furieux contre moi-même, juste contre mon père.

— La différence entre nous, renchérit-elle, c'est que j'ai compris qu'elle est ma seule famille, et que je ne pourrai pas être heureuse si elle ne fait pas partie de ma vie. J'ai décidé de m'affranchir du passé. Demain, nous déjeunons ensemble pour fêter son nouvel emploi et j'espère que ce sera un nouveau départ pour nous deux.

À ces mots, Oliver se leva et posa l'appareil-photo sur la table.

— C'est fini ? Tu as fait la photo ? demanda-t-elle en se levant.

— Je ne sais pas. J'en ai pris de nombreuses, dit-il en regardant fixement un point derrière elle.

— Je n'avais payé que pour une seule, c'était notre accord.

Il plongea alors les yeux dans les siens.

— J'avais été présomptueux de penser qu'une seule suffirait à saisir l'essence de ton être.

Gorge serrée, incapable de prononcer le moindre mot, elle le prit par la main et l'entraîna vers le canapé. Puis elle lui retira son pantalon et le prit dans sa bouche…

Soudain, un grognement lui échappa.

— Arrête ! dit-il, haletant.

Et, enfouissant les mains dans ses cheveux, il ajouta :

— Pas comme ça ! J'ai besoin d'être en toi.

En un rien de temps, elle se départit de son peignoir et de ses sous-vêtements, et se retrouva sur lui.

— Comme ça ? demanda-t-elle en s'ajustant à son érection.

— Oui…, répondit-il d'une voix rauque.

Et il l'empoigna vigoureusement par les hanches.

Elle se mit à bouger sur lui, à moitié de sa propre volonté, à moitié sous l'impulsion d'Oliver. Le tumulte faisait rage en elle, tandis qu'elle chaloupait énergiquement et qu'il lui donnait de puissants coups de reins. Elle ne détourna pas la tête quand il inclina la sienne en arrière, aux prises avec la jouissance naissante... Son propre plaisir monta en intensité comme jamais... Ce soir, elle lui ouvrait son cœur, se donnait entièrement à lui, se sentait transcendée... Un orgasme pareil à un tsunami s'engouffra subitement en elle, balayant sur son passage ses peurs, ses angoisses, ses ressentiments pour laisser une grève vierge de toute impureté.

Ce fut alors qu'Oliver se redressa et, l'enlaçant, se mit à trembler dans ses bras, comme traversé par un violent orage. Cet ouragan lui avait-il permis, à lui aussi, de faire table rase du passé ? Pourrait-il enfin renaître des cendres du passé ?

Car, s'il continuait à s'agripper à ses vieux schémas, elle redoutait de ne pouvoir le suivre sur cette voie.

12

Le lendemain de la réception à Into the Now, Oliver se réveilla seul dans son lit pour la première fois depuis des semaines. En manque de sommeil, il resta d'abord étendu, prêtant l'oreille aux bruits de l'appartement : mais le plus grand calme y régnait, ce qui l'alarma.

Puis il s'efforça de se raisonner : Sammi était forcément dans la cuisine en train de préparer du café, son absence à ses côtés ne signifiait tout de même pas qu'elle avait disparu ! Certes, elle était furieuse contre lui la veille au soir, mais n'avaient-ils pas fait l'amour avec fougue et frénésie par la suite ? Pourtant, à bien y réfléchir, n'y avait-il pas eu aussi une lueur désespérée, au fond de ses yeux ? Elle avait été si calme, après leurs folles étreintes ; elle avait alors l'air d'une femme décidée, qui savait ce qu'elle voulait. Or, ce qui le tracassait, c'était qu'il ignorait s'il faisait partie de ce qu'elle désirait.

Roulant sur le côté, il se leva et ouvrit la garde-robe : ses tenues y étaient encore, nota-t-il, réconforté. Mais le soulagement fut de courte durée : quand il entra dans la salle de bains, il constata en effet que les crèmes et articles de maquillage dont la vue lui était familière avaient disparu.

Il en ressortit immédiatement pour vérifier ses messages sur son téléphone portable, avant de se rappeler qu'il l'avait laissé dans le studio, en bas. Enfilant un caleçon et un T-shirt, il s'y rendit.

L'odeur du café que Heidi venait de préparer flottait dans

la pièce. Ses vêtements ainsi que les dessous noirs de Sammi formaient une pile au bas des marches.

— Bonjour, dit-il à son assistante, en cherchant son portable dans les poches de sa veste. Quel est le programme, aujourd'hui ?

— Pas de rendez-vous, ni de séances de photos, si c'est ce que tu es en train de me demander.

— Parfait.

Son téléphone enfin en main, il s'apprêtait à écrire un message à Sammi, quand il se ravisa : qu'aurait-il pu lui écrire qui soit plus fort que ce qu'ils avaient partagé, la nuit passée ? Qu'est-ce qui aurait bien pu réparer cette fêlure entre eux, la confiance qu'il avait brisée en la vengeant à son insu de son ex-petit ami ?

— Pourrais-tu me faire une faveur, Heidi ? reprit-il en s'emparant du mug de café qu'elle lui tendait.

— Tu me payes pour cela, non ? répondit-elle avec un bref sourire. De quoi s'agit-il ?

— Envoie deux douzaines de roses à...

Il s'interrompit, soudain conscient qu'un geste romantique ne suffirait pas à régler ce qui n'allait pas. La seule façon de regagner le cœur de Sammi, c'était de surmonter ses ressentiments envers sa famille, et notamment son père.

— Non, oublie, poursuivit-il. D'ailleurs tu peux prendre ta journée. Va au spa, au restaurant avec une amie, bref, fais ce qui te plaît aujourd'hui et paye avec la carte de notre société.

Heidi ouvrit de grands yeux.

— Tu es bien certain ? Et si quelqu'un appelle ?

— Eh bien, on le rappellera demain ! Amuse-toi bien.

Et, laissant son assistante visiblement en proie à la confusion, il remonta dans son appartement. Une fois en haut, il effectua une recherche dans ses appels récents, puis joignit l'avocat de son père, avec qui il convint d'une visite à Vernon !

Il avait déjà perdu trop de temps sans Sammi, trop de temps à ruminer sa colère et ses blessures, à meurtrir ceux qu'il aimait. Elle avait raison : pour se délester de sa rage, il devait affronter son père. Et, tant qu'il éviterait la source de sa souffrance, il ne pourrait jamais se séparer de la peur d'être rejeté qui l'empêchait de vivre pleinement sa relation avec Sammi.

Trois heures plus tard, il se dirigeait vers la prison fédérale où se trouvait son père, surpris de la vitesse à laquelle le tout s'était produit, et également soulagé : ainsi, il n'avait pas eu le temps de revenir sur sa décision.

Les murs gris qui l'encerclèrent quand il pénétra dans l'établissement pénitentiaire firent jaillir en lui à la fois de la tension, de l'anxiété et de la colère... Et il se prépara mentalement à retrouver ce père qu'il n'avait pas revu depuis une décennie et demie. Mâchoires serrées, il se soumit aux différentes procédures pour les visiteurs, tout en se demandant ce qu'il faisait ici : quel bien pourrait-il tirer d'un tête-à-tête avec un homme qu'il méprisait ? D'autant que Vernon ne l'avait jamais aimé, en dépit de sa quête de reconnaissance auprès de lui. Et, même quand il avait choisi le pire pour attirer l'attention de son père, celui-ci n'avait pas voulu entendre son appel au secours.

D'ailleurs, personne dans sa famille ne lui avait tendu la main lorsqu'il avait sombré. Il était remonté tout seul de l'enfer, tout comme il ne devait sa réussite actuelle qu'à lui-même : ce n'était pas grâce à son père qu'il était aujourd'hui un photographe célèbre, mais malgré ce dernier.

Le cœur cognant très fort, il entra dans une salle compartimentée, avec d'un côté les visiteurs, de l'autre les détenus : il comprit, soulagé, qu'il ne parlerait pas à Vernon dans un espace ouvert, mais serait séparé de lui par une vitre. Cinq ou six visiteurs étaient déjà en grande conversation avec un prisonnier, et il prit place sur un siège vide, en attendant qu'on amène Vernon.

Une fois assis, il sentit grandir le malaise qui montait à bruit sourd en lui, tel un train qui se rapproche, puis un tremblement le saisit, comme quand il était enfant : la peur et l'angoisse rampaient à présent en son for intérieur, prêtes à attaquer son assurance. Il n'était plus le photographe à succès, mais le petit garçon malheureux qu'il avait été face à un père affreusement indifférent, dont l'attitude l'avait ensuite empêché de vivre et d'aimer… Jusqu'à ce qu'il rencontre Sammi et qu'il baisse la garde : avec elle, il avait enfin trouvé un port, un sentiment d'appartenance. Avec elle, il était résolu à faire de son mieux, à être meilleur, elle lui avait montré qu'il en était capable, lui avait redonné confiance en sa capacité à être une bonne personne.

Soudain, de l'autre côté de la vitre, la porte s'ouvrit et on fit entrer un nouveau prévenu… Vernon ! Sous le choc, il regarda cet homme vieilli s'avancer vers le siège disposé en face de lui. S'il n'avait pas le moindre cheveu blanc et avait une carrure toujours athlétique, son visage tanné était en revanche sillonné de rides : le prix à payer sans doute pour quinze ans de belle vie sous le soleil. Ses cernes et son uniforme de prisonnier mis à part, il avait l'air d'un homme qui revenait, détendu, de longues vacances.

Sauf que maintenant la fête était finie et qu'il devait faire face à la dure réalité ! Il était évident que Vernon le savait, même s'il conservait une arrogance dans le regard, et s'il émanait encore de lui une assurance inaltérée. Incroyable, songea Oliver en sentant sa colère renaître d'un coup quand Vernon plissa les yeux et les posa sur lui, de toute évidence déçu qu'il soit son premier visiteur. Sans doute aurait-il préféré voir Josh pour avoir des nouvelles de Black Crescent, ou bien Jake.

Une fois assis de l'autre côté de la vitre, Vernon lui adressa un grand sourire à la blancheur et à la morgue inchangées. Il se crispa, se contentant de le regarder fixement, empli de haine : son père n'avait pas droit au bonheur, après tout le mal qu'il avait fait aux siens, et notamment à sa mère, qui l'avait d'abord défendu, avant de se rendre à l'évidence. Oliver en avait eu le cœur brisé.

Vernon décrocha le téléphone et le colla contre son oreille, attendant avec un sourire figé qu'Oliver l'imite. Toutes les questions qui lui avaient traversé l'esprit sur le trajet qui le menait à la prison se résumaient à présent à une seule : son père estimait-il que sa femme et ses enfants étaient des objets jetables aux yeux desquels on pouvait se faire passer pour mort ?

Comme dans un brouillard épais, il prit lui aussi le combiné et, yeux dardés sur son père, attendit qu'il entame la conversation.

— Tu as l'air en forme, dit Vernon, comme s'il s'agissait d'une conversation banale, dans un endroit et par un jour qui l'étaient tout autant.

— Toi aussi, répliqua Oliver d'un ton ironique. Mais il est vrai que tu as passé quinze ans sur une île tropicale, à mener la belle vie, alors que ta famille gérait les conséquences du gâchis que tu as laissé derrière toi.

— Ta mère est venue me rendre visite, reprit Vernon sans prêter attention au ton accusateur et hostile d'Oliver. Elle m'a dit que tu étais devenu photographe. Tu as toujours été intéressé par ce genre de futilités au lieu de te focaliser sur ce qui est important.

Il n'était pas venu ici pour échanger des incivilités stériles avec cet homme, mais pour obtenir des réponses. Cependant, il tenait d'abord à lui rappeler que sa famille ne l'accueillerait pas à bras ouverts.

— Parlons-en de maman ! Peux-tu imaginer un instant dans quel état ta disparition avec tout l'argent l'a laissée ? Le mal que tu lui as fait ?

— Cet argent, je l'avais gagné !

Il crut s'étouffer ! Volé, oui ! Bon sang, comment avait-il pu espérer un seul instant que Vernon reconnaîtrait sa responsabilité dans le désastre qu'il avait déclenché ? Faisant abstraction des tentatives pathétiques de son père pour se justifier, il reprit :

— Pourquoi n'as-tu fait savoir à aucun d'entre nous que tu étais en vie ?

— Je t'ai envoyé une canne à pêche, rétorqua-t-il sur un ton condescendant. Ne l'as-tu pas reçue ?

— Elle m'est bien parvenue, mais avec des années de retard, répondit-il, surpris de ne pas être étreint alors par une rage brûlante, mais juste empreint d'un froid mépris. Ce que je ne comprends pas, c'est la raison de cet envoi.

Et en prononçant ces mots il se rendit compte qu'en réalité cela ne l'intéressait même plus. Rien de ce que pourrait dire Vernon ne le rachèterait, à ses yeux ; tout ce qui comptait pour lui aujourd'hui, c'était d'être en paix.

Et comment avait-il pu se leurrer au point de la chercher non pas en lui, mais en dehors de lui ? D'imaginer que son père la lui procurerait après tout le mal que celui-ci avait engendré ? Pourquoi lui avait-il accordé une telle puissance ?

À cet instant, tous les mauvais souvenirs et autres doutes invalidants disparurent en lui dans un éclair de lucidité, et une lumière intérieure l'envahit, chassant toute noirceur de son être : un soulagement indicible prit alors possession de son âme.

Il n'avait pas besoin des explications de Vernon, ni de sa reconnaissance, et encore moins de son amour. Les seules personnes vitales à son bonheur, c'était Sammi et leur futur enfant. Avec elle, il pourrait vraiment tourner la page, accueillir l'avenir à bras ouverts, et rétablir de vraies relations avec ses frères et sa mère.

Presque saisi de vertige, il raccrocha et se leva, sans accorder le moindre regard à Vernon, puis sortit de la salle empli d'une incroyable légèreté et d'un calme absolu, comme s'il marchait sur un trampoline, au lieu de fouler les durs carreaux d'un établissement pénitentiaire.

Une fois à l'extérieur, il tourna le visage vers le ciel, et éclata de rire quand des flocons de neige le caressèrent. Mû par le besoin urgent de voir Sammi et de lui raconter les révélations qu'il venait de vivre, il s'élança en courant vers sa voiture.

— Félicitations ! dit Sammi en levant son verre d'eau pétillante vers celui de sa mère. L'agence Paulson a beaucoup de chance de t'avoir recrutée.

Sammi repensa alors à tout ce que sa rencontre avec Oliver

avait provoqué dans sa vie, quelques mois auparavant. Les répercussions s'étendraient-elles à la famille d'Oliver ? Et cela aurait-il un impact positif sur sa relation avec ce dernier ?

— En entrant chez eux, je me suis rendu compte à quel point le temps des premières séances et démarchages auprès des agences avec toi m'avait manqué.

Et le sourire nostalgique de Celeste transporta Sammi au temps magique où sa mère et elle avaient la sensation que New York leur appartenait. Elle n'avait alors jamais perçu le stress sous-jacent qui devait en permanence habiter sa mère. Avant qu'elle ne décroche son premier défilé important, elles avançaient main dans la main…

— Je suis désolée, dit-elle soudain, gorge nouée.

— Désolée pourquoi ? répliqua Celeste, surprise du ton sombre que prenait soudain la conversation.

— Je ne t'ai jamais remerciée pour tout ce que tu avais fait pour moi.

Sa mère cligna des yeux.

— Tu n'as pas à me remercier. C'est le rôle d'une mère de veiller sur son enfant, répondit-elle avant d'ajouter avec un beau sourire : Même quand votre fille n'a plus besoin de vous.

— Non, protesta Sammi en posant la main sur son verre, j'aurai toujours besoin de toi, et aujourd'hui plus que jamais.

— Et j'en suis si heureuse ! Après les tumultes que nous avons traversés ces derniers temps, j'ai cru que tu m'avais sortie de ta vie…

— Tu avais exigé que je fasse une IVG !

— Je sais, et je le regrette profondément. J'étais si obsédée par ta carrière, la mienne, incapable de prendre en compte tes sentiments et tes désirs. Je te demande pardon.

Délestée du poids qui pesait sur son cœur grâce aux excuses que sa mère venait de lui présenter, Sammi enchaîna sur un autre sujet qui la tracassait.

— Maman, j'aimerais te poser une question… Regrettes-tu de m'avoir mise au monde ?

— Non, bien sûr que non…

Devant le regard sceptique de Sammi, elle ajouta :

— Peut-être que ma vie aurait été plus facile si je n'avais pas été mère aussi jeune et, même si j'étais terrifiée quand j'ai appris ma grossesse, rien au monde n'a jamais autant compté que toi, dans mon existence.

À ces mots, Sammi comprit qu'il existait entre elles une chance de retrouver la relation qu'elles avaient connue avant que sa carrière ne s'envole.

— Je savais que notre vie serait plus facile ici, poursuivit Celeste en lui étreignant la main. Je voulais repartir de zéro, mais tu as raison, ce n'était pas facile, comme je n'avais ni talent ni formation. J'espérais juste te permettre de connaître une meilleure existence que celle que j'avais vécue aux Philippines.

— Et tu es parvenue à tes fins, lui assura Sammi. Sans toi, je ne serais pas la femme que je suis devenue.

— Une femme magnifique et forte, renchérit Celeste, les yeux brillants de fierté. Et qui sera bientôt une formidable mère.

— Je ferai de mon mieux, répondit-elle. Et j'espère être capable d'autant de sacrifices que toi.

— Merci de ta gratitude. Nous nous étions éloignées l'une de l'autre, ces dernières années.

— C'est logique, j'avais grandi et envie d'indépendance, une relation mère-fille tout à fait normale, en somme, dit Sammi en souriant.

Une fois rentrée chez elle, elle finit ses derniers cartons : son préavis arrivait à son terme le lendemain. Même si elle aimait Oliver de toutes ses forces, elle ne pouvait emménager chez lui, en raison de la rage profonde et viscérale qui animait ce dernier. Elle s'installerait dans le meublé qu'elle avait retenu.

Elle avait le cœur brisé à l'idée de ne pouvoir vivre avec lui, mais elle avait suffisamment d'expérience pour comprendre que leur relation ne pourrait pas fonctionner tant qu'il ne changerait pas en profondeur, et que son passé l'empêcherait de s'ouvrir à l'amour.

13

Dans le taxi qui le conduisait chez Sammi à travers un New York se parant de blancheur sous les flocons de neige persistants, Oliver eut tout le temps de réfléchir à ce qui l'avait empêché, jusque-là, de lui avouer ce qu'il éprouvait pour elle. Et il comprit qu'il avait été, en réalité, dans le déni des sentiments qui grandissaient en lui à son endroit, à l'endroit de leur intimité, et qu'il refusait de voir l'engagement qu'elle attendait de lui.

Comment allait-il à présent la convaincre qu'il avait changé d'avis en une nuit, alors qu'il n'avait cessé de lui prouver jusque-là que seule la colère l'animait ?

Mais au fond les discours étaient-ils nécessaires ? La situation n'appelait-elle pas plutôt à passer aux actes ? Comme le taxi avançait très lentement à cause de la circulation dense, il mit ce temps à profit pour chercher dans quelle agence de publicité travaillait désormais Ty, pour au moins lui présenter des excuses.

Quand ce dernier décrocha, il eut à peine le temps de se présenter que l'ex de Sammi l'interrompit d'un ton peu amène :

— Qu'est-ce que tu veux ?

Il en fut un instant décontenancé : était-ce l'effet qu'il produisait lui-même sur les autres quand il perdait le contrôle de ses nerfs ? Cette image n'était guère flatteuse et il était vraiment résolu à donner désormais une autre impression de lui.

— Sammi m'a dit qu'elle t'avait croisé hier à l'inauguration d'Adina.

— Et ?

— Elle était toute chamboulée, car tu l'as accusée d'être responsable de tes problèmes récents.

— Et pour cause ! Mon agence m'a licencié à cause d'elle, répondit-il d'un ton virulent.

— Elle n'a rien à voir avec cela, lui assura Oliver en s'efforçant de demeurer calme. C'est moi qui suis derrière cette affaire, donc, ton différend, il est avec moi.

— Tu as bousillé mon plan de carrière ! Tu es un vrai salaud !

Et lui, ne l'avait-il pas été avec Sammi ?

Il se mordit la langue : l'obstination de Ty le renvoyait à son propre comportement.

— Je n'aurais jamais dû agir ainsi, je regrette, renchérit-il en serrant les mâchoires, avant de poursuivre sur un ton plus conciliant : Je te serais réellement reconnaissant de laisser Sammi hors de cette affaire. Et, si je peux t'aider en quoi que ce soit à l'avenir, n'hésite surtout pas à m'appeler.

Une fois qu'il eut l'assurance que Ty ne s'en prendrait pas à Sammi, sa tension intérieure régressa nettement. Quand il raccrocha, le trafic s'était fluidifié et, à son grand étonnement, il se sentit bien mieux d'avoir discuté avec Ty, comme si en tentant de réparer un peu le mal qu'il avait fait son acte positif rejaillissait sur lui. Et c'est le sourire aux lèvres qu'il descendit du taxi, devant l'immeuble de Sammi.

Il salua d'un hochement de tête le portier, qui le connaissait fort bien étant donné ses visites répétées, et se dirigea vers l'ascenseur. Une fois à l'intérieur, il sentit son ventre se serrer : il avait été si absorbé par la métamorphose intérieure qui venait de se produire depuis qu'il avait revu son père en prison qu'il n'avait pas pensé un instant que Sammi puisse le rejeter…

Quand il toqua à sa porte, sa nervosité était à son comble, d'autant qu'il eut l'impression qu'elle mettait une éternité à répondre… Elle se matérialisa subitement, vêtue d'une robe à pois blancs et noirs et de baskets blanches.

— Comment s'est passé ton déjeuner avec ta mère ? s'enquit-il d'emblée.

Il nota aussitôt l'éclair de surprise qui passa dans son regard : de toute évidence, elle ne s'attendait pas à ce qu'il s'en souvienne.

— Tu n'es quand même pas venu jusqu'ici pour me poser cette question ? répliqua-t-elle.

Elle l'examina attentivement, poussa un soupir et poursuivit :

— C'était sympa. Elle se réjouit vivement de son nouveau poste à l'agence Paulson.

— Super ! Je peux entrer ? renchérit-il, conscient de sa réticence. J'ai des tas de choses à te raconter.

— Il me semble pourtant que l'on s'est tout dit hier soir.

— Non, pas tout, lui assura-t-il alors.

Puis, lui prenant les mains, il les étreignit doucement avant d'ajouter :

— Je suis allé voir mon père, aujourd'hui.

Elle leva vivement les yeux vers lui, et lui serra à son tour les doigts.

— Et comment cela s'est-il passé ? Tu vas bien ?

— Ai-je l'air d'aller mal ? la taquina-t-il.

L'inquiétude qu'elle avait tout de suite nourrie pour lui l'avait réconforté. Soudain bien moins anxieux, il lui sourit.

— Tu veux bien me laisser entrer ? Ainsi, je te raconterai ma visite.

Elle l'entraîna à l'intérieur et referma la porte derrière elle. Il découvrit alors les cartons tout autour d'eux.

— Tu déménages ?

Il n'osa pas lui demander où…

— Mon préavis arrive à terme demain, répondit-elle.

Et, lui tenant toujours la main, elle le conduisit dans le salon.

— Eh bien, comment se sont passées ces retrouvailles ? questionna-t-elle.

— Je t'aime, déclara-t-il pour toute réponse.

Elle le considéra un bon moment, visiblement sans comprendre.

— Pardon ?

— Tu es tout pour moi, Sammi, enchaîna-t-il en resserrant son étreinte.

Et il sentit un barrage céder en lui.

— Je ferai tout pour te rendre heureuse, quoi qu'il en coûte.

Comme elle restait figée, il répéta :

— Je t'aime, Sammi.

Elle plongea alors un regard à la fois dubitatif et plein d'espoir dans le sien.

— Et depuis quand ? murmura-t-elle.

Il était tout à fait normal qu'elle soit sur ses gardes : quand elle lui avait avoué qu'elle l'aimait, il avait été incapable de lui dire que lui aussi.

— Depuis que je t'ai vue franchir le seuil du SoHo Grand Hotel. Quelque chose a changé en moi ce jour-là et, depuis, tu fais constamment partie de mes pensées.

Elle en demeura bouche bée, ses yeux intenses rivés sur lui ; on aurait dit qu'elle avait cessé de respirer ! Il la secoua légèrement, presque inquiet... Elle expira alors l'air qu'elle retenait dans ses poumons et reprit la parole :

— Mais, quand tu m'as demandée en mariage et que je t'ai répondu que sans amour ce serait non, tu m'as dit que tu ne m'aimais pas.

— Je n'ai jamais dit cela ! protesta-t-il. Mais je reconnais que je ne t'ai pas répondu que moi aussi je t'aimais et, ma seule excuse, c'est que je n'avais pas encore compris que j'étais amoureux de toi.

— Et... comment se fait-il que maintenant tu l'aies *compris* ?

— Lorsque j'ai revu mon père, tout à l'heure, je me suis rendu compte que je n'étais plus l'enfant qui le craignait tant, autrefois. Il a tout de suite été clair pour moi que tu avais raison, que je devais lâcher prise, que la colère et le ressentiment ne faisaient pas le poids face au bonheur que tu m'apportes. Toi et notre bébé. Tu représentes tout ce que je veux et dont j'ai besoin.

Elle cligna bien vite des yeux, puis posa les mains sur son torse, cherchant dans son regard la garantie qu'il disait vrai.

— Je veux croire que cela suffira...

— Eh bien, crois-le !

Il posa la main sur les siennes, puis effleura son front de ses lèvres.

— Je n'ai rien à prouver à mon père, et je n'ai pas non plus besoin de son approbation pour vivre. En fait, je n'arrive pas à croire que j'ai perdu tout ce temps à ruminer mon ressentiment contre lui.

— Mais le procès de ton père va rouvrir de nombreuses blessures...

— Tu as raison, et je ne peux pas te promettre que je serai toujours serein, mais une chose est certaine : ce sera bien plus difficile pour moi si tu ne fais pas partie de ma vie.

Sammi avait peine à croire qu'Oliver prononçait enfin toutes les paroles qu'elle attendait de lui depuis si longtemps... Qu'il ait subi une telle métamorphose en si peu de temps... Et pourtant, il semblait si sincère ! Pourquoi n'aurait-elle pas fait le pari de le croire ?

— Mais j'en ferai partie, finit-elle par dire, puisque nous allons avoir un enfant ensemble.

Oliver plissa le front.

— Je vois bien que tu n'es pas convaincue.

— Si... Enfin, j'ai envie de l'être.

— Viens avec moi rendre visite à mon père, proposa-t-il d'un ton des plus déterminés. Allons-y tout de suite, et tu verras de tes propres yeux que je n'ai plus de colère en moi contre lui.

— Mais tu en reviens juste ! Tu ne veux quand même pas y retourner maintenant ?

Elle voyait nettement qu'il n'en avait aucune envie, et pourtant il répondit :

— S'il le faut pour te prouver qu'il m'est devenu indifférent, j'y retourne sur-le-champ avec toi, lui assura-t-il avec le plus grand sérieux. Quand tu m'as expliqué que tu avais compris en quoi le passé de ta mère avait influencé sa façon de réagir envers toi ces derniers temps, j'ai vraiment saisi moi aussi la portée de ton raisonnement. La seule manière de surmonter la colère qui m'animait, c'était de lâcher prise pour surmonter également le passé.

— Et donc c'est ce que tu vas faire, enchaîna-t-elle, consciente qu'il était des plus sérieux.

— Le voir aujourd'hui derrière les barreaux a été salutaire pour moi. Il est tombé d'un coup de son piédestal. Il était évident qu'il n'avait aucune envie de me voir, et celui qui est dans la panade c'est lui, pas moi.

— Je crois que nous attendons bien trop de nos parents, dit-elle alors. Ils sont loin d'être parfaits, mais ont des défauts et sont mus par la peur comme tout un chacun.

Oliver hocha la tête.

— Si je l'avais compris quand j'étais plus jeune, je me serais épargné des tonnes d'ennuis, dit-il.

Aux regrets qu'elle perçut dans sa voix, elle sentit son cœur se serrer.

— C'est vrai, mais tu ne serais pas l'homme que tu es devenu aujourd'hui. Tu es un vrai diamant, Oliver, une gemme incassable façonnée par l'adversité.

— Et toi tu es la seule personne au monde à me considérer comme un diamant, dit-il, ses yeux reflétant clairement de la gratitude. La plupart des gens voient en moi un empêcheur de tourner en rond.

Elle lui effleura la joue, pleine d'amour pour lui.

— C'est parce que tu as du mal à t'ouvrir aux autres.

— Tu parles de mon ancien moi, répliqua-t-il avec un beau sourire. Je te garantis que tout va changer. J'ai décidé de reprendre une vraie relation avec mes deux frères et de me réconcilier avec ma mère. J'ai été trop dur avec elle, alors qu'elle a fait de son mieux avec ce qu'elle avait.

Oliver enserra le visage de Sammi et lui donna un doux baiser sur la bouche.

— Mais surtout je te promets d'être bien présent pour toi et notre bébé. Je veux être à la hauteur de la confiance que tu m'accordes.

Face à la détermination qui brillait dans ses beaux yeux bleus, Sammi sentit tous ses doutes se dissiper : pour avoir appris à bien le connaître au cours des derniers mois, elle savait que, lorsqu'il avait pris une décision, il s'y tenait. Et elle trouvait cela extrêmement sexy, peut-être parce qu'elle-même avait tant de difficultés à effectuer des choix.

— Avant de te connaître, renchérit-elle, je n'aurais jamais imaginé rencontrer une personne qui me donne autant confiance en moi, un homme à qui je puisse entièrement me fier.

Oliver l'étreignit alors contre lui, et elle sentit toute tension l'abandonner : avec lui, elle avait trouvé un havre.

— Et toi, tu m'as montré combien il était merveilleux d'être en couple, et bientôt père, répondit-il. J'ai hâte que l'on forme une famille.

Elle était loin d'imaginer, en lui ouvrant la porte tout à l'heure, qu'ils finiraient dans les bras l'un de l'autre : juste avant son arrivée, elle s'apprêtait à emménager seule dans un petit studio, or, voilà qu'il venait de lui dévoiler son amour.

La métamorphose d'Oliver l'emplissait de joie : elle ne s'était pas trompée sur lui quand elle avait perçu la bonté qui l'animait, sous ses aspects un peu rudes, mais elle avait en revanche sous-estimé le nombre d'ombres qui bloquaient son âme jusqu'à ce que celles-ci s'envolent…

Fascinée, elle profitait à présent de l'adoration évidente qui émanait de son beau regard clair.

— Je t'aime, Samantha Guzman, déclara-t-il, avec un sourire qui lui alla droit à l'âme. Veux-tu m'épouser ?

Son cœur cessa de battre un instant… Puis une joie diffuse l'envahit tout entière : son rêve devenait réalité. Elle ne pouvait imaginer meilleurs débuts pour fonder leur famille.

— Oui, répondit-elle, submergée de bonheur. Oh oui ! Je veux devenir ta femme.

Et, quand le baiser d'Oliver se fit plus ardent, elle s'abandonna entièrement à la ferveur qui l'animait, prête à affronter tout ce que l'avenir lui réserverait avec un homme de sa trempe à ses côtés.

ANDREA LAURENCE

La mystérieuse inconnue

Traduction française de
MORGANE FROGERE

PASSIONS

HARLEQUIN

Titre original :
BILLIONAIRE BEHIND THE MASK

Ce roman a déjà été publié en 2021.

1

C'était une mauvaise idée, mais personne à part Lauren ne semblait s'en rendre compte.

Son entourage avait été ravi de la voir gagner à ce concours radio dont le prix était un relooking, un déplacement en limousine et deux billets d'entrée pour le prestigieux bal masqué de bienfaisance du Texas Cattleman Club. En ce qui la concernait, la nouvelle ne l'avait pas vraiment enthousiasmée car, en toute honnêteté, Lauren Roberts n'était pas le genre de personnes à participer à un concours intitulé « Concours Cendrillon ». Quelle exagération ! Comme si elle allait rencontrer son prince charmant sur la piste de danse ! La dernière fois qu'elle avait mis les pieds dans cet endroit, ça avait été un cauchemar plutôt qu'un rêve devenu réalité.

Non, elle n'était intéressée ni par cette soirée ni par le fait de fréquenter les gens du club. Malheureusement, elle avait été inscrite à son insu par Amy, son amie et employée bien intentionnée. Avant même d'avoir eu le temps de dire ouf, elle s'était retrouvée embarquée pour une journée spa durant un samedi : la journée la plus chargée de la semaine, où elle réalisait son meilleur chiffre d'affaires. Au lieu de cela, elle aurait dû être dans son camion-restaurant garé en centre-ville, là où on pouvait toujours la trouver ! Mais elle devinait que c'était justement le message qu'Amy avait essayé de lui faire passer en l'inscrivant au concours.

Effectivement, elle n'avait aucune vie sociale, ce qui ne la dérangeait absolument pas. Elle était propriétaire de deux camions-restaurants qui marchaient très bien, et sa carrière en tant que cheffe était en plein essor, ce qui était le plus important à ses yeux. Passer une journée entière à faire des soins vapeur du visage, une manucure et des mèches n'était que perte de temps et d'argent pour Lauren. Ces choses n'avaient aucune importance dans son quotidien : ses cheveux marron étaient toujours coiffés en chignon, donc personne ne remarquerait ses nouvelles mèches caramel, elle faisait plein de soins vapeur avec ses plateaux chauffants destinés à garder les aliments au chaud, et ses jolis ongles étaient invisibles quand elle portait des gants pour servir la nourriture.

Bien qu'elle trouvât tout cela absurde, elle avait fini par s'y résoudre car, que cela lui plaise ou non, si elle voulait trouver un local commercial à Royal et se constituer une clientèle aisée, il lui fallait absolument nouer des contacts avec le genre de personnes qui fréquentaient le club. Motivée par cette idée, elle avait enfilé la robe rouge vif choisie pour l'occasion par l'assistante shopping du concours et avait ajusté son masque en espérant que tout se passerait au mieux.

Tout le monde lui avait dit de s'amuser, de profiter de cette soirée et d'oublier ses camions-restaurants. L'espace d'un soir, elle devait cesser de penser à ses stocks de provisions et ne pas s'inquiéter de savoir si Javier, son cuisinier, avait correctement effectué le dépôt de nuit. Certes, Amy avait la situation en main, mais lâcher prise restait néanmoins difficile pour Lauren. Elle allait sûrement avoir besoin d'un petit remontant, mais elle se sentait capable de le faire… et au fond elle savait qu'elle devait le faire.

Elle n'était plus au lycée et pouvait fort bien passer un bon moment à ce bal. Ce masque orné lui permettait même d'être anonyme, car personne ne s'attendait à ce que la cheffe Lauren Roberts, effacée et bourreau de travail, se trouve au club ce soir. Si elle ne faisait pas partie de ce monde, la mystérieuse femme en rouge en revanche pourrait parfaitement s'intégrer… et passer une soirée formidable.

Il fallait juste qu'elle se décide à sortir de cette satanée limousine.

Le chauffeur l'attendait patiemment devant la portière ouverte depuis un moment déjà. Si ça se trouvait, elle avait même provoqué un embouteillage.

— Madame ? finit-il par demander d'un ton inquiet.

— Oui, je suis désolée.

Elle saisit sa pochette perlée de couleur noire et se força à sortir du véhicule, puis posa le pied sur la première marche menant à l'entrée, avant de s'arrêter à nouveau. L'endroit lui paraissait très différent de ses souvenirs, mais elle n'était plus revenue depuis onze ans après tout. Pourtant même si tout semblait avoir changé, que ce soit le club ou elle, ses sentiments demeuraient identiques : excitation mêlée d'anxiété et d'une pointe de terreur.

Elle se tourna pour voir si la fuite était encore possible, mais la limousine avait déjà disparu, remplacée par un autre véhicule qui déchargeait une foule prête à l'avaler si elle ne se remuait pas. Elle n'avait pas d'autre choix que d'avancer et d'affronter ses peurs.

Lauren souleva le bas de sa robe rouge moulante et monta les marches. Un homme assis derrière une table installée devant la porte vérifiait les billets d'entrée.

— Votre billet, madame ? demanda-t-il

Il était vêtu d'un smoking et portait un masque Guy Fawkes.

— Mon nom devrait figurer sur la liste, répondit-elle. Lauren Roberts ?

L'homme jeta un œil à la feuille posée à côté de lui.

— Le nom indique une entrée pour deux personnes. Attendez-vous quelqu'un ?

— Non, il n'y aura que moi.

Elle avait peut-être gagné deux billets, mais sa vie privée était si inexistante qu'elle n'avait pas été en mesure de se dénicher un cavalier à temps. Elle aurait pu amener Amy, mais elle savait pertinemment qu'elle aurait passé la nuit accrochée à sa meilleure amie. Lauren soupira. Si elle voulait que cette soirée lui soit pleinement profitable, il lui fallait absolument sortir de sa zone de confort et parler à des étrangers.

— Tant mieux pour les hommes célibataires, déclara l'homme.

Ne pouvant voir son expression derrière le masque, Lauren se demanda s'il plaisantait. En tout cas, il semblait tout à fait sérieux. Le relooking avait dû faire des merveilles, car d'habitude elle était complètement invisible pour la plupart des hommes de cette ville, voire inexistante. Est-ce que de simples mèches et une robe glamour pouvaient produire un tel changement ?

— À plus tard, mademoiselle Roberts.

Elle aurait voulu que son masque lui couvre entièrement le visage pour cacher la rougeur d'embarras qui se diffusait sous son fond de teint.

— Merci, bégaya-t-elle avant de se précipiter à l'intérieur, incapable de trouver une réplique pertinente.

Comme elle pénétrait dans le club, le son de la musique, des rires et des voix lui parvint. Elle longea le couloir, passa devant le bureau et la garderie dont elle n'avait aucun souvenir, puis s'arrêta net au seuil de la salle principale.

C'était un peu comme la dernière fois où elle était venue : un éclairage sombre, une musique forte, une mer de corps sur la piste de danse et des gens qui flânaient çà et là. La différence c'était qu'ils n'étaient plus des adolescents mais des adultes : de riches adultes capables d'investir dans son restaurant ou, à tout le moins, de devenir un jour clients. Personne n'allait lui faire de farces cruelles ou se moquer d'elle. Ils étaient simplement en train de s'amuser et de collecter des fonds pour des œuvres de bienfaisance. Il lui suffisait donc de se fondre dans la foule et de passer, elle aussi, un bon moment.

Cette dernière pensée la motiva pour entrer.

— Puis-je vous débarrasser de votre manteau ? demanda la jeune fille qui s'occupait du vestiaire.

Lauren retira sa veste en cuir et la lui tendit. Elle n'allait pas avec sa robe rouge de toute façon, mais ce mois d'octobre était inhabituellement frais pour cette région du Texas. L'automne était sa saison préférée : elle pouvait y tester de nouvelles saveurs pour ses menus, travailler sur les variétés de citrouille, offrir des bonbons en jouant à « un bonbon ou un sort » et ne plus étouffer de chaleur dans ses camions.

Elle devait à tout prix trouver un local commercial, ne serait-ce que pour l'air conditionné. Quand elle se garait quelque part, un générateur faisait fonctionner le matériel, mais pas l'air conditionné. En été, avec les plats chauds, les plateaux brûlants et la chaleur sans répit, elle ne rêvait que de mettre la tête dans le réfrigérateur.

Après avoir récupéré son ticket dans la poche de sa veste, elle le glissa dans sa pochette et parcourut la salle du regard. Remarquant le grand bar central, elle décida que ce serait son prochain arrêt : un verre lui donnerait une contenance et, avec un peu de chance, la détendrait quelque peu.

Ajustant nerveusement son masque de style carnaval, Lauren prit une profonde inspiration et se dirigea vers son objectif. Elle commanda un dirty martini avec olives supplémentaires et repéra un coin sombre d'où elle pourrait observer les gens, le temps de se sentir plus à l'aise.

Elle n'avait encore jamais assisté aux galas de charité du club. Ce genre de fêtes était réservé aux ranchers aisés, qui pouvaient ainsi se fréquenter et obtenir de belles réductions d'impôt tout en faisant une bonne action. Une cheffe de camion-restaurant n'avait normalement ni le temps, ni l'énergie, ni l'argent nécessaires à ce genre de choses. D'ailleurs, elle grimaçait déjà en songeant au prix de sa boisson, mais il était vrai qu'un open bar aurait coûté trop cher aux œuvres caritatives.

Les prix ne paraissaient néanmoins pas choquer les invités. Elle avait entendu l'homme à côté d'elle demander au serveur de mettre cela sur sa note, et bien d'autres semblaient faire de même. La salle était remplie d'hommes en smoking et en stetson noirs, et de femmes vêtues de robes étincelantes et de masques ornés. Tous avaient un cocktail à la main et un sourire aux lèvres. Du moins, d'après ce qu'elle pouvait voir de leurs visages.

L'invitation indiquait que le masque était requis. Certains en portaient de plus discrets, dans le genre du Justicier solitaire, qui permettaient de les identifier. Elle avait d'ailleurs reconnu plusieurs personnes. D'autres, comme l'homme qui vérifiait les entrées, se dissimulaient derrière un masque intégral. Lauren avait opté pour quelque chose d'intermédiaire : un masque noir métallique avec des ornements qui serpentaient autour. Il avait le double avantage de lui offrir un peu d'anonymat et de pouvoir rester en place quand elle buvait et mangeait.

Et comme Amy, son indiscrète d'amie, l'avait suggéré elle n'aurait pas non plus à l'enlever pour embrasser.

Amy, l'éternelle optimiste s'agissant de la vie amoureuse inexistante de Lauren. Comme si une nouvelle robe et un masque étaient suffisants pour la faire tomber dans les bras musclés d'un inconnu ténébreux !

À cet instant, un mouvement à la périphérie de son champ de vision attira son attention. En tournant la tête, elle aperçut un homme séduisant et de grande stature qui s'approchait de son coin préservé. Il était vêtu d'un magnifique smoking noir sur mesure et portait un masque de loup gris qui faisait ressortir les mèches platine de ses cheveux blonds coupés court. Les seules choses qu'elle pouvait distinguer de son visage étaient sa mâchoire carrée couverte de chaume et l'expression mécontente de sa bouche. Le loup ne passait pas un bon moment ce soir.

Il ne la regardait pas et tenait un téléphone portable pressé contre une oreille tandis que sa main recouvrait l'autre. S'il était à la recherche d'intimité et de calme, c'était raté. Il leva rapidement les yeux vers elle et détourna aussitôt le regard, concentré sur son appel, puis s'installa sur un siège à proximité.

Lauren ne comptait absolument pas céder sa place au grand méchant loup. Elle avait trouvé cet endroit la première. Peut-être qu'elle se risquerait à s'aventurer parmi la foule un peu plus tard, mais pour le moment elle n'avait pris que trois gorgées de son martini à douze dollars et elle ne se sentait pas encore assez audacieuse.

Tout à l'heure, se promit-elle en sentant la chaleur de l'alcool se répandre dans ses veines. *Tout à l'heure.*

Sutton Wingate avait décidé de laisser ses problèmes à la porte du club et de passer un agréable moment ce soir, mais ils avaient quand même réussi à le pourchasser jusqu'ici. Compte tenu du déroulement des événements ces dernières semaines, il n'était même pas surpris.

Il s'était montré optimiste lorsque les accusations avaient commencé à pleuvoir sur sa famille. En tant que directeur financier de Wingate Entreprise, il aurait été le premier informé de tout détournement d'argent ou de trafic de drogue. Tout cela était faux. Ce n'étaient que des rumeurs alimentées par la jalousie et le dépit, et il était alors convaincu que tout finirait par rentrer dans l'ordre. Il l'avait cru jusqu'au moment où les fédéraux avaient gelé leurs avoirs, saisi le ranch et mis toute la famille à la porte.

Il n'était plus aussi optimiste à présent.

Pour le moment, ils avaient tous réussi à retomber sur leurs pieds. Lui et son jumeau, Sebastian, avaient décidé de louer une maison ensemble. Luke et Ezekiel avaient fait de même, et sa mère, Ava, était restée avec Keith Cooper, ce qui faisait sans doute très plaisir à l'« oncle » Keith. Ce n'était pas l'idéal, mais ils tiendraient bon et finiraient par trouver le responsable de cette situation.

Il avait cru que perdre leur fortune et le domaine familial serait la chose la plus difficile à vivre. Mais c'était avant de franchir la porte du club, ce soir.

Son masque de loup masquait son identité et, si quelqu'un le soupçonnait d'être un Wingate, personne n'aurait été capable de deviner s'il s'agissait de Sutton ou de Sebastian. Mais à en juger par la façon dont les invités commméraient sur le scandale qui frappait sa famille, alors qu'il était juste là, ils ignoraient qui il était. Ils devaient probablement penser que les Wingate ne seraient pas assez téméraires pour se montrer en public après tout ce qui s'était passé. C'était mal les connaître dans ce cas.

Ils étaient innocents et continueraient à agir de la sorte, peu importe ce que les autres en pensaient. Leurs amis proches les soutenaient, mais il avait été stupéfait par le nombre d'« amis » qui s'étaient détournés d'eux. Il avait perdu son travail, sa position au sein du conseil d'administration, sa demeure… Il avait même dû vendre sa collection de voitures de sport pour faire face aux dépenses le temps que l'enquête se poursuive. C'était maintenant, plus que jamais, qu'ils avaient besoin de leurs amis. Mais, hélas, ceux-ci semblaient fondre comme neige au soleil.

Sutton espérait de bonnes nouvelles quand son téléphone s'était mis à sonner, peu après son arrivée au club. Mais ce n'était que son avocat qui l'informait qu'il n'avait pas réussi à trouver un acheteur pour sa voiture de sport et qu'il fallait peut-être envisager de la mettre aux enchères. Cette solution lui aurait fait perdre de l'argent, et il devait décider s'il préférait garder son train de vie ou réduire ses dépenses le temps de traverser cette situation financière difficile.

Il ne se considérait pas comme quelqu'un de pauvre – et il ne s'attendait certainement pas à ce qu'on pleure sur son sort parce qu'il ne lui restait plus qu'une seule voiture de sport de luxe –, mais ils avaient tous dû abandonner de nombreuses dépenses extravagantes auxquelles ils étaient habitués. Il disposait de nombreux placements, mais en ce qui concernait les liquidités c'était une autre affaire, et l'équipe d'avocats qui travaillaient pour eux engloutissait leur argent à toute vitesse.

Prouver leur innocence avait un coût.

— Tenez encore quelques jours. Peut-être que nous trouverons finalement un acheteur. Je dois vous laisser, déclara Sutton.

Raccrocher d'avec son bavard d'avocat n'était pas toujours une mince affaire. Après avoir enfin réussi, il glissa son téléphone dans sa poche de poitrine et soupira de désarroi.

Il pouvait à présent se joindre aux festivités et prendre le risque d'entendre les invités médire de sa famille. Cependant il fallait avouer qu'il était beaucoup plus intéressé par la brune aux courbes affriolantes qui se tenait près de lui. Sa robe rouge à perles moulait chaque courbe de son corps. C'était exactement la distraction dont il avait besoin en ce moment.

S'il y avait une chose que Sutton appréciait plus que le moteur ronronnant d'une voiture de sport italienne, c'étaient les femmes. Grandes, petites, minces, voluptueuses... il les aimait toutes. Avec leurs problèmes récents, il n'avait eu ni le temps ni l'énergie de fréquenter le sexe opposé ces derniers temps. La jeune femme sensuelle qui se tenait là lui rappela soudain qu'il était un homme, et non une machine, et qu'il ne pouvait continuer à s'autoflageller éternellement.

Au moins il n'aurait pas à être Sutton Wingate ce soir – le play-boy en proie au scandale et suspecté de trafic de drogue. Il n'aurait pas à voir la lueur d'intérêt disparaître des yeux d'une femme sitôt qu'elle comprendrait que l'homme avec qui elle bavardait pourrait bien n'avoir comme perspective d'avenir qu'un aller simple pour la prison. Ce soir, il n'était qu'un loup affamé à l'affût d'une friandise savoureuse, comme le Petit Chaperon rouge ici présent.

Avec un regain de confiance qu'il n'avait plus ressenti depuis des semaines, Sutton se leva de son siège et s'avança vers la jeune femme, notant au passage que son verre était presque vide.

— Êtes-vous en chemin pour vous rendre chez mère-grand rouge ? demanda-t-il en arrivant par-derrière.

La femme se retourna, et il fut instantanément frappé par son regard brun et intrigué qui le passa en revue. Le milieu doré de ses iris souligna le mouvement de ses yeux, bien que le reste de son visage fût caché. Il attendit sur des charbons ardents qu'elle réponde, priant pour que l'inspection dont il était l'objet soit une réussite.

Les lèvres pleines et couleur rubis de la jeune femme lui adressèrent enfin un sourire narquois.

— Quels grands yeux vous avez ! répliqua-t-elle sur le même ton de la plaisanterie.

— C'est pour mieux voir à quel point vous avez soif, ma chère.

— Ai-je l'air d'avoir soif ? demanda-t-elle en regardant son verre. Je suppose que oui.

— Puis-je vous offrir quelque chose ?

— Vous pouvez. Un dirty martini, s'il vous plaît.

La femme retira la pique de son verre et il attendit, fasciné, qu'elle aspire la dernière olive dans sa bouche et la mâche consciencieusement avant de l'avaler, sans jamais le quitter du regard. Elle avait la bouche la plus sensuelle qu'il ait jamais vue, et peut-être ne pouvait-il s'ôter de l'esprit la vision de ses lèvres contre les siennes parce que c'était la seule partie visible de son visage.

— Extra dirty martini, précisa-t-elle.

Sutton sentit son cœur manquer un battement à l'allusion osée. Il ignorait totalement qui était cette déesse en rouge, mais elle avait déjà toute son attention. Il voulait bien lui offrir tout ce qu'elle désirait, mais ils commenceraient par un délicieux cocktail.

— C'est comme si c'était fait.

Souriant, il se dirigea vers le bar en se forçant à ne pas regarder par-dessus son épaule. Il craignait, s'il se risquait à un coup d'œil, de voir qu'elle était partie. Une telle femme ne pouvait être réelle. Ses courbes, ses lèvres, cette impertinence... Peut-être que le masque ajoutait une touche de mystère à sa personnalité, mais ce n'était pas tout. Il y avait entre eux un courant électrique et une alchimie, qui l'avaient percuté comme une tonne de briques dès l'instant où ses grands yeux marron s'étaient posés sur lui. Il était complètement sous son charme.

Au bar, il croisa le regard du barman et commanda le dirty martini.

— Mettez-le sur ma note, dit-il.

— Avec plaisir, mais qui êtes-vous ? demanda le barman en désignant ses yeux. Les masques, ajouta-t-il.

— Ah oui ! Wingate Sutton.

— Ça sera fait. Pendant une seconde, j'ai cru que vous étiez Sebastian. Je crois que vous portez les mêmes masques ce soir.

Sutton émit un petit rire.

— Oui, nous les avons commandés ensemble sur Amazon à la dernière minute. La plupart des gens n'arrivent même pas à nous différencier sans masque, alors pourquoi leur faciliter la tâche ce soir ? En tout cas, ne le laissez pas mettre ses consommations sur ma note.

Le barman s'esclaffa et glissa le dirty martini vers lui. Sutton était sur le point de le prendre quand il entendit une voix étouffée résonner dans la foule.

— Bonsoir tout le monde, j'aimerais avoir votre attention, s'il vous plaît. J'ai quelques annonces à faire avant que la soirée se poursuive.

Sutton se tourna vers l'estrade, où une femme en robe de dentelle noire se tenait devant le micro. C'était probablement sa sœur Beth, l'organisatrice du bal.

La jeune femme souleva son masque à plumes noires et confirma ses soupçons.

— Devinez qui c'est ? dit-elle avec un petit rire repris par la foule. Tout d'abord, au nom des associations de bienfaisance de Wingate et de tous ceux qui bénéficient de nos efforts, je tiens à vous remercier d'avoir acheté un billet et d'être venus ce soir. En dépit des événements récents, nous sommes déterminés à œuvrer pour nos associations, et cela aussi longtemps que nous le pourrons. Cette branche de la société est mon bébé, et elle compte énormément à mes yeux, donc je tiens à vous remercier personnellement d'être venus nous soutenir. J'ignorais combien nous vendrions de billets ou collecterions de dons cette année, mais j'ai eu tort de douter de la générosité et de la sollicitude des habitants de Royal. En fait, cette année, nous avons vendu plus de billets que jamais !

Sutton savait que l'augmentation de la vente de billets était probablement liée au fait que les gens espéraient un petit drame juteux durant la soirée. Bien sûr il n'irait pas en parler à Beth, par peur de gâcher sa soirée. Elle avait travaillé d'arrache-pied pour cet événement et méritait tout le soutien de la communauté, quelle qu'en soit la raison.

Sa sœur fit une pause, attendant que les applaudissements prennent fin et de pouvoir empêcher ses larmes de couler.

— Si vous ne l'avez pas encore remarqué, il y a toute une série d'incroyables lots qui nous ont été donnés dans le cadre de cette vente aux enchères silencieuses, et qui sont posés le long du mur du fond. Je vous encourage tous à faire monter les enchères le plus vite possible, dit-elle avec un sourire. Et, bien sûr, nous acceptons également les bons vieux chèques à l'ancienne. Si vous souhaitez faire un don en espèces, vous pouvez me trouver près du vestiaire avec mon carnet de reçus. Il faut bien satisfaire ces comptables, n'est-ce pas ?

« Maintenant, avant que nous retournions sur la piste de danse, j'ai une chose de plus à vous dire. Ma jolie sœur Harley, et son fiancé, Grant Everett, ont une annonce à vous faire.

Le couple monta sur l'estrade auprès de Beth et du groupe de musiciens. Harley prit le micro qui lui était tendu et le porta à ses lèvres, tout en se blottissant contre Grant.

— Bonjour à tous. Je ne vais pas vous priver trop longtemps de cette soirée, mais Grant et moi voulions partager une merveilleuse nouvelle. Beaucoup d'entre vous sont comme une famille pour nous, et je sens ces derniers temps que notre famille aurait bien besoin d'un peu de bonheur. Nous allons donc nous marier le mois prochain dans le ranch des Everett. Nous n'aurons pas le temps d'imprimer les invitations officielles, mais nous vous enverrons l'adresse aussi vite que possible. Nous espérons que vous viendrez nombreux fêter cela avec nous.

La foule applaudit comme il se doit, et Sutton se dit qu'une moitié des applaudissements devait être sincère, et l'autre polie. Tout comme pour ce gala, certains iraient au mariage dans l'espoir de dénicher de nouveaux potins, mais Sutton doutait qu'ils trouvent quelque chose à se mettre sous la dent : Harley savait ce qu'elle voulait dans la vie, et elle ne laisserait rien, pas même les coups durs du destin, ruiner son mariage. Elle avait dû faire des concessions sur le lieu de la cérémonie, car son idée de départ avait été de se marier dans la propriété Wingate. Mais, comme ils ignoraient le temps que prendrait l'enquête et le délai nécessaire avant de pouvoir retourner sur la propriété, elle et Grant avaient décidé de ne pas attendre plus longtemps. Le mariage avait déjà cinq ans de retard.

Sa famille descendit de l'estrade alors que la musique reprenait. C'était le signal pour que Sutton attrape son verre et retourne auprès de sa beauté distrayante. Il laissa échapper un lourd soupir de soulagement en voyant que sa mystérieuse inconnue l'attendait toujours.

— Extra dirty, dit-il en lui tendant le verre.

— Vous ou la boisson ? demanda-t-elle avec un éclat dans ses yeux sombres.

Sutton fit claquer sa langue en signe d'appréciation. Elle flirtait comme une déesse, et il n'était pas du genre à être facilement impressionné. Il était certain de connaître tout le monde dans cette ville ainsi que tous les membres du club, mais cette femme était nouvelle et passionnante dans tous les sens du terme. Peut-être qu'elle n'était pas du coin, ce qui était encore mieux. Si elle n'était que de passage à Royal, elle ne savait probablement rien des Wingate et de leurs déboires.

— Peut-être les deux, dit-il d'une voix traînante. Je suis le grand méchant loup après tout.

— Parfait dans ce cas, répliqua-t-elle en souriant avant de prendre une gorgée de sa boisson.

2

Le « Concours Cendrillon » portait bien son nom. Lauren avait l'impression d'avoir été aspirée dans une sorte de conte de fées, mais à la place d'un bal royal c'était un gala de charité à Royal et, au lieu de danser avec un prince, elle était en train de virevolter dans les bras du grand méchant loup vêtu d'un smoking Armani. Elle s'attendait à tout moment à perdre une chaussure et à se transformer en citrouille, mais minuit passa, et le doux et séduisant prince la tenait toujours dans son étreinte.

Elle n'arrivait à croire ni à la situation ni à la façon dont elle se comportait. Le masque conférait à cette rencontre une certaine magie, à laquelle elle ne s'était pas attendue. Il la rendait plus audacieuse, effrontée, et plus qu'insouciante. Au milieu de cette foule d'inconnus sur la piste de danse, il lui faisait dire des choses qu'elle n'aurait jamais osé dire autrement.

Son soupirant masqué ne l'avait pas quittée de toute la soirée. Ils avaient dansé, consulté attentivement les enchères silencieuses et grignoté des hors-d'œuvre posés sur des plateaux qu'ils avaient sélectionnés entre deux danses. Il y avait un large choix de crevettes cocktail, boulettes de viande douces et épicées, crostinis couverts de caviar et d'endives accompagnées de crabe et de bleu. Il manquait néanmoins un petit quelque chose qu'elle remarqua en tant que cheffe, sans oser le dire.

Elle mangea donc autant qu'elle put, espérant que la nourriture aiderait son estomac à ne plus jouer les montagnes russes.

Rien n'y fit, car si son estomac était noué ce n'était pas à cause de son ventre vide ni de l'alcool : c'étaient ses nerfs.

La soirée se terminait et, à en juger par la façon dont son compagnon la tenait durant la danse, leur histoire était sur le point de déboucher sur autre chose. Était-elle prête pour cela ? Quand les yeux verts la fixèrent à travers le masque, elle sentit au plus profond d'elle une forte attraction.

Oui.

Elle était prête à accepter tout ce que son beau prétendant masqué avait à offrir. Ce soir, elle ferait ce qui lui plairait, et non ce qui était le mieux pour les affaires : elle ferait ce qui était le mieux pour Lauren. Et en ce moment elle était incapable de trouver une seule raison de ne pas se donner corps et âme à cet homme séduisant et éloquent qui la tenait dans ses bras. Elle se consacrait depuis tant d'années à son entreprise, privant son corps du plaisir auquel il aspirait auprès d'un homme. Elle était fatiguée d'être seule.

La chanson sur laquelle ils dansaient se termina, et au lieu de la relâcher son partenaire l'attira plus près. La sensation de son corps ferme et musclé plaqué contre elle fit battre son pouls à tout rompre. Il ne pouvait pas le voir, mais elle rougissait probablement comme une écolière sous son masque. Elle passa les bras autour de son cou et pressa ses seins contre le mur ferme de son torse.

Son mystérieux cavalier l'observa, la mâchoire crispée.

— Viens avec moi, Rouge, dit-il après une profonde inspiration.

Son expression avait soudain changé : il ne lui proposait pas d'aller prendre un verre avec lui ni jeter un œil sur les enchères. Non, elle avait parfaitement conscience de ce qu'il lui demandait, et elle était plus que désireuse de le suivre. Elle accepta la main qu'il lui tendait et le laissa la guider hors de la piste de danse.

Ils coupèrent à travers la foule et, au lieu de se diriger vers la sortie, s'enfoncèrent plus profondément dans le club.

— Où allons-nous ? chuchota-t-elle.

Elle n'était pas très familière du lieu, mais lui si visiblement. La nervosité de la jeune femme augmentait à mesure qu'ils s'enfonçaient dans les méandres de l'établissement. Elle dut se remémorer qu'il cherchait un endroit intime et non un sujet de moquerie, afin de pouvoir continuer à le suivre.

— Je pensais que tu serais peut-être intéressée par une partie de billard.

Il ouvrit une porte, et ils entrèrent dans une pièce sombre. Elle commença à se détendre en distinguant une grande table de billard en chêne au centre de la pièce, éclairée par le clair de lune qui filtrait par une fenêtre. Tout autour étaient disposées de hautes tables de bar, et contre les murs des porte-queues. Ça ressemblait parfaitement au genre d'endroit fréquenté par des cow-boys pleins aux as.

Lauren s'avança dans la salle et laissa ses doigts manucurés glisser sur le revêtement en feutre de la lourde table de billard. Elle posa sa pochette et se tourna vers lui en s'adossant à la table.

— Vraiment ? dit-elle avec un sourire espiègle qui trahissait sa nervosité. Tu m'as amenée dans cette pièce sombre et privée pour que nous puissions jouer… au billard ?

La lumière provenant du couloir souligna le sourire amusé de l'homme, avant qu'il referme la porte et soit dissimulé par les ténèbres.

— Pas exactement.

Elle distingua vaguement sa silhouette et devina qu'il quittait sa veste de smoking et la jetait sur un tabouret, non loin.

— Je me disais que nous pourrions peut-être jouer à un petit jeu, ajouta-t-il.

— Je suis tout ouïe, murmura-t-elle, espérant masquer sa nervosité par ses paroles aguichantes.

— Je pensais à quelque chose d'un peu plus intime que le billard. Un jeu où nous pourrions tous deux être gagnants.

— Est-ce qu'à ce jeu il y a également du bois, des boules et des griffures de temps à autre ?

— Bon sang, je l'espère, souffla-t-il. Qu'en dis-tu ?

— Ça me paraît amusant. Je suis partante, mais j'ai une condition.

Il se redressa et enfonça les mains dans ses poches.

— Quoi donc, Rouge ?

— Les masques resteront en place, et la lumière sera éteinte.

Elle tenait à maintenir le mystère ; son attitude bravache ne tiendrait pas sans cela. Elle était peut-être désireuse de se donner à cet homme, mais le fait de se retrouver à nouveau dans cet endroit après tant d'années lui faisait ressentir le besoin de se protéger.

Il s'approcha sans rien dire, hésitant juste un instant avant de la soulever et de la poser sur la table de billard. Elle laissa échapper un petit cri de surprise et s'accrocha à lui pour garder l'équilibre. Il la plaqua aussitôt contre lui avec avidité.

— Waouh, murmura-t-elle contre sa gorge.

Elle l'entendit s'esclaffer doucement avant qu'il desserre légèrement son étreinte.

— J'espère que ce ne sera pas la dernière fois que tu diras ça ce soir.

Il l'embrassa alors avec une intensité telle qu'elle sentit sa tête tourner dangereusement, et les minutes suivantes se passèrent dans un agréable flou. Sans se détacher un seul instant de sa bouche, il fit remonter sa robe perlée le long de ses jambes.

— Comment trouves-tu mon jeu jusque-là ? demanda-t-il d'une voix rauque.

Il se plaça entre ses cuisses et prit ses fesses en coupe pour la tirer durement contre l'érection lancinante qui appuyait contre son pantalon.

Lauren eut d'abord le souffle coupé de le sentir si intimement pressé contre elle, mais elle passa rapidement les jambes autour de sa taille pour le maintenir en place.

— C'est beaucoup mieux que le billard, dit-elle.

Elle se pencha pour l'embrasser à nouveau et, comme elle lui mordillait doucement la lèvre, ils atteignirent rapidement le point de non-retour. C'était réellement en train de se produire.

Elle avait une aventure avec un inconnu. En public. Cette pensée suffit à faire courir des frissons sur tout son corps. Ils s'explorèrent mutuellement, bataillant contre boutons et fermetures à glissière et repoussant coton et satin afin d'atteindre la peau nue qu'ils recherchaient désespérément.

Lauren ne pouvait se lasser de son homme masqué. Entre les pans de sa chemise de smoking ouverte jusqu'à la taille, elle toucha son torse merveilleusement ferme dont les poils lui chatouillèrent les paumes. L'odeur chaude de sa peau lui taquinait les sens, la poussant à enfouir le visage dans son cou et à le goûter. Il laissa échapper un grondement sourd qui vibra contre ses lèvres et ses doigts. Elle n'était peut-être pas une experte en matière de séduction, mais elle semblait faire un sans-faute avec lui.

Les mains du loup se déplacèrent sur ses cuisses, poussant l'épaisse étoffe de sa robe plus haut.

— Soulève les hanches, Rouge.

Elle s'exécuta, et sa robe se retrouva enroulée autour de sa taille, donnant à l'inconnu un libre accès à toute cette zone.

C'était exactement ainsi qu'il semblait la vouloir. Il saisit sa culotte et la tira sur ses jambes, s'arrêtant le temps de lui retirer ses chaussures à strass et de les laisser retomber au sol, ainsi que la culotte.

Si la lumière avait été allumée, Lauren se serait sentie incroyablement exposée, mais l'obscurité lui offrait une liberté inattendue. Son partenaire ne pouvait la voir qu'avec les mains, ce qui était parfait pour elle.

Alors qu'il se relevait, il posa à nouveau les paumes sur ses jambes et s'aventura à l'intérieur de ses cuisses, les caressant et les écartant légèrement. Lauren sentit l'air frais s'infiltrer sur sa chair exposée, mais la sensation fut rapidement suivie par la chaleur humide de son souffle.

Ne s'attendant pas à recevoir la caresse de sa langue, elle haleta et se tortilla contre le bord de la table de billard. À mesure des coups de langue dispensés sur sa chair lancinante, son esprit se vidait de tout. Plus rien n'existait à part les vagues de plaisir qui pulsaient à travers son corps. Elle dut se pencher en arrière et prendre appui sur les coudes pour ne pas s'effondrer entièrement. Elle se cambra et griffa futilement le revêtement en feutre. En quelques minutes, cet inconnu avait réussi à provoquer en elle des sensations enivrantes totalement inédites. Il la maintenait à la frontière de l'orgasme, et cela en la touchant à peine.

— Allonge-toi et détends-toi, ordonna-t-il en levant brièvement la tête.

Lauren ne put faire autrement que de se soumettre. L'homme déplaça ses jambes sur ses épaules et repoussa ses genoux vers sa poitrine. Après l'avoir ainsi épinglée sur la table, il lança un nouvel assaut sur son sexe.

Elle n'avait encore jamais vécu quelque chose de semblable. Elle ne pouvait ni échapper aux sensations ni s'écarter de sa bouche, et avant même qu'elle s'en rende compte un orgasme puissant la balaya, plus fort que tout ce qu'elle avait jamais ressenti. Elle se mordit la main pour ne pas crier, le temps que la vague de plaisir s'estompe, mais l'inconnu n'en resta pas là. Il l'épargna un petit moment, la laissant reprendre son souffle avant de recommencer. Elle ne pensait pas que ce fût possible, mais elle jouit presque aussitôt, plus fort que jamais.

— Arrête, s'il te plaît, haleta-t-elle, le souffle coupé, en repoussant sa tête pour le stopper.

Elle n'était pas sûre de pouvoir supporter un troisième orgasme si tôt.

Il céda, abaissant ses jambes et les laissant retomber mollement sur le bord de la table.

— Tu en as déjà assez ? demanda-t-il.

— Assez avec ça. Maintenant c'est toi que je veux. Tu comptes me faire attendre encore longtemps ?

Il se releva et posa les mains sur ses genoux tremblants.

— Pas longtemps. Je dois juste m'occuper d'un dernier détail important.

Lauren regarda la silhouette sombre se déplacer dans la

pièce, vers l'endroit où il avait laissé sa veste de smoking, et fouiller dans ses poches avant de revenir vers son corps encore frissonnant.

Se replaçant entre ses cuisses, il posa quelque chose sur la table de billard, à côté de sa hanche nue. Le clair de lune révéla l'emballage en aluminium du préservatif qu'il était allé chercher. Heureusement qu'il était prévoyant. Ce qui se passait en ce moment était tellement aux antipodes du comportement habituel de Lauren qu'elle n'aurait jamais eu l'idée d'avoir des préservatifs dans son sac à main.

Elle entendit le cliquetis de sa ceinture et le bruit d'une fermeture Éclair, puis le sentit prendre le préservatif pour le mettre en place. Ses mains puissantes saisirent alors ses hanches, et il la pénétra en une poussée lente et régulière. La chaleur intense qui s'enfonçait dans son corps accueillant était un plaisir qu'elle s'était longtemps refusé. Bâtir son entreprise ne lui laissait pas beaucoup de temps pour avoir une vie sociale. Elle fréquentait des hommes, ici et là, mais rien de sérieux. Comment pouvait-elle sortir avec quelqu'un, dans une ville où personne ne la prenait au sérieux ? Cela faisait si longtemps qu'elle était célibataire qu'elle avait du mal à réaliser ce qui était en train de se passer.

Lauren se redressa sur la table et enroula les jambes autour de la taille de son inconnu et les bras autour de son cou. Pressant ses seins recouverts de satin contre son torse solide, elle se pencha à son oreille.

— J'ai tellement envie de toi, lui murmura-t-elle avant de lui mordre doucement le lobe.

Il dut aimer ça, car il frissonna dans ses bras et s'immobilisa, peut-être pour reprendre le contrôle. Mais il menait une bataille perdue d'avance, car cette aventure incroyable les tenait tous deux sur le fil tranchant du désir. Il posa les mains sur son dos et la tira brusquement vers lui, si près du rebord de la table qu'elle serait tombée sans son soutien. Puis il lui donna ce qu'elle demandait. Il la remplit encore et encore, allant et venant avec force dans son corps tremblant.

Il ne connaissait ni son nom ni quoi que ce soit à son sujet, mais semblait pourtant savoir exactement de quoi elle avait besoin. Elle n'aurait jamais cru être capable de répondre si vite à ses assauts, mais elle était sans conteste à nouveau au bord de la jouissance. Elle s'accrocha à son grand et méchant loup, haletant et gémissant contre son épaule.

Alors que la délivrance de Lauren approchait, son corps se tendit et ses cris augmentèrent. Il répondit en redoublant d'ardeur et en accentuant la cadence de ses va-et-vient. L'orgasme la balaya instantanément, et elle s'écroula contre lui, mordant son épaule pour s'empêcher de crier. Quand elle se tut enfin et s'immobilisa, il poussa une dernière fois en elle et la rejoignit dans la jouissance avec un profond gémissement de satisfaction.

Ils s'effondrèrent d'un même mouvement sur la table de billard, et après un moment il roula sur le côté pour s'allonger près d'elle et reprendre son souffle. C'était étrange d'être étendus ensemble dans l'obscurité totale de la pièce, d'entendre les voix et la musique provenant de la grande salle à quelques pas de là.

Elle s'attendait à ce que le loup dise quelque chose, mais ils gardèrent tous deux un silence confortable. Peut-être trop même. Après quelques minutes, sa respiration se stabilisa et ralentit. Il s'était endormi à côté d'elle. Elle fut tentée de se blottir contre lui et de céder également à l'attrait du sommeil, mais elle devait partir.

Le matin ne leur apporterait que de la déception : cela ne faisait aucun doute pour Lauren. Elle n'était pas la séductrice glamour qu'elle avait prétendu être ce soir. Elle n'avait jamais fait quelque chose qui lui ressemblait si peu. Rester ici signifierait que son amant apprendrait la vérité, ce qui gâcherait tout.

Se déplaçant aussi silencieusement que possible, Lauren descendit de la table. Elle abaissa sa robe sur ses jambes et chercha ses affaires dans l'obscurité.

Regardant par-dessus son épaule, elle vit qu'il était toujours endormi. Elle retira son masque et le posa à côté de lui : un petit souvenir pour qu'il ne l'oublie pas.

Cela fait, elle ouvrit la porte et se glissa dans le couloir et sortit de sa vie.

— Qu'est-ce que...

Sutton gémit et se redressa en prenant appui sur les coudes. Tous ses muscles le lançaient comme jamais encore. D'ailleurs, c'était une forte douleur dans le bas du dos qui l'avait réveillé, comme s'il avait dormi sur une planche en bois. Il scruta la pièce sombre ; soudain tout lui revint. Il était encore dans la salle de billard du club et il avait, en effet, dormi sur une planche en bois. Il avait sombré dans le sommeil sur la table de billard après avoir fait l'amour à sa partenaire de danse. Levant le poignet, il plissa les yeux dans le noir et consulta sa Rolex : 4 h 30.

Il tourna alors la tête vers l'endroit où elle s'était allongée près de lui. La pièce était encore sombre, et il ne distingua pas sa silhouette. Il tendit le bras à travers la surface douce et feutrée de la table, mais ne trouva rien : c'était froid, et il n'y avait aucune trace de son corps chaud et souple. Ses doigts touchèrent alors quelque chose.

Se redressant, Sutton descendit de la table et traversa la pièce pour allumer la lumière. Il grimaça le temps que ses yeux s'habituent et vit alors ce qui avait été laissé sur la table : un masque. Il s'approcha pour le récupérer et le tint un petit moment dans ses mains.

Il réalisa alors que Rouge était partie depuis longtemps et qu'il n'avait aucun moyen de connaître son identité ni de la retrouver.

Bon sang !

À présent qu'elle était partie, cette histoire d'obscurité et d'anonymat perdait tout son attrait et devenait uniquement frustrante. Cette femme – cette déesse à la robe rouge – était la chose la plus extraordinaire qui lui soit arrivée depuis longtemps. Il y avait eu une connexion incroyable entre eux. Et maintenant il ne lui restait plus rien de leur rencontre, mis à part un dos raide et un masque noir.

Il soupira et jeta le masque sur la table de billard, puis rassembla le reste de ses vêtements pour se rhabiller. Son propre masque était sur le sol avec sa cravate. Il le ramassa et le jeta à la poubelle. Il ne comptait plus se cacher des petites gens de la ville qui voulaient croire le pire de lui, ni de personne d'autre d'ailleurs. Son désir d'échapper à la réalité, même l'espace d'une seule nuit, lui avait coûté sa chance de vivre quelque chose de... spécial. Peut-être même le genre de relation qu'il n'avait encore jamais vécue.

Aussi fou que cela puisse paraître, il savait que c'était vrai. Sa réputation de play-boy à Royal était bien méritée, mais la nuit dernière avait été différente. Elle était différente. Au lieu d'être repu de plaisir et prêt à affronter les défis de la journée, il avait la désagréable impression d'avoir été volé durant son sommeil. Il connaissait déjà la sensation de perdre sa demeure et sa fortune, mais ce qu'il ressentait en ce moment lui faisait en quelque sorte plus mal. Il n'était pas habitué à ce sentiment : celui de perdre. Et pourtant il ne faisait que ça ces derniers temps.

Sutton prit le masque de l'inconnue et le regarda à nouveau, tenté de le jeter en même temps que le sien. Il valait probablement mieux les oublier, elle et cette soirée. Sa famille et lui avaient suffisamment de soucis à gérer en ce moment, sans avoir à rajouter un petit drame inutile. Mais il ne put s'y résoudre : c'était tout qui lui restait d'elle. Il le glissa donc dans sa poche et se dirigea vers la porte. Il lui fallait prendre exemple sur Cendrillon et quitter cet endroit avant de se faire remarquer par une foule de gens venus disputer une partie matinale de golf.

Une fois dans le couloir, il vit que le club était aussi sombre et calme que la pièce qu'il venait de quitter. La fête s'était terminée depuis longtemps. Un éclairage tamisé du côté du bar mettait en évidence les tables et les chaises empilées, et prêtes à être transportées au matin. La lumière révélait également une silhouette familière assise au bar.

— Sebastian ? C'est toi ?

La silhouette se retourna et leva son masque sur sa tête. Oui, c'était bien son frère jumeau, Sebastian, un verre de quelque chose à la main et l'air déprimé.

— Sutton ? demanda celui-ci, confus. Que fais-tu encore ici ?

— Je viens de me réveiller. Je m'étais endormi dans la salle de billard. Pourquoi es-tu toujours là, toi ?

Son jumeau secoua la tête et soupira tristement.

— J'étais avec une femme ce soir. Une femme incroyable. Un rêve en rouge que j'épouserais sur-le-champ si elle me disait oui. Mais elle a disparu avant même que je puisse connaître son nom.

Sutton fronça les sourcils à la similitude de leurs histoires. Quelle était la probabilité qu'ils aient tous deux une incroyable aventure avec une femme en rouge qui s'enfuirait à la première occasion ? C'était une étrange coïncidence, mais peut-être était-ce ce genre de nuit après tout. Il y avait sans doute quelque chose dans l'air.

— Je vois. Mais pourquoi es-tu assis au bar à une heure pareille au lieu de rentrer ?

Sebastian haussa les épaules.

— Eh bien, comme je me suis réveillé seul, je suis revenu pour boire un verre et pleurer sur ma malchance avec les femmes. Je n'arrête pas de repenser aux événements de la soirée, à elle, et à quel point elle était captivante. Je n'avais encore jamais rencontré une femme comme elle, Sutton.

Il secoua de nouveau la tête avant de poursuivre :

— Et ensuite je me suis mis à penser à tout ce qui nous arrive avec l'entreprise et les fédéraux. J'imagine que je n'ai pas vu le temps passer.

— Nous avons pas mal de choses en tête en ce moment.

Son frère opina du chef, puis le regarda avec curiosité.

— Comment as-tu fait pour t'endormir dans la salle de

billard ? demanda-t-il comme s'il intégrait enfin les propos de son frère.

— J'y étais en compagnie d'une femme moi aussi. Elle s'est sauvée. Il semble que nous ayons tous deux passé une nuit incroyable avec des femmes qui préfèrent ne pas être rappelées le lendemain.

— Est-ce que ça t'arrive de les appeler le lendemain de toute façon ?

Sutton regarda son frère en fronçant les sourcils. S'agissant des femmes, lui et son jumeau ne pouvaient pas être plus différents.

— Je n'apprécie pas cette insinuation. Beaucoup de femmes m'ont peut-être aimé et perdu durant ces années, mon cher frère, mais je me suis toujours comporté en gentleman. Je n'ai jamais traité une femme avec dédain.

Sebastian l'observa comme s'il n'était pas vraiment convaincu par sa version des faits, mais finit par secouer la tête.

— Eh bien, on dirait que tu as eu le retour du bâton ce soir. Elle t'a quitté en te laissant le bec dans l'eau, n'est-ce pas ?

C'était un euphémisme. Mais il était trop tard pour philosopher sur le karma des relations amoureuses et la vengeance du destin.

— Tu as faim ? demanda-t-il en changeant de sujet.

Sebastian haussa les épaules.

— Pourquoi pas ? Tous ces amuse-gueules n'étaient pas très nourrissants.

Sutton lui donna une claque dans le dos et sortit ses clés de la poche de sa veste.

— Alors viens. Je t'emmène au Royal Diner où nous prendrons un petit déjeuner matinal avant de rentrer. Peut-être que nous pourrons battre le lever de soleil.

3

— On dirait que quelqu'un a passé une bonne soirée.

Lauren fit la grimace face à la lumière matinale qui inonda le camion-restaurant quand Amy ouvrit la porte et grimpa à l'intérieur. Elle regarda un instant son employée, puis retourna à sa tasse de café fumante.

— Peut-être bien.

— Tu es rentrée tard, nota Amy. À boire et bavarder avec l'élite de Royal, sans aucun doute.

— Oui. Je suis rentrée très tard et j'ai bu plusieurs martinis. Donc, tu m'excuseras si je ne saute pas de joie ce matin. Je suis épuisée, j'ai mal à la tête, et mes pieds me font encore souffrir d'avoir été emprisonnés dans ces talons ridicules choisis par cette femme. J'aurais dû porter mes Converse sous la robe. Personne ne l'aurait su à part moi.

— Même avec la gueule de bois, tu es toujours magnifique, lui dit son amie. Ce relooking était incroyable. S'il n'y avait pas ce sourire sarcastique que je connais si bien, je ne sais même pas si j'aurais su que c'était toi.

Il était trop tôt et Lauren était bien trop fatiguée pour se sentir flattée par le compliment sincère d'Amy.

— Très drôle. Je suppose que tout est parti maintenant, mais être séduisante n'a aucun intérêt pour moi en tant que cheffe.

— Je ne sais pas. Moi je dirais qu'en ce moment tu es assez canon pour avoir une émission télé sur une chaîne dédiée à la cuisine.

Lauren se redressa sur son siège à cette déclaration ridicule.

— Une émission de télévision ? Je n'ai même pas assez de capitaux pour ouvrir un restaurant. Aucun directeur de chaîne ne songerait à me proposer une émission télé.

— Pas si tu fronces les sourcils comme ça, en tout cas. Mais tu aurais dû nouer des contacts avec certaines de ces personnes hier soir et voir si elles étaient partantes pour investir, répliqua Amy en laissant tomber le journal du dimanche sur le plan de travail en acier inoxydable. Apparemment c'était la grosse fête. Ils ont levé une fortune pour la fondation Wingate. Ces gens riches savent faire la fête… et écrire des chèques. Tu aurais dû tendre la main.

Lauren prit le journal et lu l'article en première page qui parlait du bal masqué. Il évoquait surtout les œuvres de charité et les actions qu'ils prévoyaient grâce aux fonds récoltés. La photo montrait la coordinatrice de l'événement, Beth Wingate, et un homme portant un masque de loup familier, identifié par l'auteur de l'article comme étant son frère et P-DG des entreprises Wingate : Sebastian Wingate.

L'information la frappa silencieusement en plein ventre et menaça de lui faire remonter son café. Elle qui pensait ne jamais pouvoir trouver l'identité de son inconnu masqué, imaginant même que c'était peut-être mieux ainsi. Après tout, cette soirée avait été une parenthèse unique entre deux étrangers, qu'il ne fallait pas songer à reproduire. Essayer de revivre cela ne ferait que gâcher le souvenir de ce qu'ils avaient partagé.

Et pourtant, à présent qu'elle lisait son nom noir sur blanc, elle ne pouvait plus ignorer l'information. Le génie ne retournerait pas dans sa bouteille maintenant qu'il était sorti. Son mystérieux amant n'était nul autre que l'homme qui se trouvait au cœur du scandale dont la ville faisait actuellement ses choux gras. Lauren ne savait pas grand-chose des Wingate et n'aurait pas été capable de les reconnaître même si sa vie en avait dépendu, mais elle avait entendu ce nom plus d'une fois ces derniers temps. La famille avait été accusée de trafic de drogue et d'autres horribles choses, et toute la ville était en pleine effervescence à ce propos.

Pas étonnant que son inconnu mystère ait eu l'air si irrité après son coup de fil. C'était bien sa chance : vivre une aventure incroyable avec un homme riche et couronné de succès, qui s'avérait finalement être ruiné et à deux doigts de la prison. Elle aurait dû se méfier de ce masque de loup. Rien de positif ne pouvait en résulter : tous les contes de fées le prouvaient.

— Alors raconte-moi tout, insista Amy.

— Je préfère t'entendre me faire le compte rendu des camions-restaurants.

Lauren avait laissé ses deux précieux camions entre les mains de son employée de confiance, durant la nuit la plus chargée de la semaine. C'était un sujet beaucoup plus important à ses yeux.

— Le camion de Javier a été volé sous la menace d'une arme à feu, et mes crevettes mal cuites ont intoxiqué dix personnes. Mais à part ça tout s'est plutôt bien passé.

Lauren étudia l'expression pince-sans-rire de son amie. Elle savait que c'était n'importe quoi – Amy adorait se moquer d'elle.

— Sérieusement. Raconte-moi.

— Tout a marché comme sur des roulettes, déclara Amy avec un gros soupir. Le plus grand drame a été d'être rapidement à court de brochettes de poulet. À part ça, rien à signaler, et Javier a fait le dépôt de nuit, sans problème. Maintenant, parle-moi de cette fiesta déguisée. Je meurs d'envie de savoir comment c'était.

— Nous ne sommes pas ici pour bavarder. Nous devons nous rendre au marché et acheter des produits frais pour le menu de cet après-midi.

Son amie haussa les épaules.

— Il n'y a aucune règle disant que tu ne peux pas déverser tes tripes pendant que nous étudions les légumes du jour. Allez quoi ! C'est moi qui t'ai inscrite à ce concours. Ce n'est pas juste de ne pas partager tous les délicieux détails avec moi.

— Tu aurais dû m'accompagner si tu étais si intéressée, déclara Lauren en attrapant son café et sa liste de courses.

Elle s'arrêta à la porte pour prendre son chariot pliable qui lui servait à ramener les achats.

— Il fallait bien que quelqu'un s'occupe des camions. Et d'ailleurs personne n'a jamais fait de frasques en restant collée à une amie.

Elles descendirent du véhicule, et Lauren verrouilla la portière.

— Bref, marmonna-t-elle en se tournant vers le marché des fermiers et en ignorant ostensiblement les arguments plus que justes d'Amy.

— Bref ? C'est tout ce que tu vas me donner ? protesta Amy en accordant ses pas à ceux de Lauren, alors que sa longue queue-de-cheval blonde se balançait dans la brise. Tu sais que je ne te lâcherai pas, n'est-ce pas ?

— L'as-tu déjà fait ?

— Non, dit Amy sur le ton de l'humour.

C'était vrai. Quand Amy faisait une fixation sur un sujet, elle était comme un chien ayant trouvé un os et semblait toujours persuadée de savoir ce qui était le mieux pour Lauren. Elle ne se mêlait pas de l'aspect commercial et laissait Lauren décider entièrement des menus mais, en ce qui concernait sa vie privée, sa meilleure amie avait beaucoup à dire.

Heureusement, le marché des producteurs était bondé et bruyant.

— Une fois que nous aurons fini, promit-elle. Je ne veux pas en parler ici. Choisis une belle caisse de patates douces, des tomates et des oignons. Je vais acheter du brocoli, du chou-fleur et jeter un œil sur les pommes.

Elles se retrouvèrent une quinzaine de minutes plus tard, près du stand d'un éleveur local qui proposait généralement une belle sélection de viandes provenant de la région. Lauren choisit une douzaine d'œufs, une grande épaule de porc, des blancs de poulet et un morceau de bacon bien épais.

— Quel est le menu du jour ? s'enquit Amy pendant qu'elles transportaient leurs marchandises vers les camions.

— Je ne sais pas encore, admit Lauren.

Elle devait y réfléchir et voir comment marier le tout.

— Je pensais à un *chipotle* de patates douces frites pour commencer. Accompagné de brochettes de poulet au barbecue, puisqu'elles ont bien marché hier. Je changerai un peu les épices peut-être. Des tacos de *carnitas* avec une sauce au bacon et de la salsa aux tomates. Sans doute du brocoli et du chou-fleur frits et épicés en accompagnement. Au dessert, une tarte aux pommes. Je vais voir ce que nous avons et y réfléchir un peu plus.

— Ça me semble pas mal.

Une fois le tout chargé dans le camion, elles commencèrent à nettoyer et à se préparer. Lauren était soulagée de se laisser aller à la routine familière de sa journée de travail et de ne plus penser pendant un petit moment à la nuit précédente. Elles étaient enfoncées jusqu'aux coudes dans une caisse de patates douces quand quelqu'un frappa à la fenêtre.

Lauren s'approcha de la porte de service, sur le point d'expliquer à la personne qu'elles ne commenceraient pas avant 11 h 30, quand elle vit Gracie Diaz, souriante et un verre de *Pumpkin Spice Latte*, sa boisson favorite, à la main. La nouvelle millionnaire de Royal était une des plus grandes fans de leur cuisine. Elle avait coutume de venir aux camions plusieurs fois par semaine, après sa journée de travail auprès des Wingate. À présent qu'elle n'avait plus à gagner sa vie, Gracie se faisait un peu rare. Ses visites manquaient à Lauren, et elle fut ravie de la revoir.

— Bonjour, Gracie, dit-elle en faisant coulisser la fenêtre. Ça fait un moment que je ne t'avais pas vue. Comment se porte ta vie de millionnaire ?

— Ce n'est...

Gracie hésita un instant, affichant une expression tiraillée, avant de continuer :

— ... Pas ce à quoi je m'attendais. Mais je n'irai pas non plus m'en plaindre. Personne n'a envie d'écouter mes problèmes de toute façon.

Lauren hocha la tête. Le chemin de la victoire de Gracie à la loterie avait été compliqué, mais elle pouvait maintenant profiter de son succès.

— Plus d'argent, plus de problèmes, comme on dit. En tout cas, si tu en as assez des riches et que tu veux t'encanailler avec de viles cuisinières de camion-restaurant, tu sais où nous trouver.

Gracie leva son téléphone.

— Je sais toujours où sont garés tes camions, même si je ne peux pas venir. Et tu n'es pas une cuisinière, Lauren. Tu es une cheffe. Une cheffe incroyable. Les camions-restaurants sont un moyen de parvenir à tes fins, et un jour tu ouvriras un restaurant sans roues. J'en suis persuadée.

— Que Dieu t'entende ! répondit Lauren en souriant.

— Je suis tout de même surprise que tu sois ouverte aujourd'hui. Tu étais au bal masqué hier soir, n'est-ce pas ? Il paraît que tu as gagné à ce concours. Je m'attendais à ce que tu sois fermée aujourd'hui et que tu te reposes. Ça s'est terminé tard.

Lauren n'en avait aucune idée. Elle avait pu dormir quatre heures, après être rentrée en douce chez elle et s'être allongée un long moment sur son lit, à réfléchir à ce qu'elle venait de faire. Ça avait été la rencontre la plus érotique de sa vie. Chaque fois qu'elle fermait les yeux, elle pouvait à nouveau sentir les mains de son loup sur son corps. Il lui avait fallu plusieurs heures avant que l'adrénaline se dissipe et qu'elle puisse enfin dormir.

— C'était plus excitant que ce à quoi je m'attendais. J'ai passé un bon moment, dit-elle, évitant tout détail inutile. Et toi ?

Gracie sourit avec mélancolie. Elle contempla son café au lait et prit une gorgée en évitant le regard de Lauren.

— C'était amusant. Un peu comme le genre de nuit qui pourrait changer la vie pour toujours, si on se laissait tenter.

Lauren fut surprise par cette observation pertinente. Qu'entendait-elle par là ? Gracie ne pouvait même pas la regarder dans les yeux en disant cela. Avait-elle vu Lauren en compagnie de Sebastian la nuit dernière ? Il était possible qu'elle ait été la seule étrangère à ne pas reconnaître le tristement célèbre P-DG. Peut-être que toute la ville faisait des gorges chaudes à propos de son aventure torride dans la salle de billard et que Gracie lui donnait l'information avant que l'affaire éclate.

Si c'était le cas, il valait mieux qu'elle contacte Sebastian pour essayer de limiter les dégâts. Le voir à nouveau était une perspective à la fois effrayante et excitante, mais elle devait le faire. Elle s'était donné beaucoup de mal pour bâtir son entreprise, et il ne fallait pas qu'une nuit d'imprudence détruise tout. Elle s'était rendue à cette soirée pour nouer des contacts, pas pour se retrouver au cœur des ragots.

Elle décida cependant de repousser ses inquiétudes pour le moment : elle devait se concentrer sur la confection du menu et la préparation du personnel avant de mettre les camions en route. Mais tôt ou tard Lauren allait devoir affronter les conséquences de ses actes et retrouver Sebastian Wingate.

On était lundi. En général une des matinées les plus chargées de la semaine. Et pourtant Sebastian Wingate n'avait rien à faire. Il s'était levé tôt, comme d'habitude, avait couru quelques kilomètres, s'était douché et avait pris un café et un petit déjeuner. Il était à présent à court d'idées pour occuper sa journée.

Sutton avait déjà quitté la maison. Il était en ville pour s'entretenir avec son avocat au sujet d'une voiture qu'il essayait de vendre. Son jumeau semblait beaucoup moins perturbé par tout ce temps libre. En tout cas il arrivait mieux à occuper ses journées. Quant à Sebastian, il comptait chaque minute qui le séparait du moment où leur réputation serait restaurée. La vie pourrait alors revenir à la normale.

Tout s'arrangerait. C'était ce qu'il n'arrêtait pas de se répéter. Mais en attendant il lui fallait trouver un moyen d'occuper son temps. Peut-être qu'il pourrait passer quelques appels et réunir une poignée d'amis pour jouer un dix-huit trous à Pine Valley. Il décrocha son téléphone, mais comprit rapidement que toutes ses connaissances étaient au travail.

Frustré, il termina sa deuxième tasse de café et la posa dans l'évier. Il fallait qu'il sorte de cette maison avant de devenir fou. Saisissant les clés de sa BMW et sa veste, il ouvrit la porte à la volée... et fit une peur bleue à la femme qui se tenait là, prête à sonner.

Dans sa hâte, Sebastian avait presque failli entrer en collision avec elle.

— Je suis vraiment désolé, dit-il en reculant dans la maison alors qu'ils se remettaient tous deux du choc.

Une fois le premier effet de surprise passé, il remarqua que la jeune femme était assez jolie. Le soleil faisait des reflets miel dans cheveux châtain foncé. Elle avait des lèvres pleines et une silhouette aux courbes voluptueuses sous sa veste en cuir et son jean moulant. Mais il ne la reconnut pas.

— C'est ma faute, déclara-t-elle. Je me tenais là, à chercher le courage de sonner à la porte.

— Je ne sais pas qui vous cherchez, mais nous venons de louer cette maison, expliqua-t-il.

Elle semblait le connaître, mais ce n'était pas son cas.

— En fait, je pense que c'est toi que je cherche. Est-ce que tu es bien Sebastian Wingate ?

Le doute s'insinua soudain dans son esprit. Il détestait le fait de prêter des intentions obscures à ceux qu'il rencontrait, mais c'était plus fort que lui. Quelqu'un avait piégé sa famille et, jusqu'à ce qu'ils découvrent de qui il s'agissait, tout le monde était suspect.

— Est-ce que c'est pour me donner une citation à comparaître ?

La jeune femme écarquilla les yeux de surprise.

— Non ! Une assignation ? Pas du tout.

Sa réaction semblait sincère.

— D'accord. Alors oui, je suis Sebastian Wingate. Que puis-je faire pour vous ?

La femme lui parut soudain plus nerveuse. Elle mordilla sa lèvre inférieure avec anxiété avant de prendre une grande inspiration, cherchant manifestement à maîtriser sa nervosité.

— Je m'appelle Lauren Roberts. Je suis propriétaire de deux camions-restaurants en ville : les Street Eats. Je sers une cuisine fraîche et facile à manger à base d'ingrédients locaux et haut de gamme...

Sebastian hocha la tête alors qu'elle continuait de parler, mais il n'était pas certain de saisir pourquoi une femme possédant des camions-restaurants venait le voir. Elle ne cherchait certainement pas un investisseur, et si c'était le cas elle était mal renseignée. Les Wingate n'étaient plus la poule aux œufs d'or qu'ils étaient il y a encore quelques semaines.

— ... En fait, ça n'a pas vraiment d'importance, conclut-elle avant de reprendre son souffle. Je suis ici parce que toi et moi, euh, nous nous sommes rencontrés à la soirée de samedi.

Sebastian avait croisé beaucoup de monde à la soirée de samedi. Mais, à en juger par la façon dont la femme le regardait dans l'expectative, cela n'avait pas été une entrevue ordinaire.

— Toi et moi..., ajouta-t-elle en hésitant, avons couché ensemble.

À présent, c'était à Sebastian d'écarquiller les yeux de surprise. La soirée de samedi avait été extraordinaire. Une des nuits les plus incroyables de sa vie. Mais il ne s'était pas attendu à ce que la mystérieuse femme frappe à sa porte. C'était là un cadeau qu'il n'aurait jamais imaginé recevoir.

— Oh ! waouh, dit-il en passant nerveusement les doigts dans ses cheveux. Entrez... je veux dire, entre.

Lauren s'exécuta, attendant qu'il referme la porte et l'escorte jusqu'au salon.

Je sais que tu étais en train de partir, alors je comprendrais que tu ne puisses pas discuter maintenant.

— Non, non, insista-t-il. Je ne sortais pas longtemps. J'ai le temps.

Tout le temps qu'il fallait, en fait. Surtout pour cette beauté rouge qui ne quittait plus son esprit depuis cette nuit-là.

— Assieds-toi, s'il te plaît.

Comme elle opta pour le fauteuil, il choisit le canapé à côté d'elle.

— Est-ce que je peux t'offrir quelque chose à boire ?

— Non, ça ira, merci. Je suis juste venue te parler en privé. Je n'ai pas réalisé qui tu étais avant de voir ta photo dans le journal le lendemain. Quand j'ai vu ton nom, j'ai su que je devais venir te voir et t'expliquer…

— M'expliquer quoi ? l'interrompit-il.

Pour autant qu'il se souvienne, ce qui s'était passé entre eux était la conséquence d'une attirance dévorante. Ils n'auraient pas pu l'empêcher, même en faisant de leur mieux.

— Pour t'expliquer que tout ce que j'ai fait ce soir-là ne me ressemble pas du tout. Je ne veux pas que tu penses que je suis ce genre de femme et que j'ai pour habitude d'agir de cette façon, déclara-t-elle en s'empourprant d'embarras.

— Ce n'est pas le genre de choses que je fais normalement non plus, admit-il. Je laisse les escapades à mon frère. Mais avec tout ce qui se passe en ce moment je n'étais pas dans mon assiette et j'ai agi de manière inhabituelle. Dans des circonstances normales, je suis plutôt un gentleman. Étant donné que nous n'avons pas retiré nos masques et que je ne connaissais même pas ton prénom… Bref, tout ça ne me ressemble pas.

Lauren soupira, semblant se détendre quelque peu.

— Je voulais juste que tu le saches, au cas où les gens se mettraient à jaser après nous avoir vus ensemble, et que les langues se délieraient.

— Les gens jasent toujours à mon sujet, donc je suis habitué, répondit Sebastian.

Même si c'était pire que d'habitude ces derniers temps.

— Mais comme je l'ai dit je ne suis pas du genre à avoir des aventures d'un soir, et visiblement toi non plus. Alors si on sortait ensemble ?

Il n'avait pas prévu de proposer une chose pareille quand il l'avait conduite au salon, mais la perspective que cette femme séduisante quitte à nouveau sa vie lui était insupportable.

— Nous pourrions dîner ensemble et apprendre à mieux nous connaître. Peut-être samedi soir ?

Lauren sembla quelque peu abasourdie par sa proposition, mais elle se ressaisit rapidement et lui sourit.

— C'est une bonne idée. Mes camions ne travaillent pas les mercredis, et c'est donc une des rares soirées libres dont je dispose.

— Parfait. Disons mercredi soir.

Il prit son téléphone, et ils échangèrent leurs numéros.

— Je vais essayer de faire une réservation au Glass House aux alentours de 19 heures et je t'enverrai un SMS pour te le confirmer. Envoie-moi ton adresse, et je passerai te prendre.

— Tu n'es pas obligé, protesta Lauren.

— Bien sûr que si. C'est un rendez-vous galant. Nous avons peut-être mis la charrue avant les bœufs, mais j'ai l'intention d'y remédier et de faire les choses correctement cette fois.

— Très bien, si tu insistes.

Lauren se leva, incitant Sebastian à faire de même.

— À mercredi soir, alors, dit-elle en tendant la main pour lui dire au revoir.

Le geste semblait ridiculement maladroit et distant pour deux personnes ayant été si intimes, mais comme ils l'avaient dit ils étaient des personnes différentes cette nuit-là. Ils repartaient donc de zéro, sans masque et sans alcool cette fois. Cependant une accolade amicale ou un baiser sur la joue auraient été bien plus appropriés, mais il n'allait pas se montrer insistant et la faire fuir une seconde fois. Il lui serra donc la main doucement et l'accompagna jusqu'à la porte.

Une fois seul et le battant refermé, il baissa les yeux sur sa main et fronça les sourcils. Quelque chose n'allait pas.

Il n'arrivait pas à mettre le doigt dessus, mais quelque chose avait changé entre eux depuis samedi. Au club ce soir-là, il ne pouvait s'empêcher de la toucher. Il y avait presque une force magnétique qui l'attirait plus près chaque fois qu'il essayait de s'éloigner. Chaque contact de sa peau nue envoyait des étincelles à travers tout son système nerveux. Aucune femme ne lui avait encore jamais inspiré une chose pareille.

Cela ne pouvait être uniquement attribué à l'alcool et aux masques. C'était de l'alchimie pure et simple... Et l'alchimie ne pouvait être présente un jour et disparaître le lendemain. Ça vous attirait encore et encore, même si on savait que c'était une erreur, et c'étaient une passion et un désir de cet ordre qu'il avait éprouvés pour la beauté aux cheveux sombres, cette nuit-là.

Et maintenant tout avait disparu. Terminé.

Il détestait l'admettre, mais Lauren aurait tout aussi bien pu être une inconnue rencontrée au bureau ou dans un magasin. Jolie, sans aucun doute. Avenante, bien que nerveuse. Mais quand il lui avait serré la main il n'avait ressenti aucun picotement, pas de frissons. Ses mains étaient douces et soignées, mais s'il l'avait touchée en fermant les yeux il n'aurait pas reconnu la femme de la soirée.

Et pourtant elle était venue chez lui en affirmant le contraire. À part eux, personne n'était au courant de ce qui s'était passé ce soir-là. Donc, si Lauren prétendait être la femme en question, ça devait être vrai.

Sebastian espérait que l'alchimie serait de retour, une fois qu'ils seraient plus intimes et qu'elle pourrait enfin lâcher prise. Peut-être qu'un verre de vin les détendrait et que leur attirance mutuelle s'exprimerait à nouveau. Une seconde chance lui était offerte, et il désirait plus que tout retrouver sa beauté masquée.

Si la violente attraction ne revenait pas, Sebastian serait profondément déçu.

4

Lauren était simplement nerveuse. Évidemment !

Aucune autre raison ne pouvait justifier que ce rendez-vous soit le plus ennuyeux de sa vie. Elle dînait en compagnie d'un homme séduisant, fortuné et puissant, dans un des restaurants les plus réputés et les plus chers de la ville. Ça ne devait tout de même pas être si compliqué de passer un bon moment ! La nourriture était excellente et le vin accompagnait merveilleusement chaque plat. Sebastian était d'une très bonne compagnie et réussissait même à la faire bavarder malgré son tempérament introverti. En outre, il était charmant, poli, et il lui adressait ce beau sourire qui l'avait tant séduite lors de leur première nuit ensemble.

Mais ça ne ressemblait pas à un rendez-vous galant. On aurait plutôt dit un agréable dîner avec une connaissance, sans cette indéniable étincelle d'attraction qui lui avait coupé le souffle, lors de leur rencontre.

En ce moment, les yeux verts dans lesquels elle s'était perdue le soir du bal l'étudiaient pendant qu'ils terminaient leurs desserts. Tout indiquait que Sebastian était bien l'homme avec qui elle avait passé la nuit. Tout sauf la partie la plus importante – l'alchimie.

Après qu'il eut payé l'addition, ils flânèrent un moment dans le magnifique jardin de l'hôtel Bellamy. C'était une belle soirée d'automne. L'air était doux et le ciel dégagé. Elle aurait même pu prendre plaisir à cette promenade si elle ne s'était pas autant mis la pression pour que ce dîner soit spécial… et si elle n'avait pas choisi de porter à nouveau ses chaussures du gala. Comme si c'étaient des chaussures magiques qui pourraient faire une différence !

Cette fois encore, ses pieds la firent souffrir, et elle regretta son choix. Ces instruments de torture iraient directement rejoindre la pile des affaires à donner, à la minute où elle rentrerait à la maison.

Ils retournèrent enfin à la voiture et, ne voyant aucun intérêt à prolonger cette soirée, Sebastian la raccompagna chez elle, loin des ranchs luxueux et hôtels particuliers de Pine Valley. Sa maison était petite et bien plus modeste à tous égards, sauf pour la cuisine. Elle l'avait fait rénover de sorte qu'elle convienne à un chef, et cette pièce pouvait désormais rivaliser avec les demeures hors de prix à Royal. De l'extérieur, personne, cependant, ne s'en serait douté.

Il se gara dans l'allée et, comme le gentleman qu'il était, fit le tour de la voiture pour lui ouvrir la portière, puis l'escorta jusqu'à l'allée pavée menant à son porche. C'était très agréable, mais son grand méchant loup ne s'était pas tout à fait comporté comme un gentleman, et cette intensité manquait à Lauren ce soir. Tout dans leur première nuit lui manquait, en fait.

— Sebastian, dit-elle alors qu'elle s'arrêtait devant la porte et se tournait vers lui.

Il la suivait, mais heureusement pas de trop près. Elle n'imaginait pas qu'il lui réclame un baiser ce soir.

— Oui ?

— J'ai passé une agréable soirée.

— Moi aussi, dit-il avec un sourire poli qui lui démontra qu'il était aussi peu impressionné qu'elle-même par leur rendez-vous.

Elle ressentait comme une obligation envers lui, ce qui était pire que leur manque d'attirance sexuelle. Il fallait qu'elle mette fin à cela et qu'elle les empêche de gaspiller davantage de temps par simple courtoisie.

— Et je te remercie d'avoir voulu donner une autre chance

à notre histoire, mais je ne pense pas que nous devrions sortir à nouveau ensemble.

Il parut surpris.

— Est-ce que tu es en train de rompre avec moi ? Je n'ai jamais été largué de toute ma vie.

— Je ne dirais pas « largué », corrigea-t-elle.

Lauren ne voulait pas être connue comme la seule femme assez stupide pour rompre avec Sebastian Wingate.

— Disons que nous nous séparons d'un commun accord. Tu ne vas tout de même pas me dire que tu as passé une soirée formidable et que tu as hâte de me revoir ?

— Eh bien, non, admit-il d'un air penaud. Mais j'ai eu des rendez-vous bien pires et je ne pense pas être prêt à abandonner si rapidement en ce qui nous concerne. C'était juste une soirée. Peut-être que nous devrions faire quelque chose de différent la prochaine fois. Quelque chose d'un peu moins formel et de moins ennuyeux. Je pense que nous nous sommes trop mis la pression pour que ce rendez-vous soit parfait.

Il s'éclaircit la voix avant de proposer :

— Que dirais-tu d'aller jusqu'à Dallas et de faire quelque chose d'amusant ? Il y a beaucoup de restaurants, de musées et de choses à faire là-bas.

Lauren étudia son visage et se sentit partagée. Il faisait vraiment de son mieux et semblait sincère. Si elle avait décelé de l'obligation de sa part, elle aurait refusé. Après tout, ils avaient simplement eu une aventure torride et anonyme. Il n'y avait pas de quoi se sentir coupable pour ça. Cela dit, un rendez-vous supplémentaire ne serait pas de trop. Si ça ne marchait pas, elle pourrait au moins se dire qu'elle avait tout essayé.

— D'accord, concéda-t-elle. Nous pouvons tenter une autre sortie et voir ce que ça donne. Une sortie à Dallas par contre va nous prendre toute une journée. Je ne serai pas disponible avant mercredi prochain, quand les camions seront fermés.

Sebastian fronça les sourcils de confusion.

— Tu n'as pas du personnel capable de te remplacer ?

— Si…

Mais elle n'était pas du genre à laisser ses bébés en métal et en caoutchouc sans surveillance.

— Tu ne travaillais pas samedi dernier. Je pense que tu peux recommencer.

Lauren soupira.

— Je vais voir avec mon équipe ce que je peux faire.

Tout s'était bien passé le week-end dernier après tout : Amy et Javier étaient des sous-chefs compétents, mais elle n'était pas douée pour déléguer. C'était d'ailleurs pour cette raison qu'Amy l'avait inscrite au concours.

— Génial.

Sebastian se pencha, une interrogation dans le regard à laquelle elle n'était pas encore prête à répondre. Mais elle ne recula pas. Elle ferma les yeux alors que leurs lèvres se touchaient. Ce fut un baiser bref, doux et léger. Mais un baiser complètement différent de ce qu'ils avaient partagé samedi soir.

Elle avait laissé faire dans l'espoir de réveiller la flamme entre eux. Que leurs corps se souviennent et que le feu s'allume à nouveau dans leurs entrailles.

Rien.

Quand finalement il recula, Lauren nota une lueur de déception et de frustration dans ses yeux verts. Elle comprenait exactement ce qu'il ressentait. Ils savaient tous deux que quelque chose manquait, mais ils ignoraient comment y remédier. Peut-être qu'une journée décontractée à Dallas les aiderait.

Elle l'espérait.

— Bonne nuit, Lauren.

Sebastian leva la main en guise d'adieu et retourna vers sa BMW.

Elle le regarda s'éloigner, puis entra et verrouilla sa porte. Une fois à l'intérieur, elle se débarrassa de ses talons avec dégoût et se dirigea vers le tiroir fourre-tout de l'îlot de la cuisine, où elle conservait une collection de stylos, piles, petites monnaies et élastiques à cheveux. Sans hésitation, elle repoussa ses mèches rebelles de son visage et réalisa son habituel chignon haut. Sa nouvelle coupe était réussie et lui allait à ravir, du moins d'après les dires de la styliste, mais ça la gênait. Elle était même certaine d'avoir reçu quelques gouttes de soupe aux butternuts un peu plus tôt. En matière d'élégance, on faisait mieux !

Soulagée, elle alla vers son réfrigérateur et prit une bouteille de son eau gazeuse favorite. Puis elle sortit un tabouret et s'assit devant le grand îlot en quartz pour réfléchir. La cuisine – et cette cuisine en particulier – était l'endroit qu'elle préférait. Il y avait quelque chose d'apaisant dans les appareils électroménagers en acier inoxydable, les plans de travail en pierre froide et les élégants éviers blancs, qui l'aidait à se calmer quand elle était nerveuse et à s'éclaircir l'esprit. Elle n'avait absolument pas faim, mais elle avait envie de cuisiner quelque chose.

Après avoir délassé ses orteils, Lauren se leva et abaissa la fermeture Éclair de sa robe droite, la laissant glisser de son corps pour tomber à ses pieds. Elle l'abandonna là et, en sous-vêtements, se dirigea vers le garde-manger pour en sortir un tablier. Un instant plus tard, les bras chargés de légumes, elle retourna à l'îlot et se mit au travail, nettoyant et hachant.

Demain, ils finiraient soit en soupe, soit en *frittata*, elle n'avait pas encore décidé. Mais pour le moment elle coupait.

Le rythme thérapeutique occupa son esprit et, quand le dernier poivron fut découpé, elle posa son couteau et prit une profonde inspiration.

Elle n'aurait jamais dû aller trouver Sebastian Wingate. Elle le savait maintenant. C'était un homme parfaitement gentil et encore plus séduisant qu'elle ne l'aurait imaginé sans son masque. Mais cette nuit au club avait été spéciale. Une sorte de nuit unique dans une vie. En essayant de le retrouver et en le contactant dans la vraie vie, sans masque et sans la brume nocturne de la vodka, rien n'était plus pareil.

Lauren se rendrait avec lui à Dallas. Elle irait jusqu'au bout parce qu'elle lui avait dit oui. Mais elle devait se résoudre à l'idée que ça n'irait probablement pas plus loin que cela. Elle ne vivrait plus de nuit enchanteresse dans les bras de son soupirant masqué. Elle n'avait pas vraiment réfléchi à ce que ce serait d'avoir des rapports intimes avec Sebastian, mais elle savait au fond de son cœur que ça ne ressemblerait en rien à ce qu'ils avaient déjà partagé.

Le charme était rompu. Les douze coups de minuit avaient mis fin à tout, et Cendrillon et son joli conte de fées s'étaient changés en une vieille grosse citrouille et en souris.

— Pour quelqu'un qui revient d'un rendez-vous en tête à tête, tu n'as pas l'air dans ton assiette.

Sutton regarda sa montre, puis de nouveau son frère qui arrivait tout juste et dénouait sa cravate.

— En plus il n'est que 21 heures, continua-t-il. Ce n'est pas bon signe de rentrer si tôt.

Sebastian fronça les sourcils et secoua la tête.

— Merci pour ton compte rendu détaillé sur le déroulement catastrophique de ma soirée. J'aurais dû t'amener avec moi pour que tu puisses le raconter.

Il posa ses clés sur la table basse et se laissa tomber sur le canapé à côté de Sutton, qui regardait un match de football.

— Une bière ? proposa-t-il.

— Et comment !

Sutton se leva et rapporta deux bières fraîches de la cuisine. Ils prirent quelques gorgées et suivirent le match en silence, jusqu'à la publicité. Sutton en profita alors pour presser son frère de questions et obtenir des informations.

— Alors que s'est-il passé ?

Sebastian secoua la tête.

— Si seulement je le savais. Sur le papier, ça aurait dû être parfait, et pourtant ce n'est plus comme avant. Si elle n'était pas venue sonner à ma porte en affirmant qu'elle était bien la femme que j'ai rencontrée, je ne l'aurais pas crue.

Sutton fronça les sourcils. Son frère et lui n'avaient pas

beaucoup discuté récemment : leurs vies étaient trop compliquées. Mais manifestement quelque chose d'important lui avait échappé, et il avait besoin des pièces manquantes pour remplir les trous.

— Attends. Qui est cette femme déjà ?

— Son nom est Lauren Roberts. Elle est cheffe et propriétaire des camions-restaurants Street Eats qui sont généralement stationnés dans le centre-ville.

Sutton reconnut le nom. Il y avait même mangé plusieurs fois. C'était rapide, idéal pour les journées remplies de réunions, et la nourriture était excellente.

— Où l'as-tu rencontrée ?

— Disons que c'est plutôt insolite. C'était au bal masqué. Enfin, je pense. Ensuite elle est venue quelques jours plus tard pour se présenter et s'excuser d'avoir agi d'une manière qui ne lui ressemblait pas. Au début, j'étais extatique… Mais maintenant… pas vraiment.

— J'ai l'impression que tu survoles les parties importantes. Retourne à la fête. Qu'est-ce qui s'est passé là-bas ?

— Qu'est-ce qui ne s'est pas passé, tu veux dire, répondit Sebastian avec un soupir. Je ne sais pas ce que c'était. Cette nuit était différente. Elle était différente, belle et exotique. Avec nos masques, nous pouvions faire semblant d'être qui nous voulions. Je me suis laissé prendre au jeu.

— Je comprends parfaitement ce que tu veux dire.

Cette soirée n'avait rien eu à voir avec les autres soirées du club. Il avait souvent rencontré des femmes lors de ce genre d'événements et dansé toute la nuit avec elles. Il avait même eu une aventure, une fois. Mais ça n'avait jamais été ainsi. La femme ne s'était par attardée dans son esprit comme c'était le cas de Rouge.

— Ça devait être les masques.

Sebastian hocha la tête.

— Tu sais que je ne suis pas du genre à agir de cette manière, mais elle était si envoûtante. Et pourtant familière, en quelque sorte, expliqua-t-il avant de soupirer de nouveau. Je me sentais tellement bien avec elle, je suppose que j'ai baissé ma garde... La toucher a presque été une expérience mystique. Je ne peux même pas le décrire. Nous avions une connexion extraordinaire. Et puis la fête s'est terminée, elle est partie, et je pensais l'avoir perdue à jamais.

Le nez de Sutton se plissa aux paroles de son frère. Tous deux étaient comme le jour et la nuit et faisaient rarement les mêmes choses. Pourtant, ils semblaient avoir vécu des expériences très similaires durant ce bal.

— Je me suis senti comme un idiot de l'avoir laissée partir : pas de nom, aucun moyen de la contacter... je n'ai même pas vu son visage. J'ai passé des nuits entières dans mon lit à me fustiger d'avoir été si bête. Il se passait enfin quelque chose de positif dans ma vie, et je l'ai laissé filer entre mes doigts.

— C'était involontaire, déclara Sutton.

Il avait commis la même erreur, après tout. Sa tentatrice masquée s'était échappée pendant qu'il dormait, et tout ce qui lui restait d'elle était un masque. Le côté positif c'était que le malheur rapprochait les êtres vivants : Sebastian et lui pouvaient se lamenter ensemble de leur bêtise.

— Et un jour elle a sonné à notre porte. J'ai cru à une seconde chance avec la femme de mes rêves.

— Tu veux dire qu'elle est venue ici ?

Sutton n'avait encore jamais été jaloux de son frère, mais il y avait une première à tout. Il aurait tant aimé que sa mystérieuse inconnue vienne le retrouver au lieu de s'enfuir dans la nuit sans laisser de trace.

— Oui. Elle a dit qu'elle a réalisé qui j'étais en voyant ma photo dans le journal. Elle voulait me parler de ce qui s'était passé. Je n'en revenais pas qu'elle me tombe ainsi dans les bras et j'ai sauté sur l'occasion pour l'inviter à dîner. Et maintenant je suis assis ici avec toi à me demander ce qui a bien pu clocher.

— Ce n'était plus pareil ?

Sebastian haussa les épaules.

— Je ne sais même pas comment le décrire. Je veux dire, Lauren est adorable, jolie, intelligente et, honnêtement, une aventure avec une femme masquée aurait pu être bien pire une fois les identités révélées. Mais ça n'a rien à voir avec cette nuit-là. L'alchimie, l'attirance... Tout a disparu. Elle n'est rien de plus qu'une femme agréable. Il n'y avait aucune étincelle, cette fois.

— C'est déprimant.

— Tu peux le dire, grogna Sebastian. Je ne comprends pas. Je ne cesse de penser à la femme masquée. J'ai même rêvé d'elle. Elle était exactement ce que je désirais, comme un fantasme sorti de ma tête qui aurait atterri tout droit sur la piste de danse. Mais Lauren n'a rien à voir avec cette femme. Elle m'a dit qu'elle n'était pas vraiment elle-même cette nuit-là, mais je ne pense pas qu'on puisse simuler à ce point l'attirance. Elle prétend être la femme en question, mais mon instinct me dit le contraire.

Il passa une main dans ses cheveux et poursuivit :

— Si seulement elle avait laissé une pantoufle de vair que j'aurais pu lui faire essayer pour vérifier son identité.

C'est alors que Sutton sentit une douleur sourde lui fouailler l'estomac. Il y avait tant de similitudes dans leurs histoires. Ce n'était peut-être pas une innocente aventure, après tout ? Quelles étaient les chances pour que tous deux vivent une nuit identique et qu'une des femmes vienne ensuite frapper à leur porte et prétende être l'inconnue de Sebastian ?

Il n'aimait pas avoir de telles pensées paranoïaques mais, vu tout ce qui se passait avec l'entreprise Wingate en ce moment, ils ne pouvaient faire autrement que de se montrer prudents. Peut-être que quelqu'un avait embauché ces deux femmes pour qu'elles les séduisent à la soirée et leur soutirent des informations ?

— Dis-m'en plus sur elle, mais concentre-toi sur la soirée du gala, pas sur votre rendez-vous de ce soir, car nous ne sommes pas certains que ce soit la même personne.

Sebastian hocha la tête et ferma les yeux.

— La femme de l'autre nuit avait des cheveux châtain foncé et de grands yeux marron. Ses cheveux étaient relevés, mais on voyait qu'ils étaient longs. Elle portait un masque noir et une longue robe rouge...

— Arrête, dit Sutton en levant une main. Es-tu sûr de tout de cela ? Elle avait des yeux marron, une robe rouge et un masque noir ?

Sebastian leva les yeux au ciel.

— Évidemment. Elle ne quitte plus mon esprit depuis cette nuit-là. Je ne pourrais pas l'oublier, même si j'essayais. Pourquoi est-ce que tu m'interroges sur elle ?

Sutton prit une profonde inspiration et essaya de clarifier ses pensées.

— Parce que j'ai vécu une expérience très similaire à la tienne. J'étais avec une brune aux yeux marron vêtue d'une robe rouge et portant un masque noir.

— C'est un drôle de hasard.

— Peut-être. Mais si c'était la même femme ?

À en juger par la moue sceptique de son jumeau, il n'y croyait guère.

— Impossible. Il devait sûrement y avoir plus d'une femme en robe rouge cette nuit-là.

— Oui, mais tout le reste coïncide trop. Nous aurions tous deux rencontré de mystérieuses femmes en rouge et couché avec elles durant la soirée ? Moi encore, pourquoi pas, mais toi ? Tu ne fais jamais ce genre de choses. C'est comme si nous étions visés.

— Es-tu en train de suggérer que nous avons couché avec la même femme ? Et qu'elle l'a fait dans un but précis ? demanda Sebastian en grimaçant de dégoût. Ce n'est pas possible. Et même si c'était le cas... Pour quelle raison aurait-elle fait ça ?

— Pourquoi quelqu'un voudrait nous piéger pour nous renvoyer du conseil d'administration et faire geler nos avoirs ? répliqua Sutton.

Son frère s'enfonça sur le canapé et prit une grande gorgée de bière.

— Tu penses que tout est lié ? Que cette femme en question nous aurait intentionnellement ciblés et que ça a un rapport avec les accusations de trafic de drogue ?

Sutton se rendait compte à quel point cela semblait tiré par les cheveux, mais qu'ils soient tous deux sous le charme de deux femmes identiques à la même soirée l'était tout autant.

— Peut-être. Je ne fais plus confiance à personne. Aucun endroit n'est sûr, pas même le club.

— Mais pourquoi ? Que ce soit une seule femme ou deux sosies, quel serait pour elles l'intérêt de coucher avec nous ?

Ça, Sutton l'ignorait encore. Mais s'il arrivait à assembler toutes les pièces de ce puzzle peut-être pourrait-il remonter jusqu'au cerveau de ce complot.

— Pourquoi pas tout simplement pour faire des photos à scandale ? Nous faire davantage de mauvaise presse pourrait anéantir le peu d'opinion favorable qui nous reste auprès du public. Ou peut-être qu'elle espérait obtenir des informations ? Lui as-tu parlé de la famille ou de l'entreprise ?

— Non, déclara fermement Sebastian. Rien de personnel, je t'assure. Et toi ?

— Non. Nous avons complètement joué le jeu de l'anonymat. Et au dîner de ce soir ?

Encore une fois, son jumeau secoua la tête.

— C'étaient des sujets légers et anodins. Je ne suis même pas sûr que Lauren en sache beaucoup sur la famille... En tout cas pas assez pour être le cerveau de toute cette histoire. Elle n'est pas membre du club et ne fréquente pas du tout la haute société de Royal. Elle est vraiment étrangère à notre milieu.

Ou elle veut te le faire croire.

— Ça ne me paraît pas plausible, insista Sébastian. Tu as vraiment trop de temps libre si tu te mets à imaginer des complots diaboliques.

— Pourtant elle en connaissait assez sur toi pour venir chez nous, alors qu'elle n'était pas censée savoir qui tu étais ?

Son frère haussa les épaules.

— Elle a compris en voyant ma photo dans le journal le lendemain.

Sutton se leva du canapé et alla au garage chercher le journal du dimanche dans la poubelle de recyclage. Il vit alors un cliché de son frère avec le masque de loup et une légende indiquant son nom. Il le rapporta à l'intérieur et le jeta sur les genoux de Sebastian.

— Cette partie de l'histoire est peut-être vraie.

Sebastian y jeta un œil et le posa sur la table basse.

— Tout ce que cet article nous apprend, c'est que j'étais au bal et que je portais un masque de loup. Mais toi aussi. Si c'est bien la femme avec qui j'étais, est-ce que voir cette photo ne serait pas suffisant pour l'inciter à me contacter ?

— Je ne sais pas. Peut-être que c'est juste mon imagination qui en fait trop. Peut-être qu'elle s'est laissé emporter par le moment présent et qu'elle a eu une aventure avec nous deux ? Ou peut-être qu'il y avait bien deux femmes habillées à l'identique et que je ne m'y connais pas assez en matière de mode pour les distinguer. Mais je pense que nous devrions au moins demander à Miles de faire une petite recherche sur Lauren pour en avoir le cœur net.

— Ce n'est pas une mauvaise idée, approuva Sebastian. Juste par précaution... mais plus nous en parlons, plus je suis convaincu que c'est une histoire d'attirance qui a tourné court. Nous allons faire une dernière tentative. Peut-être que les choses s'arrangeront. Je vais l'emmener à Dallas.

Sutton abandonna ses théories du complot et décida d'aller se coucher. Son équipe était en train de perdre de toute façon et, même si la sortie de Sebastian ne s'était pas très bien passée, il ne pourrait lui cacher bien longtemps son sentiment de jalousie. Si ce n'était pas un traquenard, alors le sort avait ramené à Sebastian sa mystérieuse inconnue, mais pas à lui.

Il monta dans ses appartements et, une fois dans sa chambre, se laissa tomber sur son lit et regarda un moment le plafond. Puis il ouvrit le tiroir de sa table de chevet pour en sortir le masque noir laissé par Rouge.

Sutton le tourna dans tous les sens, comme il le faisait chaque soir depuis le gala. Il pouvait encore se représenter les beaux yeux marron qui l'observaient : si confiants et ouverts.

Comment croire que ces yeux confiants aient cherché à le piéger ? Il refusait que le souvenir de cette nuit soit entaché. Elle était la bouffée d'oxygène lui permettant de tenir face à tous ses problèmes actuels.

Soudain il prit une décision : si Rouge ne comptait pas le retrouver, alors c'est lui qui le ferait. Que ce soit Lauren Roberts, une espionne ou quelqu'un d'autre, il découvrirait le fin mot de l'histoire.

5

Sutton était concentré sur son ordinateur et étudiait la liste communiquée par sa sœur Beth de toutes les personnes présentes au gala. Il avait déjà éliminé tous les couples, se disant qu'une femme mariée n'aurait pas pu passer la nuit entière en sa compagnie sans que son mari s'en aperçoive. Il avait également éliminé la famille et toutes les femmes qu'il connaissait. Il ne restait finalement qu'une dizaine de femmes.

Dont Lauren Roberts.

En demandant à Miles de vérifier ses antécédents, il avait même envisagé pendant une fraction de seconde de lui envoyer la liste. Une petite recherche l'aurait aidé à déterminer si l'une d'elles pouvait être la femme mystérieuse. Mais il lui aurait alors fallu expliquer à son jeune frère qu'il devait éliminer celles qui n'étaient pas brunes et n'avaient pas les yeux marron. Cela aurait forcément entraîné de nombreuses questions auxquelles il ne voulait pas répondre. Comment pourrait-il expliquer qu'il était obsédé par une femme sans savoir qui elle était ? Ou qu'il se demandait si elle n'était pas une espionne envoyée pour détruire la famille ?

Non. Pour le moment, il se contenterait de demander une recherche pour le compte de Sebastian. Décision prise, il imprima sa liste et l'étudia cette fois en version papier. Une de ces femmes était forcément celle qu'il cherchait. C'était certain. Son cœur tambourinait dans sa poitrine alors qu'il lisait les noms encore et encore. Il était si près de la retrouver.

— J'ai une idée.

Sutton repoussa la feuille et regarda son frère qui se tenait sur le seuil de leur bureau commun.

— Oserais-je poser la question ?

Sebastian entra et s'installa sur une chaise.

— Je t'ai dit que quelque chose n'allait pas avec Lauren et que je n'arrivais pas à mettre le doigt dessus.

— Oui.

— Alors je sais ce que nous devrions faire pour y voir plus clair. Je pense que tu devrais sortir avec elle à ma place.

Ce n'était pas ce que Sutton s'apprêtait à entendre.

— Sortir avec elle ? Je m'attendais à ce que tu proposes quelque chose de concret, comme lancer une enquête, ce que je suis déjà en train de faire. J'ai envoyé un mail à Miles ce matin.

— Parfait. Mais avant qu'il t'envoie sa réponse rien ne t'empêche de sortir avec Lauren.

Confus, Sutton fronça les sourcils.

— Je ne comprends pas. Tu voudrais que j'aille jusqu'à Dallas à ta place samedi ?

— Exactement. Elle et moi ne ressentons plus la même attirance, et mon instinct me dit qu'elle n'est pas celle avec qui j'ai passé la soirée. Si ça marche entre vous, nous y verrons sans doute plus clair. C'est peut-être tout simplement ta mystérieuse femme rouge et non la mienne. Mais nous ne le saurons que lorsque tu l'auras vue.

— Tu as dit qu'elle était formelle à ce sujet. Elle a même pris la peine de venir ici.

— Oui, approuva Sebastian, mais seulement parce qu'elle avait vu ma photo dans le journal. Mais sur cette photo je porte mon masque de loup.

— Et alors ?

— Alors… Toi et moi portions le même masque, rappelle-toi. Si elle s'imagine que je suis la personne avec qui elle a passé la nuit, c'est parce que je portais également un masque de loup.

L'idée était fascinante. Des jumeaux portant le même masque

pouvaient facilement être confondus, que ce soit par leurs proches ou par des inconnus, comme Lauren.

— Peut-être effectivement qu'elle n'a pas réalisé que nous étions deux à porter ce masque. Mais tu ne penses pas qu'elle se demandera pourquoi je prends ta place ?

Sebastian leva les yeux au ciel.

— Tu es sérieux ?

— Quoi ?

— Je te suggérais d'y aller en te faisant passer pour moi. Elle ne verra pas la différence, et cela te permettra de passer du temps en tête à tête avec elle. Sois Sebastian pour un jour et vois ce que ça donne.

De la part du frère qui esquivait en général ce genre de plaisanterie typique des jumeaux, la suggestion ne put que surprendre Sutton.

— C'est prendre un très gros risque sur une simple intuition de ta part. Et si elle était capable de faire la différence entre nous ?

— Allons, mon frère. Notre propre famille et nos amis ont du mal à nous distinguer. Est-ce que tu penses vraiment qu'une femme qui m'a vu deux fois sans masque ferait mieux ?

C'était une proposition intéressante, et totalement sans risque pour Sebastian. Mais, si les choses tournaient mal, lui serait coincé toute la journée avec Lauren à des kilomètres de là. D'un autre côté, Lauren figurait sur la courte liste des femmes célibataires de la soirée. Et si son frère avait raison et qu'elle était celle avec qui il avait passé la nuit ?

— Contre-proposition, murmura-t-il après une minute de réflexion. Je vais d'abord faire un essai et voir si ça peut fonctionner. Ça fait longtemps que je ne me suis pas fait passer pour toi.

Sutton sortit son téléphone et chercha le restaurant Street Eats de Lauren Roberts sur Instagram. Ses camions se déplaçaient tous les jours, donc il fallait voir en ligne où ils se trouvaient.

Il chercha la dernière publication, avant qu'une autre attire son attention. C'était une photo professionnelle d'une femme brune aux yeux marron. Ses cheveux étaient relevés en un chignon, et elle était vêtue d'une veste blanche de chef. Ça ne ressemblait en rien à l'image glamour de la femme en robe rouge perlée, mais il y avait quelque chose de frappant chez elle. Peut-être sa confiance affichée ou quelque chose dans la moue de ses lèvres et son visage en forme de cœur qui lui parut familier. Il détourna le regard de la photo pour lire la description. C'était Lauren Roberts elle-même, la propriétaire et cheffe de Street Eats.

Et si Sebastian avait raison ? C'était peut-être la femme avec qui il avait passé la nuit la plus incroyable de sa vie. Il y avait quelque chose en elle qui l'attirait. Comment son frère avait-il pu passer la soirée avec cette femme sans être intrigué par son sourire ensorceleur et son regard sombre ? Il fit défiler les publications jusqu'à trouver celle du jour et nota sa localisation pour la journée.

— On dirait que son camion principal sera garé à Courtyard Shops et que le Street Eats 2 sera à l'hôpital du Royal Memorial. Et si je prenais ta voiture pour me faire passer pour toi et que je lui rendais une petite visite ?

Il essaya de ne pas paraître soudain trop impatient par l'idée de son frère, mais son pouls battait à tout rompre quand il songeait à l'éventualité de pouvoir retrouver sa mystérieuse inconnue.

— Si je vois qu'elle ne se doute de rien, continua-t-il, j'étudierai la possibilité de me faire passer pour toi ce week-end. D'ailleurs, peut-être que nous aurons un retour de Miles d'ici là et que nous saurons si on peut lui faire confiance.

Sebastian sourit.

— Brillant. Comment sais-tu dans quel camion elle se trouve aujourd'hui ?

Sutton regarda le compte.

— D'après ce que je vois, elle semble toujours être dans le camion principal. Je vais donc commencer par là.

— Excellente idée.

Sebastian sortit ses clés de voiture de sa poche et les lança à son frère.

— Ne raye pas mon bébé.

Amusé, Sutton leva les yeux au ciel. Il était passionné de voitures, et celle qu'il avait été forcé à vendre dernièrement valait le triple de la BMW de Sebastian.

— Ne t'en fais pas. Je conduirai comme un vieillard puisque je me fais passer pour toi.

— Ha, ha ! rétorqua Sebastian en quittant la pièce. Bonne chance pour essayer d'être aussi charismatique et agréable que moi.

La bonne blague, songea Sutton.

Sebastian et lui se ressemblaient sur certains points, mais étaient à l'opposé pour d'autres, surtout en ce qui concernait les femmes. Pourtant il adorait son jumeau, mais ce dernier était tellement coincé ! Pas étonnant que l'alchimie qui avait opéré avec sa mystérieuse partenaire ait disparu avec la réalité. Les méthodes de séduction de son frère étaient suffisantes, à elles seules, pour endormir Sutton.

Au fil des ans, son frère avait soumis de nombreuses douces débutantes de la région à l'approbation de leur mère. Pas une n'avait éveillé le moindre intérêt chez Sutton. Tous deux avaient des goûts totalement différents en matière de femmes. Ce simple argument aurait dû suffire à le convaincre qu'il y avait bien eu deux femmes à la soirée. Il était impossible que lui et Sebastian soient épris de la même personne, même si elle jouait la comédie.

Donc, si Lauren Roberts n'était pas l'inconnue de Sébastian, peut-être que son frère avait raison et que la jolie cheffe était sa mystérieuse amante à lui. Il n'y avait qu'un moyen de le savoir. Il regarda son téléphone et nota le menu du jour.

— Des *tamales*, dit-il avec un sourire satisfait.

De mieux en mieux. Tant qu'un de ses plats favoris se trouvait au menu, cette aventure ne pouvait être un total échec.

Lauren était débordée. Les *tamales* étaient toujours très populaires dans ses camions-restaurants. Ils se vendaient bien et pouvaient être préparés assez tôt, ce qui générait moins de stress. Elle en aurait bien proposé plus souvent, mais elle ne voulait pas être cantonnée à un seul type de cuisine. Il y avait tant de spécialités dans le monde qu'elle aurait voulu cuisiner et goûter.

Le rush de midi était passé. Entre 14 heures et 17 heures, l'affluence diminuait assez pour qu'elle puisse faire le point sur les stocks, refaire certaines préparations et, si l'endroit ne fonctionnait pas bien, se déplacer ailleurs.

Par chance, elle avait fait un bon choix en s'installant près de Courtyard Shops, aujourd'hui. Les luxueuses boutiques d'antiquités marchaient toujours très bien, tout comme le salon de mariée de Natalie Valentine. La saison des demandes en mariage débutait, d'après ce qu'on disait, ce qui était vrai. La foule de femmes se dirigeant vers la boutique, accompagnées de leurs familles et de leurs amies, en était la preuve.

Les robes de mariée n'avaient pas grand intérêt pour Lauren quand elle n'arrivait même pas à réussir un premier rendez-vous, mais elle prévoyait de se rendre à la fromagerie artisanale plus tard et de voir ce qu'elle pourrait y dénicher.

Amy chargeait un autre lot de *tamales* dans le plateau vapeur, quand Lauren regarda par la vitre et vit une BMW noire s'arrêter. Certes, ce n'était pas une voiture rare, mais elle comprit aussitôt de qui il s'agissait. Son cœur fit un bond dans sa poitrine à l'idée de devoir affronter Sebastian si tôt. C'était pourtant un homme séduisant et attentionné qui venait d'une bonne famille. La voix de sa mère résonna dans son esprit, l'exhortant à ne pas tout gâcher. Quoi qu'ils aient partagé cette nuit-là, il n'en restait aucune trace dans la vraie vie, et prétendre le contraire n'en aurait été que plus douloureux. De toute manière elle avait toujours été une piètre menteuse.

Désolée, maman.

— Nous avons un client, annonça-t-elle à Amy en se détournant de la vitre pour s'affairer de l'autre côté de la cuisine.

Elle ignora le soupir d'impatience de son amie, forcée d'abandonner ce qu'elle faisait pour accueillir le client.

— Lauren, c'est pour toi. C'est Sebastian Wingate qui est venu te rendre visite.

Zut. Elle avait espéré qu'il venait pour manger. Mais non, il voulait la voir, elle. Lauren prit une profonde inspiration et se colla un sourire sur le visage avant de se retourner. Sebastian attendait patiemment avec un sourire plus éblouissant que jamais.

Tout en s'approchant du comptoir, elle ne put s'empêcher de remarquer qu'il semblait légèrement différent aujourd'hui. Peut-être était-il simplement de bonne humeur et cela changeait-il totalement sa physionomie ? Ou peut-être qu'il avait passé une bonne journée. En tout cas, ça lui donnait un air plus heureux et ouvert, et étrangement elle le trouva encore plus séduisant.

— Bonjour, Sebastian, dit-elle en souriant plus spontanément. Que fais-tu ici, au Courtyard Shops ?

Il sortit son téléphone.

— J'ai vu que vous serviez d'excellents *tamales* aujourd'hui.

Lauren ne put s'empêcher de rougir au compliment. Elle dédaignait la plupart des commentaires – bons ou mauvais – sur son apparence physique, son intelligence et même son sens de l'humour. Mais dès qu'il s'agissait de sa cuisine elle se sentait immédiatement touchée.

— C'est gentil de ta part. Tu as fait tout ce chemin juste pour mes *tamales* ? L'autre camion est pourtant garé plus près de chez toi.

— J'adore les *tamales*, mais je ne pouvais évidemment pas laisser passer l'occasion de te revoir. Ça valait la peine de conduire un peu plus.

Il avait l'air de le penser. Au vu de leur dernière conversation au sujet de l'inévitable fin de cette relation, Lauren se sentit quelque peu confuse. Avait-il oublié ce qu'elle avait dit ? Ou était-il déterminé à tirer le meilleur parti de leur dernière tentative ? Elle appréciait sa détermination à essayer d'insuffler l'étincelle, mais elle n'était pas convaincue que ce soit suffisant.

Prise de court, elle se concentra donc sur la nourriture, car c'était plus simple que leur relation.

— Nous en avons préparé une nouvelle série, qui sera prête dans quelques minutes, si tu souhaites attendre.

— Bien sûr. Ça ne me dérange pas.

— J'ai les choses en main, annonça Amy par-dessus l'épaule de Lauren en s'immisçant dans la conversation. Pourquoi n'iriez-vous pas vous asseoir quelque part ? Je vous apporterai votre commande dès que ça sera prêt.

Lauren jeta un œil méfiant à Amy, mais celle-ci lui adressa un sourire innocent. Elle savait parfaitement comment ça se passait avec Sebastian, et pourtant elle jouait les entremetteuses. Et avec succès, car il l'avait entendue et il aurait été impoli de la part de Lauren de refuser.

— Ce serait génial, répondit-elle, les dents serrées, avant de se tourner vers Sebastian. Qu'est-ce que tu aimerais boire avec tes *tamales* ?

— Du thé sucré ?

— Parfait.

Lauren leur versa deux verres et lança un regard noir à Amy avant de se diriger vers l'arrière du camion. Quand elle ouvrit la porte, Sebastian l'attendait là, une main tendue pour l'aider à descendre. Elle lui passa un verre à la place et descendit en utilisant la poignée de la porte comme elle le faisait toujours.

Dans la matinée, elles avaient installé un parasol et une table de pique-nique démontable pour ceux qui souhaiteraient manger sur place. En centre-ville ce n'était pas possible, mais il y avait plus de place ici, et les commerçants n'y voyaient pas d'inconvénients. Lauren se dirigea vers la table qu'elle avait nettoyée un peu plus tôt.

Ils s'installèrent l'un en face de l'autre. Étrangement, Lauren se sentait un peu nerveuse. Peut-être était-ce la façon dont Sebastian la regardait, avec une sorte de curiosité et de chaleur inattendue, comme s'il appréciait ce qu'il voyait... ce qui n'avait aucun sens. Elle était dix fois mieux à la soirée et même lorsqu'ils avaient dîné ensemble. Aujourd'hui, elle était habillée pour cuisiner : cheveux en chignon et sa grosse veste de chef par-dessus un T-shirt et un jean.

Son silence était tout aussi troublant que son regard scrutateur. Il n'essayait même pas d'engager la conversation et de discuter de banalités comme la dernière fois. Non, il se contentait de siroter son thé et de l'étudier.

Lauren finit par rompre le silence.

— Je ne m'attendais pas à te voir aujourd'hui. Ni même avant samedi.

— Je sais. J'ai agi sous l'impulsion du moment. J'ai vu ta publication sur mon Instagram et j'ai décidé de passer. Je n'ai encore jamais eu l'occasion de tester ta cuisine après tout, et si je sors avec une cheffe il faut bien que je bénéficie de certains avantages, non ?

Lauren ne put s'empêcher de lui rendre son sourire.

— Pour être honnête, la plupart des hommes avec qui j'ai eu de brèves aventures ne voyaient pas ça comme un avantage. C'est un métier très prenant qui ne me laisse pas beaucoup de temps pour eux.

— Oui, mais ce n'est pas comme si tu étais une cheffe employée chez quelqu'un. C'est ta propre affaire, et tu essayes de la faire fructifier. Je sais à quel point ça prend du temps. Maintenant que je n'ai plus d'entreprise à gérer, je ne sais plus quoi faire de mon temps libre. J'en finis par inventer des excuses boiteuses sur des envies de déjeuner, pour pouvoir passer à l'improviste auprès de jolies jeunes femmes.

Lauren se mit à glousser.

— Ce n'était pas une excuse boiteuse, mais franche.

Elle allait lui demander comment avançait l'enquête, quand Amy arriva avec deux plateaux de *tamales* et du riz épicé à la sauce Bloody Mary, qu'elle testait en ce moment au menu du jour.

— Bon appétit, dit celle-ci en remuant les sourcils de façon suggestive à l'intention de Lauren, avant de retourner au camion.

— Waouh, ça a l'air fameux, commenta Sebastian.

Il saisit sa fourchette et la plongea aussitôt dans son plat fumant.

Lauren attendit sa réaction en retenant sa respiration. Elle le regarda souffler sur son *tamal* avant de mordre dedans et de le mâcher pensivement. Il prit ensuite une seconde bouchée, sans rien dire, ce qui mit Lauren sur des charbons ardents. Le fait qu'il aime sa cuisine représentait bien plus à ses yeux que ses efforts pour donner une chance à leur relation : du bouche-à-oreille positif dans le cercle social de Sebastian serait une aubaine pour ses affaires, et cela même s'ils décidaient de se séparer.

— C'est sans aucun doute le meilleur *tamal* que j'aie jamais mangé, finit-il par déclarer.

Lauren laissa échapper un souffle de soulagement.

— Vraiment ? Tu ne dis pas ça juste comme ça ?

— Pas du tout.

Il prit une autre bouchée et la mâcha joyeusement.

— C'est tellement bon !

Il ne lui fallut que quelques minutes pour faire disparaître le contenu de leurs deux assiettes dans son estomac. Lauren ne se souvenait pas d'un appétit pareil de sa part, le soir où ils avaient dîné ensemble. Donc, soit il aimait vraiment, soit il avait très faim. Il s'était même sali un peu en mangeant.

Sans réfléchir, elle tendit son mouchoir et essuya la sauce chili au coin de sa bouche. C'était un geste étrangement intime pour des personnes dans leur situation. Comme s'ils le réalisèrent au même moment, leurs regards se verrouillèrent l'un à l'autre.

Sebastian leva la main, et ses doigts chauds recouvrirent ceux de Lauren. Elle lâcha sa serviette sans s'en rendre compte, uniquement consciente de la sensation de sa peau pressée contre la sienne : sensation familière et enivrante. Son cœur se mit à battre à toute vitesse, comme si son corps s'était soudain souvenu de son toucher. Des bribes de souvenirs de ces mêmes mains puissantes et masculines posées sur son corps lui revinrent aussitôt en mémoire.

Et en un claquement de doigts le charme fut de retour, plus puissant que jamais, comme si un éclair les avait frappés à travers la tige en aluminium du parasol. Lauren se demanda ce qui avait pu changer, car il y avait bien une différence.

Sebastian le remarqua aussi. Ses yeux verts s'étrécirent, à la fois plus prudents et plus intéressés, comme le jour où elle avait sonné à sa porte. Le regard fixé sur elle, il s'humecta machinalement les lèvres et relâcha ses doigts avant de prendre une profonde inspiration.

— Ta manucure a bien tenu.

Elle ne sut quoi dire, d'autant plus que Sebastian n'avait jamais mentionné ses ongles. Il avait peut-être fait un commentaire le soir du gala, mais pas depuis. C'était étrange qu'il en reparle maintenant... mais peut-être qu'il cherchait simplement quelque chose à dire pour briser la tension qui crépitait entre eux.

— J'en suis la première surprise, déclara-t-elle. La cuisine sollicite constamment les mains. Elles ne sont pas aussi raffinées en général. C'est un vestige de mon relooking.

— Ton relooking ?

Lauren fronça les sourcils. Si elle n'était pas assise en face de lui, elle aurait pu penser qu'elle parlait à quelqu'un d'autre.

— Mais oui tu sais bien. Je t'ai raconté comment j'ai gagné le billet d'entrée au gala de charité et la séance de relooking.

Elle vit dans son regard l'instant précis où ses propos le frappèrent. Puis l'éclair de surprise disparut, et il lui sourit à nouveau.

— Ah oui. J'avais oublié. Ils ont fait un excellent travail en tout cas. Tu es toujours aussi belle. Il suffirait que tu portes à nouveau ta robe rouge pour qu'on puisse se croire au club à jouer au billard.

Lauren se figea l'espace d'un instant, puis retira doucement sa main. C'était la première fois qu'il faisait une allusion si directe à cette fameuse nuit. Au début, elle pensait qu'il était simplement courtois. Après tout, s'ils voulaient donner une chance à leur histoire, mieux valait ne pas parler de leur aventure sur une table de billard.

Mais à bien y réfléchir c'est à la soirée dans sa globalité qu'il n'avait jamais fait référence : il paraissait par exemple ne pas se souvenir qu'elle aimait les dirty martinis, bien qu'il lui en ait acheté plusieurs ce soir-là, et leurs conversations dans l'alcôve ou sur la piste de danse ne lui semblaient pas familières. Elle avait, jusque-là, imputé cela au fait qu'il avait trop bu.

Et voilà que tout à coup il parlait de la table de billard. Rien que ça ! C'était un revirement total. Quand elle leva la tête avec surprise, elle vit une lueur entendue dans son regard. Ce fut assez pour enflammer ses joues, et cette fois elle n'avait aucun masque derrière lequel se cacher.

— Tu n'es pas très douée pour dissimuler tes pensées avec ce visage expressif. Je sais que je l'ai peut-être déjà dit, mais j'aime voir ton visage en entier. C'est comme si à cause du masque j'étais passé à côté de toutes tes palettes d'émotions et d'expressions.

Non, il ne l'avait pas dit, comme pour tout ce qui concernait cette soirée, C'était comme s'il avait fait une réinitialisation complète jusqu'à ce moment précis. Lauren était à la fois confuse et extrêmement intriguée. La déception qu'elle avait éprouvée après avoir fait la connaissance de son homme masqué s'était soudain volatilisée.

— Comme en ce moment précis, continua-t-il. Si tu portais ce masque, je n'aurais jamais vu ces adorables petites lignes entre tes sourcils, qui surgissent dès que tu réfléchis. Je n'aurais vu que tes yeux marron et or qui semblaient me transpercer, même à travers mon propre masque. J'aime te voir en entier.

Lauren fut stupéfaite par ses paroles. Que pouvait-elle répondre à une chose pareille ? Il semblait soudain se souvenir de tous les détails à son sujet. La plupart des gens ne prêtaient aucune attention aux éclats dorés de ses yeux et encore moins pour en parler de cette façon, comme si chaque petite tache couleur miel avait été mémorisée. Son cœur manqua un battement alors que la chaleur inondait ses joues.

— Je dois retourner au camion. Mais c'est toujours d'accord pour samedi ?

— Absolument.

— Tu as déjà une idée de ce que nous ferons à Dallas ?

— Pas exactement. Mais il y a un restaurant éphémère dont j'ai pas mal entendu parler et qui sera présent ce jour-là. J'ai pensé que ça pourrait plaire à une cheffe telle que toi, et peut-être te donner des idées pour ta propre entreprise. Ça te dirait que je réserve une table ?

Lauren avait souvent songé à tester un restaurant éphémère. Ça aurait pour elle été l'occasion de prendre la température et de voir l'effet que cela ferait d'avoir un restaurant permanent. Elle avait même des vues sur un établissement inoccupé en ville qui lui semblait parfait.

— J'adore l'idée. Au fait, tu n'as pas une tante qui vit dans ce coin ?

— Ma tante Piper, oui.

— J'aimerais visiter sa galerie si nous en avons le temps. Ça fait longtemps que j'aimerais y aller, mais je n'ai jamais trouvé le temps.

L'expression soudainement crispée de Sebastian lui rappela leur dîner tendu et fit disparaître son partenaire de billard. Apparemment, il pouvait passer d'un extrême à l'autre aussi facilement que s'il jetait une pièce en l'air.

— Bien sûr, dit-il sans trop d'enthousiasme. Je vais voir ce que je peux faire.

6

Passer du temps en compagnie de Lauren était chose aisée. Lui mentir et prétendre être son frère par contre ne l'était pas.

Sutton détestait faire ça. Tout sonnait faux. Il marchait constamment sur des œufs en espérant ne pas dire quelque chose qui le trahirait. Lauren semblait n'avoir rien remarqué jusqu'à présent... ou du moins n'avait pas eu l'air gênée par le changement. Elle avait vu qu'il paraissait plus détendu, ce qui était logique : même dans les moments de stress intense Sutton n'était jamais aussi collet monté que Sebastian.

Samedi, il passa la prendre dans la BMW de son frère, et ils se rendirent ensemble à Dallas. Le trajet avait beau être extérieurement agréable, il avait du mal à garder les mains sur le volant. Être piégé dans ce petit habitacle avec elle et son parfum enivrant... Il ne pensait qu'à arrêter la voiture et l'embrasser jusqu'à en perdre haleine. Mais il se maîtrisa et continua de conduire bien sagement.

Il ne comprenait pas comment faisait son frère pour ne rien trouver de spécial chez Lauren. Certes, elle n'était pas aussi belle que toutes ces débutantes qui papillonnaient autour des jumeaux depuis leur adolescence, mais c'était uniquement parce que contrairement à ces dernières elle ne consacrait pas de longues heures à s'habiller et à se parer. Cela dit, il pouvait ainsi apprécier sa beauté naturelle.

Son teint de porcelaine sans défaut par exemple ne devait rien à l'application d'un fond de teint : sa peau était tout simplement belle. Ses épais cils noirs se passaient parfaitement de mascara, et ses sourcils n'avaient pas besoin d'être dessinés au crayon. Ses lèvres étaient naturellement pleines et roses, sans qu'elle ait recours au rouge à lèvres, au crayon à lèvres ou au gloss. Oui, son maquillage, le soir du gala, n'avait fait que mettre en valeur ces caractéristiques, mais c'était quand elle travaillait dans son camion-restaurant à faire ce qu'elle aimait le plus qu'il la trouvait la plus attirante.

Et si son attirance pour elle ne suffisait pas il n'avait qu'à la toucher pour que tous ses doutes sur sa véritable identité se dissipent. C'était bien la femme avec qui il avait passé la nuit au club. Il y avait une alchimie si familière et instantanée entre eux : il avait vu ses yeux marron et doré s'arrondirent quand il lui avait pris le poignet et son souffle se couper...

Cette femme ne l'avait pas quitté un instant au club, avant de disparaître au beau milieu de la nuit en abandonnant son masque. Elle aurait donc eu peu de temps pour se procurer un nouveau masque et séduire ensuite son frère. Et d'après leurs conversations Lauren ignorait que Sebastian Wingate avait un jumeau. Elle n'avait pas non plus l'air de savoir grand-chose sur sa famille. Conclusion ? Elle n'était probablement pas une espionne envoyée pour détruire la famille. Mais elle pouvait très bien se jouer de lui. Par sécurité, il décida donc de garder ses distances jusqu'à avoir le rapport de son frère Miles.

Le trajet jusqu'à Dallas fut donc un douloureux exercice de retenue pour Sutton. Il regretta même d'avoir choisi de porter un jean aussi serré pour la journée.

— On commence par la galerie ou le restaurant ? demanda Lauren après quelques kilomètres de silence absolu, mis à part le faible son de la radio.

— La galerie en premier. J'ai vérifié les horaires, et elle ferme tôt. Il faudra donc commencer par là si nous voulons en profiter. J'ai réservé plus tard pour le restaurant.

En vérité, Sutton n'était pas enthousiaste à l'idée de passer par la galerie. Sa tante Piper était très observatrice et avait le sens du détail, ce qui faisait d'elle une excellente galeriste et accessoirement une tante très curieuse. S'il y avait une personne capable de le démasquer dans son rôle de Sebastian, c'était bien Piper. Mais éviter la galerie soulèverait également des questions. Il n'avait donc pas d'autre choix que de s'y rendre et de prier pour que tout se déroule au mieux.

Arrivé à destination, il trouva une place dans la rue. Il aida Lauren à sortir de la voiture, puis ils pénétrèrent ensemble dans la galerie.

Il avait toujours adoré cet endroit, et visiblement Lauren était également sous le charme. Les murs étaient d'un blanc éclatant, avec des œuvres colorées disposées un peu partout : peintures, sculptures et même un mobile moderne en verre et en métal accroché au plafond, qui donnait vie à l'endroit.

— C'est ça que je veux, déclara Lauren avec conviction.

— Tu veux dire une galerie d'art ?

— Non. Mais cette atmosphère : les couleurs, les lignes modernes. Si un jour j'ouvre mon propre restaurant, j'aimerais qu'il ressemble à ça. J'adore.

— Je suis sûr que tante Piper serait heureuse de te vendre quelques œuvres pour décorer tes murs, le jour venu.

Lauren émit un petit rire dédaigneux.

— Je ne peux même pas me permettre d'ouvrir un vrai restaurant. Qu'est-ce qui te fait croire que j'aurais les moyens de m'offrir des œuvres d'art hors de prix ?

Sutton haussa les épaules.

— Peut-être qu'elle pourrait te les laisser gratuitement ? Tu devrais lui poser la question. Comme certaines de ces œuvres sont d'elle, elle serait peut-être d'accord pour conclure un arrangement. Et puis ma tante aime bien suivre les jeunes talents et exposer leurs travaux ici. Ces œuvres ne sont probablement pas aussi chères que tu le penses.

Une femme menue habillée tout en noir s'approcha d'eux. Sutton ne la reconnut pas et en fut soulagé.

— Bienvenue à Holloway Gallery. Puis-je vous aider ? demanda-t-elle.

— Je suis Sebastian Wingate, le neveu de Piper, déclara Sutton en se concentrant pour prononcer le bon prénom. J'ai amené une amie pour lui montrer la galerie. Est-ce que ma tante est ici aujourd'hui ?

— Malheureusement, non, répondit la femme. Elle n'est pas en ville et ne rentrera pas avant lundi, mais n'hésitez pas à jeter un œil et appelez-moi si vous avez besoin de quoi que ce soit.

Il hocha la tête, essayant de cacher son soulagement. L'employée disparut, ainsi que sa crainte d'être démasqué, et il put enfin se détendre. Lauren s'approcha d'un grand portrait coloré, et il la suivit. Ils flânèrent dans la galerie, discutant des œuvres et de celles qui conviendraient le mieux pour son futur restaurant. Sutton était en faveur d'un avocat géant en pop art.

Ils étaient en train d'admirer une peinture sur le mur du fond, quand la cloche de la porte d'entrée tinta. Sutton se retourna et vit une connaissance entrer dans la galerie.

— Brian ?

L'homme regarda dans sa direction et le reconnut.

— Salut, dit-il en s'avançant vers eux.

Comme il ne l'avait pas appelé par son prénom, Sutton comprit qu'il ignorait à quel jumeau il s'adressait.

Parfait.

— Sebastian, dit-il sciemment.

Brian soupira de soulagement, et Sutton continua :

— Voici mon amie, Lauren Roberts. Lauren, voici Brian Cooper. Techniquement nous ne sommes pas de la même famille, mais Brian est comme un cousin. C'est le neveu de l'homme que nous appelons tous « oncle Keith ». Keith était le meilleur ami de mon père, et il est resté aux côtés de ma mère quand mon père est décédé d'un AVC.

Sutton ne développa pas plus longuement et évita de mentionner l'attention grandissante d'« oncle » Keith à l'égard de sa mère. Il n'avait pas d'affinités particulières avec l'homme, mais puisque sa mère semblait heureuse avec lui il avait décidé de ne pas s'en mêler. Cependant, tout le monde dans la famille ne se montrait pas aussi bienveillant à propos des attentions de Keith envers Ava.

Lauren sourit poliment et serra la main de Brian. Sutton remarqua que celui-ci ne semblait pas vraiment désireux de leur parler. En tout cas, il était distrait. Il ne cessait de jeter des coups d'œil par-dessus l'épaule de Sutton, comme s'il cherchait quelque chose ou quelqu'un.

— Brian est avocat à Dallas, expliqua Sutton. Alors, qu'est-ce que tu fais à la galerie ? Tu cherches une œuvre à accrocher dans le hall de ton cabinet ?

— Non, mais ça ne serait pas une mauvaise idée. J'espérais échanger quelques mots avec Piper.

Sutton ne voyait absolument pas ce que le neveu de Keith aurait pu avoir à dire à sa tante, mais il n'insista pas et lui annonça la mauvaise nouvelle.

— Nous venons de parler à la personne qui travaille ici. Piper ne sera pas de retour avant lundi.

Brian fronça les sourcils, mais hocha la tête en signe d'acceptation.

— J'imagine que j'aurais dû appeler avant de faire tout ce chemin. Mais ce n'est pas en vain, puisque je vous ai vus, toi et cette ravissante jeune femme. Que faites-vous à Dallas ?

— Nous sommes venus y passer la journée et visiter la galerie.

— Qu'est-ce que tu as prévu d'autre ?

— Après ça, peut-être une petite balade en ville avant notre réservation pour dîner. Nous allons tester un restaurant éphémère.

— Ça me semble un beau programme. Eh bien, je vais vous laisser continuer votre visite. C'était sympa de te voir.

Brian recula vers la sortie et fit un signe d'adieu de la main.

— Toi aussi, répondit Sutton tandis que le jeune homme disparaissait. C'est étrange, murmura-t-il, une fois la porte fermée.

— Pourquoi donc ? demanda Lauren.

Sutton se contenta de secouer la tête.

— Ce n'est rien. As-tu terminé ici ? Que dirais-tu d'aller manger une glace et nous promener un peu ? Il fait assez beau.

— Bonne idée.

Lauren prit une des cartes de visite posées sur le comptoir avant de suivre Sutton vers la porte.

— Juste au cas où j'aurais un jour mon propre restaurant, expliqua-t-elle.

Sutton ne connaissait pas encore très bien Lauren, mais il était convaincu que cette carte lui servirait plus tôt que prévu.

Lauren n'était encore jamais allée dans un restaurant éphémère. C'était un concept relativement nouveau – du moins pour elle –, et elle avait hâte de voir comment cela se passait. Après que Sebastian lui avait proposé cette sortie, elle avait fait une recherche en ligne sur le restaurant. Comme le sien, il fonctionnait principalement sous forme de camion-restaurant, et un samedi par mois il ouvrait de manière éphémère dans un vrai local : parfois dans des restaurants vacants, parfois dans de vrais restaurants, les jours de leur fermeture, et parfois sous une tente dans des parkings. Cela avait contribué à les rendre célèbres, et les chefs espéraient pouvoir ouvrir un véritable établissement d'ici la fin de l'année.

Lauren trouvait l'idée intéressante. Peu de locaux commerciaux étaient vacants à Royal, mais il y avait quelques possibilités. Il fallait juste qu'elle réussisse à convaincre les propriétaires de lui faire confiance. Oh ! et trouver un moyen de réunir tout ce qui était nécessaire au bon fonctionnement d'un restaurant.

À peine eurent-ils franchi la porte qu'elle réalisa que son rêve n'était qu'un fantasme impossible. Cet endroit était bien plus qu'un restaurant installé pour quelques heures dans un local commercial inutilisé : ils avaient complètement pris possession de l'endroit, et si on ne connaissait pas le concept on ne pouvait pas deviner que tout cela n'était que temporaire. Une opération pareille avait un coût et nécessitait des sommes dont Lauren ne disposait pas.

Ces restaurateurs avaient de l'expérience et n'avaient lésiné ni sur la décoration ni sur les fournitures. Le thème austère en noir et blanc était présent partout, adouci par des roses rouge foncé disposées dans des vases, sur chaque table. Une tapisserie blanche recouvrait les murs, des ampoules Edison étaient suspendues au plafond, et des photographies en noir et blanc avaient été accrochées un peu partout. Une vingtaine de tables noires couvertes de nappes blanches et des chaises assorties emplissaient l'espace, probablement en provenance d'une entreprise spécialisée en location d'articles de fête.

Une douce musique s'échappait des haut-parleurs placés en hauteur, et les bougies votives posées sur chaque table dispensaient une lumière dorée. Le parfum des roses et des bougies se mêlait aux odeurs alléchantes d'épices, d'ail, d'oignon et de sauce tomate.

Lauren adorait la cuisine italienne et était excitée à l'idée de découvrir le menu de « Secrets de maman ». Leur camion-restaurant proposait habituellement des plats classiques tels que des boulettes de viande, des sandwichs au poulet et au parmesan et des *arancini* farcis décrits comme étant de la taille d'une balle de softball. Ce soir, leur site web promettait les mêmes grands classiques dont leurs fans raffolaient, mais cette fois avec des couverts.

À en juger par la foule présente, leurs clients dévoués étaient venus en nombre. Alors que Sutton s'enregistrait à l'accueil, Lauren remarqua que toutes les tables étaient prises et que quelques personnes attendaient même leur tour devant la porte. C'était un succès. Pour un restaurant, mieux valait des clients attendant une table que des tables attendant des clients, lui avait un jour dit un mentor.

Heureusement, leur réservation leur permit d'entrer tout de suite : la dernière table disponible était pour eux. Sutton posa une main au creux des reins de Lauren, et ils suivirent l'hôtesse jusqu'à leurs sièges.

C'était la première fois qu'il la touchait – la touchait vraiment – aujourd'hui. Certes, il lui avait pris la main pour l'aider à descendre de voiture, mais sinon il avait été très distant. C'était extrêmement frustrant pour Lauren qui se sentait à fleur de peau chaque fois qu'il s'approchait d'elle. Une fois devant leur table, elle s'éloigna à contrecœur de la chaleur de sa main et s'assit.

Ils se mirent alors à étudier le menu du jour. Lauren saliva en examinant les choix : osso-buco accompagné de risotto, *saltimbocca* de veau et gâteau à la polenta, pâtes au *cacio* et au poivre, aubergines parmesanes, gnocchis de patates douces et épaule de porc. Il y avait tant de plats incroyables qu'elle ne savait plus où donner de la tête.

Pour ajouter à son indécision, une autre source de distraction l'attendait de l'autre côté de la table : quittant le menu du regard, elle vit que Sebastian s'était remis à l'observer. Cette nouvelle manie chez lui était déconcertante. Il n'avait jamais fait ça avant sa visite surprise au camion-restaurant. À présent, chaque fois qu'elle levait les yeux, elle le trouvait en train de la fixer... avec une faim qui ne devait rien à la cuisine italienne. Et pourtant il s'obstinait à garder ses distances.

Il n'avait pas été si réservé le soir du gala : au contraire, il ne pouvait s'empêcher de la toucher. Qu'est-ce qui avait changé, à part les masques ? Sebastian avait déclaré qu'il la préférait sans, mais ses actes démentaient ses propos. Il semblait en conflit, d'un côté la désirant et de l'autre gardant ses distances. Ce comportement perturbait Lauren et l'emplissait d'incertitudes, faisant passer le menu alléchant au second plan.

— As-tu choisi ? demanda-t-elle.

La question semblait légitime puisqu'il ne regardait même pas la carte.

— Je pense que je vais te laisser commander pour moi. C'est toi la cheffe, après tout.

Lauren entrouvrit les lèvres, prête à protester, mais elle se ravisa. S'il voulait qu'elle commande pour lui, pourquoi pas ? Personne ne lui avait encore jamais demandé cela. C'était l'occasion de lui montrer ses connaissances en matière de cuisine.

— D'accord. Eh bien, s'il y avait deux moi à cette table, nous aurions pris les *arancini*, les gnocchis et je pense… l'osso-buco. J'espère qu'il restera de la place pour le tiramisu.

Sebastian s'esclaffa. C'était un rire chaleureux et familier qu'elle n'avait plus entendu ces derniers jours, mais qui fit vibrer son cœur et libéra la tension de ses épaules. Il s'était montré si sérieux quand elle était allée le trouver la première fois. Peut-être qu'il avait fini par se détendre ? Son idée de se voir en dehors de la ville n'était pas mauvaise finalement.

Elle commanda le tout à l'arrivée du serveur et ajouta à la dernière minute des beignets de fleurs de courgette ainsi qu'une bouteille de vin rouge.

— Il va falloir me rouler jusqu'à Royal, déclara Sutton. Allons-nous pouvoir manger tout ça ? Je compte sur toi pour m'aider.

— Avec grand plaisir.

Il hocha la tête d'un air approbateur.

— Ça me plaît. Je suis tellement habitué aux femmes qui ne veulent rien manger durant un rendez-vous. Je sais qu'elles ont faim et j'entends presque leur estomac gargouiller pendant qu'elles picorent leur salade. Je les imagine en train de se jeter sur leur frigo dès qu'elles rentrent chez elles, mais malheur si tu leur proposes du pain beurré : elles pourraient te poignarder avec leur couteau à steak.

— Je suis cheffe. La nourriture c'est ma vie. Je passe mon temps à manger.

Ce n'était pas une déclaration élégante, ni le genre de choses à dire à un homme durant un rendez-vous, mais c'était la vérité. Pour enfoncer le clou, elle arracha un morceau de la *focaccia* apportée par le serveur et le plongea dans l'huile aromatisée aux fines herbes.

— Et je n'ai pas peur du pain, ajouta-t-elle avant de mordre dedans.

— Ça me plaît, dit-il en prenant un morceau de pain. Alors, comment restes-tu si mince, si tu n'es pas pathologiquement phobique des glucides ?

Lauren ne se trouvait pas particulièrement mince, mais elle accepta le compliment.

— Le stress d'abord. Je reste debout pendant des heures au travail et, quand les camions sont fermés, je prépare, cuisine et m'active sur les livres de comptes et les stocks. Mon podomètre dépasse la plupart des jours les vingt mille pas. J'ai aussi un vélo elliptique que j'essaye de pratiquer régulièrement pour augmenter mon rythme cardiaque et brûler les excès de la journée.

Elle leva son verre de vin rouge avant d'ajouter :

— Comme celui-ci. Je vais d'ailleurs devoir en faire pendant une heure en rentrant, après toute cette nourriture italienne.

— En ce qui me concerne, je reste assis à un bureau toute la journée, admit-il. Du moins c'est ce que je faisais jusqu'à il y a peu. Maintenant, je reste assis à la maison à ne rien faire et à me demander comment occuper mes journées. J'avais l'habitude de nager, mais notre propriété familiale et sa piscine ont été saisies. Je joue au golf ou au tennis de temps à autre, mais pas suffisamment. Heureusement, nous semblons avoir un bon métabolisme dans la famille. Nous sommes tous assez minces.

— Quelle chance ! Moi je dois faire attention à ma ligne, mais ça m'aide d'être particulièrement pointilleuse sur la qualité de ce que je mange. Je suis capable d'avaler pratiquement tout ce qui est comestible, à condition que ce soit cuisiné d'une façon qui me convienne. Je n'aime pas la nourriture transformée ni les aliments prêts à la consommation ou en conserve. J'ai grandi avec ce genre de choses et je ne peux plus les supporter. Mais donne-moi une belle tranche de fromage importé, du pain artisanal croustillant, des fruits mûrs et du bon vin, et je suis capable de tout manger jusqu'à la dernière miette.

Sebastian lui adressa un autre grand sourire sincère. Elle commençait à s'habituer à son côté détendu.

— Ça me plaît. Tu cuisines et tu manges. Tu es belle, intelligente et sexy.

Il lui prit la main et la caressa du pouce avant de la porter à ses lèvres, sans jamais la quitter du regard.

— Et tu sors avec moi, ajouta-t-il d'un ton presque étonné.

Surprise, Lauren faillit gémir à la sensation de ses lèvres contre sa peau. Elle émit un rire nerveux et retira sa main pendant qu'elle avait encore la volonté de le faire.

— Je… je ne comprends pas, bégaya-t-elle. Tu me complimentes tout en te rabaissant. Pourquoi est-ce que je ne voudrais pas sortir avec toi ?

Il soupira et recula pour prendre une grande gorgée de vin.

— Ma vie est compliquée en ce moment. Les choses sont différentes aujourd'hui, mais il fut un temps où j'étais carrément arrogant. Prétentieux, même. Les femmes devaient lutter pour attirer mon attention, et certaines se sont même battues pour moi. Les fils Wingate ont toujours été des partis hautement recherchés à Royal.

— Tu as un frère ? demanda-t-elle.

Sebastian parut soudain se raidir.

— Oui. J'ai un jeune frère, Miles. Mais il n'est plus sur le marché des célibataires. Il a eu la chance de trouver Chloe et n'a plus à voir cette expression dans le regard des femmes.

Lauren tressaillit.

— Quelle expression ?

— Un peu comme si j'étais pestiféré. Je ne sais pas si tu as suivi l'actualité concernant ma famille, mais c'est très mauvais. J'ai dû quitter mon poste de directeur finan… je veux dire directeur général, et je risque fort de tout perdre : mon travail, l'entreprise, notre résidence familiale… Tout a disparu. Je ne sais pas si nous pourrons tout récupérer un jour. J'en suis à un point où je serai heureux de ne pas finir en combinaison orange.

Elle n'avait pas réalisé que leur situation était si désastreuse. Comment s'étonner de son attitude si sérieuse et tendue le jour où elle avait sonné à sa porte ? Aurait-elle été capable de faire confiance à qui que ce soit, si elle avait été dans une situation pareille ?

— La prison ? Waouh ! C'est vraiment grave. J'ai entendu plusieurs choses ici et là, mais je n'y ai pas vraiment prêté attention. Je suis généralement trop occupée pour me concentrer sur les potins de la ville.

Il acquiesça tandis qu'un muscle sur sa mâchoire se mettait à tressauter.

— Est-ce que tu vas aussi me regarder comme ça, maintenant ? demanda-t-il avec une petite lueur de vulnérabilité dans les yeux.

Tout le monde avait dû leur tourner le dos, à lui et à sa famille. Cette pensée lui brisa le cœur, mais elle savait l'effet que cela faisait. Elle n'avait jamais été vraiment acceptée par les élites de cette ville. La plupart l'ignoraient, et les autres étaient carrément cruels. Elle n'était admise qu'à condition de porter un masque. Son rêve de tenir un restaurant haut de gamme à Royal n'était que cela finalement : un rêve. À moins qu'elle ne réussisse à leur faire aimer suffisamment sa cuisine pour qu'ils en oublient ses origines modestes.

Elle était une cheffe talentueuse, mais pas une faiseuse de miracles.

Lauren le regarda droit dans les yeux. Elle était connue pour sa franchise brusque, même si cela concernait la cuisine d'habitude. Elle ne mentirait pas pour flatter son ego, mais il devait faire preuve d'honnêteté.

— Êtes-vous coupables des choses dont toi et ta famille êtes accusés ?

— Non, répondit-il vivement en se redressant instinctivement d'un air de défi.

Chaque parcelle de son corps parut soudain se tendre sous l'effet de cette affirmation véhémente.

— Quelqu'un s'est donné beaucoup de mal pour nous détruire, et j'ignore pourquoi.

— Je te crois, affirma-t-elle avec douceur.

C'était le cas. Elle ne savait pas grand-chose de Sebastian, mais elle avait confiance en lui. Peut-être était-ce encore une erreur, car elle avait la mauvaise habitude d'être trop naïve quand il s'agissait des hommes, mais c'était ainsi.

— Donc non, continua-t-elle. Je ne vais pas te regarder comme si tu étais pestiféré. À condition que tu fasses la même chose pour moi.

— Bien sûr. Quelle raison aurais-je de faire cela ? s'enquit-il, visiblement surpris.

Apparemment la tristement célèbre histoire du club, à l'époque du lycée, n'était pas arrivée à ses oreilles. Il était plus âgé qu'elle et n'avait peut-être pas entendu parler de « Trempe à l'eau », ou il ne comprenait pas qu'il s'agissait de Lauren. Il ne la voyait pas comme une paria ou une intruse au sein de son monde, et elle en était heureuse. Il était l'une des rares personnes à la voir telle qu'elle était.

Du coin de l'œil, elle aperçut le garçon qui apportait les *arancini* et les beignets de fleurs de courgette : juste à temps pour mettre un point final à cette conversation.

— Aucune raison, dit-elle en souriant. J'espère que tu as faim.

7

Sutton n'avait jamais été aussi ravi de lire quoi que ce soit de toute sa vie. La seule chose qui aurait pu le rendre plus heureux aurait été la lecture de l'abandon des charges contre sa famille. Mais comme ça ne semblait pas d'actualité il se contenterait de ça.

La vérification des antécédents de Lauren Roberts était très satisfaisante. Miles avait fait des recherches très approfondies et n'avait rien trouvé de louche. Elle n'avait aucun contact avec leur entreprise ou leurs concurrents et n'avait reçu aucune grosse somme d'une source mystérieuse. Ce qui prouvait qu'elle n'était pas une espionne et qu'elle ne cherchait pas à ruiner sa famille.

C'était un énorme poids qui lui était ôté des épaules, car il appréciait vraiment Lauren. Il avait été fasciné par son amante mystérieuse, mais étonnamment apprendre à connaître la femme qui se cachait derrière le masque était tout aussi excitant. Si cette vérification des antécédents avait été défavorable, il aurait été extrêmement déçu.

À présent qu'il était rassuré, il se trouvait confronté à une vilaine vérité. Le seul menteur dans cette histoire, c'était lui. Il était temps de tout avouer. Et il le ferait dès ce soir, au dîner. Non seulement parce qu'il le devait, mais surtout parce qu'il le voulait. Il ne pourrait pas la séduire tant qu'elle le prendrait pour Sebastian. Et il la désirait terriblement. La seule façon de l'avoir serait de lui expliquer qui il était vraiment. Et, si elle ne le détestait pas une fois que ce serait fait, peut-être que leur relation pourrait passer à un niveau supérieur.

C'était risqué, mais il n'avait pas le choix. C'était aussi simple que cela.

Sutton fit une réservation au Glass House pour le soir même. Il savait que Sebastian l'y avait déjà emmenée mais, question choix, Royal était limité. À moins qu'ils n'aillent au Silver Saddle bar ou au Royal Diner. Autrement ça serait le Glass House ou le club. Il fallait vraiment que Lauren ouvre un restaurant. Royal avait besoin d'une autre excellente adresse où manger, et elle était la personne idéale. S'il n'avait pas été dans une situation financière si délicate, il aurait financé ce projet en personne.

Mais comme la seule chose en son nom était son Audi R8 Coupé blanche, il allait devoir attendre que toute cette histoire avec les entreprises Wingate s'éclaircisse.

Pour cette occasion, il s'habilla comme Sutton, et non comme son frère. Il opta pour son costume gris préféré et une chemise en soie bleu marine. Pas de cravate : il détestait porter des cravates. Puis il se coiffa dans le style savamment ébouriffé qu'il affectionnait et porta sa propre eau de Cologne. Ce fut un véritable soulagement de quitter la maison en étant lui-même. Être son frère était frustrant et franchement… un peu ennuyeux.

Quand il se gara devant la maison de Lauren, elle ouvrit la porte, l'air confuse. Il descendit de voiture et lui ouvrit sa portière.

— Qu'est-il arrivé à la BMW ? demanda-t-elle avant de se tourner vers lui. Et toi, que t'est-il arrivé ?

Sutton sourit.

— J'ai décidé de me détendre, dit-il. Je t'expliquerai ça au restaurant.

Elle le regarda avec curiosité, mais monta dans la voiture sans plus de questions.

— Je suis surprise que tu aies suggéré de retourner au Glass House, fit-elle remarquer alors qu'ils se dirigeaient vers l'hôtel Bellamy. Mais ensuite j'ai vu qu'ils ont changé le menu et qu'ils ont ajouté quelques nouveaux plats incroyables.

Lauren continua à parler avec enthousiasme de gastronomie et de ce qu'elle allait commander. D'habitude Sutton adorait le feu qui se dégageait d'elle quand elle parlait de sa passion, mais cette fois il entendit à peine un mot de ses paroles. La seule chose à laquelle il pensait, c'étaient ses propres inquiétudes. Comment lui annoncer la nouvelle ? Quand fallait-il le faire ? Tout de suite ? Après le dessert ? Ne faisait-il pas que retarder la fin inéluctable de cette relation ?

Probablement. Mais chaque moment passé avec Lauren était un cadeau. Ce soir, elle était particulièrement charmante. Elle portait une petite robe noire qui moulait ses courbes délicieuses et mettait en valeur ses jambes galbées. Quand elle avait ouvert sa porte, ça avait été comme recevoir un coup de poing en plein ventre. Heureusement que la soirée était fraîche et qu'elle avait enfilé un chandail crème par-dessus sa robe, sinon il serait devenu fou de ne pas pouvoir la toucher. Le vêtement la couvrait beaucoup, mais soulignait ses épaules dénudées, son long cou gracile et ses oreilles nues. Il souhaita aussitôt pouvoir lui acheter un collier de perles et des boucles d'oreilles assorties à porter avec cette tenue. L'ancien Sutton n'aurait pas hésité un instant. Il aurait même pu faire un détour à la bijouterie en allant au restaurant.

Mais le Sutton actuel avait simplement collé un sourire sur son visage, ravalé son mécontentement et l'avait escortée jusqu'à sa voiture. Cette situation ne durerait pas éternellement et, une fois tout cela terminé, quand tout serait revenu à la normale, il lui achèterait ce collier… même si elle ne lui adressait plus la parole.

— Sebastian ? fit Lauren après quelques minutes de trajet.

Il repoussa ses pensées sombres et réalisa que pour le moment il devait encore répondre au prénom de son frère.

— Pardon ?

— Je te demandais ce que tu penses du rouget.

— Je ne raffole pas du poisson.

— Pourtant tu avais pris le mérou la dernière fois que nous y étions ?

Bon sang ! Cette mascarade devait prendre fin pour qu'il cesse de s'inquiéter de chaque mot qui sortait de sa bouche.

— Oui, mais c'est différent, le mérou. Je voulais juste parler du rouget. Je trouve que ça a un goût trop prononcé, se justifia-t-il en espérant que l'explication suffirait.

— C'est un poisson plutôt doux, presque sucré avec un petit goût de noisette. Tu devrais essayer.

— Peut-être, dit-il pour mettre fin à cette conversation.

Quand ils arrivèrent à l'hôtel, Sutton décida d'avoir recours aux services d'un voiturier. Il ajouta un pourboire supplémentaire afin que la voiture soit garée à proximité. D'une part, il ne tenait pas à ce que l'employé s'amuse à faire un tour avec son bébé, et d'autre part, une fois que la vérité serait dévoilée, il y avait de fortes chances pour que le rendez-vous soit écourté. Autant garder la voiture à proximité, au cas où.

Lorsqu'ils furent installés à leur table, les plats commandés et le vin apporté, il décida qu'il était temps. Il ne pouvait plus différer.

— Lauren, je dois te parler de quelque chose.

La jeune femme écarquilla les yeux et posa son verre de vin.

— À quel propos ?

Le moment était venu. Il ne lui restait plus qu'à répéter à voix haute ce qu'il s'était entraîné à dire dans sa tête.

— La dernière fois, je t'ai expliqué la situation délicate dans laquelle se trouve ma famille en ce moment. Nous ne savons même plus à qui nous pouvons nous fier.

— Je comprends tout à fait, murmura-t-elle.

Elle se montrait compréhensive, ce qui jouerait certainement en sa faveur, mais pour l'instant il n'en était que plus mal à l'aise de lui avoir menti. Il leva la main pour l'empêcher d'ajouter quoi que ce soit qui pourrait lui compliquer davantage la tâche.

— Quand tu es venue à la maison ce premier jour, c'était

parce que tu pensais avoir couché avec Sebastian Wingate. Mais ce n'était pas le cas.

— Je ne comprends pas, dit-elle en le fixant d'un regard étréci.

— Tu as vu la photo dans le journal et à cause du masque tu as supposé qu'il s'agissait de Sebastian. Mais il y avait deux hommes ce soir-là qui portaient ce masque. J'étais l'autre.

Elle étudia son visage comme si elle cherchait les réponses dont elle avait besoin, avant de finir par demander :

— De quoi parles-tu ? Tu es Sebastian Wingate.

Sutton prit une profonde inspiration.

— Non, je ne le suis pas. Je suis son frère jumeau, Sutton. Je me fais passer pour Sebastian depuis le jour où je suis allé te rendre visite au camion-restaurant.

Lauren en resta bouche bée. Elle passa mentalement en revue la semaine précédente, réfléchissant à tous les signes qui lui avaient échappé. Malgré son inquiétude, Sutton préféra lui laisser le temps d'assimiler l'information avant de continuer.

— Alors, tu es comme les autres, finit-elle par s'exclamer d'un ton farouche.

Sutton se figea. Ce n'était pas du tout ce à quoi il s'attendait.

— Quels autres ?

De quoi parlait-elle ?

— Vous, les riches snobs de Royal, vous êtes tous pareils ! Est-ce que vous passez vos journées à vous réunir au club pour vous féliciter de tout votre argent, en cherchant comment vous moquer de ceux qui ne sont pas de votre monde ? Est-ce que vous aimez leur donner l'impression de les accepter dans votre petite clique et ensuite leur tirer le tapis sous les pieds pour vous distraire ?

De quoi parlait-elle ?

— Non, Lauren, protesta-t-il en lui prenant la main. Bien sûr que non. Ce n'est pas du tout ça. C'est juste que nous n'étions pas certains de pouvoir te faire confiance.

— Me faire confiance ? lança-t-elle d'une voix qui frisait l'hystérie.

Elle retira sa main, le visage rouge de colère et les yeux brillants de larmes.

— C'est toi le seul qui n'est pas digne de confiance, Sam. Steve ou quel que soit le prénom que tu viens de me donner.

— Sutton, répéta-t-il. Je t'en prie, ne te fâche pas. Je peux tout t'expliquer.

— Je..., commença-t-elle. Je dois y aller.

Elle repoussa sa chaise et jeta sa serviette sur son siège.

— Laisse-moi au moins te ramener à la maison, insista-t-il.

Ça ne s'était pas passé comme il l'espérait, mais même si elle ne voulait plus jamais le revoir il tenait quand même à la raccompagner. C'était le moins qu'il puisse faire.

— Non, merci. Je vais appeler un Uber.

— Lauren, s'il te plaît, supplia-t-il en lui prenant le bras alors qu'elle se retournait pour partir.

— Ne me touche pas, siffla-t-elle, le regard farouche.

Les larmes avaient disparu, remplacées par de la colère à l'état pur et un sentiment de trahison. Il n'avait jamais vu une telle expression sur son visage. Elle écarta son bras et se dirigea vers la sortie.

Voyant que tous les regards dans le restaurant étaient braqués sur eux, il préféra renoncer à son désir de la suivre et leva les mains en signe de reddition. Il dut donc se contenter de la regarder s'éloigner entre les tables et disparaître dans le hall de l'hôtel Bellamy.

Il avait tout gâché. De façon atroce.

— Qu'est-ce qui ne va pas aujourd'hui ?

Lauren soupira sans se retourner, afin de ne pas faire face à Amy. Elle avait passé la journée à éviter le sujet mais, à présent que le service était terminé et qu'elles s'apprêtaient à rentrer, Amy se montrait insistante.

— Rien du tout. Je suis simplement fatiguée.

— Je t'ai déjà vue fatiguée, et ce que je vois ne ressemble

pas à de la fatigue. Est-ce qu'il s'est passé quelque chose avec Sebastian ?

C'était le moins qu'on puisse dire. Et pourtant, pas exactement, puisqu'il ne s'était rien passé avec Sebastian. C'était avec Sutton que tout s'était passé, Sutton dont elle ignorait l'existence jusqu'à la nuit dernière.

Des jumeaux ? Depuis quand sa vie était devenue si mélodramatique ?

— Hé regarde, c'est Gracie, s'exclama soudain Amy en ouvrant la fenêtre du camion-restaurant. « Gracie ! », cria-t-elle.

Lauren se retourna et vit Gracie Diaz passer devant le camion sans s'arrêter. C'était étrange. Elle ouvrit la porte arrière du véhicule pour l'intercepter.

— Gracie ?

Celle-ci se figea, fixant Lauren comme si elle cherchait un moyen de fuir plutôt que de bavarder.

— Euh, salut, Lauren. Je dois y aller.

Et elle se retourna pour repartir dans le sens inverse.

— Tu vas bien ? Quelque chose ne va pas ?

D'habitude elle s'arrêtait pour leur dire bonjour. Or cela faisait des jours qu'elles ne l'avaient plus revue, ce qui ne lui ressemblait pas du tout.

Gracie hésita un instant, puis fit demi-tour et revint sur ses pas.

— Je vais bien. Comment ça va avec Sebastian ? s'enquit-elle d'un ton inhabituellement froid.

Lauren fut prise au dépourvu par la question. Elle n'avait parlé à personne de Sebastian… ou de Sutton, en dehors d'Amy.

— Comment sais-tu à propos de Sebastian et moi ?

La mâchoire de Gracie se crispa, comme si elle tentait de réprimer son irritation… ou sa colère.

— Je vous ai vus tous les deux au Courtyard Shops l'autre jour. Vous aviez l'air plutôt bien ensemble.

Gracie semblait presque jalouse, ce qui n'échappa pas à Lauren. Son regard aurait presque pu la transpercer. Elle n'avait jamais rien entendu au sujet de Gracie et de Sebastian, mais peut-être que son amie avait eu le béguin pour lui du temps où elle travaillait pour les Wingate.

— Ce n'était pas Sebastian, expliqua Lauren en ignorant l'expression choquée d'Amy qui avait passé la tête par la fenêtre du camion. C'était Sutton.

Gracie tressaillit, le nez plissé en signe de confusion.

— Il conduisait sa BMW noire, argua-t-elle. C'est la voiture de Sebastian.

— Sutton l'avait empruntée, j'imagine. Peut-être que sa voiture était en révision, parce que quand il est passé me prendre pour dîner hier soir il conduisait son Audi blanche.

Ce fut suffisant. Un poids sembla aussitôt se lever des épaules de Gracie.

— Oh. Je ne savais pas que tu fréquentais Sutton. Quand je vous ai vus ensemble avec la voiture de Sebastian, j'ai cru que…

— C'est très récent. Mais ça ne mènera à rien finalement, précisa Lauren. Les choses ne se sont pas si bien passées hier soir.

La Gracie habituelle réapparut aussitôt et inclina la tête avec sympathie.

— Je suis désolée d'entendre ça. Sutton est quelqu'un de sympathique.

— Merci. Mais, et toi alors ? demanda Lauren sans réfléchir.

— Comment ça « et toi » ?

Bonne question. Elle ne pouvait tout de même pas lui dire de but en blanc qu'elle lui avait semblé très jalouse et qu'elle aimerait savoir ce qu'il y avait entre elle et Sebastian. Elle décida donc de s'abstenir et de mettre un mouchoir sur sa curiosité.

— Je, euh, ne t'ai pas beaucoup vue ces derniers temps. Tu manges habituellement au camion une ou deux fois par semaine.

— Oh ! dit Gracie en se détendant. Je vais bien, ce n'est rien. J'ai eu des petits soucis d'estomac récemment et j'ai dû m'en tenir à la soupe au poulet, aux nouilles et aux craquelins. Ça doit être le stress. Mais je repasserai, promis.

— Je suis désolée que tu ne te sentes pas bien. Reviens dès que ça ira mieux : ça sera aux frais de la maison.

Gracie lui adressa un sourire narquois et croisa les bras sur sa poitrine.

— Tu plaisantes ? Je ne suis pas devenue multimillionnaire pour escroquer mes amis. Je reviendrai et je payerai plein tarif, insista-t-elle. À plus tard, les filles.

Lauren lui adressa un petit signe et la regarda s'éloigner. Quelle étrange conversation ! Heureusement qu'elle ne savait pas que c'était bien Sebastian ce jour-là à Courtyard Shops. Pour rien au monde elle n'aurait voulu contrarier à la fois son amie et sa meilleure cliente.

— J'aimerais vraiment qu'on termine rapidement pour que je puisse rentrer à une heure décente ! cria Amy depuis le camion.

— Oui, oui, répondit Lauren en la rejoignant à l'intérieur.

Elle n'avait même pas fermé la porte qu'Amy se jetait sur elle.

— Je vais donc avoir besoin de plus amples informations sur tout ce que je viens d'entendre.

Lauren soupira. Sa meilleure amie lui avait tendu un piège pour la faire revenir. Elle se fichait de l'heure où elle rentrait : elle voulait juste des détails.

— Tant que nous pouvons parler et nettoyer en même temps, ça me va.

Elles retournèrent à leurs tâches, et Lauren raconta de manière aussi succincte que possible, les révélations de la soirée précédente.

— Donc tu dis que c'était Sutton et non Sebastian, qui est venu au camion ?

— Apparemment.

— Et avec lequel as-tu couché au bal masqué ?

— Sutton.

Il n'y avait aucun doute à ce sujet. Elle avait passé la nuit dernière, allongée dans son lit, à réfléchir à cette situation folle. Les pièces avaient enfin semblé s'assembler. Cette histoire avec Sebastian n'avait jamais eu de sens, mais tout avait soudain changé quand Sutton avait pris sa place : l'alchimie entre eux était réapparue, plus forte que jamais, et tout se passait merveilleusement bien entre eux depuis.

Au moins jusqu'à hier soir, quand elle avait appris que tout n'était que mensonges.

— Et c'est lequel des deux à la fenêtre en ce moment ?

Lauren se retourna et vit l'un des jumeaux Wingate, un bouquet à la main et l'air contrit.

— Oh non ! lâcha-t-elle.

— Alors, c'est Sutton ou Sebastian ?

Lauren eut la sensation familière d'un millier de papillons s'envolant dans le ventre : les cheveux décoiffés, le sourire en coin. C'était forcément Sutton. Mais pourquoi était-il ici après la nuit dernière ? Ne lui avait-elle pas clairement fait comprendre qu'elle avait besoin de temps ?

Elle poussa un gémissement en retournant à la porte arrière et descendit du camion.

— Nous sommes fermées pour la nuit, annonça-t-elle après avoir contourné le véhicule pour le rejoindre.

Il se retourna, et elle vit alors le bouquet qu'il tenait à la main. Ce n'étaient pas des fleurs mais des herbes aromatiques fraîches telles que du romarin, du thym, du persil et du basilic. Le présent parfait pour un chef.

— Je ne suis pas venu pour manger, lui dit Sutton. Je suis là pour m'excuser.

Lauren ne sut que répondre. Il avait fait un réel effort pour trouver un cadeau original et, en voyant son regard suppliant, elle sentit ses genoux – et sa résolution – flancher. Elle n'avait jamais réagi de la sorte face à un homme et elle aurait souhaité pouvoir arrêter ça. Malgré tout ce qui s'était passé, elle continuait à le désirer avec une ardeur impossible à nier. Elle décida donc de le laisser s'expliquer.

Il lui tendit le bouquet qu'elle accepta.

— Merci, dit-elle avant d'inhaler les différents aromates.

— C'est loin de suffire, mais c'est un début. Je sais que je te dois des explications, et j'espère vraiment que tu voudras bien m'écouter. J'ai passé les dernières vingt-quatre heures à réfléchir sur la façon de t'exprimer mes sentiments... Si tu veux bien me donner une chance.

Un bruit sourd retentit et, en se retournant pour voir de quoi il s'agissait, Lauren vit que son sac à main avait atterri sur le trottoir derrière elle. Amy lui fit alors un signe de la main par la fenêtre, avant de démarrer le moteur de la camionnette et de disparaître. Une fois son amie partie, elle dut choisir entre écouter Sutton et rentrer à pied.

Quand Sutton lui indiqua un banc à proximité, elle prit son sac et le suivit. Assise à côté de lui, elle fixa les devantures des boutiques fermées, de l'autre côté de la rue. Elle craignait, si elle le regardait, de céder trop facilement. Il fallait qu'elle soit ferme et intransigeante.

— Je t'écoute.

— C'est compliqué d'être un Wingate, commença-t-il. Je n'essaye pas de trouver une excuse, mais simplement de t'expliquer ce que c'est. À l'époque où nous étions riches et auréolés de succès, nous pouvions difficilement faire confiance aux gens, car la plupart étaient intéressés : recherche d'un investisseur, d'une subvention ou d'un amant fortuné. Difficile de savoir qui étaient vraiment nos amis.

Il s'éclaircit la voix avant de poursuivre :

— Quand nous avons perdu l'entreprise, notre méfiance a encore augmenté. Qui était derrière ce complot et pourquoi nous faire subir une chose pareille ? Ça devait être quelqu'un que nous connaissions et en qui nous avions confiance. La pilule a été très difficile à avaler.

« Ce soir-là, au gala, je ne prenais aucun plaisir. Je sentais tous les regards braqués sur moi, qui indiquaient clairement que l'assemblée jugeait notre famille pour des choses qu'elle n'avait pas faites. Et puis je t'ai vue, et tout a changé.

Il s'arrêta et se tut un moment. Lauren ne put alors s'empêcher de se tourner vers lui. Il la regardait avec des yeux implorants, souhaitant désespérément qu'elle l'écoute et le comprenne, et luttant manifestement contre l'envie de la toucher avant qu'elle soit prête.

— Tu ne m'as pas regardé de cette manière, continua-t-il. Tu n'avais aucune idée de qui j'étais. Tu ne cherchais pas un pigeon en vue d'une future pension alimentaire ou pour t'entretenir. Tu voulais juste danser avec moi, m'embrasser… te donner à moi. Et c'était incroyable. J'avais hâte de découvrir qui tu étais vraiment. Et puis tu as disparu, sans rien laisser d'autre qu'un masque pour me prouver que je n'avais pas rêvé.

Lauren baissa alors le regard avec un sentiment de culpabilité. Sur le coup, cela lui avait paru la meilleure chose à faire. La vraie Lauren n'était pas si excitante après tout… ni glamour. Du moins c'était son avis. Était-il possible qu'il soit intéressé par elle, même sans masque ni robe de bal ?

— Je pensais ne jamais pouvoir découvrir qui tu étais, expliqua Sutton. Et soudain mon frère m'annonce que la femme avec qui il a eu une aventure à la soirée s'est présentée à sa porte. J'étais tellement jaloux ! Mais il trouvait que quelque chose n'allait pas. Nous avons donc commencé à nous poser des questions. Avions-nous été séduits par la même femme ou étaient-ce deux femmes désireuses d'obtenir des informations ? Est-ce que cela pouvait avoir un rapport avec les problèmes de l'entreprise ? Nous n'avions aucun moyen de le savoir. Sebastian m'a donc suggéré de prendre sa place et de voir ce que j'en pensais.

« Dès l'instant où j'ai posé les yeux sur toi, j'ai compris la raison de son malaise : en fait tu étais ma partenaire mystérieuse et non la sienne. Il a suffi que je te touche pour en être certain. J'étais tellement excité de t'avoir retrouvée, Lauren. Et puis tu m'as appelé par le prénom de mon frère, et j'ai réalisé que j'avais un gros problème. Je voulais te dire la vérité, mais je ne savais pas comment. Alors j'ai gardé mes distances pour ne pas laisser les choses aller trop loin tant que tu me prenais pour Sebastian.

Elle ferma les yeux en comprenant enfin pourquoi il ne l'avait plus embrassée depuis cette première nuit.

— J'ai cru que je ne te plaisais plus. Que sans la magie du masque et du maquillage tu t'étais refroidi. Si j'ai accepté de te revoir, c'était un peu par obligation... Du moins en ce qui concernait Sebastian.

Sutton prit sa joue en coupe et tourna son visage vers lui.

— Tu ne pouvais pas être plus loin de la vérité, Lauren. Je ne voulais rien d'autre que te tenir dans mes bras, t'embrasser et te faire à nouveau l'amour. Mais pour ça je voulais d'abord que tu m'appelles par mon prénom, et non par celui de mon frère.

Elle haleta à ces paroles, plus sincères et intenses qu'elle n'aurait jamais pu l'imaginer. Aucun homme ne lui avait jamais parlé de cette façon auparavant.

Incapable de s'en empêcher, elle se pencha vers lui. Il devança son mouvement et pressa les lèvres contre les siennes. Ce fut exactement comme dans le souvenir de Lauren : passionné et affamé. Il gémit quand elle fit glisser la langue sur la sienne, l'invitant ainsi à continuer.

Sutton passa aussitôt les bras autour de sa taille et la tira vers lui. Elle se languissait déjà de sentir à nouveau ses doigts sur sa peau et de presser sa poitrine contre son torse dur. Elle voulait déboutonner son col et le toucher comme ce soir-là. Mais pas ici, pas sur le banc d'un parc. Si elle avait bien appris une chose avec Gracie aujourd'hui, c'était que les gens vous observaient toujours. Elle souhaitait l'emmener chez elle pour faire tout ce qu'elle voulait, sans témoins ni table de billard inconfortable qui entraverait leurs mouvements.

Elle s'écarta donc de ses lèvres, presque essoufflée.

— Je connais ton prénom maintenant, dit-elle avec un sourire malicieux.

8

Alors qu'ils se rendaient chez Sutton, Lauren commença à s'inquiéter que ce ne soit pas une bonne idée. Il avait présenté ses excuses de l'avoir trompée, et elle les avait acceptées, donc tout allait bien de ce point de vue. Cependant, elle se demandait s'il était trop tôt pour coucher à nouveau avec lui. Elle venait tout juste d'accepter qui il était vraiment.

Mais à l'instant où Sutton la fixa, le regard empli d'un désir ardent, elle cessa de s'inquiéter et de se poser des questions. Plus rien n'avait d'importance. Depuis le gala, elle passait ses nuits allongée dans son lit, à rêver de son grand méchant loup. Quand elle avait rencontré Sebastian et que ses espoirs s'étaient effondrés, elle avait cru ne plus jamais revivre cela.

Et voilà qu'elle se trouvait là, dans la luxueuse chambre de Sutton, en train d'ôter sa veste de son chef. Elle ne pouvait attendre plus longtemps avant de se donner à l'homme qui avait peuplé ses fantasmes, alors qu'il se tenait si près d'elle.

Il se défit de sa propre veste sans jamais la quitter des yeux et en essayant de se concentrer sur ce qu'il faisait. Mais elle voyait bien à quel point cela lui était difficile quand il la regardait en même temps retirer lentement son T-shirt et dévoiler son soutien-gorge. Elle se débarrassa du vêtement qui alla rejoindre sa veste sur la chaise, puis se baissa pour déboutonner son jean.

À ce stade, Sutton se figea, incapable de continuer à se déshabiller tout en la contemplant. Elle devinait que leur union serait différente cette fois, car non seulement ils n'étaient plus anonymes, mais la lumière était allumée : ils pouvaient voir tout ce que l'autre avait à offrir, tout ce qu'ils avaient déjà touché dans l'obscurité.

Alors qu'elle aurait voulu ôter rapidement ses vêtements et se presser contre lui, elle décida de prendre son temps. Elle tourna donc le dos à Sutton, lui offrant une vue complète de ses fesses, et fit lentement glisser son pantalon, exposant sa culotte rouge échancrée.

Sutton gémit quand elle se pencha pour retirer son jean et, lorsqu'elle s'avança vers lui en sous-vêtements, il n'avait toujours pas bougé d'un pouce.

Elle se chargea donc de le débarrasser de sa chemise, puis fit courir les mains sur son torse nu et ses bras. N'ayant pas pu s'en délecter suffisamment la dernière fois, elle apprécia la sensation de ses muscles fermes qui se contractaient sous la peau. Il la laissa l'explorer à sa guise en retenant son souffle, jusqu'à ce qu'elle s'empare des boutons de son pantalon. Il posa alors la main sur la sienne et recouvrit ses doigts pour l'empêcher d'aller plus loin.

— Pas si vite. Nous ne sommes pas pressés ce soir.

Lauren bouda un instant, mais finit par admettre en son for intérieur qu'elle rêvait d'une longue nuit d'amour langoureuse, dans un vrai lit. Leur étreinte rapide et passionnée au club était de celles qui faisaient tout oublier, à part le désir incandescent. Mais ce soir ils pouvaient bénéficier de tout le confort nécessaire, sans crainte d'être interrompus.

— Attends-moi, je reviens tout de suite, dit-il en lui donnant une tape ludique sur les fesses.

Lauren se dirigea lentement vers le lit, sachant qu'il la regardait. Elle abandonna ses sous-vêtements en chemin et enfin, complètement nue, repoussa la couette gris acier pour s'allonger sur le matelas moelleux et accueillant.

Quand elle fut installée, Sutton se débarrassa enfin du reste de ses vêtements et disparut dans la salle de bains. Il revint un instant plus tard avec une poignée de sachets en aluminium.

Les yeux de Lauren s'arrondirent alors qu'elle essayait de les compter.

Elle finit par renoncer et se rapprocha du bord du lit pour s'installer sur ses genoux, face à lui. Elle posa à nouveau les mains sur lui, jouant avec les poils de son torse et descendant jusqu'à son ventre. Arrivée là, elle sentit ses joues s'empourprer : le désir de Sutton pour elle était pleinement visible dans la chambre bien éclairée. Ses paumes la picotaient. Son besoin de le caresser était vif, mais il s'éloigna à ce moment pour allumer la lampe de la commode à la place du plafonnier. L'éclairage cru disparut en faveur d'une lumière tamisée et romanesque. Il revint alors vers elle et s'avança jusqu'à la renverser sur le matelas et recouvrir son corps du sien.

En sentant sa chaleur et son poids contre sa peau nue, Lauren s'apaisa et, quand il se mit à l'embrasser, toute sensation de fraîcheur disparut, et son sang se réchauffa de seconde en seconde et à chaque battement de cœur. Elle savoura la douceur de sa langue sur la sienne. Chacune de ses caresses était savamment ciblée sur ses zones les plus sensibles, comme s'il avait réussi à mémoriser son corps au cours de leur unique nuit ensemble.

Quand du pouce il effleura la pointe dure de son mamelon, Lauren haleta. Puis il l'aspira dans la torride chaleur de sa bouche, et elle se cambra brusquement pour venir à sa rencontre. Il continua impitoyablement sa torture langoureuse, la taquinant avec les dents et la langue tout en faisant glisser les mains le long de ses hanches pour ensuite plonger entre ses cuisses.

— Sutton ! cria-t-elle en sentant sa caresse brûlante au cœur de sa féminité.

Il leva la tête et la regarda.

— Dis-le encore, demanda-t-il en traçant de la main de lents cercles sur sa peau.

— Sutton, répéta-t-elle avec une pointe de désespoir.

— J'adore le son de mon nom sur tes lèvres. Je vais te le faire crier toute la nuit.

Il étouffa sa réponse en l'embrassant à nouveau. Sa langue faisait écho aux mouvements de sa main, glissant lentement dans et hors de sa bouche. Elle se tortilla sous lui, haletante, tandis qu'il la conduisait encore et encore vers la délivrance, pour ralentir dès qu'elle approchait de l'orgasme.

Sutton prit alors un préservatif sur la table de chevet et le déroula sur lui-même. Puis il se glissa à nouveau entre ses cuisses. Sa bouche trouva la sienne et, après un changement subtil de poids, il se pressa contre son sexe. Mais là encore il s'arrêta.

Un gémissement de déception monta dans la gorge de Lauren : elle ne pouvait plus attendre. Elle ondula contre lui et, impatiente, agrippa ses hanches pour le tirer en avant. Il suivit le mouvement et en un instant fut en elle. Chaque centimètre du sexe massif de Sutton était profondément enfoui en elle. Elle retrouva immédiatement les sensations de l'autre nuit, et plus encore maintenant qu'elle le voyait se dresser au-dessus d'elle.

Sutton se retira et avec un gémissement poussa une deuxième fois en elle. Lauren souleva les hanches pour venir à sa rencontre et le prendre en entier. Son corps se tendit autour de lui, et ses muscles se resserrèrent jusqu'à ce qu'un grondement sourd monte en lui.

S'allongeant sur elle, il l'embrassa et adopta un rythme plus rapide. Lauren dut alors séparer ses lèvres des siennes afin de pouvoir crier son plaisir à chaque pénétration.

Ils adoptèrent un rythme parfait tandis que les hanches de Lauren se soulevaient pour répondre à ses assauts. Le plaisir monta lentement en elle, cette fois avec plus d'intensité. Elle griffa futilement les couvertures sous elle, essayant de toutes ses forces de trouver quelque chose à quoi se raccrocher quand son orgasme la submergerait comme un véritable raz-de-marée.

Elle y était presque. Elle ferma les yeux alors que tout son corps se tendait et que ses gémissements s'intensifiaient.

— Oui, l'encouragea Sutton, qui semblait reconnaître les sons familiers de son imminente libération. C'est ça. Ne te retiens pas, Lauren. Je veux te voir jouir cette fois.

Il accéléra son rythme, l'emportant au sommet de l'extase. Les vagues de plaisir déferlèrent en elle, secouant son corps de frissons. Elle haleta et cria son nom en se cambrant sous lui. Quand ce fut fini, elle ouvrit les yeux et constata qu'il l'avait observée pendant tout le temps où elle s'était abandonnée au plaisir.

— Tu es belle.

Elle ne se sentait pas belle. Surtout en ce moment. Elle était venue directement après une longue journée de travail, sans maquillage et coiffée de son chignon habituel. Son orgasme l'avait sans doute laissée rouge et moite, ses lèvres étaient gonflées de ses baisers et la peau délicate de ses joues sans doute irritée par le chaume rude de sa mâchoire. Elle plissa le nez, souriant ironiquement à sa remarque.

— Non, dit-il d'un ton ferme avant de l'embrasser avec force afin d'effacer sa moue sceptique. C'est la vérité. Tu es belle, talentueuse... et incroyable. Et puisque c'est mon opinion je n'en discuterai pas.

Lauren rit et repoussa quelques cheveux égarés de son visage.

— Tu vis entouré de riches mondaines qui passent leur temps dans des SPA et des salons de beauté luxueux. Certaines, le soir du gala, ressemblaient même à des stars de cinéma.

— Et alors ?

Elle le regarda, les yeux écarquillés. Comment pouvait-il la mettre au même niveau que ce genre de femme ? C'était un sentiment agréable, mais tout de même un peu difficile à croire.

— Et... je ne sais pas si je suis dans la même catégorie.

— Tu ne l'es pas. Tu es dans une catégorie à part.

Pour toute réponse, Lauren secoua la tête.

Avec un grognement d'irritation, il roula sur le dos en l'entraînant et l'installa à califourchon sur lui. Elle poussa un petit cri, surprise du changement soudain de position, mais sans que leurs corps se séparent.

— Te faire l'amour dans la lumière est une sensation incroyable. Et étant donné que je suis en toi, aussi dur qu'un roc, et avec aucune de ces autres femmes, je pense être meilleur juge en ce qui concerne mes goûts.

Il saisit le haut de ses cuisses et commença à pousser en elle. Lauren posa les mains sur son torse pour se maintenir en position et ondula avec lui. Il ne la quitta jamais du regard et, en quelques secondes, il crispa la mâchoire et enfonça les doigts avec insistance dans la chair de ses hanches.

Elle se demanda pourquoi elle ne le pousserait pas dans ses retranchements puisqu'il aimait la regarder. Elle cambra alors le dos, détacha ses cheveux et les secoua jusqu'à ce qu'ils retombent en vagues sur ses épaules, puis passa les doigts à travers et fit ressortir sa poitrine tout en ondoyant contre lui.

Sutton recouvrit ses seins de ses mains, et elle posa fermement ses propres paumes au-dessus tout en bougeant plus vite.

— Je n'éteindrai plus jamais la lumière..., chuchota-t-il d'une voix rauque avant de succomber à un puissant orgasme.

Elle s'écroula alors sur le matelas à côté de lui, épuisée à la fois physiquement, mentalement et émotionnellement.

C'était exactement de cela qu'elle rêvait depuis leur aventure au club. Pas seulement du plaisir, mais de la proximité physique et de l'intimité des bras de Sutton. De sentir ses caresses alors qu'il semblait savoir exactement ce qu'elle aimait et de le serrer dans ses bras en ayant le sentiment qu'il tenait à elle : elle voulait que quelqu'un la désire et ait besoin d'elle. C'était comme si la dernière pièce du puzzle de leur aventure s'était mise en place : une émotion incroyable, et pourtant effrayante. Lauren sentit ses propres défenses s'abaisser. Si elle n'y prenait garde, elle pourrait se mettre à avoir des sentiments pour lui.

Si ce n'était pas déjà fait.

Sutton la prit dans ses bras et la pressa contre son torse ferme.

— Tu es belle, murmura-t-il en plantant un baiser sur son épaule nue tandis qu'ils sombraient tous deux dans le sommeil.

— Je vois que vous vous êtes réconciliés.

Sutton et Lauren étaient assis devant l'îlot de la cuisine pour savourer leur première tasse de café pendant que la machine à laver tournait et lavait les vêtements de la jeune femme. Après la nuit qu'ils avaient passée et le manque de sommeil, Sutton avait besoin d'un peu de caféine pour commencer la journée. Du moins, s'il avait eu quelque chose à faire. Il aurait encore été au lit si Lauren n'avait pas dû se lever tôt pour rejoindre ses camions.

En tournant la tête, il vit son frère Sebastian qui les observait depuis le bas des marches.

— Bonjour à toi, cher frère. Et, oui, nous nous sommes réconciliés. Nous avons d'ailleurs passé la nuit à nous réconcilier.

Sebastian leva les yeux au ciel devant les confidences indiscrètes de Sutton.

— Tant mieux pour vous.

Il alla à la cafetière pour se verser une tasse, et ce faisant son regard dériva brièvement sur Lauren qui ne portait rien d'autre que le T-shirt oversize de Sutton.

— Ses vêtements sont dans le sèche-linge, expliqua Sutton.

Sebastian secoua la tête.

— Je n'ai aucun problème avec le fait de trouver des femmes à moitié dévêtues dans ma cuisine. Surtout quand c'est avec moi qu'elles sortent.

— Moi aussi je trouve que notre cohabitation est une véritable source de rire, le taquina Sutton en levant ironiquement sa tasse en direction de son jumeau tendu.

Lauren se tourna vers Sebastian et l'étudia un moment avant d'observer Sutton.

— Tu m'as bien dit que vous êtes de vrais jumeaux ?

— Oui. Génétiquement identiques mais socialement opposés.

— Intéressant. Maintenant que je vous vois ensemble, je ne sais comment j'ai pu vous confondre.

— Forcément, plaisanta Sutton. Je suis tellement plus attirant que Sebastian !

— Ce n'est pas ça. Vous vous ressemblez physiquement, mais vous vous comportez différemment. C'est une ambiance totalement différente. Ce qui a joué en votre faveur, c'est que j'ignorais que Sebastian avait un jumeau, mais c'était un peu comme s'il avait un alter ego décontracté. En tout cas, vous ne pourrez plus me tromper à présent.

— Est-ce un défi ? la taquina Sutton.

— N'y pense même pas, l'avertit Lauren en pointant un doigt. J'en ai assez de ces jeux.

— Ne t'inquiète pas, Lauren, déclara Sebastian. Sutton n'aime pas se faire passer pour moi. Ça l'oblige à se coiffer et à porter des vêtements décents.

— Et à conduire des voitures ennuyeuses, et à discuter de choses ennuyeuses, plaisanta son jumeau.

Sebastian soupira.

— Tu as des frères et sœurs, Lauren ? demanda-t-il.

— Non. Il n'y a que moi.

— Ah. Alors tu ne comprendras jamais ce que je vis en étant l'aîné d'une fratrie de cinq. Trois d'entre eux ne posent pas de problème, mais celui-ci…, dit-il en désignant Sutton tout en allant chercher de la crème dans le réfrigérateur. Ce n'est que problème sur problème.

— Pas du tout, répliqua Sutton sur le même ton ironique. Je suis un véritable ange. Tout le monde le pense, tu peux demander autour de toi. Et encore, tu ne m'as pas vu à l'époque où j'étais directeur financier. L'entreprise prospérait à merveille quand nous étions aux commandes… et ça n'avait rien à voir avec le trafic de drogue, bien entendu.

Sebastian gémit.

— Peut-on parler d'autre chose ? De n'importe quoi d'autre, s'il te plaît ?

Lauren sourit et saisit la balle au bond.

— Très bien. Alors voici un nouveau sujet, Sebastian. Maintenant que nous savons que je suis l'inconnue mystérieuse de Sutton, que vas-tu faire pour retrouver la tienne ?

C'était une bonne question, et Sutton était curieux d'entendre la réponse. Son frère n'était pas vraiment du genre à avoir une aventure durant un gala. Le simple fait que cela se soit produit témoignait de l'attraction magnétique que cette femme exerçait sur lui. Sutton n'aurait jamais pensé voir le jour où son jumeau, d'une logique toujours si analytique, serait ébloui par une femme au point d'abandonner son bon sens habituel.

Mais est-ce qu'il comptait agir ?

Sebastian posa sa tasse de café et porta pensivement le regard sur le salon.

— Je n'en ai aucune idée. Je pensais ne plus jamais avoir de ses nouvelles. Quand tu es venue chez nous, j'étais excité à l'idée d'avoir une seconde chance avec elle, mais maintenant que je suis de retour à la case départ je ne sais pas par où commencer.

— Si tu veux, Beth m'a donné la liste des invités à la soirée. Je la lui avais demandée quand je cherchais ma beauté masquée, déclara Sutton en déposant un baiser sur la nuque de Lauren.

Il aimait que ses cheveux soient toujours relevés en chignon. Cela lui donnait un accès libre à son cou, et il pouvait l'embrasser sous l'oreille chaque fois qu'il en avait envie.

— Maintenant que je l'ai trouvée, je peux te la passer, ajouta-t-il.

Il aimait la voir rougir ainsi. Ses pensées et ses sentiments s'affichaient immédiatement sur son visage, ce qui rendait leurs relations sexuelles particulièrement excitantes, même à la faible lueur d'une lampe. La première fois qu'ils avaient fait l'amour, c'était dans une obscurité totale, sans parler des masques. Mais maintenant il pouvait observer chaque frisson, chaque frémissement de plaisir se refléter sur ses traits.

— Il se pourrait que j'accepte ton offre. Mais pour le moment je dois sortir.

— Pour aller où ?

Il était terriblement tôt pour que son frère sans emploi, tout comme lui, soit levé, habillé et prêt à quitter la maison.

— Au club. Je dois y rencontrer certaines personnes, dit-il

avant de terminer son café et de poser la tasse dans l'évier. Je serai de retour dans l'après-midi.

Sutton caressa doucement le dos de Lauren à travers son T-shirt et regarda son frère partir.

— Il est vraiment entiché d'elle, quelle que soit son identité.

— Comment peux-tu le savoir ? s'étonna Lauren en se tournant vers lui.

— Parce qu'il envisage de la rechercher. C'est énorme pour lui. La famille et l'entreprise sont toujours passées avant sa vie sociale.

— Peut-être qu'il est désœuvré à présent et qu'il peut se consacrer à cette recherche.

— C'est possible. En ce qui me concerne, j'ai l'impression de devenir fou avec tout ce temps libre, dit-il en se penchant pour lui mordiller à nouveau le cou. Dommage que tu travailles autant. Tu aurais pu m'aider à occuper mes journées.

Lauren gloussa et se tortilla dans ses bras.

— Tout le monde n'est pas directeur financier d'une des entreprises les plus fortunées. Certains sont justes P-DG, directeur financier, DRH, cuisinier et laveurs de vitres. Pour ma part, je dois travailler sans relâche tous les jours pour garder la tête hors de l'eau et faire fructifier mon entreprise.

Sutton se pencha vers elle.

— Je pourrais t'aider, tu sais.

— Vraiment ? Tu sais cuisiner ?

— Non, pas de cette façon, dit-il en riant. Je gérais les finances de notre entreprise avant. Le département commercial était également sous ma responsabilité. J'ai un véritable don pour la gestion. Laisse-moi l'utiliser pour t'aider.

L'expression de Lauren était éloquente – elle ne savait pas comment refuser poliment.

— Je ne sais pas, Sutton. La restauration fonctionne différemment de ton entreprise.

— Évidemment qu'il y a des différences. Mais je sais comment faire fonctionner le bouche-à-oreille et je suis doué en publicité. Je peux t'aider à trouver des idées. Crois-moi. Par exemple, dis-moi quel est ton objectif ultime pour l'entreprise.

— Quoi ?

Sutton fit tourner le tabouret de Lauren pour la positionner face à lui et agrippa doucement ses épaules. Elle était têtue. Il se demanda si elle était simplement habituée à ne compter que sur elle ou si elle ne lui faisait pas confiance. Il sentit sa propre assurance fléchir face à sa résistance. Comment la blâmer de rejeter son offre ? Qui voudrait les conseils d'une personne évincée par son propre conseil d'administration, après tout ? Mais il rejeta ses doutes.

— Fais-moi juste une faveur et ferme les yeux.

Elle finit par obtempérer, l'expression tout de même inquiète.

— D'accord. Et maintenant ?

— Visualise-toi dans dix ans. Tu es au sommet de ta carrière. Tu as tout ce dont tu as toujours rêvé, et même plus. Visualise-le dans ton esprit et concentre-toi dessus. Dis-moi maintenant ce que tu vois.

Lauren prit une profonde inspiration avant de répondre :

— Je possède mon propre restaurant florissant à Royal. Un restaurant sans roues.

— C'est génial.

Il ne l'aurait pas exprimé à haute voix, mais une cheffe telle que Lauren n'avait pas à cuisiner dans un camion. Elle avait besoin de travailler dans un vrai restaurant où elle pourrait se concentrer sur ses créations culinaires.

— Que vois-tu d'autre ?

— Des murs blancs, des tableaux colorés. Toutes les tables sont occupées, les gens sont heureux… ils mangent… discutent. C'est beau. Et ça sent incroyablement bon.

— As-tu vendu les camions-restaurants ? demanda-t-il.

Elle réfléchit un moment.

— Je ne sais pas. Peut-être que j'ai du personnel pour les gérer à ma place pendant que je me concentre sur le restaurant.

— Est-ce que c'est un seul restaurant ou une chaîne de

restaurants ? Rappelle-toi, c'est ton rêve ultime. Tu peux tout avoir.

Lauren ouvrit les yeux et le regarda.

— Un seul me suffit. Je ne suis ni Bobby Flay ni Wolfgang Puck. Je veux plus qu'avoir juste mon nom sur un insigne : je veux être cheffe dans ma cuisine. Une chaîne, c'est… trop. Je veux juste avoir mon propre restaurant et rendre les gens heureux avec ma cuisine. N'est-ce pas suffisant ?

Sutton réalisa qu'il était allé au-delà de ses souhaits. Il tenta aussitôt de faire marche arrière avec un sourire éclatant.

— Bien sûr que c'est suffisant. C'est toi qui décides. Je veux simplement être sûr que tu t'autorises à voir les choses en grand. Ta cuisine est incroyable. Tu pourrais un jour avoir ta propre chaîne de restaurants si tu le voulais. Ou un unique restaurant incroyable, si tu préfères. À mon avis tu dépasses largement ce restaurant italien à Dallas. D'ailleurs, tu pourrais peut-être faire comme eux et organiser un événement éphémère pour te donner une idée de ce qui t'attendra.

Lauren secoua la tête.

— J'adorerais, mais ce restaurant a vraiment les moyens pour se permettre cela. C'est une chose que je ne serai jamais en mesure de faire, parce que je n'ai pas l'argent nécessaire. Dans ce genre de situation, il faut de l'argent pour faire de l'argent. Quand on voit tous ces restaurants qui ferment en moins de cinq ans, j'ai de la chance d'être toujours ouverte.

— Je ne pense que ce sera si compliqué de tout réunir. Tu n'as pas à faire quelque chose d'aussi branché qu'eux. Tu peux réduire les dépenses en décoration. Peut-être travailler avec des entreprises locales pour louer la vaisselle ou récupérer des compositions florales en échange de publicité. Je connais beaucoup de monde dans cette ville. Je parie que je pourrais tirer quelques ficelles pour toi.

Lauren le regarda comme si elle voulait y croire. Mais elle

manquait trop de confiance en elle… en lui. C’était clairement visible.

— Samedi prochain, annonça Sutton. Le restaurant « Eatery » de Lauren Roberts débarque à Royal.

9

Lauren déambula dans le vaste local vide qui ferait office de salle à manger pour son événement éphémère, le samedi suivant. C'était l'ancien restaurant inoccupé situé sur la place de la ville, qu'elle lorgnait depuis toujours, avec une cuisine aménagée et une salle parfaitement agencée. Jamais elle n'aurait imaginé pouvoir obtenir ce local pour sa soirée événementielle mais, fidèle à sa parole, Sutton avait fait jouer ses contacts. Il connaissait le propriétaire et avait réussi à le convaincre de lui laisser l'endroit gratuitement, en lui faisant miroiter que si tout se passait bien elle pourrait peut-être le lui louer définitivement. Comme il était vide et ne rapportait rien, le propriétaire avait accepté.

Et il ne s'était pas arrêté là. Il avait fait appel à toutes ses connaissances pour que la soirée soit un succès. Le fleuriste lui fournissait vingt petites compositions de table et une plus grande pour le bureau de la réception. L'entreprise de location des fêtes lui apportait des tables, des chaises, du linge de table, de la vaisselle, des couverts et des verres, en échange d'une annonce publicitaire au dos de son menu. Le journal local l'avait même interviewée, ce qui avait dirigé les lecteurs curieux vers son compte Instagram, triplant presque ses abonnés et même ses ventes au camion cette semaine-là.

Sutton avait pris soin de tout. Il avait fait des pieds et des mains pour l'aider à réussir, et elle n'avait eu presque rien à débourser. C'était… incroyablement intimidant.

Elle lui en était reconnaissante, mais était également inquiète. Et si elle ne réussissait pas ? Il faisait tant d'efforts pour l'aider à concrétiser ses rêves. Il lui avait fourni tout le matériel dont elle avait besoin, car il croyait en son talent. Mais il existait beaucoup de gens talentueux, et cela ne les empêchait pas d'échouer. Que se passerait-il si, malgré tous les efforts de Sutton, elle n'y arrivait pas ?

Lauren prit une profonde inspiration et essaya de repousser ses doutes. La seule chose en son pouvoir était de faire de son mieux. Elle devait tirer le meilleur parti de ce cadeau inattendu et laisser venir les choses.

À présent qu'elle visitait l'intérieur, elle se rendait compte que l'endroit avait besoin d'un bon rafraîchissement si elle voulait un jour en faire le restaurant de ses rêves. Les murs pouvaient facilement être repeints, mais le tapis vert foncé devait être remplacé, et l'éclairage fluorescent au plafond était trop fort pour une salle à manger romantique ou chic. Mais pour le moment elle s'en contenterait. Il lui suffisait de se répéter que la rénovation de ce local était un problème qu'elle adorerait avoir et qui dépendrait de la réussite de cette soirée.

Il n'était pas question du restaurant de ses rêves imaginé l'autre matin avec Sutton, mais de faire marcher cet endroit durant une nuit, dans l'espoir qu'un jour ce soit plus. Forte de sa nouvelle détermination, elle comprit qu'elle était capable de transformer ce rêve en réalité.

Elle retourna à la cuisine, émerveillée par toute la place qu'elle aurait à sa disposition pour officier. L'endroit pouvait facilement contenir sept ou huit collaborateurs – une véritable équipe digne d'un restaurant de cette taille. Par rapport à la camionnette dans laquelle Amy et elle se cognaient constamment l'une contre l'autre, ça serait un changement bienvenu. Les camions-restaurants n'étaient pas particulièrement spacieux.

Ni prestigieux.

Lauren soupira et s'appuya contre le plan de travail en acier inoxydable. Sa détermination s'ébranla légèrement, tandis qu'elle croisait les bras sur sa poitrine dans un geste protecteur. Elle n'était pas aussi excitée qu'elle aurait dû l'être. Pourtant elle n'aurait jamais imaginé avoir de sitôt une occasion pareille, et avec une telle facilité qui plus est. Mais quand elle s'attardait sur cette idée elle savait que ce n'était pas seulement la peur d'échouer : c'étaient les conséquences que pourrait avoir un échec sur sa relation avec Sutton.

Ces derniers jours, c'est en le voyant passer des heures à essayer d'organiser cet événement que Lauren avait pris la pleine mesure de l'influence des Wingate à Royal. Elle savait que sa famille était riche : ils étaient membres du club, après tout. Mais elle commençait à comprendre qu'ils n'étaient pas loin de régner en maîtres ici, et cela malgré le scandale qui planait sur leurs têtes.

Si elle n'en avait pas pris conscience plus tôt, c'était peut-être parce qu'elle ne fréquentait pas les bons cercles. Royal avait un grand nombre d'habitants riches et influents, et pour elle ils se ressemblaient tous. Elle n'était pas de leur monde et les côtoyait juste le temps de leur vendre de la nourriture épisodiquement. Cela lui importait donc peu de connaître la hiérarchie de la société de Royal.

C'était probablement cela qui l'inquiétait aujourd'hui. Elle ne cadrait pas dans ce monde, mais par une ironie du destin elle sortait avec l'un des princes les plus en vue de Royal et avait même développé des sentiments pour lui. Elle n'était qu'une sorte de roturière finalement et, si elle n'avait aucun problème avec sa position au sein de la ville, qu'en était-il de Sutton ?

Sous prétexte de lui venir en aide, il la poussait à avancer plus vite que prévu. Organiser un événement éphémère, ouvrir un « vrai » restaurant, vendre ses camions... C'était le chemin qu'elle espérait emprunter un jour, mais son insistance lui donnait l'impression de ne pas être assez bien pour lui. Ils s'étaient souvent montrés en public, donc il n'était pas embarrassé à l'idée de s'afficher avec elle, mais ils ne parlaient à personne non plus quand ils se voyaient à l'extérieur. S'il devait la présenter à ses connaissances, dirait-il qu'elle était cheffe en occultant commodément les camions ? Est-ce qu'un restaurant à roues n'était pas assez bien pour les Wingate et leurs acolytes du club ?

Lauren regarda ses ongles, qui avaient été nerveusement rongés ces derniers jours. Sa manucure datant du relooking avait pratiquement disparu, et elle avait remarqué ce matin en se regardant dans le miroir que ses mèches avaient poussé, dévoilant des racines sombres qui nécessitaient une retouche. Elle aurait probablement besoin d'un brushing aussi, afin de lisser ses boucles naturellement indisciplinées. Elle n'avait pas l'habitude de faire des efforts sur le maquillage ni sur son apparence, sauf quand elle sortait.

De ce fait, elle ressemblait à nouveau à la Lauren qu'elle connaissait, mais elle avait l'impression que ce n'était plus assez bien.

Elle n'avait plus rien à voir avec la Cendrillon prête à se rendre au bal. La belle et mystérieuse femme qui avait enchanté le prince derrière un masque avait disparu. Sutton devait à présent se contenter de la vraie Lauren et, bien qu'il n'ait jamais rien dit laissant croire qu'il était déçu par la réalité, il semblait déterminé à la modeler en quelque chose de plus présentable. Une cheffe de camion-restaurant fruste n'était tout simplement pas le genre de femme qu'un Wingate pouvait présenter à sa mère.

Et pourtant, songea Lauren en écartant une mèche de son visage, il l'aidait à concrétiser son rêve. Peut-être qu'elle devait simplement se concentrer sur cet aspect et mettre ses doutes de côté. Elle ne souhaitait pas non plus rester propriétaire d'un camion-restaurant toute sa vie. Cela avait toujours été un tremplin pour atteindre le restaurant de ses rêves et, même si Sutton avait de grands projets au sujet d'une chaîne de restaurants « Eatery » à travers le pays, en ce qui la concernait, un seul lui suffisait.

— Assez rêvassé, dit-elle à voix haute dans la cuisine vide.

Peu importaient les motivations de Sutton, elle lui était

vraiment reconnaissante, et demain le Eatery deviendrait une réalité, ne serait-ce que l'espace d'une soirée. Elle avait fermé les camions durant quelques jours pour que son équipe puisse l'aider : Amy, Javier et son assistant, Ed, du second camion ainsi que quelques intérimaires qu'elle avait embauchés dans une agence locale devaient la retrouver ici à 10 heures.

Aujourd'hui, ils allaient se concentrer sur le nettoyage et les petites réparations. Ensuite, elle planifierait le menu, ferait les courses et établirait un plan d'action pour le lendemain soir. La tâche était presque écrasante, mais elle ne cessait de se répéter qu'elle en était capable. Elle préparait plusieurs plats tous les jours pour ses camions, après tout. Elle était parfaitement capable de gérer un service à l'aide de son équipe.

Le carillon de la porte d'entrée attira son attention.

— Nous sommes là ! s'écria Amy depuis l'entrée.

Lauren alla à la rencontre de son équipe. Tous trois se tenaient devant la porte et étudiaient la pièce avec des expressions dubitatives. Elle comprenait leur réaction, étant elle-même passée par cette phase quand elle avait découvert l'endroit, et elle était prête à présent à jouer le rôle de leader enthousiaste dont ils avaient besoin.

— Ça ne paye pas de mine, mais il y a beaucoup de potentiel, argua-t-elle. Ce local est vide depuis un certain temps, alors avant tout chose il faudra faire un grand nettoyage en profondeur. Ed et Javier, pourquoi ne pas commencer par la cuisine ? J'ai laissé une caisse remplie de produits ménagers là-bas. Amy, aide-moi avec la salle à manger. L'entreprise de location va nous apporter des tables et des chaises dans environ deux heures.

Chacun se mit au travail sans poser de questions, et en quelques heures les choses commencèrent à prendre forme. Les tables et les chaises furent livrées et placées et, à la fin de la journée, la cuisine était remplie de nourriture, de fournitures et de tous les ustensiles nécessaires.

— J'irai chercher les menus à l'imprimerie demain matin, déclara Amy en glissant son ordinateur portable dans sa sacoche.

Ed et Javier étaient déjà partis et avaient emporté les sacs-poubelle et les produits d'entretien.

— Merci pour toute ton aide, dit Lauren.

— Je t'en prie. Personne ne souhaite autant que moi que cet événement soit un succès.

— Et pourquoi cela ? demanda Lauren.

Elle s'attendait à ce que sa meilleure amie lui fasse une réponse sur l'importance de la voir réaliser ses rêves.

Amy sourit tandis qu'elles se dirigeaient vers le parking.

— Pour pouvoir travailler dans un endroit où je n'aurai pas à me rendre dans une station-service au bout de la rue chaque fois que je dois aller aux toilettes.

Lauren gloussa en refermant la porte. C'était typique de la part d'Amy, ce genre de réflexion.

— Envoie-nous des pensées positives pour demain, dit-elle. Il faut que ce soit un succès.

— Ça le sera, déclara Amy. Je n'ai aucun doute.

Lauren regarda son amie monter dans sa voiture avant de faire de même. Il fallait espérer qu'Amy ait raison car, si elle avait vu juste au sujet des véritables motivations de Sutton, la fin d'Eatery pourrait bien sonner également la fin de leur relation.

Sutton fut époustouflé par l'affluence au Eatery ce soir-là. Le parking était plein, et il dut se garer un bloc plus loin. Il y avait une file d'attente à l'intérieur du restaurant, et toutes les tables étaient prises. Comme il ne restait plus qu'une heure avant la fermeture, il se demanda comment l'équipe allait pouvoir servir tous ceux qui attendaient encore.

Pourtant les gens semblaient heureux de patienter, et il devinait pourquoi. Non seulement l'air était saturé d'odeurs alléchantes, mais la salle avait été complètement transformée depuis la dernière fois où il était venu.

Il ne s'agissait pas de gros travaux bien sûr – c'était toujours la même peinture, le même éclairage et la même moquette –, mais Lauren et son équipe avaient modifié tout ce qui pouvait l'être. Pour commencer, ils avaient choisi d'éteindre la lumière agressive au plafond et d'utiliser des bougies sans flamme sur les tables, des ampoules Edison et de grandes lampes dans les coins. Cela permettait par la même occasion de masquer une multitude de défauts. Au lieu de nappes blanches, les tables disposaient de nappes rouges, jaunes, bleues ou vert foncé. C'était peut-être tout ce que le magasin de location avait de gratuit un samedi soir, mais Lauren avait réussi à marier les tons avec des posters aux couleurs vives et des compositions florales jaune et rouge.

Si elle était capable d'un tel miracle avec quelques donations, et en seulement deux jours, il avait hâte de voir ce que serait le vrai restaurant. Il aurait aimé pouvoir l'aider à concrétiser son rêve, et peut-être qu'un jour il le pourrait, mais c'était déjà un grand début, et il était fier d'y avoir contribué.

Sutton avait fait tout ce qui était en son pouvoir et avait appelé toutes ses relations. Le résultat l'enchantait. Il avait eu du plaisir à retrouver des journées occupées, ce qui en quelque sorte lui avait donné l'impression de reprendre son poste de directeur. Il s'était senti partir à la dérive ces jours-ci et, si Lauren n'était pas entrée dans sa vie à la fois en tant que distraction et avec ce projet ludique pour qu'il puisse s'occuper l'esprit, il était certain qu'il serait devenu fou.

Regardant alentour, Sutton sourit avec un sentiment de fierté qu'il n'avait pas ressenti depuis des lustres. Non, c'était plus qu'une simple distraction pour l'occuper : Lauren était bien plus que cela. Il aidait une femme incroyable à réaliser des choses incroyables. Elle n'avait besoin que d'un petit coup de pouce pour réussir.

Quelques personnes dans la file d'attente regardèrent dans sa direction et se mirent à murmurer. C'était devenu courant ces derniers temps, et il essayait en général de ne pas y prêter attention. Mais à cet instant il lui vint soudain à l'esprit que la meilleure chose pour Lauren serait peut-être qu'il la quitte.

Après lui avoir apporté cette petite aide, il valait peut-être mieux à présent qu'il s'efface. Il ne voulait surtout pas que la réputation entachée de sa famille ruine toutes ses chances de réussite alors qu'elle avait travaillé si dur.

Mais peut-être pourrait-il se contenter de dire un petit bonjour avant de partir ?

— Monsieur, la liste d'attente est pleine pour ce soir. Nous n'acceptons plus personne.

Sutton se tourna vers l'hôtesse d'accueil. À en croire son expression lasse, il n'était pas le premier qu'elle se voyait obligée de refuser.

— Ça ira. Je ne reste pas. Je passais simplement pour embrasser la cheffe.

La jeune femme écarquilla un instant les yeux, puis sourit.

— Oh ! vous devez être monsieur Wingate. La cheffe Roberts a dit que vous pouviez vous rendre en cuisine. Elle m'a également demandé de vous trouver une table, peu importe le nombre de clients. Laissez-moi une petite minute pour voir ce que je peux faire.

— Ce ne sera pas nécessaire.

Il préférait laisser la table à quelqu'un qui n'avait pas encore goûté à l'excellente cuisine de Lauren.

— Vous en êtes certain ? Son bœuf Wellington a reçu des critiques élogieuses ce soir.

— Je n'en doute pas, mais j'aurai l'occasion de le goûter une autre fois. Merci.

Il se fraya un chemin à travers le labyrinthe de tables, jusqu'à la porte battante qui séparait la salle à manger de la cuisine. Mais juste au moment où il allait l'atteindre la porte s'ouvrit sur Lauren qui tenait une assiette dans chaque main.

— Sutton ! lança-t-elle, surprise.

Elle sourit en le voyant, l'air à la fois excité et épuisé. Une mèche de cheveux châtains s'était échappée de son chignon, et il la remit en place derrière son oreille. Il avait pourtant prévu de lui donner un simple baiser sur la joue avant de partir, mais il ne put s'empêcher de prendre son visage en coupe et de lui planter un baiser brûlant sur les lèvres.

Lauren parut étourdie, et elle rougit en serrant les assiettes dans ses mains.

— Je suis heureuse de te voir aussi, répondit-elle avec un sourire impertinent.

— Tu es cheffe ou serveuse ce soir ? demanda-t-il en regardant les assiettes qu'elle portait. Si tu as besoin d'un coup de main, je peux retrousser mes manches.

— Non, tout va bien. C'est une livraison spéciale pour une cliente spéciale, déclara Lauren en désignant la table où se trouvait Gracie Diaz en compagnie d'une amie. Suis-moi.

Une fois devant la table, Lauren posa les assiettes.

— Mesdames, une commande spéciale pour la table de Gracie qui a été une de mes premières clientes et d'un soutien toujours indéfectible. Bon appétit.

Le visage de Gracie s'illumina à la vue de Lauren et des assiettes.

— Ça a l'air délicieux. Tout est fantastique, s'exclama-t-elle en se levant et en prenant Lauren dans ses bras. Je n'ai même pas besoin d'y goûter pour savoir que tu dois absolument ouvrir ton propre restaurant. J'en ai assez de déjeuner sur le pouce. J'ai besoin de ta haute gastronomie.

Lauren sourit et posa une main sur l'épaule de son amie.

— Grâce à vous tous, et en particulier à Sutton, cette soirée a été un grand succès. Mais je pense qu'un restaurant permanent est encore au-dessus de mes moyens.

Gracie étudia son amie pendant un petit moment et secoua la tête.

— Non.

— Non ? répéta Lauren avec confusion.

— Non, je ne veux pas attendre. Et si je te proposais d'investir dans ton restaurant ? En tant qu'associé passif bien sûr. Je n'interférerai pas dans ta gestion, mais je pourrai t'aider à démarrer.

Sutton et Lauren levèrent tous deux la tête à cette offre inattendue. Sutton était à la fois ravi pour Lauren et jaloux de

Gracie. Il aurait aimé pouvoir financer le rêve de Lauren, mais il était heureux que Gracie ait la possibilité de le faire à sa place.

— Tu es sérieuse ? demanda Lauren en pressant sa poitrine comme si son cœur risquait de s'en échapper.

— Absolument. Je ne plaisanterais pas sur un sujet pareil. Tu es une cheffe époustouflante, et je crois en tes talents. À tel point que je suis prête à investir pour en faire une réalité. Pour tout t'avouer, j'y pense depuis un moment, et maintenant que je vois ce que tu es capable de faire en une seule soirée je sais que je ne regretterai pas mon choix. À quoi me sert tout cet argent si ça reste dans une banque et que je ne peux pas aider mes amis ?

— Je ne sais pas quoi dire, répondit Lauren, les larmes aux yeux.

— Dis que tu es heureuse d'accepter mon argent et de faire des choses incroyables avec. Je te ferai un chèque dès demain matin pour lancer le projet, et si tu as besoin de plus tu n'auras qu'à me demander. Je sais que la seule chose dont tu as besoin, c'est d'un capital de départ. Et quand tu auras réussi, ce dont je suis persuadée, tu pourras me rembourser et me racheter ma part.

Lauren en resta d'abord bouche bée, puis elle se ressaisit et serra à nouveau Gracie contre elle.

— Merci beaucoup !

Elle se tourna alors vers Sutton et se jeta dans ses bras. Il ne lui avait encore jamais vu une expression aussi excitée. C'était comme un matin de Noël pour elle. Il la serra contre lui en la soulevant du sol.

— Nous ouvrons un restaurant ! cria-t-il à l'intention de la clientèle, qui répondit par une salve d'applaudissements.

Tout en tenant Lauren contre lui, il repoussa à nouveau la mèche rebelle derrière son oreille.

— Félicitations, cheffe Roberts.

— Tu peux y croire ?

— Sans aucun problème. Tu le mérites. Ta vie entière est

sur le point de changer. Toute la ville connaîtra ton nom en un rien de temps.

L'expression de Lauren vacilla un instant, et elle hocha la tête.

— Les choses vont changer, acquiesça-t-elle avec un peu moins d'enthousiasme.

Puis elle se dégagea des bras de Sutton et se tourna vers Gracie.

— Je t'apporte une bouteille de vin !

— Oh non, fit Gracie. Je conduis ce soir. Mais il paraît qu'il y a un dessert incroyable au menu. J'accepterai volontiers une douceur.

— Et comment ! Je vais te réserver une part de crème brûlée au potiron. Nous sommes sur le point d'en manquer.

— C'est parfait.

— Profitez de votre dîner, mesdames, dit Lauren avant de retourner en cuisine. Est-ce que tu as déjà mangé, Sutton ?

— Non, répondit-il en la suivant. Mais ce n'est pas important. Tu dois te concentrer sur tes futurs clients. Je passais juste dire un petit bonjour.

Lauren le regarda en plissant le nez et repoussa la porte battante.

— Sûrement pas. Tu es un client, toi aussi. Viens avec moi en cuisine que je te prépare une assiette si tu ne veux pas prendre une table. Qu'est-ce que tu aimerais manger ?

Sutton se dit que, s'il était dans la cuisine, sa présence ne ferait pas sensation auprès des clients. Et il avait faim.

— Qu'importe, lâcha-t-il, convaincu que tout ce qu'elle cuisinait était délicieux.

Lauren lui sourit.

— Il me faut un Wellington tout de suite, s'il vous plaît !

— Oui, cheffe ! cria Javier à l'autre bout de la cuisine.

— Et il faut me réserver une crème brûlée pour la table huit.

— Oui, cheffe ! fit écho Amy en se tournant vers le réfrigérateur pour mettre l'assiette de côté.

— J'ai également d'excellentes nouvelles à partager avec vous.

Le chaos dans la cuisine se figea en un instant, et tous la fixèrent.

— De quoi s'agit-il ? demanda Amy.

— Nous avons trouvé un investisseur ! Nous allons ouvrir un vrai restaurant !

Tous laissèrent tomber leurs tâches et se précipitèrent pour féliciter Lauren et la prendre dans leurs bras. Excités, ils échangèrent des mots d'encouragement, mais la démonstration de joie fut de courte durée. Après avoir chacun partagé un moment avec Lauren, les membres de l'équipe retournèrent à leurs postes et à leurs occupations. Apparemment il n'y avait pas de temps mort dans une cuisine pendant le service, quelle que soit la bonne nouvelle.

Sutton les regarda se remettre au travail, mais cette fois avec un regain d'énergie visible dans leurs démarches et leurs sourires. Lauren reprit tout de suite son rôle, annonçant les plats notés sur les billets des serveurs et ajoutant les garnitures avant de leur passer les assiettes.

— Un Wellington et une roulade de poulet pour la table quatre ! cria-t-elle en faisant sonner une cloche pour rappeler les serveurs à la cuisine.

Comme s'ils exécutaient des pas de danse bien chorégraphiés, ces derniers prenaient les assiettes en se contournant les uns les autres, ainsi que Sutton, et disparaissaient en un instant par la porte de service. C'était un chaos comme il n'en avait jamais vu de sa vie, mais il pouvait en distinguer le rythme. Ça ne ressemblait en rien aux environnements d'entreprise auxquels il était habitué, et il admettait volontiers ne pas être sûr de pouvoir survivre à une telle pression.

Mais finalement était-il également à sa place dans l'environnement des entreprises ? Il croyait à l'époque faire du bon travail en dirigeant celle de la famille aux côtés de son frère, après la mort de leur père. Et pourtant tout s'était effondré si vite et si facilement qu'il en doutait. Quelqu'un les détestait au point de vouloir les détruire, ainsi que leur carrière et l'héritage de leur père. S'ils ne débusquaient pas le coupable rapidement et si son avenir au sein de l'entreprise Wingate était compromis, Sutton ignorait s'il saurait faire autre chose.

Il n'était pas passionné par son travail comme Lauren l'était. Il avait été préparé toute sa vie pour diriger l'entreprise et n'avait jamais vraiment réfléchi à un autre métier. Si le véritable coupable réussissait à faire mettre Sutton et Sebastian derrière les barreaux, un sombre avenir les attendrait. Dans un an, Lauren accomplirait tous ses rêves, et Sutton serait... Il secoua la tête. Il ne voulait pas y penser.

— Bœuf Wellington, purée de pommes de terre et asperges grillées, annonça Amy en s'approchant avec une assiette joliment décorée.

Elle désigna un coin libre du plan de travail en acier inoxydable et un tabouret où il pouvait s'asseoir.

— C'est la meilleure place du restaurant, ajouta-t-elle avec un sourire.

Il s'installa et prit l'assiette avec impatience. C'était exactement ce qu'il lui fallait pour chasser ses idées sombres. Ça faisait des années qu'il n'avait pas mangé un bœuf Wellington digne de ce nom, et il n'avait aucun doute quant à la qualité de celui-ci. Une bouchée plus tard, il sut qu'il ne s'était pas trompé. Il ignorait dans quelle école hôtelière Lauren avait étudié et avec quels grands chefs elle avait travaillé, mais elle possédait un véritable don. Un don qui méritait un environnement élégant, pas une camionnette exiguë garée le long d'un trottoir.

Sutton avait hâte que le service se termine. Il voulait la ramener à la maison et fêter son succès. Elle le méritait vraiment et, avec un peu de chance, quand tout cela serait terminé, il la mériterait encore.

10

Lauren ouvrit la porte, plus tard cette nuit-là, et trouva Sutton sous son porche, une bouteille de champagne français hors de prix à la main.

— Ooh..., dit-elle en acceptant la bouteille pour en étudier l'étiquette. Tu as pensé à fêter ça !

Sutton entra et retira rapidement sa veste de costume avant de défaire le nœud de sa cravate.

— Je sais que tu es probablement épuisée, mais on ne pouvait tout de même pas se passer de champagne après un succès pareil.

Lauren acquiesça et referma la porte derrière lui. Ça avait été le jour le plus long de sa vie, mais étrangement le plus excitant aussi. Son esprit vibrait de tout ce qui s'était passé, et elle aurait été incapable de s'endormir même si elle avait essayé.

— Je suis désolée de ne pas être habillée pour l'occasion.

Elle s'était douchée en rentrant et ne portait qu'un peignoir en soie quand il avait sonné à la porte.

Sutton lança un regard appréciateur au cordon lâche du peignoir et à ses mèches humides, avant de répondre :

— Tu es même trop habillée à mon goût.

Lauren gloussa en songeant qu'elle avait peut-être un petit quelque chose dans son armoire qui pourrait bien lui plaire.

— Ouvre ça pendant que je mets une tenue plus appropriée.

Il lui prit la bouteille des mains et se rendit à la cuisine. Tout en se changeant, Lauren l'entendit faire sauter le bouchon du champagne. Elle enfila rapidement une nuisette rose garnie de dentelle et au décolleté profond, puis le rejoignit et posa sur le plan de travail en quartz deux flûtes en cristal qu'elle venait de sortir du placard.

Sutton les remplit et posa la bouteille avant de lever les flûtes remplies de liquide pétillant et doré. Il croisa son regard et plongea plus bas pour admirer sa nouvelle tenue. Il déglutit et serra entre ses doigts crispés la délicate tige de cristal tout en prenant une profonde inspiration. Quand son regard croisa à nouveau celui de Lauren, elle y vit briller une vive lueur de désir qui lui coupa le souffle par son intensité.

Cette nuit était spéciale. Ils avaient tous deux travaillé dur pour ce résultat, et cette célébration devait être à la hauteur de leur joie. Avec un sourire malicieux, Lauren regarda le champagne et eut une idée. Elle ignora le verre que Sutton lui offrait et lui tourna le dos pour se diriger d'un pas langoureux vers sa chambre. Elle saisit alors sa nuisette et la fit passer par-dessus sa tête. Ses cheveux humides retombèrent sur ses épaules, chatouillant ses omoplates nues. Elle jeta le déshabillé à peine utilisé sur une chaise et se retourna.

Comme elle l'avait espéré, Sutton l'avait suivie. Il se tenait sur le seuil de la pièce, serrant les verres dans une tentative de garder le contrôle. Elle fut d'ailleurs surprise que les tiges ne se soient pas déjà brisées.

Lauren s'avança, complètement nue, et s'arrêta en face de lui. Ses doigts agiles s'attaquèrent aux boutons de son col avant de descendre plus bas et d'écarter les pans de sa chemise, puis elle posa les paumes sur les muscles d'acier de son torse nu.

Entravé dans ses mouvements par les flûtes, il demeura immobile, les yeux à moitié fermés tandis qu'elle le touchait. Lauren lui prit finalement un des verres et le leva pour porter un toast.

— Au Eatery, dit-elle.

— Au Eatery, répéta Sutton d'une voix basse et tendue.

Il la regarda porter le champagne à ses lèvres et en prendre une grande gorgée.

— Hum..., fit-elle, les yeux rivés sur lui. C'est délicieux, mais je sais ce qui pourrait l'améliorer.

Se penchant vers Sutton, elle leva sa flûte et versa un mince filet de champagne sur son cou, avant d'en lécher aussitôt les gouttes et de faire remonter la langue jusqu'à sa barbe naissante.

— Tu aimes ? demanda-t-elle en sentant le grondement sourd qui faisait vibrer sa gorge.

Sutton enlaça alors sa taille nue et la tira vers lui. Surprise, Lauren se heurta contre la paroi de son torse, les seins pressés contre sa peau froide et collante en raison du champagne. Quand elle leva les yeux, il lui adressa un sourire diabolique.

— Oh ! oui, dit-il.

Il prit une gorgée de son propre champagne et approcha les lèvres des siennes. Le liquide pétillant lui emplit la bouche, et elle le fit tourner sur sa langue avant de l'avaler.

Leurs lèvres toujours verrouillées, Sutton l'entraîna lentement vers le lit. Avec son bras passé autour de ses reins, il la fit lentement basculer sur le matelas et la coucha sur les draps frais.

Il s'écarta alors pour admirer avec avidité son corps nu et ôter sa propre chemise. Puis il versa le reste du champagne dans la vallée entre ses seins et laissa tomber la flûte vide qui atterrit sur le tapis moelleux avec un bruit sourd. Sutton baissa alors la tête pour aspirer la boisson. Sa langue glissa le long de son torse et taquina le globe de ses seins. Du doigt, il préleva du champagne qui avait glissé dans son nombril et le passa sur ses tétons durcis, avant de prendre son temps pour en lécher chaque goutte.

Lauren se cambra dans sa bouche, l'encourageant à continuer, et quand il se mit à sucer fortement son mamelon elle haleta bruyamment. Sa propre flûte vide roula sur le matelas, et elle saisit la tête de Sutton pour le rapprocher, enfouissant les doigts dans ses épais cheveux blonds. Il résista, descendant plus bas le long de son ventre, jusqu'aux gouttes dorées qui l'attendaient là. Ses lèvres brûlantes étaient comme du feu sur sa peau. Elle attendit avec une impatience douloureuse qu'il en caresse chaque parcelle, ce qu'il fit avec joie.

Les mains de Sutton lui ouvrirent doucement les cuisses, et il s'insinua entre elles, hors de sa portée. Elle cria quand sa langue glacée par le champagne trouva sa féminité brûlante. Sa bouche s'activa lentement sur sa peau sensible, lui tirant des cris étranglés face aux délicieuses sensations qu'il faisait naître dans son corps. Puis il glissa un doigt en elle et la caressa jusqu'à la conduire à l'orgasme.

— Sutton ! s'écria-t-elle, le souffle court, prise de convulsions avec le plaisir qui déferlait sur elle.

Son intention n'avait pas été de jouir sans lui, pas ce soir en tout cas. Mais comme à chaque fois il ne lui laissa pas le choix. Elle s'écroula contre le matelas, les muscles alanguis et les poumons en feu.

Elle ouvrit les yeux en sentant le corps chaud de Sutton remonter le long du sien. Il avait retiré le reste de ses vêtements, et sa peau nue glissait sur elle.

Quand il la regarda, elle eut l'impression de se perdre dans la profondeur de ses yeux émeraude. Elle sentit la chaleur ferme de son désir se presser contre sa cuisse et fut prise d'un besoin frénétique de s'unir à lui. Enserrant ses joues rugueuses avec les paumes, elle l'attira vers sa bouche et s'abandonna à lui, non seulement physiquement, mais émotionnellement. Il avait cru en elle, même lorsqu'elle-même n'y croyait pas, et elle voulait être cette femme-là pour lui.

Elle avait eu peur de céder à ses sentiments naissants. Elle s'était inquiétée de ne pas être assez bien pour lui, mais quand il la regardait ainsi elle comprenait que seuls ses propres doutes la retenaient. Il l'avait toujours qualifiée de parfaite, et elle devait arrêter de lutter contre ça. *Cesse de le combattre*. Il méritait tout d'elle et pas seulement la femme effrayée à l'idée de ne pas convenir, au point de ne même pas vouloir essayer.

Quand il unit son corps au sien, l'emplissant de son sexe

palpitant, elle haleta contre sa bouche mais refusa de se laisser aller. Elle avait besoin de ce moment et de lui, pour avoir la force de donner le meilleur d'elle-même. Lauren releva les jambes pour enserrer ses hanches, le poussant plus profondément en elle. Elle voulait être aussi près de lui que possible, l'accueillir et le garder en elle, pour toujours.

Alors qu'il augmentait la cadence de ses poussées, Sutton dut finalement se détacher de ses lèvres. Il enfouit le visage dans son cou, la respiration brûlante et irrégulière alors qu'il entamait un puissant va-et-vient. Le corps de Lauren, pourtant épuisé quelques instants plus tôt, s'éveilla à nouveau, picotant de sensations. Une onde de plaisir monta inexorablement en elle, ses muscles se resserrèrent et se tendirent alors qu'elle approchait des pics de l'extase.

— Je n'ai jamais... désiré une femme... autant que je te désire en ce moment, Lauren.

Ses paroles étaient à peine un murmure parmi les halètements rauques et le bruissement des draps, mais elle les entendit et les ressentit au plus profond d'elle. Son cœur manqua un battement. Ce n'était pas une déclaration d'amour, mais c'était tout de même une déclaration sérieuse pour un homme avec une réputation de play-boy comme la sienne. Elle savait qu'il était sincère.

— Je suis à toi, murmura-t-elle. Je suis à toi depuis que je t'ai vu dans le club ce soir-là.

Lauren aussi était sincère. Elle aurait aimé pouvoir en dire plus, exprimer les sentiments qui gonflaient dans sa poitrine chaque fois qu'elle le regardait, mais elle se retint. Pas maintenant. Leurs vies étaient déjà bien assez compliquées en ce moment et, à certains égards, trop fragiles. Elle était sur le point de démarrer une nouvelle affaire, impliquant une pression écrasante. Il se battait pour réhabiliter le nom de sa famille et récupérer son entreprise. Tout bouleversement, tel qu'une déclaration d'amour inattendue et inopportune, pourrait suffire à faire écrouler le château de cartes.

Elle n'eut cependant pas le temps de s'attarder sur ses pensées sombres, car son corps prit le dessus sur son esprit. Des vagues de plaisir déferlèrent sur elle, et elle fut traversée par un orgasme si puissant qu'elle en eut le souffle coupé. Elle cria contre son épaule, le serrant avec force alors qu'il continuait de pousser en elle.

— Lauren, haleta-t-il, le corps pris de convulsion, en la suivant dans l'extase.

Le visage de Sutton toujours enfoui dans son cou et leurs cœurs battant à l'unisson, elle ravala les mots qui étaient sur le bout de sa langue. Peut-être que, lorsque leurs vies prendraient un rythme plus calme, ils auraient de la place pour plus que ce qu'ils partageaient actuellement.

Mais pas maintenant.

Sutton roula sur le côté et enroula un bras autour de sa taille. Il l'attira contre lui, l'enfermant dans le cocon protecteur de ses bras pour la garder au chaud.

— Félicitations, cheffe Roberts, lui murmura-t-il à l'oreille alors qu'elle s'endormait.

— Je me disais qu'on pourrait aller au club fêter ta victoire.

Lauren ouvrit un œil et le regarda, pas tout à fait disposée à se réveiller complètement, malgré le soleil qui inondait la chambre. Ils étaient encore au lit, retardant le moment de se lever, quand il avait fait cette suggestion.

— Pourquoi voudrais-je aller là-bas ?

Sutton fut déconcerté par sa réponse. La plupart des gens auraient sauté sur l'occasion de visiter cet endroit exclusif de Royal.

— Hum, eh bien, nous avons fait le tour de tous les restaurants en ville. Du moins jusqu'à l'ouverture prochaine de l'incroyable restaurant de la cheffe Roberts. Pourquoi ne pas aller au club ?

Elle soupira et roula vers lui pour poser la tête sur son torse.

— Disons simplement que ce n'est pas un endroit que

j'affectionne. Je préfère encore fêter ça dans un drive que de retourner au Texas Cattleman Club.

Il la serra contre lui et ignora sa mauvaise humeur matinale.

— Ôte-moi d'un doute. C'est bien là-bas que nous nous sommes rencontrés, n'est-ce pas ? Aurais-je un problème de mémoire ?

— C'est vrai, répondit-elle, pas vraiment amusée par sa plaisanterie. Mais c'était différent. J'avais gagné à ce concours, et Amy m'avait forcée à y aller. Sinon je me serais abstenue. Ça faisait des années que je n'avais pas mis les pieds dans ce club.

Lauren avait déjà émis plusieurs commentaires curieux au sujet du club, mais elle n'avait jamais expliqué la raison de son ressentiment. Ce matin, il était décidé à ne pas la laisser éluder le sujet.

— Pourquoi ?

— Ce n'est tout simplement pas mon genre d'endroit, dit-elle.

— Essaye une autre réponse.

Quand elle tenta de s'écarter, il la serra contre lui. Elle se tortilla un moment, puis finit par céder avec un profond soupir.

— Je n'aime pas en parler.

— Tu penses que j'aime raconter ce qui se passe avec ma famille ? Ça ne peut pas être plus embarrassant que ce que je traverse.

— Tu veux parier ?

— Explique-moi, Lauren. J'ai besoin de savoir. Ne garde pas un tel secret en toi. J'ai besoin de comprendre ce qui s'est passé. Tu sembles haïr le club et tout ce qui le concerne. J'en suis membre, donc ça me fait peur de penser que dans ton esprit je suis associé à tout cela.

Il la sentit se détendre dans ses bras, même si « se rendre » était probablement un terme plus approprié.

— Très bien. Tu as quelques années de plus que moi, donc nous n'étions pas au lycée à la même époque, sinon tu connaîtrais sûrement cette histoire. Mais de toute façon je ne fréquentais pas le club. Mes parents s'en sortaient pas mal financièrement mais, même si nous avions appartenu à la classe moyenne ailleurs, nous aurions été considérés comme pauvres pour Royal. Pour résumer, je ne faisais pas partie des populaires à l'école. Amy était une de mes seules amies, et ensemble nous avons traversé l'enfer du collège et du lycée.

Sutton la tenait silencieusement dans ses bras, attendant la suite de l'histoire. Il savait qu'elle ne serait pas agréable, et son cœur souffrait déjà pour l'adolescente qu'avait été Lauren, luttant pour s'intégrer. Il n'avait jamais eu ce genre de problèmes. Lui et Sebastian avaient toujours été en haut de la chaîne alimentaire à l'école. Ça avait été une période agréable pour lui, et il n'avait jamais réfléchi aux difficultés rencontrées par les élèves qui avaient vécu le contraire. Peut-être même qu'il avait contribué à leur compliquer la vie parfois, même sans le vouloir.

— Comme la plupart des adolescentes, j'avais le béguin pour le mec le plus inaccessible du lycée. Son nom était Jesse. Jesse Wilde. Nous suivions le même cours de chimie en première, et je trouvais qu'il n'y avait pas de garçon plus beau. Il était gentil avec moi. Nous avions été désignés pour travailler en binôme en laboratoire de chimie et parfois nous travaillions ensemble sur nos devoirs.

Elle soupira.

— Je savais que je n'avais aucune chance avec lui – il était dans l'équipe de base-ball et sortait avec la pom-pom girl qui faisait de ma vie un enfer – mais, quand j'étais avec lui, j'avais l'impression d'être appréciée pour la première fois depuis longtemps.

Sutton sentit un malaise monter en lui. Il connaissait Jesse Wilde avant qu'il quitte Royal pour partir Dieu sait où. C'était un jeune homme beau et arrogant mais, pour être honnête, un abruti fini. Sutton n'avait jamais eu d'affinités avec lui, mais il le croisait de temps en temps au club. Cette histoire ne pouvait pas avoir une fin heureuse, et une part de lui voulait l'empêcher d'en dire plus. Mais il tint sa langue.

— En terminale nous nous sommes retrouvés dans le même

cours d'anglais. Il a fini par s'asseoir derrière moi et de temps en temps il se penchait pour discuter… juste assez pour faire battre mon cœur quand je sentais son souffle sur mon cou et que je l'imaginais en train de m'embrasser là. C'était un béguin absurde, mais quand il était près de moi je ne pouvais pas m'empêcher de croire que j'avais une chance.

« Environ une semaine avant le bal de fin d'année, un tuyau a éclaté dans le gymnase, et tout a été inondé durant le week-end. Il fallait refaire le sol, et donc il était impossible d'organiser le bal là-bas comme prévu. Alors quelqu'un a proposé le Texas Cattleman Club. Comme je ne comptais pas aller au bal, ça m'était égal, mais c'était excitant pour ceux qui n'étaient pas membres d'avoir la chance de visiter l'endroit, comme tu l'as dit. Puis Jesse a rompu avec sa petite amie quelques jours avant le bal. Tout le monde ne parlait que de ça dans les couloirs, et tous spéculaient sur ce qui avait bien pu se passer et se demandaient s'il y avait une autre fille dans l'histoire.

Elle secoua la tête avant de poursuivre :

— Je n'aurais jamais rêvé que ce soit moi, mais ce vendredi en classe d'anglais Jesse m'a demandé de rester après les cours parce qu'il voulait me dire quelque chose. Je pensais qu'il avait besoin d'aide pour notre devoir sur Hamlet, mais il s'est avéré qu'il voulait me proposer d'aller au bal avec lui.

Lauren s'assit, silencieuse durant un instant avant de continuer :

— J'étais sur la lune. J'ai à peine dormi cette nuit-là. Ma mère m'a même emmenée à Dallas le lendemain matin pour me trouver une robe à la dernière minute. Mon béguin m'avait demandé de l'accompagner au bal, et je pensais que tout dans ma vie allait changer en mieux.

Une expression douloureuse traversa alors son visage.

— J'étais une gamine si stupide. Naïve dans l'âme. Je n'avais encore jamais embrassé un garçon avant, mais je pensais savoir comment tout cela allait se passer.

Elle rit amèrement.

— Tout a commencé comme je l'espérais. Jesse est venu me

chercher dans son joli nouveau pick-up et m'a acheté une rose blanche à porter au poignet. Il était si beau dans son costume que je voulais juste mourir de bonheur. Nous nous sommes rendus au club, et tout le monde était stupéfait de nous voir ensemble. Surtout son ex-petite amie, Kaylah, qui était là avec un autre garçon que je ne connaissais pas.

Elle s'éclaircit la gorge.

— Mais je ne faisais pas trop attention à tout ça, parce que j'étais éblouie par le lieu. J'avais toujours rêvé de voir l'intérieur et je me retrouvais là avec le garçon que je croyais aimer de toute mon âme d'adolescente.

« Jesse est parti nous chercher du punch, et je suis allée aux toilettes pour vérifier ma coiffure. J'étais si nerveuse à l'idée d'être décoiffée ou que mon maquillage soit défait et qu'il change d'avis en me trouvant moche. En chemin, je suis tombée sur Kaylah et ses copines. Je m'attendais au pire. Comme je l'ai dit, depuis toujours Kaylah semblait prendre un malin plaisir à me torturer. J'ai pensé que, comme j'étais avec son ex, elle aurait encore plus de raisons de vouloir m'arracher les cheveux... Mais elles ont été vraiment sympas avec moi. Elles m'ont complimentée sur ma robe et m'ont demandé ce que je pensais du club.

Sutton retint un sifflement alors qu'il prenait une inspiration prudente. Il connaissait les filles comme Kaylah, et elles ne devenaient jamais soudain gentilles avec une fille qu'elles harcelaient sans raison.

— Je me suis dit que, comme je sortais avec Jesse, j'étais peut-être acceptée par le groupe des populaires. Kaylah m'a même proposé de me faire visiter le club. Elle a réussi à me faire baisser complètement ma garde. Nous sommes entrées dans quelques pièces, puis elle a affirmé que la dernière serait ma préférée parmi toutes. Elle a ouvert une porte et m'a demandé d'entrer. Il faisait complètement noir, mais je devinais que la pièce était immense à cause des échos de nos voix.

« Ensuite, la seule chose dont je me souviens, c'est d'avoir été poussée par-derrière. J'ai pratiquement volé vers l'avant mais, à ma grande surprise, au lieu d'atterrir sur le sol j'ai heurté l'eau. Une eau profonde. J'ai lutté dans l'obscurité pour remonter à la surface, et quand j'y suis enfin arrivée et que j'ai pris une profonde inspiration la lumière s'est allumée. Tous les lycéens étaient debout autour de la piscine à rire de moi et à prendre des photos avec leurs téléphones. Y compris Jesse.

Lauren fit une pause, les traits tendus.

— Lui aussi était là. Il ne m'avait jamais appréciée. C'était juste une ruse pour me faire venir au club. J'aurais voulu mourir, j'étais tellement gênée. J'étais trempée de la tête aux pieds, ma robe était fichue, mes cheveux dégoulinaient, et mon maquillage fondait sur mon visage.

— Qu'as-tu fait ? demanda finalement Sutton, les poings serrés.

Il espérait au fond de lui que Lauren avait grimpé hors de l'eau et qu'elle avait mis un coup de poing à Kaylah. Mais il savait que ce n'était pas ainsi que ce genre d'histoire se terminait. Les personnes riches et nanties comme Kaylah et Jesse - ces gens qu'il considérait comme ses amis auparavant - avaient rarement ce qu'elles méritaient.

— J'ai fait la seule chose dont j'étais capable. Je suis sortie de la piscine alors que tout le monde riait et j'ai marché sans m'arrêter. J'ai marché jusqu'à la maison, trempée. Le lendemain, j'ai compris que Kaylah était jalouse que Jesse me parle autant, même si c'était intéressé et qu'il cherchait uniquement à réussir l'examen d'anglais pour ne pas être renvoyé de l'équipe de base-ball. Quand elle a découvert que j'avais eu le culot d'avoir le béguin pour lui, elle a fomenté tout ce plan. Elle l'a convaincu de simuler une rupture avant le bal pour qu'il puisse m'inviter et qu'elle se venge. Pendant qu'elle m'entraînait dans la visite du club, tout le monde avait quitté la salle de danse pour se faufiler dans la piscine intérieure et attendre qu'elle me pousse dans l'eau.

« Je pensais ne jamais réussir à retourner au lycée. Mais j'y suis arrivée, et l'année suivante je suis immédiatement partie pour l'école hôtelière dans l'espoir que tout le monde oublierait « Tombe à l'eau ».

— Tombe à l'eau ? répéta Sutton en se redressant.

— C'est comme ça que tout le monde m'a appelée jusqu'à la fin de l'année scolaire.

— Waouh ! fit Sutton après avoir pris le temps d'absorber cette horrible histoire.

Certains détails qu'il avait remarqués à propos de Lauren commençaient à prendre sens.

— Je déteste l'idée que tu aies traversé tout ça. Les enfants sont parfois incroyablement cruels. J'aurais aimé être là pour botter le cul de Jesse.

— Tu ne m'aurais même pas regardée à l'époque, et encore moins défendue. Mais ça va. Les choses changent.

Elle avait raison : les choses changeaient, et il ne pouvait la laisser vivre pour toujours avec cet affreux souvenir. Elle avait grandi et réussi, et ces bêtises d'adolescents n'avaient plus d'importance.

— Si j'étais toi, je ne voudrais pour rien au monde retourner dans un endroit où j'aurais subi une humiliation pareille. Mais d'un autre côté je pense que tu devrais le faire. Tu dois affronter tes démons, Lauren. Ce ne sera plus l'endroit et les gens horribles que tu as imaginés pendant toutes ces années. Ce sont des adolescents, pas les membres du club, qui ont agi ainsi. Ils auraient fait quelque chose de différent mais de tout aussi embarrassant dans la salle de gym si elle n'avait pas été inondée.

— Oui, mais les meneurs étaient tous membres du club.

— C'est vrai. Mais ça ne veut pas dire que ce sont les affreuses personnes dont tu te souviens. Comme je l'ai dit, les adolescents sont terribles. Ils ont comme des lésions cérébrales à cet âge-là. C'est un fait scientifique avéré.

— Chut, le coupa Lauren, amusée, en lui donnant une tape sur le torse. Tu dis n'importe quoi pour me remonter le moral.

— Non, c'est vrai. Fais une recherche sur Google. Le cerveau humain n'est pas mature avant environ vingt-cinq ans. Donc, tout ce que tu fais de stupide avant cet âge peut être imputé à une matière grise sous-développée.

— Comme tomber amoureuse d'un crétin ? Me faire avoir comme une imbécile naïve et ruiner ma nouvelle robe ? Faire rire toute l'école, que des photos embarrassantes de moi soient publiées sur Internet et qu'on m'appelle Tombe à l'eau pour le reste de l'année ?

Sutton grimaça à ses arguments.

— Tous les adolescents prennent de mauvaises décisions. Ça a été notre cas à tous. Et maintenant que tu es plus âgée tu fais probablement de meilleurs choix, y compris avec les hommes, termina-t-il en lui adressant un grand sourire.

— Sur ce point tu as tout à fait raison.

— En tout cas, tout ce que je peux dire, c'est que je suis désolé de la façon dont certaines personnes idiotes de cette ville t'ont traitée. Je m'excuse au nom du club et de ses membres. J'ai souvent profité de cette piscine intérieure durant les hivers froids et je déteste savoir qu'elle a été le théâtre d'un des pires moments de ta vie. Espérons que tu pourras retourner dans cet endroit et y créer des souvenirs positifs. Ou du moins plus positifs que ceux que nous avons déjà créés, ajouta-t-il avec un sourire malicieux. Et maintenant que j'ai entendu cette histoire j'ajoute que je suis heureux que tu ne m'aies pas giflé quand je t'ai conduite dans la salle de billard en passant par ce couloir sombre.

— Fort heureusement, tu as dit billard et non piscine, sinon je ne serais peut-être pas entrée avec toi. Et le couloir n'était pas le même de toute façon. Je m'en suis rendu compte. Mon cerveau était en alerte maximale, et je n'allais pas retomber une seconde fois dans le piège. D'autant plus que ma robe était beaucoup plus chère cette fois.

Sutton la serra contre lui.

— Alors, qu'en penses-tu ? Juste un verre cet après-midi pour célébrer ta réussite et affronter tes démons ?

Lauren soupira, mais il la sentit hocher la tête contre son torse nu.

— D'accord. Un verre.

11

— Tu peux le faire. Tu l'as fait la nuit où nous nous sommes rencontrés et tu peux recommencer.

Lauren prit une profonde inspiration et plongea dans le regard encourageant de Sutton.

— J'étais masquée, murmura-t-elle en le suivant à l'intérieur.

— C'est juste un verre. Un seul. Et si tu ne te sens pas à l'aise après ça nous partirons. Mais je pense que tu comprendras que tes inquiétudes ne sont que l'ombre du passé. Le club n'est rien d'autre qu'un endroit rustique où les riches cow-boys se rencontrent.

Elle espérait qu'il avait raison, mais cela ne l'empêcha pas de sentir son estomac se contracter lorsqu'ils pénétrèrent à l'intérieur. Quand le club n'était pas décoré en vue d'une soirée, l'atmosphère y était très différente. Une faible musique de country était diffusée, et la lumière de fin d'après-midi entrait par les grandes fenêtres, conférant un aspect chaleureux aux lambris en chêne des murs et au parquet, et mettant en valeur la cheminée en pierre. C'était la première fois qu'elle venait en journée, et elle remarqua des détails, tels que les trophées de cerfs et de vieilles photos d'anciens membres, qui lui avaient échappé avec le faible éclairage de la nuit.

Il n'y avait pas grand monde aujourd'hui. La plupart étaient assis autour du bar et buvaient une bière en regardant un match de football sur l'écran de télévision. D'autres étaient attablés du côté salle à manger. Dans un coin salon, peut-être même celui où elle était cachée quand elle avait rencontré Sutton, deux hommes en stetson discutaient. Ils se tournèrent et leur jetèrent un rapide coup d'œil avant de retourner à leur conversation.

C'était très différent de ses souvenirs. Pourtant, ses yeux se dirigèrent instantanément vers le couloir obscur qui menait à la salle de sport et bien sûr, à la piscine intérieure. Elle détourna le regard, préférant se concentrer sur le deuxième couloir, celui qui menait à la salle de billard et à des souvenirs bien plus heureux.

— Tu veux t'asseoir au bar ou à une table privée ? demanda Sutton.

— Ça m'est égal.

Il ne parut pas convaincu.

— Prenons une table. Nous n'aurons pas à parler à des inconnus.

Une hôtesse leur proposa une table pour deux près d'une fenêtre. À l'extérieur, elle vit les courts de tennis et la grande piscine olympique qui s'étendait au-delà. Quelques personnes jouaient au tennis en double, mais la piscine était déserte par ce temps frais. Lauren se détourna du paysage et se concentra sur Sutton, face à elle. Il était la seule chose qui comptait en ce moment : il était là pour la soutenir, pour fêter sa réussite et l'aider à affronter les démons de son passé. Elle lui était si reconnaissante qu'elle aurait été prête à le suivre n'importe où. Surtout quand il se trouvait assis face à elle, plus appétissant que le plat le plus savoureux qu'elle ait jamais goûté.

La serveuse leur apporta deux verres d'eau.

— Heureuse de vous revoir au club, monsieur Wingate. Que puis-je vous servir, à vous et à votre invitée ?

— Un manhattan pour moi et… un dirty martini pour la dame.

Il sourit, se remémorant sans aucun doute le soir de leur rencontre.

La serveuse hocha la tête et disparut au bar pour préparer leurs boissons.

— J'espère que ça ne te dérange pas que je commande pour toi, dit-il. Est-ce que j'ai bien choisi ?

— Parfaitement. Je t'aurais corrigé sinon.

La serveuse revint un instant plus tard avec leurs consommations, et Sutton leva son verre.

— Je voudrais proposer un toast.

Lauren leva son propre cocktail pour se joindre à lui.

— À la cheffe la plus talentueuse que j'aie jamais rencontrée et à son nouveau restaurant à succès !

Elle sourit et fit tinter son verre de martini contre le sien avant de prendre une gorgée.

— Merci. J'apprécie la confiance que tu me portes. Je n'arrive toujours pas à y croire, mais j'ai déposé le chèque de Gracie ce matin, et tout s'est bien passé, alors je suppose que je peux arrêter de me pincer. Je n'ai jamais eu autant de zéros sur mon compte en banque professionnel... ni sur mon compte personnel d'ailleurs. Jamais.

Sutton sourit également.

— C'est agréable, n'est-ce pas ? Tu ferais mieux de t'y habituer : ton succès est inévitable. Bientôt tu auras tout cela en permanence sur ton compte, et même plus. Tu auras du monde pour t'aider, et tout sera plus facile. Tu pourras même vendre les camions-restaurants et te concentrer uniquement sur ton avenir de grande cheffe du Texas.

Lauren se raidit légèrement et prit une grande gorgée de son martini : il reparlait de vendre ses camions. Leur présence semblait vraiment le déranger. Elle se demanda comment il réagirait si elle lui annonçait que la vente ne serait pas pour tout de suite. Elle aurait aimé pouvoir en discuter avec lui, mais leur relation lui semblait encore trop fragile, et de plus il lui donnait constamment l'impression de vouloir la faire progresser et réussir.

— Je pourrais peut-être embaucher du personnel supplémentaire et conserver les camions. Du moins les midis et les week-ends, histoire de faire de la publicité. Ils engendrent de faibles frais et font de très bonnes recettes.

Elle pensait qu'il allait réagir à ses propos, mais il sembla soudain se concentrer sur un groupe d'hommes qui venaient d'arriver. Ces derniers discutaient entre eux, quand soudain leurs regards se tournèrent vers Sutton et Lauren. L'un d'eux donna un coup de coude à un autre et lui dit quelque chose que Lauren ne put entendre. Les trois se mirent à rire et partirent dans l'autre sens.

Quand elle se tourna vers Sutton, il était livide. Son sourire s'était effacé, et pour la première fois depuis qu'elle le connaissait il avait l'air presque ébranlé.

— Il y a un problème ? Qui sont ces gens ?

La mâchoire crispée, il secoua la tête.

— Avant, c'étaient des amis de la famille.

— Et maintenant ? demanda-t-elle.

— Maintenant, ils ne le sont plus. Tout le monde veut être ton ami quand tu es en haut de l'échelle. Mais dès que tu es à terre... c'est là que tu découvres qui sont tes vrais amis. Ces hommes nous ont tourné le dos à la première occasion. Ils semblent presque se réjouir de nos souffrances. Des salauds.

Lauren grimaça à ces mots. Elle réalisa la chance qu'elle avait de n'avoir jamais été dans ce genre de situation, avec des amis intéressés qui la laisseraient tomber dès qu'elle ne leur serait plus d'aucune utilité. Tout ce qu'elle avait à offrir, c'était son amitié et de temps en temps un repas maison.

— Je suis désolée, Sutton. Au moins, tu vois enfin leurs vrais visages.

— Oui.

Elle voyait cependant que son esprit était ailleurs.

— Sutton ?

Il se concentra à nouveau sur Lauren.

— Tu veux bien m'excuser un instant ? Je dois aller aux toilettes. Ça ira, seule ?

Elle voulut dire non, que ça n'irait pas, mais s'il avait besoin d'une minute pour se ressaisir elle ne pouvait la lui refuser.

— Ne t'inquiète pas. Vas-y.

Il hocha la tête et termina le reste de son verre avant de repousser sa chaise et de se diriger vers les toilettes. Elle le suivit du regard et remarqua plusieurs clients qui s'étaient mis à chuchoter en le regardant partir. Peut-être que c'était elle finalement qui avait raison au sujet du club et lui qui avait tort, songea-t-elle. Les gens ne semblaient pas si sympathiques sitôt que vous aviez le dos tourné.

— Trempe à l'eau ? C'est bien toi ?

Lauren sentit son sang se glacer à la mention de cet horrible surnom, et elle se tourna lentement vers la voix familière. Juste derrière elle, sur la droite, trois femmes étaient assises à une table voisine.

Elle reconnut Kaylah instantanément : plus âgée et moins fine, avec un front luisant de Botox. Elle l'aurait reconnue n'importe où. Impossible d'oublier le visage de son bourreau ou son rire qui résonnait dans la piscine intérieure.

Lauren regretta aussitôt d'avoir réagi à ce surnom stupide. Elle aurait également dû faire un effort sur sa tenue, se maquiller et mieux se coiffer avant de venir dans un endroit pareil. Sutton ne semblait pas particulièrement se soucier de son apparence, mais ce genre de préparatifs était parfois comparable à une armure féminine face aux flèches de l'ennemi.

Et Kaylah Anderson était définitivement une ennemie. Le temps n'avait pas changé cela d'un iota, malgré ce que Sutton semblait penser.

Lauren choisit de ne pas répondre et fixa la femme d'un regard vide en espérant ne rien laisser transparaître de son émoi intérieur.

— Excusez-moi, vous me parliez ? demanda-t-elle.

— Oui. Tu es bien Lauren Roberts, n'est-ce pas ?

Elle fut surprise que Kaylah connaisse son nom. Elle ne l'avait pourtant jamais entendue le prononcer à haute voix.

— Oui. Je vous connais ?

— Bien sûr que oui. Je suis Kaylah Anderson-Tate. Nous étions au lycée ensemble.

Il y avait quelque chose de malveillant dans son sourire, comme si elle cherchait à revivre sa gloire passée en observant la douleur de Lauren.

Mais elle n'allait pas lui donner cette satisfaction.

— Je suis désolée, je n'ai pas beaucoup de souvenirs du lycée. C'était il y a si longtemps.

Kaylah s'efforça de froncer les sourcils, du moins autant que ses muscles figés par le Botox en étaient capables.

— Nous avons eu une petite querelle au sujet de Jesse Wilde à cette époque… en dernière année. Je suis sûre que tu t'en souviens.

Elle semblait déterminée à ce que Lauren se remémore sa mauvaise farce. Mais la jeune femme refusa de mordre à l'hameçon.

— Jesse Wilde. Je n'ai plus pensé à lui depuis des lustres.

— J'imagine bien. Pourquoi penser à lui quand tu te promènes aux bras d'un Wingate ? C'est carrément le niveau supérieur, surtout pour quelqu'un comme toi.

Les deux autres femmes ricanèrent doucement à sa pique.

— Il a simplement bon goût, répondit Lauren, impassible.

— Vraiment ? fit-elle en arquant à peine un sourcil avant de se pencher et de poursuivre à voix basse. Entre filles, comment as-tu mis le grappin sur Sutton Wingate ? Il a toujours été connu pour être si… particulier.

Lauren garda le silence. Que pouvait-elle répondre à cela ? Depuis qu'elle sortait avec Sutton, elle en avait appris un peu plus sur son passé de play-boy. Or les play-boys avaient tendance à être attirés par des femmes belles et élégantes, et elle doutait de pouvoir être classée dans cette catégorie. Elle était certes attirante, mais élégante ? Sûrement pas avec son chignon, son absence de maquillage et sa veste de cheffe couverte de sang après qu'elle avait découpé un gros morceau de viande pour le service du soir.

Elle avait peut-être fait illusion le premier soir, avec sa robe, son masque et son alter ego audacieux, mais plus maintenant. Peut-être que l'encourager à vendre ses camions-restaurants était le seul moyen pour Sutton de la rapprocher un peu de la femme belle et élégante qu'il désirait vraiment.

— Tu préfères garder tes secrets, hein ? ajouta Kaylah avec un petit rire aigu devant son silence. Enfin… De toute façon ça n'a pas vraiment d'importance. Sutton ne garde jamais une femme longtemps. Quoi que tu aies fait, ça a peut-être marché pour le harponner, mais ça ne le fera pas rester pour toujours. Je ne m'attacherais pas trop à ta place.

Ses amies rirent à nouveau, et Lauren se força à se retourner vers sa table. Elle aurait aimé que Sutton soit là pour éviter de se retrouver seule face à la pire personne au monde. S'il avait été là, peut-être qu'il l'aurait défendue et aurait fait taire Kaylah, ou qu'il aurait dit quelque chose qui aurait pansé son ego meurtri.

Mais toute seule elle se sentit s'effondrer. Kaylah avait réussi, sans le moindre effort, à toucher ses plus sombres craintes. Lauren savait déjà qu'elle était amoureuse d'un homme avec qui elle n'avait aucune chance. Mais que ce soit dit à haute voix, comme une simple évidence, était autrement douloureux.

Elle ne voulait pas rester ici un instant de plus si c'était pour subir ce genre de personnes capricieuses et malveillantes. Si Sutton n'était pas capable de voir qui étaient réellement ces gens, alors il était peut-être semblable à eux.

Mais pour sa part elle ne l'était pas et ne le serait jamais. Aussi douloureuse qu'en soit la perspective, elle devait peut-être arrêter de voir Sutton. Sortir avec lui était trop ambitieux pour quelqu'un comme elle.

Lauren saisit alors sa pochette et se leva sans un mot. Elle allait prendre sa dignité et ses camions-restaurants, et rentrer chez elle.

Venir ici avait été une erreur. Sutton s'en rendait compte à présent. Il n'avait pas compris que ce serait sa réputation à lui, et non celle de Lauren, qui poserait problème.

S'il avait délibérément évité le club ces dernières semaines, ce n'était pas pour rien. Car c'était une chose de savoir que ces gens – ces mêmes personnes qui se proclamaient ses amis il y a encore peu – médisaient dans son dos, c'en était une autre de le subir de plein fouet. Le gala de charité de Beth avait été l'exception. Mais il s'était laissé griser par son histoire avec Lauren et par le fait de l'aider à monter son restaurant, et il avait occulté tout le reste. En l'encourageant à affronter ses peurs, il avait oublié pourquoi lui-même évitait cet endroit.

Mais après à peine deux gorgées de son cocktail la mémoire lui était revenue. En entrant il avait pourtant senti les regards se braquer sur eux, mais il avait imputé cela au fait que Lauren était inconnue. Cependant, quand certains s'étaient mis à rire et que quelques mots lui étaient parvenus, il avait compris que c'était lui le sujet de moquerie et que venir ici était une erreur.

Il s'aspergea le visage d'eau et prit une profonde inspiration. Il devait se ressaisir. Il ne pouvait pas les laisser voir à quel point cela le touchait. C'était primordial. Sutton et sa famille n'avaient rien à cacher. Ils avaient été piégés. Tous ces amis du dimanche pouvaient rire tant qu'ils voulaient, mais la vérité finirait par éclater. Et ce jour-là, quand ils essayeraient de frapper à nouveau à la porte des Wingate, ils trouveraient un accueil glacial.

Prenant une serviette dans le distributeur, Sutton se sécha le visage et les mains et choisit une des eaux de Cologne mises à disposition pour s'en tapoter un peu le cou. Les senteurs d'eucalyptus étaient censées agir sur le stress, et toute aide était la bienvenue en ce moment.

Quand il revint à leur table, il crut au début s'être trompé de salle. Il était pourtant au bon endroit : leurs deux verres vides étaient toujours là. Mais Lauren était introuvable.

— Est-ce que ce sera tout, monsieur Wingate ? demanda la serveuse en s'approchant.

— Je ne sais pas. Je pense que oui. Avez-vous vu où est partie la dame qui était avec moi ?

— Non, monsieur. Elle a dû s'absenter quand j'étais à la cuisine. Est-ce que vous voulez que je mette cela sur votre compte ?

Sutton hocha la tête.

— Oui, merci.

Il doutait que Lauren veuille prendre un autre verre, même si elle était probablement aux toilettes ou sortie passer un coup de fil. Lui en tout cas avait hâte de s'éclipser. Mais où donc avait-elle disparu ?

— Elle est partie. Elle a appelé un taxi, je pense.

Sutton se tourna vers un groupe assis derrière eux, et plus précisément vers la femme qui lui avait parlé.

— Elle a quitté le club ?

— Oui. Il y a quelques minutes. Elle avait l'air assez bouleversée.

Il étrécit le regard vers cette inconnue aux cheveux blonds. Elle paraissait ravie et un peu trop désireuse de lui raconter ce qui s'était passé. L'ignorant, il se précipita vers la sortie, espérant pouvoir encore la rattraper.

Il la vit à l'instant même où une berline blanche affichant un autocollant Uber sur le pare-brise s'arrêtait devant elle.

— Lauren ! cria-t-il en se précipitant vers elle.

Au lieu de se retourner, elle se dépêcha de monter dans la voiture avant qu'il puisse la rejoindre. Il réussit néanmoins à lui saisir le poignet et à la remettre sur ses pieds.

— Qu'est-ce qui se passe ? Pourquoi est-ce que tu t'enfuis ?

Lauren leva le visage vers lui, les yeux emplis de larmes. Il vit la douleur et le conflit se refléter sur son visage. Elle ouvrit la bouche pour dire quelque chose, puis secoua la tête et pressa un baiser brûlant sur les lèvres de Sutton. Il y avait une irrévocabilité si poignante dans ce geste qu'il sentit sa poitrine se serrer.

— Tu dois me laisser partir, murmura-t-elle contre sa bouche en se libérant de son étreinte.

Sutton se redressa, confus et le cœur brisé, tandis que Lauren montait dans la voiture et s'éloignait. Il regarda l'Uber disparaître en s'interrogeant sur la raison de son départ.

Sortant son téléphone de la poche de sa veste, il composa aussitôt le numéro de Lauren, mais tomba directement sur la messagerie vocale. Déconcerté, il se demanda ce qui avait bien pu se passer.

Quand il rentra dans le club, les rires des mêmes hommes, assis dans le coin le plus éloigné de la salle, attirèrent son attention.

— J'espère que l'orange lui va bien ! déclara l'un d'eux dans un grand éclat de rire.

Ils étaient encore en train de le dénigrer, sans même faire l'effort d'être discrets. Il avait pourtant l'habitude, même avant le scandale, d'être le sujet de commérages des gens. Mais c'était nouveau pour Lauren. Peut-être avait-elle entendu leurs horribles plaisanteries au moment où il s'était absenté. Il lui avait expliqué tout ce qu'il y avait à savoir sur la situation de leur entreprise, mais peut-être que faire face au scandale était trop pour elle. C'était une chose d'expliquer qu'il faisait l'objet d'une enquête et de tenter de prouver son innocence, c'en était une autre d'entendre des hommes plaisanter sur le fait qu'il irait en prison. Qui voudrait d'une relation impliquant les mots *liberté conditionnelle* et des visites à travers un plexiglas les dimanches après-midi ?

Le fait qu'il clame son innocence ne signifiait pas qu'il ne finirait pas en prison de toute façon. Il n'était pas si naïf. Sa famille avait engagé de bons avocats, mais ceux qui leur avaient tendu ce piège avaient fait un excellent travail. Avec les preuves amassées et le bon jury, Sutton, Sebastian et un grand nombre de cadres de l'entreprise pourraient très bien passer la prochaine année derrière les barreaux.

La pensée le dérangeait bien sûr. Personne ne voulait aller en prison. Mais étrangement ce qui le dérangeait le plus en ce moment, c'était l'idée que Lauren monte son nouveau restaurant toute seule, sans son aide et sans son soutien.

Tout cela faisait beaucoup à digérer et était peut-être difficile à affronter pour elle. C'étaient des problèmes dont elle n'avait pas besoin en ce moment, avec sa vie bien remplie. Comment lui reprocher de prendre la fuite ? Un avenir brillant l'attendait à Royal, qu'elle en soit consciente ou pas. Il valait mieux éviter que les problèmes de Sutton l'entraînent vers le bas et ternissent sa réputation même pas encore bâtie.

La sensation n'en demeurait pas moins semblable à celle de recevoir un coup de poing en plein ventre au moment où il s'y attendait le moins. Il n'imaginait pas qu'elle soit le genre de femme à fuir aux premières difficultés.

Sans plus un regard pour les hommes qu'il avait autrefois appelés ses « amis », Sutton laissa la porte se refermer et se dirigea vers sa voiture. Il rentra chez lui à toute allure, au risque d'avoir une contravention. Il fallait qu'il s'éloigne du club et de ces personnes qu'il avait défendues devant Lauren tout à l'heure. Peut-être avait-elle raison de vouloir les éviter. Il avait tout intérêt à suivre son exemple d'ailleurs et à abandonner sa carte d'adhérent pour un petit moment. Ça serait une dépense en moins, en plus du reste.

Une fois de retour chez lui, il jeta ses clés sur le comptoir de la cuisine et sortit une bière du réfrigérateur. La colère décuplant ses forces, il fit voler la capsule à travers la pièce en ouvrant la bouteille. Celle-ci atterrit aux pieds de son frère qui entrait tout juste.

— Tu rentres tôt, commenta Sebastian en regardant le disque argenté sur le carrelage avant de s'arrêter net en voyant la mine renfrognée de Sutton. Oh oh ! que t'est-il arrivé ?

Sutton relata sa visite au club de manière aussi brève que possible.

— Elle m'a fui, conclut-il

— As-tu essayé de l'appeler ?

Il sortit son téléphone et composa à nouveau le numéro de Lauren, pour retomber sur le répondeur disant de laisser un message.

— Elle ne prend pas mes appels.

— Je me demande ce qui s'est passé pendant que tu étais aux toilettes, s'interrogea Sebastian en s'installant sur un tabouret, l'air pensif. Ça a dû être rapide en tout cas.

— C'était probablement en rapport avec l'enquête. Les frères Kennedy et Mark Swenson étaient en train de bavasser sur nous. Ils riaient en parlant de combinaison orange.

Il marqua alors un arrêt avant de poursuivre :

— Je déteste le reconnaître, mais c'est sans doute mieux ainsi. J'aurais fait pareil à sa place : personne ne souhaite sortir avec un criminel. Peut-être a-t-elle décidé de fuir pendant qu'il en est encore temps et avant que notre relation devienne trop sérieuse ?

— Premièrement, tu n'es pas un criminel, et j'aime à croire que Lauren le sait aussi. Deuxièmement, tu es aveugle si tu penses que ce n'est pas sérieux entre vous.

Sutton avala sa gorgée de bière et posa la bouteille sur le plan de travail en granit.

— Qu'est-ce que tu racontes ?

Sebastian leva les yeux au ciel.

— C'est une plaisanterie ? Tu penses vraiment que ce n'est pas du sérieux, vous deux ? C'est la relation la plus sérieuse que tu aies jamais eue, Sutton. Que tu le reconnaisses ou pas, tu es fou amoureux de cette femme.

Il ouvrit la bouche pour protester, mais s'arrêta net. Plus il pensait aux paroles de son frère, plus il comprenait qu'elles étaient vraies : Sutton n'avait jamais rien ressenti de semblable pour aucune femme. Elle n'était pas qu'une simple distraction à ses problèmes, mais la raison pour laquelle il devait se battre et en sortir plus fort. Elle était la première chose à laquelle il pensait en se réveillant le matin et la dernière sur laquelle son esprit s'attardait lorsqu'il s'endormait. Quand il n'était pas avec elle, il ressentait un vide en lui que rien ne pouvait combler.

Et pour une fois il ne s'agissait pas là uniquement de sexe. Pour lui, les relations sexuelles s'étaient toujours résumées au plaisir physique, et dès qu'il s'ennuyait avec une partenaire il passait à autre chose. Mais avec elle c'était totalement différent. Le sexe avec Lauren était, bien sûr, époustouflant, mais il se sentait également heureux de se blottir à ses côtés sur le canapé. Il aimait humer l'odeur de son shampoing et essayer de le mémoriser, et il avait l'impression que tout allait instantanément mieux quand il la voyait sourire.

Il n'y avait plus aucun doute dans son esprit. Il détestait l'admettre, mais Sebastian avait raison : il était amoureux de Lauren. Il avait fallu qu'elle le quitte pour qu'il découvre la vérité.

Et maintenant qu'il savait il devait trouver une solution pour récupérer son amante en fuite.

12

Lauren ne savait pas trop comment gérer sa nouvelle vie. Pour faire tourner le restaurant, elle devait renoncer à tout contrôler. Ce qui signifiait de ne pas passer sa journée à s'occuper de ses camions-restaurants. Ed et Javier dirigeaient toujours le second camion, mais elle avait embauché quelqu'un pour aider Amy avec le premier. Son rôle à présent consistait à élaborer les menus une semaine à l'avance et à laisser Amy et Javier s'occuper du reste.

C'était un grand progrès pour elle, mais pour préserver l'emploi de tous et avoir des rentrées d'argent, elle devait laisser les camions tourner pour le moment. D'autant plus que les affaires étaient en plein essor après la soirée éphémère. Une fois le restaurant ouvert, elle pourrait peut-être embaucher d'autres personnes pour les camions et ramener son équipe principale auprès d'elle. Ils connaissaient sa cuisine mieux que quiconque, et elle avait besoin de leur soutien pour réussir.

Mais c'était une décision qu'elle prendrait ultérieurement. Pour l'instant il lui fallait penser à beaucoup de choses qui devaient être réglées immédiatement. Elle avait déjà signé le bail du restaurant, et chaque journée passée où elle ne gagnait rien la rendait de plus en plus nerveuse. Elle devait donc se décider rapidement pour tout ce qui était artisans, peinture, moquette et plus encore. Les aspects sur lesquels elle aurait aimé pouvoir se concentrer – autrement dit, le menu – devaient impérativement être relégués en deuxième position.

Heureusement, elle avait Gracie pour l'aider. La nouvelle millionnaire et investisseuse n'était pas une associée aussi passive que Lauren l'aurait cru, mais ce n'était pas plus mal. Comme Gracie était désireuse de se rendre utile, Lauren lui avait laissé quelques décisions concernant la décoration. Jusque-là elle avait choisi les couverts, les assiettes et même les nouveaux accessoires pour les toilettes. Le mobilier avait même été commandé, ce qui libérait l'esprit de Lauren.

De fait, cela lui libérait tellement l'esprit que ses pensées s'égaraient périodiquement. Normalement, elle était trop occupée pour réfléchir à sa vie, mais à présent qu'elle avait un peu de temps libre son cerveau semblait ravi de mettre de côté les idées de menu pour songer à Sutton et à l'expression de son visage quand elle était partie… et à quel point il lui manquait. Elle repensait également à la façon dont elle s'était enfuie sans donner d'explication.

Lauren poussa un profond soupir et laissa tomber son stylo sur le bureau, avant de s'adosser à son siège. Toute pensée de menus et de crevettes au gruau s'évapora dès qu'elle jeta un œil à son téléphone. Elle avait six appels manqués, et tous étaient de Sutton, même si la fréquence des appels avait baissé dernièrement. Bientôt, il arrêterait complètement de la contacter : une réalité qui la soulageait et la terrifiait à la fois.

Il fallait qu'elle lui explique les raisons de sa fuite. Mais chaque justification trouvée lui paraissait stupide. La vérité était laide et difficile à exprimer : comment lui faire comprendre qu'il lui avait fallu sortir avec le golden-boy le plus en vue de la ville, le magnat millionnaire, pour découvrir qu'elle avait une faible estime de soi ? Il ne comprendrait pas. Et pourtant il y avait contribué, probablement sans même le savoir.

Lauren s'était sentie en insécurité. Les constantes suggestions de Sutton au sujet de son entreprise, ajoutées au fait qu'elle soit tombée sur Kaylah au club, avaient tout simplement été trop pour elle. Il lui arrivait souvent de ne pas se sentir à la hauteur dans cette ville, mais elle en avait eu la confirmation cet après-midi-là. Elle était une grande cheffe et pouvait servir avec joie de merveilleux plats à l'élite de Royal, mais elle ne serait jamais l'une d'entre eux.

Le plus tôt elle l'admettrait, le plus simple ce serait. Elle aimait peut-être Sutton, et lui était peut-être entiché de l'idée qu'il se faisait d'elle, mais il ne l'aimerait jamais. Sa famille et ses amis ne l'accepteraient jamais. La meilleure chose à faire était de continuer à ignorer ses appels. Ce serait plus facile pour son cœur de cette manière.

À ce moment précis, son téléphone se mit à jouer la sonnerie qu'elle avait assignée à Sutton. Elle soupira et, au lieu de répondre, se leva pour se préparer un verre de thé glacé. Mais au moment où le téléphone cessa de sonner la sonnette retentit bruyamment à travers la maison.

Lauren fronça les sourcils et se dirigea vers la porte. Elle n'arrivait plus à garder le compte des livraisons. En ouvrant, elle s'attendait à découvrir sur le seuil un livreur lui apportant huit caisses d'assiettes, mais elle se trouva face à Sutton qui tenait un autre bouquet d'herbes aromatiques à la main.

Son cœur bondit à sa vue. Un simple « non » ne semblait visiblement pas lui suffire lorsqu'il s'agissait d'elle, et force était de constater que cela lui plaisait... et lui déplaisait en même temps. Comment pouvait-elle se convaincre qu'elle était capable de vivre sans lui s'il ne la laissait pas essayer ?

— Que fais-tu ici, Sutton ? demanda-t-elle, abattue.

Si elle n'avait pas décroché, c'était parce qu'elle n'était pas prête à parler. Sa venue ici la forçait à faire face à des sentiments qui l'épuisaient bien trop émotionnellement.

Il sourit et tendit le bouquet.

— Je suis ici parce que je n'ai pas bien compris ce qui s'est passé entre nous, mais je suis déterminé à y remédier.

— Tu n'as pas à y remédier, Sutton. Ou à me réparer. Je suis censée être ta petite amie, pas un cobaye pour homme d'affaires ennuyé qui essaye de se divertir afin d'oublier ses problèmes.

Il parut confus et légèrement surpris par ces mots tranchants.

— Qu'est-ce que tu racontes ?

Qu'est-ce qu'il n'avait pas compris ? se demanda-t-elle. Son regard triste la dérouta, mais elle se contenta de secouer la tête. Elle n'avait pas le temps pour ça.

— Rentre chez toi, Sutton.

— J'en viens. Mais c'était froid et vide sans toi. Tout est sans intérêt depuis que tu t'es enfuie, et j'ignore ce que je dois faire puisque je ne sais même pas ce que j'ai fait de mal. Alors explique-moi et laisse-moi me rattraper, car j'ai besoin de toi.

— Tu n'as rien fait de mal, répondit Lauren en essayant de ne pas réagir physiquement à cet aveu.

Elle aussi se sentait vide et glacée sans lui, mais elle ne comptait pas l'avouer.

— Alors pourquoi as-tu fui le club ?

— Parce que tu mérites mieux ! s'écria-t-elle.

Sutton fut d'abord abasourdi. Puis son expression s'adoucit, et son regard s'emplit de tristesse.

— Il n'y a personne de mieux que toi, Lauren.

Ce fut au tour de Lauren d'être abasourdie. Il le pensait vraiment : elle le ressentait jusqu'au plus profond de son âme. Mais la raison lui échappait. Tout le monde, à part Sutton, semblait comprendre que leur relation était vouée à l'échec. Il était trop têtu pour le voir.

— Puis-je entrer ? demanda-t-il doucement.

Lauren céda et fit un pas en arrière pour le laisser passer. Elle prit les herbes aromatiques et les porta à la cuisine pour les mettre dans l'eau. Ça serait parfait pour une sauce *chimichurri* ou du pesto. Même dans un moment pareil, le cerveau d'un chef ne s'arrêtait jamais complètement.

Une fois cela fait, elle guida Sutton vers son petit salon cosy. Ils s'installèrent chacun à une extrémité du canapé, à seulement quelques centimètres, mais qui parurent comme des kilomètres à Lauren. Elle aurait voulu se jeter dans ses bras pour y trouver une douce consolation, mais elle se retint et resta à sa place.

— Malgré ce que tu peux penser, Sutton, je ne suis pas assez bien pour toi. Je ne suis pas le genre de femme qui convient à ta famille et à tes amis. Je ne pourrai jamais m'intégrer au club, et malgré tous tes efforts notre petite virée là-bas n'a fait que renforcer ce que je savais déjà. Ce que nous avons partagé était merveilleux, mais ce n'est pas fait pour durer.

Sutton plissa les yeux à mesure qu'elle parlait et contracta la mâchoire avec une irritation réprimée.

— Où es-tu allée chercher que tu n'es pas assez bien pour moi ? Est-ce que ça ne devrait pas être à moi de le dire ?

— Tu n'as pas à le faire. Cette bonne vieille Kaylah Anderson s'en est chargée pour toi. Une rapide conversation et ça a été la fin du rêve. J'ai maintenant les pieds sur terre et je sais que c'est une bataille perdue d'avance.

Sutton fronça les sourcils et chercha son regard.

— Est-ce que tu parles de la blonde qui était au club ? Celle qui était assise près de notre table, dans un chemisier bleu ?

— C'est bien elle.

Bien sûr qu'une femme comme Kaylah ne passait pas inaperçue ! Tout le monde la remarquait avec ses cheveux blonds, ses grands yeux bleus et sa poitrine imposante. Et le cas échéant Kaylah savait très bien se faire remarquer toute seule.

— Qu'est-ce qu'elle... ?

Sa voix s'éteignit, et il écarquilla les yeux comme s'il commençait à tout reconstituer.

— Attends. C'est cette même Kaylah du bal de fin d'année dont tu parlais ?

Elle hocha la tête.

— La discussion a été brève, mais j'avais besoin de l'entendre. J'ai laissé les choses aller trop loin entre nous, tout comme avec Jesse, et je ne pouvais qu'être blessée en fin de compte.

— Et ma douleur à moi alors ? Que crois-tu que j'aie ressenti en te voyant t'enfuir sans un mot d'explication et refuser ensuite mes appels ? Ça me blesse que tu sois capable de disparaître sans même essayer de me parler.

— Tu es Sutton Wingate, répliqua Lauren d'un ton railleur.

Tu auras une mondaine plantureuse accrochée à ton bras en un rien de temps et tu m'oublieras rapidement.

— T'oublier ? répéta-t-il, incrédule. Je ne peux pas t'oublier, Lauren. Crois-moi, j'ai essayé. J'ai passé des journées entières à tenter de te sortir de mon esprit après le bal masqué. Tu as hanté mes rêves.

— Cette femme n'était pas moi. Elle était glamour, élégante et tout ce que je ne suis pas. Cette nuit a été un hasard extraordinaire, et tu t'es entiché d'un personnage de fiction imaginé par la loterie Cendrillon. Enlève le masque et le maquillage, et tout ce qui reste c'est moi.

— Enlève ça, et tout ce qui reste est une femme intelligente, talentueuse, attentionnée et séduisante qui compte plus que tout pour moi. Tu parles de toi comme si je pouvais être déçu de qui tu es ou de ton apparence. Je suis tombé amoureux sans même connaître ton visage et plus encore quand je t'ai vue sans masque. La vraie femme est tellement plus incroyable que la mystérieuse inconnue. Je voulais me mettre des raclées quand j'ai cru que tu m'avais repoussé à cause de mes ennuis.

— Repoussé ? demanda Lauren. Comment ça ?

Sutton soupira.

— Quand nous étions au club ce jour-là, je ne faisais qu'entendre les rires venant du fond de la salle. C'étaient des gens qui se moquaient des malheurs de ma famille en disant que nous étions tous des criminels condamnés à finir en prison... C'était comme s'ils me narguaient. J'ai compris que venir au club avait été une erreur, mais je devais me ressaisir pour t'aider à dépasser tes craintes...

Le regret se lisait dans l'expression de ses traits.

— C'est pour ça que j'ai voulu m'isoler une minute. J'étais gêné par leur discours, mais je ne voulais pas qu'on s'en aperçoive, que ce soit toi ou eux. Quand tu as disparu, j'ai pensé que tu les avais peut-être entendus et que tu avais décidé que je n'en valais pas la peine. Tu aurais eu raison de le faire, parce que je pense vraiment que tu mérites mieux qu'un perdant tel que moi.

Lauren ouvrit la bouche de stupéfaction, et son expression refléta une incrédulité totale.

— Comment peux-tu croire une chose pareille ? Tu es un homme incroyable. Un homme innocent. Et être à tes côtés pendant ces moments difficiles en vaut vraiment la peine.

Il eut beau être soulagé par ses paroles, il ressentait toujours le besoin de s'expliquer.

— Tu as raison au sujet de mon besoin constant de résoudre tous les problèmes. Je t'ai probablement fait plus de mal que de bien avec ma volonté mal placée à vouloir te faire réussir à tout prix. Tu n'as pas besoin que je résolve tes problèmes et je n'ai jamais voulu laisser entendre le contraire.

— Sutton, je...

— Non, laisse-moi terminer. Ça doit être dit.

Il hésita avant de poursuivre, mal à l'aise :

— Je me rends compte à présent que c'est à toi de gérer cette entreprise comme tu le souhaites. Que tu choisisses des camions-restaurants, un emplacement fixe ou un stand de hot-dogs, c'est à toi de décider, et je serai heureux d'être à tes côtés. Si je t'ai poussée, ce n'est pas parce que tu n'es pas assez bien, mais parce que je me sentais inutile. Après la maladie de notre père et la prise en main de l'entreprise par mon frère et moi, j'ai pris l'habitude d'être en contrôle et d'exercer d'énormes responsabilités. Et soudain mon monde s'est écroulé, et tout a disparu.

« J'avais tout et du jour au lendemain, plus rien. Choisir mon café du matin était devenu la décision la plus importante de ma journée. Alors le fait de t'aider avec ton entreprise m'a donné le sentiment d'être à nouveau utile. J'ai voulu t'aider à t'agrandir et à atteindre des objectifs que tu n'avais peut-être même pas, mais c'était plus fort que moi. Je suis désolé d'avoir transformé ta vie en projet.

Lauren s'approcha de lui sur le canapé et posa la main sur la sienne.

— Ne t'excuse pas. Tu m'as fait voir les choses en grand,

mais aussi d'une manière complètement différente. Grâce à toi, je vais ouvrir le restaurant de mes rêves. Sans toi, Sutton, j'aurais mis des années à trouver le courage d'essayer. Tu m'as empêchée de me cacher derrière des obstacles imaginaires et tu m'as poussée à donner le meilleur de moi-même. Oui, j'avais peur que tous tes efforts soient motivés par la crainte que je ne sois pas assez bien pour ton monde et tes amis, mais je voulais relever le défi parce que je désirais être digne de devenir une Wingate un jour, et...

— Attends, l'interrompit Sutton.

À ces mots, il avait senti son cœur manquer un battement.

— Tu viens de dire que tu voulais être une... une Wingate ?

Lauren s'empourpra et pinça les lèvres pour cacher son embarras. Elle avait manifestement été trop bavarde.

— Je ne voulais pas dire tout de suite, évidemment. Il y a bien sûr d'autres facteurs à prendre en considération, et c'est tout nouveau entre nous, vraiment euh...

— Je t'aime, Lauren.

C'était la première fois qu'il disait ces mots à une personne, mis à part sa famille. Il ne les avait encore jamais dits à une femme, et la sensation lui plut. Alors il répéta :

— Je t'aime.

— Je t'ai entendu la première fois, répondit-elle, les yeux écarquillés. Mais je pensais l'avoir peut-être imaginé.

Sutton se pencha et prit sa main dans la sienne.

— Tu n'imagines rien. Je t'aime. Je t'aime telle que tu es, que tu portes une robe de bal, un survêtement ou ta tenue de cheffe. Tu es parfaite, et je n'essayerai jamais de te changer.

Lauren resta un long moment silencieuse et immobile. Sutton finit alors par tendre la main pour lui caresser la joue.

— Lauren ?

— Je t'aime aussi, lâcha-t-elle en revenant à la vie et en prenant une profonde inspiration. Je craignais juste de le dire à voix haute.

— Tu m'as fait peur pendant une seconde, avoua-t-il avec un sourire avant de se pencher pour l'embrasser.

La toucher lui avait manqué ces derniers jours. En fait, tout lui avait manqué chez elle. C'était la seconde fois qu'il réussissait à la récupérer, et il ne comptait plus la laisser partir.

La chaleureuse sensation d'amour emplit sa poitrine pour la première fois et le poussa à continuer. Il s'était dit en venant ici qu'il lui avouerait tout. Si elle le rejetait, il ferait face et passerait à autre chose, mais jusque-là tout allait bien.

Se forçant à rompre le baiser, il recula et contempla ses yeux marron et doré qui l'avaient tant captivé lors de la soirée.

— Lauren, je sais que tu as beaucoup de choses en tête avec le restaurant et le reste. Mais penses-tu pouvoir répondre à une dernière question ?

— Bien sûr. Qu'est-ce que c'est ?

— J'ai beaucoup pensé à nous ces derniers jours et à ce que je te dirais si tu répondais enfin à mes appels. J'ai tourné ça une dizaine de fois dans mon esprit, et le plus important c'est non seulement que je t'aime, mais que je ne peux plus imaginer mon avenir sans toi. Je veux être là quand tu ouvriras les portes du Eatery la première fois, la centième fois et la millième fois. Et je veux que tu sois à mes côtés quand nous retournerons dans notre propriété familiale, lorsque nos noms seront enfin lavés de toutes ces accusations.

Il lui serra la main et posa un genou à terre.

— Mais surtout je veux passer le reste de ma vie avec toi, Lauren. C'est pour cette raison que j'étais si heureux d'entendre que tu envisageais de devenir une Wingate. Parce que, pour être franc, la seule chose que j'aimerais changer chez toi… c'est ton nom de famille. Veux-tu m'épouser ?

Des larmes se mirent immédiatement à couler sur les joues de Lauren. Fort heureusement, elles étaient accompagnées d'un sourire, ce qui fit aussitôt disparaître les craintes de Sutton.

— Je le veux, dit-elle. Absolument, oui !

Sutton se releva d'un bond en entraînant Lauren avec lui.

Il la prit dans ses bras, la serrant étroitement contre lui avant de capturer ses lèvres dans un baiser brûlant. Il avait eu peur cette semaine de ne plus jamais pouvoir la tenir dans ses bras. Et maintenant il était avec elle, et ils étaient fiancés.

Quand il put enfin se résoudre à la libérer, il fouilla dans sa poche et en sortit une petite boîte à bijoux.

— Je l'ai choisie, mais si tu ne l'aimes pas nous pouvons la rapporter pour en prendre une autre.

Il ouvrit la boîte et en sortit une bague de fiançailles : c'était une alliance en serti clos comportant un solitaire de deux carats dont l'anneau en platine était incrusté de diamants. C'était beau, mais le plus important pour lui avait été que la bague soit pratique à porter pour elle. Elle était constamment en train de mettre et de retirer des gants alimentaires, et il ne fallait pas que le bijou s'accroche ou tombe par mégarde dans le repas de quelqu'un.

Retenant son souffle, il attendit le verdict… qui tomba lorsqu'elle sortit le bijou de la boîte et le glissa à son doigt, rayonnante de fierté.

— C'est parfait, souffla-t-elle. En fait, c'est au-delà de la perfection. Je n'ai jamais rêvé de quelque chose d'aussi beau.

— Est-ce que tu le penses vraiment ? Je ne voulais pas qu'elle te gêne dans ton travail, alors j'ai choisi quelque chose de plat.

Lauren l'admira encore un peu avant de caresser la joue de Sutton.

— Je le pense vraiment.

— J'en suis heureux. Je sais que tu es occupée à lancer le nouveau restaurant, donc ne t'inquiète pas du mariage pour le moment. Il n'y a pas de hâte. Peut-être qu'à l'été prochain tu seras en mesure de prendre des vacances. Et si j'ai de la chance peut-être que la propriété Wingate sera de nouveau à nous. Si c'est le cas, nous pourrons y organiser un beau mariage. Ou ailleurs si tu préfères. Ça dépendra entièrement de toi.

— Tout ce qui m'importe, c'est la nourriture, déclara Lauren avec un sourire.

— J'avais prévu que tu dirais ça. Il va être difficile de trouver un traiteur assez talentueux pour te satisfaire, mais je me réjouis de les tester jusqu'à ce que nous en trouvions un.

Lauren le regarda avec des yeux emplis d'amour et d'excitation. Elle avait cette même expression lorsque Gracie lui avait proposé d'investir. Il avait été jaloux de cette jeune femme ce jour-là et désespéré de ne pas pouvoir être celui qui concrétisait ses rêves. Mais en cet instant, alors qu'elle le regardait avec la même joie non dissimulée, il comprit qu'il avait réussi. Elle avait plus qu'un seul rêve, et il faisait partie de tous.

— Tu es incroyablement attentionné, Sutton Wingate. Tu m'apportes des bouquets d'herbes aromatiques au lieu de jolies fleurs inutiles. Tu me choisis une bague qui n'accroche pas pour que je puisse la porter constamment. Tu me proposes de m'accompagner pour tester tous les traiteurs du Texas afin de trouver le bon. Qui aurait pu prévoir que sous ce masque de grand méchant loup se cachait un grand sentimental ?

— Ne le dis à personne, répliqua-t-il avec un sourire. On ne sait jamais : tu pourrais avoir besoin de ton loup pour souffler et faire voler la maison de quelqu'un en éclats.

— Quel grand cœur tu as !

— C'est pour mieux t'aimer, mon enfant.

Épilogue

Le restaurant prenait vraiment forme.

Lauren fit un pas en arrière et sourit en admirant le mur qu'ils peignaient en bleu. Sa vision se concrétisait, et bientôt elle aurait tout ce qu'elle avait toujours voulu.

— Je me sens comme un Schtroumpf.

Elle se tourna vers Sutton, qui passait le rouleau sur le mur adjacent. Ses vêtements étaient couverts de minuscules taches bleues en plus des blanches, rouges et noires. Ils peignaient depuis des jours, mais c'était la dernière ligne droite. Après cela elle devait faire poser un parquet en bois, et ils pourraient enfin apporter les nouveaux meubles que Gracie avait commandés.

— Un adorable Schtroumpf, commenta Lauren en lui donnant un baiser.

— Ça me console à peine, dit Sutton en posant le rouleau de peinture.

— Que dirais-tu si avant de dormir je te donnais un bain et te frottais pour faire disparaître chaque goutte de peinture ?

Son sourire diabolique refit surface.

— Quelle bonne idée !

Avant qu'elle puisse répondre, le téléphone portable de Sutton, posé au sol, se mit à sonner. Il se tourna pour y jeter un œil et fronça les sourcils en lisant l'écran.

— C'est mon frère Miles, annonça-t-il avant de décrocher. Salut, Miles. Quoi de neuf ?

Lauren posa le rouleau sur le rebord du bac de peinture et

s'avança vers lui. Elle ne pouvait pas entendre la conversation, mais elle voyait à l'expression soudainement sérieuse de Sutton que c'était important.

— D'accord. Je serai là.

Il raccrocha, les sourcils toujours froncés, en regardant l'écran éteint.

— Que se passe-t-il ? demanda Lauren.

— Mon frère affirme avoir trouvé quelque chose d'important, mais il ne veut pas en parler au téléphone. Il a convoqué une réunion familiale urgente ce soir à 18 heures.

— Tu penses que c'est à quel propos ?

Sutton secoua la tête.

— Je ne suis pas sûr, mais à en juger par sa voix il se pourrait qu'il ait trouvé la pièce manquante de l'information que nous cherchions.

— Quelle information ?

Sutton soupira et se frotta le visage, pensif.

— Si nous avons de la chance... Peut-être la preuve dont nous avons besoin pour faire comprendre au monde entier que nous avons été piégés. Et par qui.

[illegible] arrivée, [illegible]
pour le [illegible] dans les [illegible]
[illegible]

[illegible]

— Wagner [illegible]
cette homme [illegible]

[illegible] comme [illegible]

[illegible]
bouger le cul de [illegible]

— [illegible]
moins défendue [illegible]

Elle avait [illegible]
la laisser vivre [illegible]
avait grandi et [illegible]
plus d'une [illegible]

— Si [illegible]
dans un [illegible]
[illegible]
[illegible]
[illegible]
[illegible]
[illegible]
[illegible]
[illegible]

— [illegible]

[illegible]
[illegible]
C'est un [illegible]

[illegible]